Diogenes Taschenbuch 20752

detebe

Werkausgabe
in 13 Bänden

Band 10

Raymond Chandler

Der König in Gelb

und andere Detektivstories

Aus dem Amerikanischen von
Hans Wollschläger

Diogenes

Dieser Band bringt das zweite Drittel des ursprünglich als
›Gesammelte Detektivstories‹ 1976
erschienenen Sonderbandes.
Als Vorlage diente die englische Ausgabe ›The Smell of Fear‹,
Hamish Hamilton, London.

Umschlagfoto: Ben Siegel
und George Raft

Veröffentlicht als Diogenes Taschenbuch, 1980

80/82/9/3
ISBN 3 257 20752 2

Inhalt

Spanisches Blut

1

Big John Masters war groß, fett, ölig. Er hatte blaue Backen und sehr dicke Finger, an denen die Knöchel Grübchen waren. Sein braunes Haar war straff aus der Stirn nach hinten gekämmt, und er trug einen weinfarbenen Anzug mit aufgesetzten Taschen, einen weinfarbenen Binder, ein lohbraunes Seidenhemd. Die dicke braune Zigarre zwischen seinen Lippen hatte eine Bauchbinde mit sehr viel Rot und Gold.

Er krauste die Nase, linste noch einmal auf seine Trumpfkarte, versuchte ein Grinsen zu unterdrücken. Er sagte: »Leg noch was drauf, Dave – aber komm mir nicht mit dem Rathaus!«

Eine Vier kam und eine Zwei. Dave Aage betrachtete sie feierlich über den Tisch hin, sah dann in sein eigenes Blatt. Er war sehr groß und dünn, hatte ein langes knochiges Gesicht und Haar von der Farbe nassen Sands. Er hielt den Kartenstock flach auf der Hand, drehte langsam die oberste Karte um und ließ sie über den Tisch segeln. Es war die Pik-Dame.

Big John Masters öffnete weit den Mund, fuchtelte mit seiner Zigarre, kicherte.

»Her mit den Penunsen, Dave. Da hat eine Dame mal goldrichtig gelegen.« Er legte mit einem affektierten Schlenker seine Trumpfkarte auf. Eine Fünf.

Dave Aage lächelte höflich, bewegte sich nicht. Eine gedämpfte Telefonklingel läutete in seiner Nähe, hinter langen Seidenvorhängen, die die sehr hohen Spitzbogenfenster säumten. Er nahm eine Zigarette aus dem Mund und legte sie sorgfältig auf die Kante eines Aschenbechers auf einem Taburett neben dem Kartentisch, griff hinter den Vorhang nach dem Telefon.

Er sprach mit kühler, fast flüsternder Stimme in die Muschel, dann hörte er lange zu. Nichts veränderte sich in seinen grünlichen Augen, keine Regung zeigte sich auf seinem schmalen Gesicht. Masters wand sich unbehaglich, biß hart auf seiner Zigarre herum.

Nach langer Zeit sagte Aage: »Okay, Sie hören von uns.« Er legte den Hörer auf die Gabel und stellte den Apparat hinter den Vorhang zurück.

Er griff wieder nach seiner Zigarette, zupfte sich am Ohrläppchen. Masters fluchte. »Was ist in dich gefahren, Mensch? Rück mal zehn Eier raus.«

Aage lächelte trocken und lehnte sich zurück. Er griff nach einem Drink, süffelte, stellte ihn wieder hin, sprach um seine Zigarette herum. Alle seine Bewegungen waren langsam, nachdenklich, fast geistesabwesend. Er sagte: »Sind wir nicht ein raffiniertes Gespann, John, wir zwei beiden?«

»Tja. Uns gehört die Stadt. Aber mit unserm Vingt-et-un hier hat das nichts zu schaffen.«

»Es sind grad noch zwei Monate bis zur Wahl, stimmt's, John?«

Masters sah ihn mit finsterem Stirnrunzeln an, fischte in seiner Tasche nach einer frischen Zigarre, rammte sie sich in den Mund.

»Und?«

»Mal angenommen, unserm zähesten Opponenten passierte was. Genau in diesem Moment. Wäre das nicht toll?«

»Äh?« Masters hob die Brauen, die so dick waren, daß es aussah, als hätte sein ganzes Gesicht daran zu arbeiten, sie in die Höhe zu bringen. Er dachte einen Augenblick nach, mit saurer Miene. »Das wäre ausgesprochen lausig –

wenn sie den Kerl nicht pronto erwischten. Zum Teufel, die Wähler würden sofort denken, wir wären die Anstifter.«

»Du redest gleich von Mord, John«, sagte Aage geduldig. »Von Mord habe ich kein Wort gesagt.«

Masters senkte die Brauen und knaupelte an struppig schwarzem Haar, das ihm aus der Nase wuchs.

»Na schön, dann rück schon raus damit!«

Aage lächelte, blies einen Rauchring, sah ihn entschweben und sich in dünne Flocken auflösen.

»Ich hab grad einen Anruf gekriegt«, sagte er sehr leise. »Donegan Marr ist tot.«

Masters bewegte sich langsam. Sein ganzer Körper bewegte sich langsam auf den Kartentisch zu, beugte sich weit darüber. Als sein Körper nicht mehr weiterkonnte, streckte sein Kinn sich vor, bis die Backenmuskeln heraus-standen wie dicke Drähte.

»Was?« fragte er mit belegter Stimme. »Was?«

Aage nickte, ruhig wie aus Eis. »Aber mit dem Mord hattest du recht, John. Es *war* Mord. Grad vor einer halben Stunde oder so. In seinem Büro. Man weiß nicht, wer's war – noch nicht.«

Masters zuckte die schweren Achseln und lehnte sich zurück. Er blickte mit stumpfsinnigem Ausdruck in die Runde. Ganz plötzlich begann er zu lachen. Sein Gelächter bellte und röhrte in dem kleinen turmartigen Zimmer herum, in dem die beiden Männer saßen, flutete hinüber in ein riesiges Wohnzimmer und hallte wider in einem Labyrinth von schwerem dunklem Mobiliar, genügend Stehlampen, um einen Boulevard zu erleuchten, einer Doppelreihe Ölgemälde in massivgoldenen Rahmen.

Aage saß schweigend da. Langsam rieb er seine Zigarette im Aschenbecher aus, bis von der Glut nichts mehr übrig war als ein dunkler Schmier. Er klopfte sich die knochigen Finger ab und wartete.

Masters hörte so abrupt zu lachen auf, wie er angefangen

hatte. Das Zimmer war sehr still. Masters sah müde aus. Er wischte sich das große Gesicht.

»Wir müssen was tun, Dave«, sagte er ruhig. »Das hätte ich fast vergessen. Wir müssen das rasch vom Tisch bringen. Ist Dynamit.«

Aage langte wieder hinter den Vorhang und griff sich das Telefon, schob es über den Tisch, mitten durch die verstreuten Karten.

»Also – über das Wie sind wir uns doch im klaren, oder?« sagte er gelassen.

Ein schlaues Blitzen trat in Big John Masters' schlammbraune Augen. Er leckte sich die Lippen, griff mit einer großen Hand nach dem Apparat.

»Tja«, sagte er schnurrend, »das sind wir, Dave. In dem Fall ja, bei – – –!«

Er wählte mit einem dicken Finger, der kaum in die Löcher gehen wollte.

II

Donegan Marrs Gesicht wirkte kühl, gepflegt, gefaßt, selbst jetzt noch. Er war in weichen grauen Flanell gekleidet, und sein Haar zeigte dasselbe weiche Grau wie sein Anzug, zurückgekämmt aus einem rötlichen, jugendlichen Gesicht. Die Haut auf den Stirnknochen war blaß an den Stellen, über die ihm das Haar fiel, wenn er aufstand. Die übrige Haut war sonnengebräunt.

Er hing zurückgesunken in einem gepolsterten blauen Bürosessel. Eine Zigarre war in einem Aschenbecher ausgegangen, der auf dem Rand einen bronzenen Windhund trug. Seine linke Hand baumelte neben dem Stuhl, und seine rechte Hand hielt locker eine Pistole auf der Schreibtischplatte. Die polierten Nägel glitzerten im Sonnenlicht, das durch das große geschlossene Fenster hinter ihm hereinfiel.

Blut hatte die linke Seite seiner Weste durchtränkt, hatte den grauen Flanell fast schwarz gemacht. Er war tot, war es schon seit einiger Zeit.

Ein hochgewachsener Mann, sehr braun und schlank und still, lehnte an einem braunen Mahagoni-Aktenschrank und betrachtete starr den toten Mann. Seine Hände steckten in den Taschen eines eleganten blauen Serge-Anzugs. Ein Strohhut saß ihm auf dem Hinterkopf. Aber es war nichts Nachlässiges um seine Augen oder seinen straffen, fest geschlossenen Mund.

Ein großer sandhaariger Mann tastete auf dem blauen Teppich herum. Er sagte mit belegter Stimme, vorgebeugt: »Keine Patronenhülse, Sam.«

Der dunkle Mann regte sich nicht, gab keine Antwort. Der andere stand auf, gähnte, sah auf den Mann im Stuhl.

»Verdammter Mist! Das wird einen Wirbel geben. Zwei Monate vor der Wahl. Jungejunge, ist das aber ein Schlag ins Gesicht!«

Der dunkle Mann sagte langsam: »Wir sind zusammen zur Schule gegangen. Waren immer dicke Freunde. Beide in dasselbe Mädchen verknallt. Ich zog den kürzeren, aber gute Freunde sind wir geblieben, alle drei. Er war immer ein großartiger Kerl . . . Vielleicht eine Spur zu gerissen.«

Der sandhaarige Mann stapfte im Zimmer herum, ohne etwas zu berühren. Er beugte sich vor und schnüffelte an der Pistole auf dem Schreibtisch, schüttelte den Kopf, sagte: »Nicht draus geschossen worden – aus der hier.« Er krauste die Nase, schnupperte in der Luft. »Klimaanlage. Die drei obersten Stockwerke. Dazu auch noch schalldicht. Kostspieliges Zeug. Man hat mir erzählt, das ganze Gebäude wäre elektrogeschweißt. Nirgends eine Vernietung. So was schon mal gehört, Sam?«

Der dunkle Mann schüttelte langsam den Kopf.

»Möchte wissen, wo die Schreibhilfe war«, fuhr der sandhaarige Mann fort. »So ein großes Tier wie er hat doch wohl mehr als bloß ein Mädchen gehabt.«

Der dunkle Mann schüttelte wieder den Kopf. »Nein, bloß die eine, glaube ich. Und die war zum Lunch. Er war ein einsamer Wolf, Pete. Scharf wie ein Wiesel. In ein paar Jahren hätte er die Stadt übernommen.«

Der sandhaarige Mann stand jetzt hinter dem Schreibtisch, beugte sich fast über die Schulter des Toten. Er blickte auf einen ledergebundenen Terminkalender nieder, mit lederfarbenem Papier. Er sagte langsam: »Jemand namens Imlay war hier für zwölf Uhr fünfzehn vorgesehen. Der einzige Eintrag in diesem Ding.«

Er sah nach einer billigen Uhr an seinem Handgelenk. »Halb zwei. Lange vorbei schon. Wer ist Imlay? ... Moment, warte mal! Es gibt da doch einen Unterstaatsanwalt, der Imlay heißt. Er kandidiert als Richter, auf der Masters-Aage-Welle. Kannst du dir vorstellen – –«

Ein scharfes Klopfen kam von der Tür. Das Büro war so lang, daß die beiden Männer einen Augenblick überlegen mußten, bevor sie sich im klaren waren, welche der drei Türen es war. Dann ging der sandhaarige Mann auf die entfernteste von ihnen zu und sagte dabei über die Schulter: »Vielleicht der Medizinmann. Laß das bei deinem Lieblingsreporter durchsickern, und du bist deinen Job los. Hab ich recht?«

Der dunkle Mann gab keine Antwort. Er bewegte sich langsam zum Schreibtisch, beugte sich ein wenig vor, sprach leise zu dem Toten.

»Mach's gut, Donny. Laß allem seinen Lauf. Ich kümmere mich drum. Ich kümmere mich auch um Belle.«

Die Tür am Ende des Büros ging auf, und ein energischer Mann mit Tasche kam herein, trottete über den blauen Teppich und setzte seine Tasche auf den Tisch. Der sandhaarige Mann schloß die Tür vor einer Traube von Gesichtern. Er schlenderte zum Schreibtisch zurück.

Der energische Mann legte den Kopf auf die Seite, während er den Leichnam untersuchte. »Zwei Stück«, murmelte er. »Sieht ganz nach 32er aus – Stahlgeschosse. Dicht am Herzen vorbeigegangen. Er muß ziemlich bald gestorben sein. Vielleicht so nach einer Minute oder zweien.«

Der dunkle Mann gab einen angewiderten Laut von sich und ging zum Fenster, stand da mit dem Rücken zum Raum, sah hinaus, auf die Dächer von Hochhäusern und in einen warmen blauen Himmel. Der sandhaarige Mann beobachtete, wie der Arzt ein totes Lid anhob. Er sagte: »Wenn der Pulverfritze doch schon hier wäre! Ich werde mal telefonieren. Dieser Imlay – – –«

Der dunkle Mann wandte leicht den Kopf, mit einem matten Lächeln. »Tu's ruhig. Aber viel zu raten wird's hier kaum geben.«

»Ach, ich weiß nicht«, sagte der Mann vom Gerichtsmedizinischen Institut, während er ein Handgelenk durchbog und dann den Rücken seiner eigenen Hand an die Gesichtshaut des Toten hielt. »Muß nicht unbedingt so verdammt politisch sein, wie Sie denken, Delaguerra. Sieht gut aus als Leiche.«

Der sandhaarige Mann griff äußerst behutsam mit einem Taschentuch nach dem Telefon, legte den Hörer daneben, wählte, nahm den Hörer mit dem Taschentuch hoch und hielt ihn sich ans Ohr.

Einen Augenblick später senkte er das Kinn, sagte: »Pete Marcus. Weck mal den Inspector.« Er gähnte, wartete wieder, sprach dann in ganz anderem Ton: »Marcus und Delaguerra, Inspector, in Donegan Marrs Büro. Fingerabdrücke und Kamera noch nicht eingetroffen ... Äh? ... Auf dem Posten bleiben, bis der Commissioner erscheint? ... Okay ... Jawohl, ist hier.«

Der dunkle Mann wandte sich um. Der Mann am Telefon winkte ihm. »Dein Typ wird verlangt, Spanier.«

Sam Delaguerra nahm den Hörer, ignorierte das vorsorgliche Taschentuch, lauschte. Sein Gesicht wurde hart. Er sagte ruhig: »Klar hab ich ihn gekannt – aber ich habe nicht mit ihm geschlafen ... Niemand ist hier außer seiner Sekretärin. Sie hat uns telefonisch alarmiert. Auf dem Terminkalender steht ein Name – Imlay, Verabredung um zwölf Uhr fünfzehn. Nein, wir haben noch nichts angerührt ... Nein ... Okay, sofort.«

Er legte so langsam auf, daß das Klicken des Apparats kaum hörbar war. Seine Hand blieb darauf ruhen, fiel dann plötzlich und schwer an seiner Seite nieder. Seine Stimme war belegt.

»Ich bin abberufen worden, Pete. Du sollst die Stellung halten, bis Commissioner Drews eintrifft. Keiner kommt hier rein. Weder Weiß noch Schwarz noch Cherokese.«

»Weshalb hat man dich zurückgepfiffen?« kläffte der sandhaarige Mann ärgerlich.

»Weiß ich nicht. War ein Befehl«, sagte Delaguerra tonlos.

Der Mann vom Gerichtsmedizinischen Institut hörte auf, einen Formularblock zu bekritzeln, und streifte Delaguerra mit einem neugierigen scharfen Seitenblick.

Delaguerra durchquerte das Büro und ging durch die Verbindungstür. Sie führte in ein etwas kleineres Büro, von dem ein Teil als Wartezimmer abgetrennt war, mit einer Gruppe Ledersessel und einem Zeitschriftentisch. Innerhalb der Schalterschränke standen ein Schreibmaschinentisch, ein Safe, einige Aktenschränke. Ein kleines dunkles Mädchen saß an dem Tisch, den Kopf auf ein zusammengeknülltes Taschentuch gesenkt. Der Hut saß ihr schief und verbeult auf dem Kopf. Ihre Schultern zuckten, und ihr heftiges Schluchzen war wie ein Keuchen.

Delaguerra tätschelte ihr die Schulter. Sie sah mit tränenüberströmtem Gesicht zu ihm auf, mit verzerrtem Mund. Er lächelte in ihr fragendes Gesicht nieder, sagte sanft: »Haben Sie Mrs. Marr schon angerufen?«

Sie nickte, stumm, von Schluchzern geschüttelt. Er tätschelte ihr noch einmal die Schulter, blieb noch einen Augenblick neben ihr stehen, ging dann hinaus, die Lippen zusammengepreßt und ein hartes dunkles Glitzern in den schwarzen Augen.

III

Das große englische Haus lag ein ganzes Stück ab von dem schmalen gewundenen Betonband, das De Neve Lane hieß. Der Rasen hatte ziemlich langes Gras, mit einem Schlängelpfad aus Natursteinplatten, die fast darunter verschwanden. Es gab einen Giebel über der Haustür und Efeu an der Mauer. Um das ganze Haus wuchsen Bäume, nah daran, und gaben ihm etwas Dunkles und Abgelegenes.

Alle Häuser in der De Neve Lane hatten dasselbe wohlberechnete Fluidum von Nachlässigkeit, ja Vernachlässigung. Aber die hohe grüne Hecke, die Zufahrt und Garagen verbarg, war so sorgfältig geschoren wie ein französischer Pudel, und gar nichts Dunkles oder Mysteriöses war um die Massen von gelben und flammenfarbenen Gladiolen, die vom anderen Ende des Rasens herüberleuchteten.

Delaguerra stieg aus einem lohfarbenen Cadillac-Tourenwagen, der kein Verdeck hatte. Es war ein altes Modell, schwer und schmutzig. Der hintere Teil hatte ein straff gespanntes Stoffverdeck. Delaguerra trug eine weiße Leinenkappe und dunkle Augengläser und hatte seinen blauen Serge mit einem leichten grauen Ausflugsanzug – Reißverschlußjacke in modischem Wams-Stil – vertauscht.

Er sah ganz und gar nicht nach einem Polizisten aus. Er hatte auch in Donegan Marrs Büro nicht wie ein Polizist ausgesehen. Er ging langsam den Plattenpfad hinauf, griff nach einem Türklopfer aus Messing an der Haustür, klopfte dann aber doch nicht damit. Er drückte statt dessen auf eine

Klingel an der Seite, die vom Efeu fast ganz verdeckt wurde.

Eine lange Wartepause entstand. Es war sehr warm, sehr still. Bienen summten über das warme helle Gras. In der Ferne schwirrte ein Rasenmäher.

Die Tür ging langsam auf, und ein schwarzes Gesicht sah zu ihm hinaus, ein langes trauriges schwarzes Gesicht mit Tränenspuren auf dem lavendelfarbenen Gesichtspuder. Das schwarze Gesicht lächelte fast, sagte stockend: »Ach, Mr. Sam, Sie! Ist sehr gut, daß kommen!«

Delaguerra nahm die Kappe ab, ließ die Sonnenbrille zwischen den Fingern schwingen. Er sagte: »Hallo, Minnie. Es tut mir leid. Ich muß Mrs. Marr sprechen.«

»Ist klar. Kommen gleich rein, Mr. Sam.«

Das Mädchen trat beiseite, und er ging in eine schattige Halle mit Fliesenboden. »Noch keine Reporter dagewesen?«

Das Mädchen schüttelte langsam den Kopf. Ihre warmen braunen Augen waren wie benommen, erschüttert von Entsetzen.

»Keine gewesen noch ... Missis auch noch nicht lange wieder da. Hat gesagt kein Wort. Immer nur stehn in dem Sonnenzimmer, wo gar keine Sonne kann reinkommen.«

Delaguerra nickte, sagte: »Sprechen Sie mit niemandem, Minnie. Man will versuchen, die Sache noch eine Weile geheimzuhalten, daß nichts in die Zeitungen kommt.«

»Ich nichts sagen, Mr. Sam. Ganz bestimmt nicht.«

Delaguerra lächelte sie an, ging geräuschlos auf Kreppsohlen durch die geflieste Halle zum hinteren Teil des Hauses, wandte sich in eine weitere Halle, die im rechten Winkel an die erste stieß und genauso angelegt war. Er klopfte an eine Tür. Es kam keine Antwort. Er drückte auf die Klinke und trat in einen langen schmalen Raum, in dem es trotz vieler Fenster dämmrig war. Bäume wuchsen dicht vor den Fenstern, drückten ihr Laub gegen das Glas. Einige der Fenster waren von langen Kretonne-Vorhängen maskiert.

Das hochgewachsene Mädchen in der Mitte des Zimmers sah ihn nicht an. Sie stand reglos, starr. Sie starrte die Fenster an. Ihre Hände hingen verkrampft an den Seiten nieder.

Sie hatte rotbraunes Haar, das alles Licht zu sammeln schien, das es hier gab, und einen weichen Schein um ihr kalt-schönes Gesicht legte. Sie trug ein sportlich geschnittenes blaues Samtkostüm mit aufgesetzten Taschen. Ein weißes Taschentuch mit blauer Borte sah aus der Brusttasche, sorgfältig auf Spitze zusammengelegt, wie das Taschentuch eines Stutzers.

Delaguerra wartete, ließ seine Augen sich an die Dämmerung gewöhnen. Nach einer Weile sprach das Mädchen durch die Stille, mit leiser, heiserer Stimme.

»Ja ... nun haben sie ihn erwischt, Sam. Endlich haben sie ihn doch erwischt. War er denn so verhaßt?«

Delaguerra sagte leise: »Er hatte einen Beruf, in dem es haßvoll zugeht, Belle. Ich glaube, er hat das Spiel so sauber gespielt, wie er konnte, aber er hat nicht vermeiden können, sich dabei Feinde zu machen.«

Sie wandte langsam den Kopf und sah ihn an. Lichter wechselten in ihrem Haar. Gold glitzerte darin. Ihre Augen waren von bestürzend strahlendem Blau. Ihre Stimme schwankte ein wenig, als sie sagte: »Wer hat ihn getötet, Sam? Hat man schon eine Vermutung?«

Delaguerra nickte langsam, setzte sich in einen Korbstuhl, schwang Kappe und Sonnenbrille zwischen den Knien.

»Tja. Wir glauben zu wissen, wer es war. Ein Mann namens Imlay, Beamter in der Oberstaatsanwaltschaft.«

»Mein Gott!« hauchte das Mädchen. »Wie weit soll es mit dieser verrotteten Stadt noch kommen!«

Delaguerra fuhr tonlos fort: »Es war etwa so – wenn du sicher bist, daß du's wissen willst ... jetzt schon.«

»Das bin ich, Sam. Seine Augen starren mich von allen

Wänden an, wohin ich auch sehe. Sie bitten mich, etwas zu tun. Er war großartig zu mir, Sam. Wir hatten auch unsere Konflikte, natürlich, aber ... sie waren im Grunde ohne Bedeutung.«

Delaguerra sagte: »Dieser Imlay kandidiert als Richter und hat dabei die Masters-Aage-Gruppe im Rücken. Er ist in den flotten Vierzigern, und offenbar hat er mal kleine Spielchen mit einer Nachtklub-Nummer namens Stella La Motte gemacht. Irgendwie, was weiß ich, sind die beiden dabei photographiert worden, sehr betrunken und ohne was an. Donny hatte die Photos, Belle. Sie wurden in seinem Schreibtisch gefunden. Laut Notiz auf seinem Terminkalender hatte er um zwölf Uhr fünfzehn mit Imlay eine Verabredung. Wir nehmen an, daß es zu einem Streit kam und Imlay die Nerven verlor.«

»Hast *du* diese Photos gefunden, Sam?« fragte das Mädchen, sehr ruhig.

Er schüttelte den Kopf, lächelte gewunden. »Nein. Hätte ich's, dann wären sie wohl nicht auf den Tisch gekommen. Commissioner Drew hat sie gefunden – nachdem mir die Untersuchung entzogen worden war.«

Ihr Kopf fuhr zu ihm herum. Ihre strahlend blauen Augen wurden weit. »Dir die Untersuchung entzogen? Donnys Freund?«

»Tja. Nimm's nicht zu tragisch. Ich bin Polizist, Belle. Schließlich muß ich gehorchen.«

Sie sagte nichts, sah ihn nicht mehr an. Nach einer kleinen Weile sagte er: »Ich hätte gern die Schlüssel zu eurer Hütte am Puma Lake. Ich habe Auftrag, hinzufahren und mich umzusehen, nachzuschauen, ob sich irgendwelche Hinweise finden. Donny hat dort manchmal Besprechungen gehabt.«

Irgend etwas im Gesicht des Mädchens veränderte sich. Es bekam einen fast verächtlichen Ausdruck. Ihre Stimme war leer. »Ich hole sie dir. Aber du wirst dort nichts finden. Wenn du denen helfen willst, Donny Dreck an den Stecken zu binden – damit sie diesen Imlay reinwaschen können ...«

Er lächelte ein wenig, schüttelte langsam den Kopf. Seine Augen waren sehr tief, sehr traurig.

»Red keinen Unsinn, Kleines. Ich würde mein Abzeichen hinschmeißen, ehe ich das täte.«

»Ich verstehe.« Sie schritt an ihm vorbei zur Tür, ging aus dem Zimmer. Er saß ganz still, während sie fort war, starrte mit leerem Blick die Wand an. Etwas wie Schmerz und Verletztsein lag auf seinem Gesicht. Er fluchte sehr leise, mit verhaltener Stimme, vor sich hin.

Das Mädchen kam wieder, trat zu ihm und streckte die Hand aus. Etwas sprang klirrend in die seine.

»Die Schlüssel, Polizist.«

Delaguerra stand auf, ließ die Schlüssel in eine Tasche gleiten. Sein Gesicht wurde hölzern. Belle Marr ging zu einem Tisch hinüber, und ihre Nägel kratzten rauh auf dem Kästchen aus Goldzellenschmelz, als sie eine Zigarette herausnahm. Mit dem Rücken zu ihm sagte sie: »Wie gesagt, ich glaube nicht, daß du Glück haben wirst. Wirklich schade, daß ihr ihm bislang nur Erpressung anhängen konntet.«

Delaguerra atmete langsam aus, stand einen Moment, wandte sich dann ab. »Okay«, sagte er leise. Seine Stimme klang ganz beiläufig jetzt, als wär's ein schöner Tag, als wäre niemand getötet worden.

An der Tür drehte er sich noch einmal um. »Ich besuche dich, wenn ich wieder zurück bin, Belle. Vielleicht fühlst du dich dann besser.«

Sie gab keine Antwort, rührte sich nicht. Sie hielt die unangezündete Zigarette starr in Höhe ihres Mundes, dicht davor. Nach einem Augenblick fuhr Delaguerra fort: »Du solltest eigentlich wissen, wie mir zumute ist. Donny und ich waren einmal wie Brüder zueinander. Ich – habe gehört, du wärst nicht so besonders gut mit ihm ausgekommen ... Ich bin heilfroh, daß das nicht zutrifft. Aber verhärte dich nicht, Belle. Es gibt keinen Anlaß dazu – mir gegenüber.«

Er wartete ein paar Sekunden, starrte ihren Rücken an. Als sie immer noch stumm blieb und reglos, ging er hinaus.

IV

Eine enge felsige Straße führte vom Highway ab und oberhalb des Sees an der Bergflanke entlang. Hüttendächer zeigten sich hier und da zwischen den Fichten. Ein offener Schuppen war in den Hang hineingebaut. Delaguerra stellte seinen staubigen Cadillac darunter ab und kletterte einen schmalen Pfad hinunter zum Wasser.

Der See war tiefblau, aber sehr flach. Zwei oder drei Kanus trieben darauf, und in der Ferne, hinter einer Biegung, klang das Tuckern eines Außenbordmotors. Delaguerra ging zwischen dicken Wänden aus Unterholz, auf Fichtennadeln, bog um einen Baumstumpf und schritt über eine kleine Brücke aus Baumstämmen hinüber zur Marr-Hütte.

Sie war aus halbrunden Stämmen gebaut und hatte eine breite Veranda nach der Seeseite. Sie wirkte sehr einsam und leer. Der Quellbach, der unter der Brücke floß, machte neben dem Haus einen Bogen, und auf der einen Seite der Veranda fiel der Berg steil ab bis zu den großen flachen Steinen, zwischen denen das Wasser dahinrieselte. Die Steine waren davon bedeckt, wenn das Wasser hochstand, im Frühling.

Delaguerra ging die Holzstufen hinauf und zog die Schlüssel aus der Tasche, schloß die schwere Vordertür auf, blieb dann ein Weilchen noch auf der Veranda stehen und zündete sich eine Zigarette an, bevor er hineinging. Es war sehr still, sehr angenehm, sehr kühl und klar hier nach der

Hitze der Stadt. Ein Blauhäher saß auf einem Baumstumpf und pickte sich nach den Flügeln. Weit draußen auf dem See klimperte jemand auf einer Ukulele. Delaguerra ging in die Hütte.

Er betrachtete ein paar verstaubte Geweihe, einen großen rohen, mit Zeitschriften bedeckten Tisch, ein altmodisches Batterie-Radio, ein kastenförmiges Grammophon mit einem unordentlichen Stapel Platten daneben. Große Gläser standen herum, die nicht gespült worden waren, auf einem Tisch vor dem großen steinernen Kamin, neben einer Flasche Scotch. Ein Wagen fuhr hoch oben die Straße entlang und hielt irgendwo, nicht allzu weit weg. Delaguerra sah sich stirnrunzelnd um, sagte: »Reine Zeitverschwendung«, mit matter Stimme, mit einem Gefühl der Vergeblichkeit. Es hatte gar keinen Sinn. Ein Mann wie Donegan Marr ließ nichts, was irgendwie wichtig war, in einer Berghütte herumliegen.

Er warf einen Blick in zwei Schlafzimmer, eins bloß ein Behelfsquartier mit einem Paar Feldbetten, eins besser möbliert, mit einem ordentlich gemachten Bett und, quer darüber geworfen, einem geschmacklosen Damenpyjama. Er sah nicht so aus, als hätte Belle Marr ihn getragen.

Hinten im Haus gab es eine kleine Küche, mit einem Benzinkocher und einem Herd für Holzfeuerung. Delaguerra sperrte mit einem weiteren Schlüssel die Hintertür auf und trat auf eine schmale Veranda hinaus, die zu ebener Erde lag, unweit eines großen Stapels Klafterholz und einer doppelschneidigen Axt auf einem Block.

Dann sah er die Fliegen.

Ein hölzerner Treppensteig führte seitlich am Haus hinab zu einem Holzschuppen darunter. Ein Strahl Sonne war durch die Bäume geschlüpft und lag quer über dem Steg. In diesem Sonnenlicht fraß ein Klumpen Fliegen auf etwas Bräunlichem, Klebrigem herum. Die Fliegen wollten sich nicht verscheuchen lassen. Delaguerra bückte sich, streckte die Hand aus und berührte die klebrige Stelle, schnüffelte an seinem Finger. Sein Gesicht zuckte und wurde starr.

Ein Stück weiter, im Schatten, vor der Tür des Schuppens, gab es einen weiteren, kleineren Fleck aus der bräunlichen Masse. Er zog sehr schnell die Schlüssel heraus und fand den, der das große Vorhängeschloß am Schuppen öffnete. Er stieß die Tür auf.

Drinnen lag ein großer loser Haufen Klafterholz. Nicht Spaltholz – Klafterholz. Nicht gestapelt, nur einfach aufeinander geworfen. Delaguerra begann die großen rohen Stücke beiseite zu stoßen.

Als er eine ganze Menge davon auf die Seite geworfen hatte, konnte er zugreifen und zwei kalte steife Fußgelenke in Florsocken umfassen und den toten Mann heraus ans Licht ziehen.

Es war ein schlanker Mann, weder groß noch klein, in einem gutgeschnittenen Korbwebenanzug. Seine kleinen adretten Schuhe hatten Hochglanz, über dem nur ein wenig Staub lag. Ein Gesicht hatte er nicht, jedenfalls nicht mehr viel davon. Es war durch einen furchtbaren Schlag zu Brei geworden. Die Schädeldecke war gespalten, und Hirn und Blut hatten sich mit dem dünnen graubraunen Haar vermischt.

Delaguerra richtete sich rasch auf und ging ins Haus zurück, ins Wohnzimmer, wo die halbe Flasche Scotch auf dem Tisch stand. Er entkorkte sie und setzte sie an den Mund, wartete einen Augenblick, trank dann nochmals.

Er sagte laut »Puh!« und schauerte zusammen, als der Peitschenschlag des Whiskys seine Nerven traf.

Er ging wieder zum Holzschuppen hinunter und bückte sich eben, als er hörte, wie irgendwo der Motor eines Wagens angelassen wurde. Er erstarrte. Das Motorengeräusch schwoll an, dann verklang es, und es herrschte wieder Stille. Delaguerra zuckte die Achseln, durchsuchte die Taschen des toten Mannes. Sie waren leer. Eine von ihnen, die vermutlich das Firmenzeichen einer Reinigung getragen hatte, war abgerissen worden. Ebenfalls abgerissen, von der Innentasche der Jacke, war das Firmenschild des Schneiders; es hatte nur ausgefranste Stiche hinterlassen.

Der Mann war schon steif. Er mochte seit vierundzwanzig Stunden tot sein, länger noch nicht. Das Blut auf seinem Gesicht war dick geronnen, aber noch nicht vollkommen getrocknet.

Delaguerra hockte sich eine kleine Weile neben ihn und blickte auf das helle Glitzern des Puma Lake hinaus, aufs ferne Blitzen eines Kanupaddels. Dann ging er in den Holzschuppen zurück und klaubte im Holz herum nach einem schweren Block mit besonders viel Blut, fand aber keinen. Er ging wieder nach oben und durchs Haus auf die Veranda hinaus, trat ans Ende der Veranda, starrte den Steilhang hinunter, starrte dann nieder auf die großen flachen Steine im Bach.

»Tja«, sagte er leise.

Auf zweien der Steine saßen Fliegen, ganze Trauben von Fliegen. Er hatte sie bis jetzt noch nicht bemerkt. Der Steilhang fiel hier etwa dreißig Fuß ab, genug, um den Kopf eines Menschen zu zerschmettern, wenn er entsprechend auftraf. Er setzte sich in einen der großen Schaukelstühle und rauchte ein paar Minuten lang, ohne sich zu bewegen. Sein Gesicht hatte die Stille tiefer Nachdenklichkeit, seine schwarzen Augen wirkten wie in sich gekehrt und abwesend. Es lag ein verspanntes, hartes, wenn auch leicht sardonisch gebrochenes Lächeln um seine Mundwinkel.

Schließlich ging er still wieder durchs Haus und schleppte den Toten in den Holzschuppen zurück, bedeckte ihn lose mit dem Holz. Er schloß den Schuppen ab, verschloß auch das Haus, stieg wieder den schmalen, steilen Pfad zur Straße hinauf und zu seinem Wagen.

Es war schon nach sechs, aber die Sonne stand immer noch hell am Himmel, als er abfuhr.

V

Ein alter Ladentisch diente als Bar in der Bierkneipe am Straßenrand. Drei niedrige Hocker standen davor. Delaguerra saß auf dem letzten neben der Tür, starrte ins schaumige Innere eines leeren Bierglases. Der Barmann war ein dunkler Junge in Overalls, mit scheuen Augen und glattem Haar. Er stotterte: »S-s-soll ich Ihnen n-noch ein Glas b-b-bringen, M-mister?«

Delaguerra schüttelte den Kopf, stand auf von dem Hocker. »Das ist Schieberbier, mein Söhnchen«, sagte er traurig. »Geschmacklos wie eine Rasthaus-Blondine.«

»P-portola B-bräu, Mister. G-g-gilt als das b-beste.«

»Ach was. Ist der letzte Dreck. Ihr schenkt's bloß aus, weil euch sonst die Konzession flöten ginge. Alsdann, Söhnchen.«

Er ging zur Gazetür hinüber, sah hinaus auf den sonnigen Highway, auf dem die Schatten allmählich schon lang wurden. Jenseits des Betons lag eine Kiesfläche von vier mal vier Metern, eingefaßt von einem weißen Zaun. Zwei Wagen parkten dort: Delaguerras alter Cadillac und ein staubiger, reichlich mitgenommener Ford. Ein hochgewachsener dünner Mann in khakifarbenem Whipcord stand neben dem Cadillac und betrachtete ihn.

Delaguerra zog eine Bulldog-Pfeife heraus, stopfte sie halb aus einem Reißverschlußbeutel, zündete sie mit langsamer Sorgfalt an und schnippte das Streichholz in die Ecke. Dann straffte er sich ein wenig, als er wieder durch die Gazetür sah.

Der hochgewachsene dünne Mann knöpfte das Stoffverdeck auf, das den hinteren Teil von Delaguerras Wagen überspannte. Er rollte es ein Stück zurück und stand dann da und spähte in den Gepäckraum darunter.

Delaguerra öffnete leise die Gazetür und ging in langen, lockeren Schritten über den Highway-Beton hinüber. Seine

Kreppsohlen knirschten auf dem Kies der anderen Seite, aber der dünne Mann drehte sich nicht um. Delaguerra trat neben ihn.

»Hab ich also doch richtig gesehen, daß Sie hinter mir waren«, sagte er träge. »Wo brennt's denn?«

Der Mann drehte sich ohne alle Hast ihm zu. Er hatte ein langes, saures Gesicht, Augen in der Farbe von Seetang. Seine Jacke stand offen, von einer Hand links über der Hüfte zurückgeschoben. Dadurch zeigte sich eine Pistole, im Gürtelhalfter, der Kolben vorn, Kavallerie-Stil.

Er sah Delaguerra mit einem leicht schiefen Lächeln von oben bis unten an.

»Ist das Ihr Schlitten hier?«

»Was denken *Sie* denn?«

Der dünne Mann schob die Jacke noch weiter zurück und zeigte einen Bronzestern auf seiner Tasche.

»Ich denke daran, daß ich Jagdhüter im Toluca County bin, Mister. Ich denke daran, daß jetzt Schonzeit ist und daß für Hirschkühe überhaupt immer Schonzeit ist.«

Delaguerra senkte sehr langsam den Blick, sah hinten in seinen Wagen, beugte sich vor, um unter das Verdeck zu spähen. Eine junge Hirschkuh lag da, auf allerlei Gerümpel, neben einem Jagdgewehr. Die sanften Augen des toten Tiers, glanzlos im Tode, schienen ihn mit sanftem Vorwurf anzublicken. Am schlanken Hals der Hirschkuh war getrocknetes Blut.

Delaguerra richtete sich auf, sagte freundlich: »Das ist ja eine reizende Bescherung.«

»Haben Sie einen Jagdschein?«

»Ich jage nicht«, sagte Delaguerra.

»Hilft Ihnen nicht viel. Wie ich sehe, haben Sie ein Gewehr.«

»Ich bin Polizist.«

»Ach wirklich – Polizist? Dann haben Sie doch bestimmt auch einen Stern?«

»Habe ich.«

Delaguerra griff in die Brusttasche, zog den Stern heraus, rieb ihn am Ärmel, hielt ihn hin auf der flachen Hand. Der dünne Jagdhüter starrte darauf nieder, leckte sich die Lippen.

»Leutnant bei der Kripo, was? Stadtpolizei.« Sein Gesichtsausdruck wurde abwesend und träge. »Okay, Leutnant. Wir werden rund zehn Meilen talwärts fahren – in Ihrer Karre. Ich werd dann sehn, daß ich per Anhalter zu meiner zurückkomme.«

Delaguerra steckte das Abzeichen weg, klopfte sorgfältig seine Pfeife aus, trat die Glut in den Kies. Er zog das Stoffverdeck lose wieder nach vorn.

»Festgenommen?« fragte er ernst.

»Festgenommen, Leutnant.«

»Gehn wir.«

Er stieg ein, hinters Steuer des Cadillac. Der dünne Jagdhüter ging auf die andere Seite, stieg neben ihm ein. Delaguerra ließ den Wagen an, stieß zurück, wendete und fuhr los, den glatten Beton des Highway hinunter. Das Tal in der Ferne lag in tiefem Dunst. Jenseits des Dunstes ragten am Horizont riesige Gipfel. Delaguerra ließ den großen Wagen gemächlich rollen, ohne Hast. Die beiden Männer blickten starr geradeaus, ohne zu sprechen.

Nach langer Zeit sagte Delaguerra: »Ich wußte gar nicht, daß es am Puma Lake Wild gibt. Und weiter bin ich gar nicht gewesen.«

»Ganz in der Nähe liegt ein Wildschutzgebiet, Leutnant«, sagte der Jagdhüter gelassen. Er starrte durch die staubige Windschutzscheibe. »Ein Teil des Toluca County Forest – oder wußten Sie das auch noch nicht?«

Delaguerra sagte: »Sie werden lachen, aber ich hab's tatsächlich nicht gewußt. Ich bin noch nie in meinem Leben auf die Jagd gegangen. Derart rabiat hat mich die Arbeit bei der Polizei noch nicht gemacht.«

Der Jagdhüter grinste, sagte nichts. Der Highway führte über einen Bergsattel, dann lag der Hang auf der rechten Seite der Straße. Kleine Canyons begannen sich in die Berge zur Linken zu öffnen. Einige von ihnen hatten Feldwege oder Schotterstraßen, die seitlich vom Highway abführten, halb überwachsen, mit ausgemahlenen Fahrrinnen.

Delaguerra riß den großen Wagen hart und jäh nach links, ließ ihn auf ein Rodungsgelände mit rötlichem Erdreich und trockenem Gras schießen, trat mit Wucht auf die Bremse. Der Wagen schleuderte, schwankte, kam mit einem knirschenden Ruck zum Stehen.

Der Jagdhüter wurde heftig nach rechts geschleudert, dann nach vorn gegen die Windschutzscheibe. Er fluchte, zuckte hoch und fuhr sich mit der rechten Hand über den Leib, nach der Pistole im Halfter.

Delaguerra packte ein dünnes, hartes Handgelenk und drehte es scharf gegen den Leib des Mannes. Das Gesicht des Jagdhüters wurde unter der Sonnenbräune weiß. Seine linke Hand fingerte krampfhaft an seinem Halfter herum, erschlaffte dann. Er sprach mit gepreßter, Schmerz unterdrückender Stimme:

»Macht's bloß noch schlimmer, Polizist. Ich bekam einen Tip übers Telefon, in Salt Springs. Beschrieb Ihren Wagen, sagte, wo er stand. Sagte, es läge eine Hirschkuh drin. Ich – – –«

Delaguerra ließ das Handgelenk los, riß das Gürtelhalfter auf und den Colt heraus. Er warf die Waffe aus dem Wagen.

»Raus mit Ihnen, Sie Jagdspezialist! Reisen Sie per Anhalter weiter, wie Sie gesagt haben. Was ist los – können Sie von Ihrem Gehalt nicht mehr leben? Sie haben mir das Tier selbst in den Wagen praktiziert, oben am Puma Lake, Sie gottverdammter Gauner!«

Der Jagdhüter stieg langsam aus, blieb mit leerem

Gesicht neben dem Wagen stehen, mit lockerem, schlaffem Unterkiefer.

»Rabiater Bursche«, murmelte er. »Das wird Ihnen noch leid tun, Polizist. Ich knalle Ihnen eine Anzeige hin, die sich gewaschen hat.«

Delaguerra rutschte über den Sitz, stieg zur rechten Tür aus. Er trat dicht an den Jagdhüter heran, sagte sehr langsam: »Vielleicht irre ich mich ja in Ihnen, Mister. Vielleicht haben Sie wirklich einen Anruf bekommen. Vielleicht.«

Er riß die tote Hirschkuh mit einem Schwung aus dem Wagen, legte sie auf die Erde, beobachtete den Jagdhüter. Der dünne Mann bewegte sich nicht, machte keinen Versuch, in die Nähe seiner Pistole zu kommen, die ein paar Meter weit entfernt im Gras lag. Seine seetangfarbenen Augen waren stumpf, sehr kalt.

Delaguerra stieg wieder in den Cadillac, löste die Bremse, ließ den Motor an. Er stieß auf den Highway zurück. Der Jagdhüter machte immer noch keine Bewegung.

Der Cadillac sprang vorwärts, schoß die Steilstraße hinunter, kam außer Sicht. Als er ganz verschwunden war, hob der Jagdhüter seine Pistole auf und steckte sie in sein Halfter zurück, schleifte die Hirschkuh hinter einen Busch und machte sich auf den Weg, den Highway entlang, zum Kamm des Steilhangs hinauf.

VI

Das Mädchen am Empfangstisch im Kenworthy sagte: »Dieser Mann hat Sie dreimal zu erreichen versucht, Leutnant, wollte aber keine Nummer hinterlassen. Und dann rief noch zweimal eine Dame an. Wollte aber ebenfalls weder Namen noch Nummer angeben.«

Delaguerra nahm drei Zettel von ihr entgegen, las den Namen ›Joey Chill‹ darauf und die verschiedenen Zeiten.

Er ließ sich noch ein paar Briefe geben, dankte dem Empfangsmädchen mit einer leichten Berührung seiner Mütze und trat in den automatischen Fahrstuhl. Im dritten Stock stieg er aus, ging einen schmalen ruhigen Korridor hinunter, schloß eine Tür auf. Ohne Licht zu machen, ging er quer durchs Zimmer zu einer hohen Fenstertür, öffnete sie weit, stand da und blickte in den dick-dunklen Himmel hinaus, aufs Blitzen der Neonlichter, auf die stechenden Strahlen der Scheinwerfer auf dem Ortega Boulevard, zwei Blocks weiter.

Er zündete sich eine Zigarette an und rauchte sie bis zur Hälfte, ohne sich zu bewegen. Sein Gesicht im Dunkel war sehr lang, beunruhigt. Schließlich trat er vom Fenster weg und ging in ein kleines Schlafzimmer, knipste eine Tischlampe an und zog sich bis auf die Haut aus. Er stellte sich unter die Dusche, rubbelte sich mit dem Handtuch ab, zog saubere Wäsche an und ging in die Kochnische, um sich einen Drink zu mischen. Er schlürfte ihn und rauchte eine weitere Zigarette, während er sich fertig anzog. Das Telefon im Wohnzimmer klingelte, als er sein Halfter umschnallte.

Es war Belle Marr. Ihre Stimme klang verschwommen und kehlig, als hätte sie stundenlang geweint.

»Ich bin ja so froh, daß ich dich endlich erreiche, Sam. Ich – ich hab's nicht so gemeint, wie ich's gesagt habe. Ich war geschockt und ganz durcheinander, hatte absolut die Fassung verloren. Du wußtest das auch, nicht wahr, Sam?«

»Aber sicher, Kleines«, sagte Delaguerra. »Mach dir keine Gedanken darüber. Im übrigen hast du ganz recht gehabt. Ich bin grad vom Puma Lake zurückgekommen, und ich glaube, man hat mich da nur raufgeschickt, um mich loszuwerden.«

»Du bist alles, was ich jetzt noch habe, Sam. Du paßt auf, nicht wahr, daß dir nichts passiert?«

»Wer sollte mir denn was tun?«

»Das weißt du genau. Ich bin nicht blind, Sam. Ich weiß,

das alles war ein Komplott, ein schmutziges politisches Komplott, um ihn loszuwerden.«

Delaguerras Finger spannte sich krampfhaft um den Hörer. Sein Mund fühlte sich wie erstarrt an und hart. Einen Moment lang konnte er kein Wort hervorbringen. Dann sagte er: »Es könnte auch einfach das sein, wonach es aussieht, Belle. Ein Streit wegen der Bilder. Schließlich hatte Donny das Recht, einem solchen Burschen zu sagen, er solle von der Kandidatenliste verschwinden. Das war keine Erpressung ... Und dann hatte er immerhin eine Pistole in der Hand, weißt du.«

»Komm zu mir raus und besuch mich, wann du kannst, Sam.« Ihre Stimme zögerte, blieb in der Schwebe, wie in verfließendem Gefühl, wie in Wehmut und Sehnsucht.

Er trommelte auf die Schreibtischplatte, zögerte wieder, sagte: »Aber sicher ... Wann ist zuletzt jemand am Puma Lake gewesen, auf der Hütte?«

»Ich weiß nicht. Ich selber war wohl ein ganzes Jahr nicht mehr da. Er ist immer ... allein gegangen. Vielleicht hat er sich dort mit Leuten getroffen. Ich weiß nicht.«

Er sagte noch etwas Unbestimmtes, sagte nach einem Moment Auf Wiedersehn und legte auf. Er starrte gegen die Wand über dem Schreibtisch. In seinen Augen war jetzt ein frisches Licht, ein hartes Glitzern. Sein ganzes Gesicht war gespannt, es hatte allen Zweifel verloren.

Er ging ins Schlafzimmer zurück, um seinen Mantel und Strohhut zu holen. Schon im Begriff zu gehen, griff er nach den drei Telefonzetteln mit dem Namen ›Joey Chill‹, riß sie in kleine Stücke und verbrannte die Stücke in einem Aschenbecher.

VII

Pete Marcus, der große sandhaarige Polizeibeamte, saß seitlich an einem kleinen, mit Papieren übersäten Schreibtisch in einem kahlen Büro, in dem zwei derartige Schreibtische standen, an gegenüberliegenden Wänden. Der andere Schreibtisch war sauber und ordentlich, hatte eine grüne Filzunterlage mit einer Schreibgarnitur aus Onyx, einen kleinen Messingkalender und eine Ohrschneckenmuschel als Aschenbecher.

Ein rundes Strohkissen, das leicht wie eine Zielscheibe aussah, war senkrecht gegen die Rückenlehne eines Stuhls am Fenster gestellt worden. Pete Marcus hatte ein Bündel einfacher Federhalter in der linken Hand und war damit beschäftigt, sie nach dem Kissen zu schleudern, wie ein mexikanischer Messerwerfer. Er tat es mit abwesender Miene und ohne sonderliche Geschicklichkeit.

Die Tür ging auf, und Delaguerra kam herein. Er schloß die Tür und lehnte sich dagegen, sah Marcus hölzern zu. Der sandhaarige Mann quietschte auf seinem Stuhl herum und kippte ihn gegen den Schreibtisch zurück, kratzte sich das Kinn mit einem breiten Daumennagel.

»He, Spanier. Netten Ausflug gehabt? Der Chef bellt schon nach dir.«

Delaguerra grunzte, steckte sich eine Zigarette zwischen die glatten braunen Lippen.

»Warst du in Marrs Büro dabei, als die ominösen Photos gefunden wurden, Pete?«

»Tja, war ich, aber selber gefunden hab ich sie nicht. War der Commissioner. Wieso?«

»Hast du gesehn, wie er sie fand?«

Marcus starrte einen Moment, dann sagte er ruhig, auf der Hut: »Er hat sie schon richtig gefunden, Sam. Nichts von Unterschiebung – wenn's das ist, was du meinst.«

Delaguerra nickte, zuckte die Achseln. »Irgendwas über die Kugeln raus?«

»Ja-ah. Keine 32er – sondern 25er. Eine niedliche Westentaschenknarre. Kupfer-Nickel-Geschosse. Allerdings 'ne Automatik, und Patronenhülsen haben wir überhaupt keine gefunden.«

»An die hat Imlay also gedacht«, sagte Delaguerra gelassen, »die Photos dagegen, für die er einen Mord beging, hat er vergessen.«

Marcus senkte die Füße auf den Boden und beugte sich vor, blickte unter seinen braungelben Brauen her in die Höhe.

»Könnte schon sein. Sie geben ihm ein Motiv, aber nachdem Marr ja die Pistole in der Hand hatte, ist's mit dem Vorsatz Essig.«

»Gute Kopfarbeit, Pete.« Delaguerra ging zu dem kleinen Fenster hinüber, blieb davor stehen und sah hinaus. Nach einem Moment sagte Marcus mürrisch: »Wie du siehst, ersticke ich nicht grade mehr in Arbeit, Spanier.«

Delaguerra drehte sich langsam um, ging hinüber und trat dicht an Marcus heran, sah auf ihn nieder.

»Gifte dich nicht, Kleiner. Du bist mein Partner, und ich bin nun mal als Marrs Verbindungsmann zur Polizei abgestempelt. Da kriegst du eben auch was ab. Dich legen sie aufs Eis, und mich haben sie zum Puma Lake rauf in Marsch gesetzt, damit mir dort irgendwer eine kleine Hirschkuh in den Gepäckraum meines Wagens praktizieren und ein Jagdhüter mich damit erwischen konnte.«

Marcus stand ganz langsam auf, die Fäuste verkrampft an den Seiten. Seine schweren grauen Augen öffneten sich sehr weit. Seine große Nase war blaß um die Nüstern.

»Niemand hier würde *so* weit gehen, Sam.«

Delaguerra schüttelte den Kopf. »Das glaube auch ich nicht. Aber sie könnten einem Wink gefolgt sein, mich da raufzuschicken. Und irgendein Außenstehender hat dann den Rest besorgt.«

Pete Marcus setzte sich wieder hin. Er griff nach einem

der spitzen Federhalter und schleuderte ihn ingrimmig nach dem runden Strohkissen. Die Federspitze blieb stecken, der Halter zitterte, brach ab und klapperte zu Boden.

»Hör zu«, sagte er mit belegter Stimme, ohne aufzusehen, »das hier ist ein bloßer Job für mich. Weiter nichts. Nur für die täglichen Brötchen. Ich mache diese Arbeit bei der Polizei nicht aus Idealismus wie du. Sag bloß ein Wort, und ich knalle den gottverdammten Stern dem alten Knakker in die Fresse.«

Delaguerra beugte sich nieder, versetzte ihm einen Knuff in die Rippen. »Zieh Leine, Polizist. Mir wird schon was einfallen. Fahr erstmal nach Hause und sauf dir einen an.«

Er öffnete die Tür und ging rasch hinaus, ging einen marmorverkleideten Korridor entlang bis zu einer Stelle, wo er sich zu einer kleinen Halle mit drei Türen weitete. Auf der mittleren stand: *Chef der Kriminalpolizei. Bitte eintreten.* Delaguerra trat in ein kleines Vorzimmer, das durch eine einfache Barriere geteilt war. Ein Polizeistenograph hinter der Barriere blickte kurz auf, winkte dann mit einem Kopfruck nach einer inneren Tür. Delaguerra öffnete eine Durchgangsklappe in der Barriere und klopfte an die innere Tür, ging dann hinein.

Zwei Männer saßen in dem großen Büro. Tod McKim, der Chef der Kriminalpolizei, hockte hinter einem schweren Schreibtisch, sah Delaguerra hartäugig entgegen, als er eintrat. Er war ein großer, schlaksiger Mann, der schon etwas schwammig geworden war. Er hatte ein langes, launisch melancholisches Gesicht. Sein eines Auge saß nicht ganz gerade in seinem Kopf.

Der Mann, der in einem rundlehnigen Sessel am Ende des Schreibtisches saß, war wie ein Dandy gekleidet, trug Gamaschen. Ein perlgrauer Hut, graue Handschuhe und ein Spazierstock aus Ebenholz lagen neben ihm auf einem anderen Stuhl. Er hatte einen Schopf aus weichem weißem Haar und ein hübsches, ungezügeltes Gesicht, das durch ständige Massage seine rosa Farbe behalten hatte. Er lächelte Delaguerra an, sah vage amüsiert aus und ironisch, rauchte eine Zigarette in einer langen Bernsteinspitze.

Delaguerra nahm McKim gegenüber Platz. Dann sah er den weißhaarigen Mann kurz an und sagte: »Guten Abend, Commissioner.«

Commissioner Drew nickte lässig, sagte aber nichts.

McKim beugte sich vor und prankte stumpfe plumpe Finger mit abgekauten Nägeln auf die glänzende Schreibtischplatte. Er sagte ruhig: »Sie haben sich ja viel Zeit gelassen mit der Rückmeldung. Irgendwas gefunden?«

Delaguerra starrte ihn an, ein flaches, ausdrucksloses Starren.

»Das war doch gar nicht der Zweck der Übung – abgesehen vielleicht von einer erlegten Hirschkuh im Gepäckraum meines Wagens.«

Nichts veränderte sich in McKims Gesicht. Kein Muskel regte sich darin. Drew zog einen rosa polierten Fingernagel an seiner Kehle nieder und gab mit Zunge und Zähnen ein reißendes Geräusch von sich.

»Ts, ts, was sind denn das für Sprüche, junger Mann, gegenüber Ihrem Boss?«

Delaguerra sah weiter nur McKim an, wartete. McKim sprach langsam, traurig: »Sie haben eine gute Personalakte, Delaguerra. Ihr Großvater war einer der besten Sheriffs, die das County je hatte. Heute haben Sie sich eine Menge Dreck an den Stecken geholt. Es liegt eine Anschuldigung wegen Jagdfrevels gegen Sie vor, wegen Behinderung eines Beamten von Toluca County bei Ausübung seiner Dienstpflicht und wegen Widersetzlichkeit bei der Festnahme. Haben Sie zu dem allen was zu sagen?«

Delaguerra sagte tonlos: »Ist schon Haftbefehl gegen mich erlassen?«

McKim schüttelte sehr langsam den Kopf. »Es handelt sich um eine amtsinterne Beschwerde. Keine formelle Anzeige. Mangel an Beweisen, schätze ich.« Er lächelte trocken, ohne Humor.

Delaguerra sagte ruhig: »In dem Fall werden Sie meinen Stern wollen, nehme ich an.«

McKim nickte, schweigend. Drew sagte: »Sie haben den Finger ein bißchen zu fix am Abzug. Und auch Ihr Mundwerk geht ein bißchen zu rasch mit Ihnen durch.«

Delaguerra zog sein Abzeichen heraus, rieb es am Ärmel, sah es an, schob es über das glatte Holz des Tisches.

»Okay, Chef«, sagte er sehr leise. »Ich habe spanisches Blut, rein spanisches. Nicht das eines Nigger-Mex und auch nicht das eines Yaqui-Mex. Mein Großvater hätte eine Situation wie diese mit weniger Worten und mehr Pulverdampf erledigt, aber das soll nicht heißen, daß ich sie komisch finde. Ich bin vorsätzlich in eine Falle gelockt worden, weil ich mit Donegan Marr eng befreundet war. Sie wissen und ich weiß, daß mein Job hier nie davon beeinflußt worden ist. Der Commissioner und seine Hintermänner sind sich dessen aber vielleicht nicht so sicher.«

Drew stand jäh auf. »Bei Gott, so werden Sie mit mir nicht reden«, kläffte er.

Delaguerra lächelte langsam. Er sagte nichts, sah überhaupt nicht in Drews Richtung. Drew setzte sich wieder, mit finster gerunzelter Stirn und heftig atmend.

Nach einem Moment steckte McKim das Abzeichen weg, in die mittlere Schublade seines Schreibtischs, und stand auf.

»Sie sind vom Dienst suspendiert, bis der Disziplinarausschuß über Sie entschieden hat, Delaguerra. Bleiben Sie mit mir in Tuchfühlung.« Er ging rasch aus dem Zimmer, durch die innere Tür, ohne einen Blick zurückzuwerfen.

Delaguerra schob seinen Stuhl zurück und richtete den Hut auf seinem Kopf. Drew räusperte sich, setzte ein konziliantes Lächeln auf und sagte: »Vielleicht bin ich selber eben ein bißchen hastig gewesen. Das Irische in mir.

Darum keine Feindschaft nicht. Eine Lektion, wie sie Ihnen da erteilt wird, haben wir alle mal einstecken müssen. Darf ich Ihnen einen kleinen Rat geben?«

Delaguerra stand auf, zeigte ihm ein Lächeln, ein kleines, dürres Lächeln, das nur seine Mundwinkel verzog und den Rest seines Gesichts hölzern ließ.

»Ich weiß, wie er lautet, Commissioner. Lassen Sie die Finger vom Fall Marr.«

Drew lachte, gutgelaunt jetzt wieder. »Nicht unbedingt. Es gibt gar keinen Fall Marr. Imlay hat die Schießerei zugegeben, durch seinen Anwalt, nimmt Notwehr für sich in Anspruch. Er will sich morgen stellen. Nein, mein Rat lautet anders. Fahren Sie nach Toluca County zurück und sagen Sie dem Jagdhüter, daß es Ihnen leid tut. Ich glaube, mehr braucht's nicht, um den Fall aus der Welt zu schaffen. Sie könnten's immerhin mal versuchen und abwarten.«

Delaguerra bewegte sich gemächlich zur Tür und machte sie auf. Dann drehte er sich mit einem plötzlich aufblitzenden Grinsen, das alle seine weißen Zähne zeigte, noch einmal zu Drew um.

»Ich seh's jedem an der Nasenspitze an, wenn er ein Ganeff ist, Commissioner. Dieser hier hat sein Schmerzensgeld für die Mühe schon längst in der Tasche.«

Er ging hinaus. Drew sah zu, wie die Tür sich schloß, mit weichem Schleifen, mit einem trockenen Klick. Sein Gesicht war steif vor Wut. Das Rosa seiner Haut hatte sich in ein teigiges Grau verwandelt. Die Hand, in der er die Bernsteinspitze hielt, zitterte wild, und Asche fiel aufs Knie seiner makellosen, messerscharf gebügelten Hose.

»Bei Gott«, sagte er, wie erstarrt in der Stille, »du bist vielleicht ein aalglatter Spanier! Du bist vielleicht so glatt wie Spiegelglas – nur daß man verdammt viel schneller ein Loch hineinkriegt!«

Er stand auf, schwerfällig vor Wut, bürstete sich sorgsam die Asche von der Hose und streckte eine Hand nach

Hut und Spazierstock aus. Die manikürten Finger der Hand zitterten immer noch.

VIII

Die Newton Street, zwischen der Dritten und Vierten, war ein Block von billigen Kleiderläden, Pfandleihen, Arkaden mit Spielautomaten, schäbigen Hotels, vor denen Männer mit verschlagenen Augen Worte an ihren Zigaretten vorbeigleiten ließen, ohne die Lippen zu bewegen. Auf der Mitte des Blocks hing über einem Eingangsvorbau ein vorspringendes hölzernes Schild mit der Aufschrift: *Stoll's Billiard Parlours*. Stufen führten hinunter vom Rand des Bürgersteigs. Delaguerra ging die Stufen hinab.

Vorn in dem Billardraum war es fast dunkel. Die Tische waren zugedeckt, die Queues standen in starren Reihen in den Gestellen. Aber weit hinten gab es Licht, hartes weißes Licht, das Trauben von Köpfen und Schultern als Silhouetten erkennen ließ. Man hörte Lärm herüber, Streiten, Wettgeschrei. Delaguerra ging auf das Licht zu.

Plötzlich, wie auf ein Signal hin, hörte der Lärm auf, und aus der Stille drang das scharfe Klicken von Bällen, der dumpfe Prall des Stoßballs gegen Bande und wieder Bande, schließlich der Finalschlag einer Dreier-Karambolage. Dann flammte der Lärm wieder auf.

Delaguerra blieb neben einem zugedeckten Tisch stehen und zog einen Zehn-Dollar-Schein aus der Brieftasche, zog ein gummiertes Etikett aus einem Fach der Brieftasche. Er schrieb darauf: ›Wo ist Joe?‹, klebte es leicht auf der Banknote fest, faltete die Banknote einmal längs und einmal quer. Er ging weiter auf das Menschengewimmel zu, drängte sich Schritt für Schritt hindurch, bis er dicht am Tisch war.

Ein hochgewachsener blasser Mann mit einem leidenschaftslosen Gesicht und sauber gescheiteltem braunem Haar war gerade damit beschäftigt, sein Queue zu kreiden und die Lage der Bälle auf dem Tisch zu studieren. Er beugte sich vor, brückte mit starken weißen Fingern. Der Wettlärm versank in Stille wie ein Stein. Der hochgewachsene Mann stieß eine glatte, mühelose Quarte.

Ein pausbäckiger Mann auf einem hohen Schemel intonierte: »Vierzig für Chill. Abstand ist acht.«

Der hochgewachsene Mann kreidete wieder sein Queue, blickte sich müßig um. Seine Augen gingen über Delaguerra weg ohne ein Zeichen des Erkennens. Delaguerra trat näher an ihn heran, sagte: »Wetten Sie auch selber, Max? Fünf Eier gegen den nächsten Stoß.«

Der hochgewachsene Mann nickte. »Nehme an.«

Delaguerra legte die gefaltete Banknote auf die Tischkante. Ein Junge in gestreiftem Hemd griff danach. Max Chill kam ihm wie unabsichtlich in den Weg, schob die Banknote in die Westentasche, sagte tonlos: »Fünf gelten«, und beugte sich zu einem neuerlichen Stoß vor.

Es wurde ein sauberer Zickzackstoß, ein Haarlinienstoß. Er brachte rauschenden Beifall. Der hochgewachsene Mann händigte dem Helfer im gestreiften Hemd sein Queue aus, sagte: »Kleine Pause. Ich muß mal verschwinden.«

Er ging nach hinten durch die Schatten, durch eine Tür mit der Aufschrift ›Männer‹. Delaguerra zündete sich eine Zigarette an, betrachtete das übliche Gesindel der Newton Street in der Runde. Max Chills Gegner, ebenfalls ein hochgewachsener, blasser, leidenschaftsloser Mann, stand neben dem Markör und sprach mit ihm, ohne ihn anzusehen. In ihrer Nähe paffte, allein und mit hochnäsiger Miene, ein sehr gut aussehender Filipino in elegantem lohbraunem Anzug eine schokoladenfarbene Zigarette.

Max Chill kam zum Tisch zurück, langte nach seinem Queue, kreidete es. Er griff mit einer Hand in die Weste, sagte beiläufig: »Sie kriegen ja noch einen Fünfer von mir raus, Kumpel«, reichte Delaguerra einen gefalteten Geldschein hinüber.

Er machte drei Karambolagen hintereinander, fast ohne zu unterbrechen. Der Markör sagte: »Vierundvierzig für Chill. Abstand ist zwölf.«

Zwei Männer lösten sich aus der Menge, gingen auf den Ausgang zu. Delaguerra schloß sich ihnen unauffällig an, folgte ihnen zwischen den zugedeckten Tischen durch bis zum Fuß der kleinen Treppe. Dort blieb er stehen, faltete den Geldschein in seiner Hand auseinander, las die Adresse, die unter seiner Frage auf das Etikett gekritzelt war. Er knüllte die Banknote in seiner Hand zusammen, wollte sie in die Tasche stecken.

Etwas Hartes bohrte sich ihm in den Rücken. Eine näselnde Stimme, wie eine gezupfte Banjosaite, sagte: »Ach, helfen Sie doch lieber mal mir damit aus, ja?«

Delaguerras Nasenflügel bebten, spannten sich. Er sah die Stufen hinauf auf die Beine der beiden Männer vor sich, deren Umrisse sich im grellen Widerschein der Straßenlichter abzeichneten.

»Okay«, sagte die näselnde Stimme grimmig.

Delaguerra ließ sich zur Seite fallen, warf sich in der Luft herum. Sein Arm schoß schlangengleich nach hinten. Seine Hand packte einen Fußknöchel, als er fiel. Eine sausende Pistole verfehlte seinen Kopf, krachte ihm aufs Schultergelenk und ließ einen scharfen Schmerz durch seinen linken Arm niederfahren. Hartes, heißes Atmen erklang. Irgend etwas schlug gegen seinen Strohhut, ohne Kraft. Ein dünnes, reißendes Schnarren kam ganz aus seiner Nähe. Er rollte sich herum, drehte den Fuß mit, zog ein Knie unter sich und schnellte in die Höhe. Er kam auf die Füße, katzenhaft, geschmeidig. Er stieß den Knöchel von sich, mit aller Kraft.

Der Filipino im lohbraunen Anzug schlug rücklings auf den Boden. Eine Pistole schlotterte hoch. Delaguerra trat sie aus einer kleinen braunen Hand, und sie schlidderte unter einen Tisch. Der Filipino blieb still auf dem Rücken liegen, den Kopf hochgereckt, den Hut mit der saloppen Krempe immer noch wie festgeleimt auf seinem öligen Haar.

Hinten im Billardraum ging die Karambolagepartie friedlich weiter. Wenn überhaupt jemand die Scharrgeräusche am Eingang mitbekommen hatte, so rührte sich jedenfalls keiner, ihnen nachzugehen. Delaguerra riß einen umriemten Totschläger aus der Hüfttasche, beugte sich vor. Das verkrampfte braune Gesicht des Filipino duckte sich.

»Mußt noch eine Masse lernen. Hoch mit dir, Jungchen.«

Delaguerras Stimme war eisig unterkühlt, aber völlig gelassen. Der dunkle Mann rappelte sich auf, hob die Arme, dann schoß seine linke Hand plötzlich nach seiner rechten Schulter. Der Totschläger brachte sie nieder, mit einem beiläufigen Schlenker von Delaguerras Handgelenk. Der braune Mann stieß einen dünnen Schrei aus, wie ein hungriges Kätzchen.

Delaguerra zuckte die Achseln. Sein Mund verzog sich zu einem sardonischen Grinsen.

»Kleiner Raubüberfall am Abend, was? Okay, Gelbgesicht, vielleicht ein andermal. Im Moment hab ich zu tun. Zieh Leine!«

Der Filipino glitt zwischen die Tische zurück, kauerte sich nieder. Delaguerra nahm den Totschläger in die linke Hand, griff mit der rechten nach einem Pistolenkolben. Einen Moment lang blieb er so stehen, beobachtete die Augen des Filipino. Dann drehte er sich um, ging rasch die Stufen hinauf und verschwand.

Der braune Mann stürzte vor, an der Wand entlang, und kroch unter den Tisch, um seine Pistole zu suchen.

Joey Chill, der die Tür aufriß, hielt eine kurze, etwas ramponierte Pistole ohne Visierkorn in der Hand. Er war ein kleiner Mann, zäh, mit einem verspannten, besorgt wirkenden Gesicht. Er brauchte eine Rasur und ein frisches Hemd. Ein strenger, tierischer Geruch drang aus dem Zimmer hinter ihm.

Er senkte die Pistole, grinste säuerlich, trat zurück ins Zimmer.

»Okay, Bulle. Sie haben sich ja ganz schön Zeit gelassen.«

Delaguerra ging hinein und schloß die Tür. Er schob seinen Strohhut weit zurück auf seinem drahtigen Haar und sah Joey Chill ohne jeden Ausdruck an. Er sagte: »Soll ich mir etwa von jedem kleinen Gauner in der Stadt die Adresse merken? Mußte sie mir erst von Max holen.«

Der kleine Mann brummelte etwas vor sich hin und ging dann und legte sich aufs Bett, schob die Pistole unters Kopfkissen. Er verschränkte die Hände hinter dem Kopf und blinzelte gegen die Decke.

»Haben Sie 'n Hunderter dabei, Bulle?«

Delaguerra stieß sich einen Stuhl vor das Bett und ließ sich rittlings darauf nieder. Er holte seine Bulldog-Pfeife heraus, stopfte sie langsam, streifte mit einem widerwilligen Blick das geschlossene Fenster, die abgestoßene Emaille des Bettgestells, das schmutzige, zerwühlte Bettzeug, die Waschschüssel in der Ecke, über der zwei schmierige Handtücher hingen, die nackte Frisierkommode mit der Gideon-Bibel und der halben Flasche Gin obendrauf.

»Untergetaucht?« erkundigte er sich, ohne sonderliches Interesse.

»Die Heilsarmee ist hinter mir her, Bulle. Ich muß 'n Weilchen von der Bildfläche verschwinden. Also hörn Sie, ich hab da was. Ist einen Hunderter wert.«

Delaguerra steckte langsam seinen Tabakbeutel weg,

gleichgültig, hielt ein angerissenes Streichholz an seine Pfeife, paffte mit aufreizender Gemächlichkeit. Der kleine Mann auf dem Bett fing an zu zappeln, beobachtete ihn nervös von der Seite. Delaguerra sagte langsam: »Als Spitzel sind Sie gut, Joey. Das können Sie immer von mir bescheinigt kriegen. Aber hundert Eier sind eine ganz schöne Stange Geld für einen Polizisten.«

»Ist's aber wert, Mann. Wenn Ihnen der Mord an diesem Marr wichtig genug ist, daß Sie ihn richtig aufklären wollen.«

Delaguerras Augen wurden bewegungslos und sehr kalt. Seine Zähne hielten das Mundstück der Pfeife gepackt. Er sprach sehr ruhig, mit Ingrimm.

»Ich werd's mir mal anhören, Joey. Und ich bezahle, wenn's das wert ist. Aber wehe Ihnen, wenn's nicht stimmt.«

Der kleine Mann rollte sich herum, stützte sich auf den Ellbogen. »Wissen Sie, wer das Mädchen war, das mit Imlay zusammen auf diesen Pyjama-Photos?«

»Ich kenne den Namen«, sagte Delaguerra gleichmütig. »Die Photos hab ich gar nicht gesehen.«

»Stella La Motte ist bloß ihr Künstlername. Richtig heißt sie Stella Chill. Mein Schwesterchen.«

Delaguerra verschränkte die Arme auf der Lehne des Stuhls. »Das ist ja reizend«, sagte er. »Reden Sie weiter.«

»Sie hat ihn reingelegt, Bulle. Reingelegt für ein paar Päckchen Heroin von einem schlitzäugigen Flip.«

»Was, einem Filipino?« Delaguerras Stimme klang hastig, rauh. Sein Gesicht war jetzt voller Spannung.

»Tja, ein kleiner brauner Bruder. Ein Schönling, immer wie aus dem Ei gepellt, ein Schnee-Dealer. Ein gottverdammter Fatzke. Heißt Toribo. Genannt wird er Caliente Kid. Er hatte eine Wohnung auf demselben Flur wie Stella, gleich gegenüber. Da hat er ihr das Zeug dann eingetrichtert. Und sie schließlich zu dem Trick mit Imlay gezwungen. Der kriegte von ihr ein paar Tropfen schweres Zeug in den

Schnaps und ging aus. Worauf sie den Flip reinließ und der die Photos schoß, mit 'ner Minné-Kamera. Allerliebst, was? ... Und dann, typisch Nutte, kriegt sie das heulende Elend und jammert Max und mir die ganze Schose in die Ohren.«

Delaguerra nickte, schweigend, fast wie erstarrt.

Der kleine Mann grinste scharf, zeigte seine winzigen Zähne. »Und was mach ich? Ich häng mich an den Flip ran. Lebe richtig in seinem Schatten, Bulle. Und nach 'ner kleinen Weile führt er mich peng direkt in Dave Aage sein Hochhaus-Apartment im Vendome ... Schätze, das ist ein Häppchen wert.«

Delaguerra nickte langsam, schüttelte ein wenig Asche ab auf die Fläche seiner Hand und blies sie weg. »Wer weiß sonst noch davon?«

»Max. Wird's bestätigen, wenn Sie ihn richtig behandeln. Bloß will er selber nichts damit zu tun haben. Macht nicht mit bei solchen Spielchen. Er hat Stella Geld gegeben, daß sie aus der Stadt weg konnte, und dann dichtgemacht. Denn mit diesen Jungens ist nicht zu spaßen.«

»Also kann Max auch nicht wissen, wohin Sie die Spur des Filipino geführt hat, Joey.«

Der kleine Mann setzte sich scharf auf, schwang die Füße auf den Boden. Sein Gesicht wurde mürrisch.

»Ich nehm Sie nicht auf den Arm, Bulle. Hab ich noch nie gemacht.«

Delaguerra sagte ruhig: »Ich glaube Ihnen ja, Joey. Ich hätt nur gern noch einen Beweis mehr dafür. Was machen Sie sich denn für einen Reim auf das Ganze?«

Der kleine Mann schnaufte verächtlich. »Teufel auch, das sticht einem doch in die Augen, daß es schon weh tut. Entweder hat der Flip die Geschichte von vornherein für Masters und Aage gemacht, oder er ist an sie rangetreten, als er die Photos hatte. Dann kriegte Marr die Photos in die Finger, und das hätt er ja todsicher nicht, wenn die beiden das nicht selber gedeichselt hätten, bloß daß er nicht wußte, daß sie die Dinger ebenfalls hatten. Imlay hat für ihre Partei kandidiert, als Richter. Okay, er war ihr Lump, aber er war eben ein Lump und unzuverlässig dazu. Wenn man so säuft wie der und einem dauernd die Nerven durchgehn? Das weiß doch jeder!«

Delaguerras Augen glitzerten ein wenig. Der Rest seines Gesichts war wie aus Holz geschnitzt. Die Pfeife in seinem Mund stand so unbeweglich, als sei sie festzementiert.

Joey Chill fuhr fort, mit seinem scharfen kleinen Grinsen: »Also haben sie den großen Coup gelandet. Haben Marr die Photos zugespielt, ohne daß der wußte, wo sie herstammten. Dann kriegte Imlay 'nen Tip, wer sie hätte und was da alles drauf zu sehen wäre, und daß Marr ihm die Daumenschrauben anlegen wollte. Was blieb einem Burschen wie Imlay da wohl übrig? Er mußte auf die Jagd, Bulle – und Big John Masters und sein Busenfreund konnten sich die Ente braten.«

»Beziehungsweise das Wildbret«, sagte Delaguerra abwesend.

»Äh, was? Also, ist das ein Happen oder nicht?«

Delaguerra griff nach seiner Brieftasche, schüttelte das Geld heraus, zählte auf dem Knie ein paar Scheine ab. Er rollte sie zu einem festen Packen zusammen und schnippte sie hinüber aufs Bett.

»Ich hätte liebend gern noch einen kleinen Draht zu Stella, Joey. Wie steht's damit?«

Der kleine Mann stopfte sich das Geld in die Hemdtasche, schüttelte den Kopf. »Nichts zu machen. Sie könnten's höchstens nochmal bei Max versuchen. Ich glaube, sie ist aus der Stadt weg, und ich, ich verdrücke mich jetzt ebenfalls, wo ich die Pinke habe. Denn wie gesagt, mit diesen Jungens ist nicht zu spaßen – und vielleicht bin ich nicht gut genug gewesen beim Beschatten . . . Bei mir hat sich nämlich selber ein Schleicher ins Schlepptau gehängt.« Er stand auf, gähnte, fügte hinzu: »Schlückchen Gin gefällig?«

Delaguerra schüttelte den Kopf, sah dem kleinen Mann zu, wie er zur Kommode hinüberging und die Ginflasche hob, um sich eine gehörige Portion in ein dickes Glas zu gießen. Er leerte das Glas, wollte es hinstellen.

Glas klirrte am Fenster. Es gab einen Schlag wie von einem schlappen Handschuh. Ein kleines Stück Fensterscheibe fiel auf das nackte fleckige Holz jenseits des Teppichs, fast zu Joey Chills Füßen.

Der kleine Mann stand zwei oder drei Sekunden lang vollkommen reglos. Dann fiel das Glas aus seiner Hand, schlug auf und rollte gegen die Wand. Dann gaben seine Beine nach. Er ging nach der Seite zu Boden, rollte langsam herum auf den Rücken.

Blut begann träge über seine Backe zu kriechen, aus einem Loch über seinem linken Auge. Es bewegte sich schneller. Das Loch wurde groß und rot. Joey Chills Augen blickten leer gegen die Decke, als ginge ihn nun auf einmal alles nichts mehr an.

Delaguerra glitt still vom Stuhl nieder, auf Hände und Knie. Er kroch an der Längsseite des Bettes entlang, hinüber zur Wand am Fenster, streckte von dort die Hand aus und griff Joey Chill unters Hemd. Er hielt die Finger ein Weilchen auf das Herz, zog sie weg, schüttelte den Kopf. Er hockte sich tief geduckt in die Fensterecke, nahm den Hut ab und schob den Kopf dann sehr vorsichtig hoch, bis er über den unteren Scheibenrand hinaussehen konnte.

Er blickte auf die hohe kahle Wand eines Lagerhauses, gegenüber einer kleinen Gasse. Es hatte ein paar einzelne Fenster, hoch oben, aber keins davon war erleuchtet. Delaguerra zog den Kopf wieder nach unten, sagte ruhig, leise vor sich hin: »Gewehr mit Schalldämpfer, möglicherweise. Sehr saubere Leistung.«

Seine Hand streckte sich noch einmal aus, scheu, zog

Joey Chill die kleine Rolle Banknoten aus dem Hemd. Er kroch an der Wand entlang zur Tür zurück, immer noch geduckt, griff hoch und zog den Schlüssel aus der Tür, öffnete sie, richtete sich auf und trat schnell hinaus, schloß die Tür von außen ab.

Er ging einen schmutzigen Korridor entlang und vier Treppen hinunter in eine enge Halle. Die Halle war leer. Es gab einen Empfangstisch und eine Glocke darauf, aber niemand stand dahinter. Delaguerra blieb an der Spiegelglastür stehen, die auf die Straße führte, und blickte über die Straße zu einem Fachwerkhaus hinüber, einer Pension offenbar, auf deren Veranda ein paar alte Männer in Schaukelstühlen hockten und rauchten. Sie sahen sehr friedlich aus. Er beobachtete sie mehrere Minuten lang.

Dann trat er hinaus, suchte blitzschnell und mit scharfen Blicken beide Seiten des Blocks ab, ging an geparkten Wagen entlang bis zur nächsten Ecke. Zwei Blocks weiter winkte er einem Taxi und fuhr zu Stoll's Billard Parlours an der Newton Street zurück.

Licht brannte jetzt im ganzen Billardraum. Bälle klickten und rollten, Spieler drängten sich im dicken Dunst von Zigarettenrauch. Delaguerra sah sich um, ging dann zu einer Registrierkasse hinüber, neben der ein pausbäckiger Mann auf einem hohen Hocker saß.

»Sind Sie Stoll?«

Der pausbäckige Mann nickte.

»Wo ist Max Chill?«

»Schon lange weg, Bruder. Sind nur bis hundert Punkte hochgegangen. Wird wohl zu Hause sein, schätze ich.«

»Wo ist das, zu Hause?«

Der pausbäckige Mann streifte ihn mit einem raschen, flackernden Blick, der wie ein Lichtfinger über ihn wegstrich.

»Keine Ahnung.«

Delaguerra hob eine Hand zu der Tasche, in der er sonst

sein Abzeichen stecken hatte. Er ließ sie wieder sinken – versuchte sie nicht zu schnell sinken zu lassen. Der pausbäckige Mann grinste.

»Plattfuß, was? Okay, er wohnt im Mansfield, drei Blocks westlich an der Grand.«

x

Cefarino Toribo, der gutaussehende Filipino in dem gutgeschnittenen lohbraunen Anzug, klaubte zwei silberne Zehn-Cent-Stücke und drei Pennys vom Schalter im Telegraphenamt und lächelte die gelangweilte Blondine an, die ihn bediente.

»Das geht doch gleich raus, Zuckerchen?«

Sie warf einen eisigen Blick auf das Telegrammformular. »Hotel Mansfield? Ist in zwanzig Minuten da – und Ihren Zucker können Sie sparen.«

»Okay, Zuckerchen.«

Toribo schlenderte elegant aus dem Amt. Die Blondine spießte das Telegramm auf einen Dorn, sagte über die Schulter: »Der ist doch nicht ganz dicht. Schickt ein Telegramm in ein Hotel, das bloß drei Blocks weiter liegt.«

Cefarino Toribo bummelte die Spring Street entlang, ließ über seine hübsche Schulter eine Rauchspur aus einer schokoladenfarbenen Zigarette hinter sich. An der Vierten wandte er sich westlich, ging drei Blocks weiter, bog zum Seiteneingang des Mansfield ab, bei dem Friseurladen. Er ging ein paar Marmorstufen hinauf zu einem Entresol, durch den rückwärtigen Teil eines Schreibzimmers und über eine teppichbelegte Treppe zum zweiten Stock. Er huschte an den Fahrstühlen vorbei und stolzierte dann einen langen Korridor entlang bis zum Ende, musterte die Nummern an den Türen.

Er kam den halben Weg zu den Fahrstühlen wieder

zurück, setzte sich in eine Nische, in der unter einem Doppelfenster zum Hof ein Tisch mit Glasplatte und ein paar Sessel standen. Er zündete sich eine frische Zigarette an seinem Stummel an, lehnte sich zurück und lauschte zu den Fahrstühlen hinüber.

Er beugte sich scharf vor, so oft einer in diesem Stockwerk hielt, horchte, ob Schritte kamen. Die Schritte kamen nach etwas über zehn Minuten. Er stand auf und trat hinter die Ecke der Wand, wo die Nischenerweiterung begann. Er zog eine lange dünne Pistole unter dem rechten Arm hervor, nahm sie in die rechte Hand, hielt sie nach unten gerichtet zwischen Körper und Wand.

Ein gedrungener, pockennarbiger Filipino in Pagenuniform kam den Korridor entlang, ein kleines Tablett in der Hand. Toribo gab ein zischendes Geräusch von sich, hob die Pistole. Der gedrungene Filipino wirbelte herum. Sein Mund ging auf, und seine Augen quollen hervor beim Anblick der Pistole.

Toribo sagte: »Welches Zimmer, du Armleuchter?«

Der gedrungene Filipino lächelte sehr nervös, beschwichtigend. Er trat näher, zeigte Toribo einen gelben Umschlag auf seinem Tablett. Die Ziffern 338 waren mit Bleistift auf das Fenster des Umschlags geschrieben.

»Leg's da hin«, sagte Toribo ruhig.

Der gedrungene Filipino legte das Telegramm auf den Tisch. Er wandte die Augen nicht von der Pistole.

»Verschwinde«, sagte Toribo. »Du hast es unter der Tür durchgeschoben, kapiert?«

Der gedrungene Filipino zog den runden schwarzen Kopf ein, lächelte noch einmal nervös und ging dann sehr schnell davon, auf die Fahrstühle zu.

Toribo steckte die Pistole in die Jackentasche, zog ein zusammengefaltetes weißes Papier heraus. Er schlug es sehr sorgfältig auseinander, schüttete glitzerndes weißes Pulver daraus auf die Hohlstelle, die sich zwischen seinem linken

Daumen und Zeigefinger bildete, als er die Hand spreizte. Er schnupfte das Pulver mit einem scharfen Atemzug die Nase hoch, zog ein flammenfarbenes Seidentaschentuch heraus und wischte sich die Nase damit ab.

Er stand eine kleine Weile still. Seine Augen bekamen den stumpfen Farbton von Schiefer, und die Haut auf seinem braunen Gesicht schien sich über den hohen Backenknochen zu spannen. Er atmete hörbar durch die Zähne.

Er griff nach dem gelben Umschlag und ging den Korridor entlang bis ans Ende, blieb vor der letzten Tür stehen, klopfte.

Eine Stimme rief etwas. Er legte die Lippen dicht an die Tür, sprach mit hoher, sehr respektvoller Stimme.

»Post für Sie, Sir.«

Bettfedern knarrten. Schritte kamen drinnen über den Boden. Ein Schlüssel drehte sich im Schloß, und die Tür ging auf. Toribo hatte zu diesem Zeitpunkt seine dünne Pistole bereits wieder in der Hand. Als die Tür aufging, trat er schnell in die Öffnung, seitlich, mit einem anmutigen Schwenk seiner Hüften. Er setzte Max Chill die Mündung der dünnen Pistole auf den Bauch.

»Zurück!« sagte er leise, und seine Stimme hatte jetzt das metallische Näseln einer gezupften Banjosaite.

Max Chill wich vor der Pistole zurück. Er wich quer durch den Raum zurück bis zum Bett und setzte sich auf das Bett, als seine Beine auf die Kante trafen. Bettfedern knarrten, und eine Zeitung raschelte. Max Chills bleiches Gesicht unter dem sauber gescheitelten Haar hatte überhaupt keinen Ausdruck.

Toribo schloß leise die Tür, ließ sie einschnappen. Als der Riegelbolzen schnappte, wurde Max Chills Gesicht plötzlich ein krankes Gesicht. Seine Lippen begannen zu zittern, zitterten fort.

Toribo sagte höhnisch, mit seiner näselnden Stimme: »Du hast bei den Bullen gesungen, was? *Adiós.*«

Die dünne Pistole zuckte in seiner Hand, zuckte weiter und weiter. Ein wenig blasser Rauch lispelte aus der Mündung. Das Geräusch, das die Pistole machte, war nicht lauter als das eines Hammers, der einen Nagel einschlägt, oder eines Knöchels, der scharf auf Holz klopft. Sie machte dieses Geräusch siebenmal.

Max Chill legte sich sehr langsam auf das Bett. Seine Füße blieben auf dem Boden. Seine Augen wurden leer, und seine Lippen teilten sich, und rosa Schaum begann sich auf ihnen zu kräuseln. Blut erschien an verschiedenen Stellen auf der Vorderseite seines losen Hemds. Er lag ganz still auf dem Rücken und sah gegen die Decke, die Füße immer noch auf dem Boden, und der rosa Schaum brodelte auf seinen blauen Lippen.

Toribo nahm die Pistole in die linke Hand und steckte sie wieder unter den Arm. Er schlängelte sich seitlich zum Bett hinüber und blieb daneben stehen, sah auf Max Chill hinab. Nach einer Weile hörte der rosa Schaum auf zu brodeln, und Max Chills Gesicht wurde das stille, leere Gesicht eines Toten.

Toribo ging zurück zur Tür, öffnete sie, wollte rückwärts hinausgehen, die Augen immer noch auf dem Bett. Da regte sich etwas hinter ihm.

Er wollte sich herumwerfen, seine Hand fuhr hoch. Etwas sauste ihm an den Kopf. Der Fußboden neigte sich auf einmal seltsam vor seinen Augen, stürzte auf sein Gesicht zu. Er hatte kein Bewußtsein mehr, als der Boden sein Gesicht traf.

Delaguerra stieß die Beine des Filipino mit dem Fuß ins Zimmer, der Tür aus dem Weg. Er zog die Tür zu, ließ sie einschnappen, ging steif hinüber zum Bett, einen umriemten Totschläger schwingend an der Seite. Er blieb eine lange Zeit neben dem Bett stehen. Schließlich sagte er halblaut vor sich hin: »Die räumen auf. Ja-ah – die räumen wirklich auf.«

Er ging zu dem Filipino zurück, wälzte ihn herum und durchsuchte seine Taschen. Er fand eine elegante Brieftasche ohne alle Ausweispapiere, ein mit Granaten besetztes goldenes Feuerzeug, ein goldenes Zigarettenetui, Schlüssel, einen goldenen Drehbleistift und ein goldenes Messer, das flammenfarbene Taschentuch, loses Geld, zwei Pistolen samt Reservemagazinen dafür, und fünf Briefchen Heroin-Pulver in der Fahrkartentasche des lohbraunen Jacketts.

Er ließ die Sachen verstreut auf dem Boden liegen, stand auf. Der Filipino atmete schwer, mit geschlossenen Augen. In der einen Backe zuckte ein Muskel. Delaguerra zog eine Rolle dünnen Draht aus der Tasche und band dem braunen Mann die Handgelenke damit auf dem Rücken zusammen. Er schleifte ihn zum Bett hinüber, setzte ihn gegen den Pfosten, schlang einen Strang Draht um den Pfosten und dann um seinen Hals. Er befestigte das flammenfarbene Taschentuch an der Drahtschlinge.

Er ging ins Bad und holte ein Glas Wasser und klatschte es dem Filipino, so heftig er nur konnte, ins Gesicht.

Toribo zuckte, würgte scharf, als der Draht in seinen Hals schnitt. Seine Augen sprangen auf. Er öffnete den Mund, um zu schreien.

Delaguerra riß den Draht straff gegen die braune Kehle. Der Schrei wurde abgeschnitten, unterbrochen wie von einem Schalter. Es kam nur noch ein krampfhaftes, angstvolles Gurgeln. Toribos Mund tropfte.

Delaguerra ließ die Drahtschlinge wieder locker und brachte seinen Kopf dicht an den Kopf des Filipino heran. Er sprach sanft zu ihm, mit einer trockenen, sehr tödlichen Sanftheit.

»Du willst singen, Flip. Vielleicht nicht sofort, vielleicht nicht einmal bald. Aber nach einer Weile willst du singen bei mir, einfach singen.«

Die Augen des Filipino rollten gelb. Er spuckte. Dann schlossen sich seine Lippen, fest.

Delaguerra lächelte ein schwaches, ingrimmiges Lächeln. »Zähes Jungchen«, sagte er sanft. Er riß das Taschentuch zurück, hielt es fest und hart, so daß der Draht in die braune Kehle über dem Adamsapfel schnitt.

Die Beine des Filipino begannen auf den Boden zu schlagen. Sein Körper bewegte sich in jähen Stößen. Das Braun seines Gesichts wurde ein tiefes, blutdunkles Purpurrot. Seine Augen quollen heraus, blutunterlaufen.

Delaguerra ließ den Draht wieder locker.

Der Filipino keuchte sich Luft in die Lungen. Sein Kopf sackte nach vorn, zuckte dann zurück gegen den Bettpfosten. Ein Schauer überlief ihn.

»*Si* . . . ich singe«, hauchte er.

XI

Als es schellte, legte Ironhead Toomey sehr sorgfältig eine schwarze Zehn auf einen roten Buben. Dann leckte er sich die Lippen und legte alle Karten hin und sah sich nach der Vordertür des Bungalows um, die hinter dem Durchgangsbogen zum Eßzimmer lag. Er stand langsam auf, ein ungeschlachter Brocken von einem Mann mit lockerem grauem Haar und einer großen Nase.

Im Wohnzimmer, jenseits des Bogens, lag ein dünnes blondes Mädchen auf einer Couch und las unter einer Lampe mit defektem rotem Schirm in einer Zeitschrift. Sie war hübsch, aber zu blaß, und die dünnen, hochgewölbten Brauen gaben ihrem Gesicht einen verwirrt-verschreckten Ausdruck. Sie legte die Zeitschrift weg und schwang die Füße auf den Boden und sah mit scharfer, jäher Furcht in den Augen zu Ironhead Toomey hinüber.

Toomey gab ihr schweigend einen Wink mit dem Daumen. Das Mädchen stand auf und ging sehr schnell durch den Bogen und eine Schwingtür in die Küche. Sie schloß die Schwingtür langsam, so daß sie kein Geräusch machte.

Es schellte abermals, länger diesmal. Toomey schob seine weißbesockten Füße in Filzpantoffeln, hängte sich eine Brille über die große Nase, griff nach einem Revolver, der auf einem Stuhl neben ihm lag. Er hob eine zerknüllte Zeitung vom Boden auf und drapierte sie locker um die Pistole, die er in der linken Hand hielt. Dann schlenderte er ohne Eile zur Tür.

Er gähnte, als er sie öffnete, beäugte mit schläfrigem Blick durch die Brille den hochgewachsenen Mann, der auf der Veranda stand.

»Okay«, sagte er verdrießlich. »Reden Sie schon, was wollen Sie?«

Delaguerra sagte: »Ich bin von der Polizei. Ich möchte Stella La Motte sprechen.«

Ironhead Toomey legte einen Arm quer über die Tür, so dick wie ein Jul-Block, und lehnte sich mit seinem ganzen Gewicht gegen den Rahmen. Er behielt seinen gelangweilten Ausdruck bei.

»Irrtum in der Hausnummer, Bulle. Hier gibt's keine Nutten.«

Delaguerra sagte: »Ich werd mal reinkommen und nachsehn.«

Toomey sagte gutgelaunt: »Einen Dreck werden Sie.«

Delaguerra zog sehr glatt und sehr schnell eine Pistole aus der Tasche, ließ sie auf Toomeys linkes Handgelenk niedersausen. Die Zeitung und der große Revolver fielen auf den Boden der Veranda. Toomeys Gesicht nahm einen etwas weniger gelangweilten Ausdruck an.

»Blöder Witz«, fuhr Delaguerra ihn an. »Gehn wir rein.«

Toomey schüttelte sein linkes Handgelenk, nahm den anderen Arm vom Türrahmen und holte zu einem harten Schwinger aus, der Delaguerras Kinn treffen sollte. Delaguerra wich mit dem Kopf ein paar Zoll aus. Er runzelte die Stirn, gab mit Zunge und Lippen ein Geräusch der Mißbilligung von sich.

Toomey sprang auf ihn ein. Delaguerra trat einen Schritt zur Seite und schmetterte die Pistole an einen großen grauen Kopf. Toomey landete auf dem Bauch, halb im Haus und halb auf der Veranda. Er grunzte, pflanzte die Hände fest auf den Boden und schickte sich zum Aufstehen an, als hätte ihn überhaupt nichts getroffen.

Delaguerra stieß Toomeys Pistole mit einem Tritt aus dem Weg. Eine Schwingtür im Haus machte ein leichtes Geräusch. Toomey hatte sich auf ein Knie und eine Hand aufgerichtet, als Delaguerra nach dem Geräusch hinübersah. Er führte einen Schlag nach Delaguerras Magen, traf ihn auch. Delaguerra grunzte und schlug Toomey wieder auf den Schädel, hart. Toomey schüttelte den Kopf, murrte: »So 'ne Klopperei ist bei mir bloß Zeitverschwendung, Jung.«

Er tauchte zur Seite weg, erwischte Delaguerras Bein, riß es vom Boden weg. Delaguerra setzte sich auf die Bretter der Veranda, kippte in den Türweg. Sein Kopf schlug gegen den Pfosten, ließ ihn Sterne sehen.

Die dünne Blonde stürzte durch den Türbogen heran, eine kleine Automatik in der Hand. Sie richtete sie auf Delaguerra, schrie wild: »Her mit dem Ding, verdammt!«

Delaguerra schüttelte den Kopf, wollte etwas sagen, holte dann aber nur tief Luft, da Toomey begann, ihm den Fuß umzudrehen. Toomey biß die Zähne zusammen und drehte an dem Fuß, als wäre er ganz allein damit auf der Welt und es wäre sein eigener Fuß und er könnte damit machen, was ihm paßte.

Delaguerras Kopf schlug wieder nach hinten, und sein Gesicht wurde weiß. Der Schmerz verzog seinen Mund zu einer grellen Grimasse. Er stemmte sich hoch, packte mit der linken Hand Toomeys Haar, zerrte den großen Kopf in die Höhe und hinüber, bis das Kinn hochkam, mit aller Anstrengung. Dann schmetterte er den Lauf seines Colts gegen das Kinn.

Toomey wurde schlaff, eine träge Masse, fiel quer über Delaguerras Beine nach vorn und nagelte ihn am Boden fest. Delaguerra konnte sich nicht mehr rühren. Er stemmte sich mit der rechten Hand gegen den Boden und versuchte zu verhindern, daß Toomeys Gewicht ihn auf die Bretter niederdrückte. Er konnte die rechte Hand mit der Pistole nicht vom Boden lösen. Die Blondine stand jetzt nah bei ihm, mit wilden Augen, weiß im Gesicht vor Wut.

Delaguerra sagte mit erschöpfter Stimme: »Seien Sie nicht dumm, Stella. Joey – – –«

Das Gesicht der Blondine war unnatürlich. Ihre Augen waren unnatürlich, hatten ganz kleine Pupillen, mit sonderbar flachem Glitzern darin.

»Bullen!« schrie sie fast. »Bullen! Gott, wie ich Bullen hasse!«

Die Pistole in ihrer Hand krachte. Der Widerhall füllte den Raum, drang durch die offene Tür hinaus, erstarb an dem Hochbretterzaun auf der anderen Straßenseite.

Ein scharfer Schlag, wie der eines Golfschlägers, traf Delaguerra an der linken Kopfseite. Schmerz erfüllte seinen Kopf. Licht flammte auf – blendend weißes Licht, das die Welt erfüllte. Dann war es dunkel. Er fiel lautlos, in bodenlose Dunkelheit.

XII

Licht kam als roter Nebel vor seinen Augen wieder. Harter, bitterer Schmerz folterte seinen Kopf an der Seite, zuckte durch sein ganzes Gesicht, bohrte in seinen Zähnen. Seine Zunge war heiß und dick, als er sie zu bewegen versuchte. Er versuchte seine Hände zu bewegen. Sie waren weit weg von ihm, waren überhaupt nicht seine Hände.

Dann öffnete er die Augen, und der rote Nebel wich, und er sah in ein Gesicht. Es war ein großes Gesicht, sehr nah vor ihm, ein riesiges Gesicht. Es war fett und hatte blaue Backen, und eine Zigarre mit grellem Band steckte in einem grinsenden, dicklippigen Mund. Das Gesicht kicherte. Delaguerra schloß die Augen wieder, und der Schmerz schlug über ihm zusammen, überschwemmte ihn. Er verlor die Besinnung.

Sekunden, oder Jahre, vergingen. Er sah wieder in das Gesicht. Er hörte eine dicke Stimme.

»Na also, er beehrt uns wieder. Ein ganz schön zäher Bursche ist das ja.«

Das Gesicht kam näher, das Ende der Zigarre glühte kirschenrot. Dann hustete er gequält, würgte am Rauch. Der Kopf schien ihm zu platzen. Er spürte, wie frisches Blut über seinen Backenknochen glitt, die Haut kitzelte, dann über steifes getrocknetes Blut kroch, das bereits auf seinem Gesicht festgebacken war.

»Das bringt ihn wieder auf Vordermann«, sagte die dicke Stimme.

Eine andere Stimme mit einem Anflug von irischem Akzent sagte etwas Sanftes und Obszönes. Das große Gesicht wirbelte herum zu dem Klang und knurrte.

Delaguerra kam jetzt ganz wieder zu sich. Er konnte den Raum klar erkennen, konnte die vier Leute erkennen darin. Das große Gesicht war das Gesicht von Big John Masters.

Das blonde Mädchen hockte auf dem einen Ende der Couch und starrte mit einem Ausdruck auf den Boden, als sei sie gedopt, die Arme steif an den Seiten, die Hände außer Sicht in den Kissen.

Dave Aage hatte seinen langen, schlaksigen Körper an eine Wand gelehnt, neben einem Fenster mit zugezogenen Vorhängen. Sein keilförmiges Gesicht wirkte gelangweilt. Commissioner Drew saß auf dem anderen Ende der Couch, unter der ausgefransten Lampe. Das Licht ließ Silber schimmern in seinem Haar. Seine blauen Augen waren sehr hell, sehr aufmerksam.

Eine glänzende Pistole war in Big John Masters' Hand. Delaguerra streifte sie mit einem Blinzeln, wollte aufstehen. Eine harte Hand stieß ihn vor die Brust, schleuderte ihn zurück. Eine Welle von Übelkeit überlief ihn. Die dicke Stimme sagte rauh: »Nun mal langsam, Schleicher. Sie haben Ihren Jux gehabt. Jetzt sind wir an der Reihe.«

Delaguerra leckte sich die Lippen, sagte: »Geben Sie mir einen Schluck Wasser.«

Dave Aage trat von der Wand weg und ging durch den Eßzimmerbogen. Er kam mit einem Glas zurück, hielt es Delaguerra an den Mund. Delaguerra trank.

Masters sagte: »Ihr Mumm gefällt uns, Bulle. Aber Sie machen nicht den richtigen Gebrauch davon. Anscheinend sind Sie ein Bursche, der einen Wink nicht versteht. Jammerschade. Dadurch sind Sie vom Fenster. Verstanden?«

Die Blondine wandte den Kopf und sah Delaguerra mit schweren Augen an, sah dann wieder weg. Aage ging zu seiner Wand zurück. Drew fing an, sich mit raschen nervösen Fingern über die Gesichtsseite zu streichen, als spüre er den Schmerz von Delaguerras blutigem Kopf im eigenen Gesicht. Delaguerra sagte langsam: »Wenn Sie mich umbringen, hängen Sie bloß ein bißchen höher, Masters. Auch wer in großem Stil pfuscht, ist immer noch ein Pfuscher. Sie haben schon zwei Männer für nichts und wieder nichts umbringen lassen. Sie wissen ja nicht einmal, was Sie da eigentlich zu vertuschen versuchen.«

Der große Mann fluchte rauh, riß die glänzende Pistole hoch, senkte sie dann langsam wieder, mit einem tückischen Blick. Aage sagte lässig: »Reg dich nicht auf, John. Laß ihn ruhig sein Sprüchlein aufsagen.«

Delaguerra sagte im selben langsamen, gleichmütigen Ton: »Die Dame da drüben ist die Schwester der beiden

Männer, die Sie haben umbringen lassen. Sie hatte ihnen ihre Geschichte erzählt – wie Imlay reingelegt worden war, wer die Photos hatte, wie Donegan Marr dazu gekommen war. Ihr kleiner Filipino, der Lump, hat inzwischen ein bißchen gesungen. Im wesentlichen ist der Fall jetzt klar. Sie konnten nicht sicher sein, daß Imlay Marr töten würde. Vielleicht erwischte Marr ja auch Imlay. Egal jedenfalls, denn für Sie lief beides nach Wunsch, so oder so. Nur, wenn Imlay Marr tötete, mußte der Fall schnellstens aufgeklärt werden. Und eben da lag der Punkt, wo Sie ins Schleudern kamen. Sie fingen mit der Vertuscherei an, bevor Sie noch richtig wußten, was eigentlich passiert war.«

Masters sagte rauh: »Gefasel, Bulle, nichts als lausiges Gefasel. Sie verschwenden meine Zeit.«

Die Blondine wandte den Kopf, Delaguerra zu, Masters' Rücken zu. Harter grüner Haß lag jetzt in ihren Augen. Delaguerra zuckte nur leicht die Achseln, fuhr fort: »Es war eine reine Routinesache für Sie, die Chill-Brüder durch Killer erledigen zu lassen. Es war auch reine Routinesache, rasch zu veranlassen, daß mir die Untersuchung entzogen wurde, daß ich in eine Falle lief und suspendiert wurde, weil Sie glaubten, ich stünde auf Marrs Gehaltsliste. Aber mit der ganzen Routine war's Essig, als Sie Imlay plötzlich nicht mehr auftreiben konnten – da saßen Sie echt in Druck.«

Masters' harte schwarze Augen wurden weit und leer. Sein dicker Hals schwoll an. Aage kam ein paar Schritte näher von der Wand und blieb dann wie erstarrt stehen. Nach einem Augenblick schlug Masters die Zähne zusammen, sprach sehr ruhig: »Schöner Knüller, Bulle. Erklären Sie uns mal die Pointe.«

Delaguerra berührte sein verschmiertes Gesicht mit den Spitzen zweier Finger, betrachtete die Finger dann. Seine Augen waren unergründlich tief, uralt.

»Imlay ist tot, Masters. Er war schon tot, als Marr getötet wurde.«

Das Zimmer war sehr still. Niemand darin bewegte sich. Die vier Leute, die Delaguerra vor sich hatte, waren wie versteinert vor Schreck. Nach einer langen Zeit holte Masters rauh Atem und stieß ihn wieder aus und sagte fast flüsternd: »Kommen Sie schon über damit, Bulle, kommen Sie über damit, oder bei Gott, ich werde – – –«

Delaguerras Stimme schnitt ihm das Wort ab, kalt, ohne jede Empfindung: »Imlay ging zu Marr, das stimmt schon. Warum sollte er auch nicht? Er hatte ja keine Ahnung, daß man doppeltes Spiel mit ihm trieb. Nur ging er bereits gestern abend zu ihm, nicht erst heute. Er fuhr mit ihm zusammen zur Hütte am Puma Lake, um die Sache in aller Ruhe mit ihm durchzusprechen. Das wurde jedenfalls sein Alibi. Da oben dann gerieten sich die beiden in die Haare, und Imlay wurde getötet, kippte über die Brüstung der Veranda, schlug sich auf den Felsen unten den Schädel in Stücke. Er liegt in dem Holzschuppen unter Marrs Hütte, so tot wie der Heilige Abend vorm Jahr ... Okay, Marr versteckte ihn und fuhr in die Stadt zurück. Heute nun rief ihn plötzlich jemand an, erwähnte den Namen Imlay, traf eine Verabredung für zwölf Uhr fünfzehn. Was sollte Marr nun machen? Er mußte erstmal Zeit gewinnen natürlich, sein Büromädel zum Lunch wegschicken, sich eine Pistole zurechtlegen, die er im Notfall sofort erreichen konnte. Er war zu diesem Zeitpunkt auf alles gefaßt. Nur hat ihn der Besucher dann doch überlistet, so daß er von der Pistole keinen Gebrauch mehr machen konnte.«

Masters sagte ruppig: »Zum Teufel, Mann, Sie sind doch bloß ein Klugscheißer. Diese ganzen Sachen können Sie doch gar nicht wissen.«

Er sah sich nach Drew um. Drews Gesicht war grau, klamm. Aage kam noch ein wenig näher von der Wand und blieb dicht neben Drew stehen. Das blonde Mädchen regte keinen Muskel.

Delaguerra sagte müde: »Sicher, ich rate bloß, aber ich

rate so, daß es zu den Tatsachen paßt. Es muß einfach so gewesen sein. Marr war kein blutiger Anfänger, was Schußwaffen betrifft, und er war eher nervös, auf alles gefaßt. Warum kam er dann nicht zum Schuß? Weil es eine Frau war, die ihn besuchte.«

Er hob einen Arm, wies auf die Blondine. »Da haben Sie Ihren Killer. Sie hat Imlay geliebt, obwohl sie ihn reingelegt hat. Sie ist süchtig, und Süchtige sind nun mal so. Auf einmal tat's ihr leid, und sie kriegte das Heulen, und dann ging sie eben selber auf Marr los. Fragen Sie sie!«

Die Blondine sprang auf, mit einem geschmeidigen Satz. Ihre rechte Hand fuhr aus den Kissen hoch, die kleine Automatik darin, mit der sie Delaguerra niedergeschossen hatte. Ihre grünen Augen waren blaß und leer und starrend. Masters wirbelte herum, drosch mit dem glänzenden Revolver nach ihrem Arm.

Sie schoß zweimal auf ihn, direkt und genau, ohne auch nur einen Anflug von Zögern. Blut schoß ihm seitlich aus dem dicken Hals, weiter unten aus der Jacke. Er taumelte, ließ den glänzenden Revolver fallen, fast zu Delaguerras Füßen. Er fiel gegen die Wand hinter Delaguerras Stuhl, den einen Arm vergebens nach einem Halt daran ausgestreckt. Seine Hand traf die Wand und schleifte daran nieder, als er fiel. Er krachte schwer auf, regte sich nicht mehr.

Delaguerra hatte den glänzenden Revolver fast schon in der Hand.

Drew war aufgesprungen, schreiend. Das Mädchen wandte sich langsam zu Aage um, schien Delaguerra gar nicht zu beachten. Aage riß eine Luger unter dem Arm hervor und stieß Drew mit dem Arm aus dem Weg. Die kleine Automatik und die Luger krachten zur gleichen Zeit. Die kleine Pistole verfehlte ihr Ziel. Das Mädchen wurde auf die Couch geschleudert, ihre linke Hand krampfte sich gegen ihre Brust. Sie verdrehte die Augen, versuchte die Pistole noch einmal zu heben. Dann fiel sie seitlich auf die Kissen, und ihre linke Hand wurde schlaff, sank ihr von der Brust. Die Vorderseite ihres Kleids war plötzlich eine einzige Woge von Blut. Ihre Augen öffneten sich und schlossen sich, öffneten sich und blieben offen.

Aage schwang die Luger zu Delaguerra herum. Seine Brauen hatten sich zu einem scharfen Grinsen der äußersten Anstrengung hochgesträubt. Sein glattgekämmtes, sandfarbenes Haar umschloß seinen knochigen Schädel so fest, als wäre es aufgemalt.

Delaguerra schoß viermal auf ihn, in so rasend schneller Folge, daß die Explosionen wie das Rattern einer Maschinenpistole klangen.

In dem winzigen Zeitraum, bevor er fiel, wurde Aages Gesicht das dünne, leere Gesicht eines alten Mannes, wurden seine Augen die leeren Augen eines Idioten. Dann knickte sein langer Körper wie ein Taschenmesser in sich zusammen, und er sackte zu Boden, die Luger immer noch in der Hand. Sein eines Bein gab unter ihm nach, als wäre überhaupt kein Knochen darin.

Pulvergeruch hing scharf in der Luft. Die Luft war noch wie taub vom Schall der Schüsse. Delaguerra brachte sich langsam auf die Füße, winkte Drew mit dem glänzenden Revolver.

»Ihre Party, Commissioner. Ist alles so gelaufen, wie Sie's wollten?«

Drew nickte langsam, weiß im Gesicht, zitternd. Er schluckte, bewegte sich langsam über den Boden, an Aages hingestrecktem Körper vorbei. Er blickte auf die Couch nieder, auf das Mädchen, schüttelte den Kopf. Er ging hinüber zu Masters, ging in die Knie, berührte ihn. Er stand wieder auf.

»Alle tot, glaube ich«, murmelte er.

Delaguerra sagte: »Eine schöne Bescherung. Was ist mit dem großen Brocken geworden? Dem Zementschädel?«

»Sie haben ihn weggeschickt. Ich – ich glaube nicht, daß sie Ihnen ans Leben wollten, Delaguerra.«

Delaguerra nickte ein wenig. Sein Gesicht begann sich zu glätten, die starren Linien schwanden langsam daraus. Die Seite, die keine blutstarrende Maske war, begann wieder menschlich auszusehen. Er netzte sich das Gesicht mit einem Taschentuch. Es wurde hellrot von Blut. Er warf es weg und fingerte sich behutsam das verfilzte Haar zurecht. Ein Teil davon hing im getrockneten Blut fest.

»Und wie die das wollten!« sagte er.

Das Haus war sehr still. Auch von draußen war kein Laut zu hören. Drew lauschte, schnüffelte, ging zur Vordertür und sah hinaus. Die Straße draußen war dunkel, still. Er kam zurück und trat dicht an Delaguerra heran. Sehr langsam arbeitete sich ein Lächeln auf sein Gesicht.

»Es ist schon eine verteufelte Geschichte«, sagte er, »wenn ein Polizei-Commissioner gezwungen ist, sein eigener Geheimdienstmann zu sein – und ein anständiger Polizist mit einem hinterhältigen Trick aus dem Dienst gezogen werden muß, damit er ihm helfen kann.«

Delaguerra sah ihn ohne Ausdruck an. »Auf die Tour wollen Sie's durchziehn?«

Drew sprach jetzt ganz ruhig. Das Rosa war wieder in seinem Gesicht. »Im Interesse der Polizei, Mann, und der Stadt – und in unserem eigenen Interesse ist das der einzige Weg, es durchzuziehn.«

Delaguerra sah ihm scharf in die Augen.

»Ich finde's auch nicht schlecht so«, sagte er mit toter Stimme. »Wenn es so durchgezogen wird – *ganz genau so.«*

XIII

Marcus brachte den Wagen zum Stehen und grinste bewundernd zu dem großen, von Bäumen beschatteten Haus hinüber.

»Ganz hübsch«, sagte er. »Da könnt ich auch wohl einen längeren Urlaub aushalten.«

Delaguerra stieg langsam aus dem Wagen, als wäre er steif und sehr müde. Er war hutlos, trug seinen Strohhut unter dem Arm. Ein Teil seiner linken Kopfseite war rasiert, und den rasierten Teil bedeckte ein dickes Polster aus Mull und Pflastern, über der Naht. Ein Docht aus drahtigem schwarzem Haar ragte über den Rand des Verbands hinaus, mit lächerlicher Wirkung.

Er sagte: »Tja – aber ich bleibe gar nicht hier, du Dummkopf. Warte auf mich.«

Er ging den Steinpfad entlang, der sich durch das Gras wand. Bäume warfen lange Schattenspeere über den Rasen, durch das Morgensonnenlicht. Das Haus war sehr still, die Jalousien waren heruntergelassen, am Messingklopfer hing ein dunkler Kranz. Delaguerra ging nicht zur Tür hinauf. Er bog auf einen Seitenweg ab, der unter den Fenstern entlangführte, und ging um das Haus herum, an den Gladiolenbeeten entlang.

Hinter dem Haus gab es wieder Bäume, wieder Rasen und Blumen, wieder Sonne und Schatten. Es gab einen Teich mit Wasserlilien und einem großen steinernen Ochsenfrosch. Dahinter standen im Halbkreis Liegestühle um einen Eisentisch mit gekachelter Platte. In einem davon saß Belle Marr.

Sie trug ein schwarzweißes Kleid, locker und salopp, und auf ihrem kastanienbraunen Haar saß ein Gartenhut mit breiter Krempe. Sie hockte sehr still da, sah über den Rasen weg in die Ferne. Ihr Gesicht war weiß. Das Make-up darauf hatte einen leichten Schimmer.

Sie wandte langsam den Kopf, lächelte ein dumpfes

Lächeln, wies auf einen Stuhl neben sich. Delaguerra nahm nicht Platz. Er zog seinen Strohhut unter dem Arm hervor, schnippte mit einem Finger gegen die Krempe, sagte: »Der Fall ist abgeschlossen. Es wird Inquest-Verhandlungen geben, Untersuchungen, Drohungen, eine Menge Leute werden die Mäuler aufreißen und die Öffentlichkeit mit allem möglichen Quatsch vollposaunen, und so weiter. Die Zeitungen werden ein Weilchen Wirbel machen. Aber dahinter, in den Akten, ist alles abgeschlossen. Du kannst nun langsam versuchen, es zu vergessen.«

Das Mädchen sah jäh zu ihm auf, weitete die leuchtend blauen Augen, sah wieder weg, über das Gras.

»Ist's sehr schlimm mit deinem Kopf, Sam?« fragte sie leise.

Delaguerra sagte: »Nein. Geht schon wieder gut ... Was ich sagen wollte – diese La Motte hat Masters erschossen – und auch Donny. Aage hat dann sie erschossen. Und ich habe Aage erschossen. Alle tot, rund um die Uhr. Bloß wie Imlay umgekommen ist, werden wir wahrscheinlich nie mehr erfahren. Ich wüßte aber auch nicht, was daran noch wichtig sein sollte jetzt.«

Ohne zu ihm aufzublicken, sagte Belle Marr ruhig: »Aber woher hast du gewußt, daß Imlay das war, oben auf der Hütte? In der Zeitung stand doch – – –« Sie brach ab, schauerte plötzlich zusammen.

Er starrte hölzern auf den Hut nieder, den er in der Hand hielt. »Gewußt hab ich das gar nicht. Mein Gedanke war, daß eine Frau Donny erschossen haben müßte. Ich hatte nur so eine vage Ahnung, daß Imlay das war, am See oben. Die Beschreibung paßte.«

»Wie bist du denn auf den Gedanken gekommen, daß es eine Frau war, die Donny ... die Donny tötete?« In ihrer Stimme war eine schleppende, halb flüsternde Stille.

»Ich hab's einfach gewußt.«

Er trat ein paar Schritte weg, sah in die Bäume hinauf. Er wandte sich langsam wieder, kam zurück, blieb wieder neben ihrem Stuhl stehen. Sein Gesicht war sehr müde.

»Wir haben eine schöne Zeit zusammen gehabt – wir drei. Du und Donny und ich. Es ist schrecklich, was das Leben den Menschen antut. Es ist alles vorbei jetzt – alles, was gut daran war.«

Ihre Stimme war immer noch ein Flüstern, als sie sagte: »Alles vielleicht doch nicht, Sam. Wir müssen uns oft sehen von jetzt an.«

Ein vages Lächeln bewegte die Winkel seiner Lippen, schwand wieder. »Es ist das erstemal, daß ich etwas vertusche«, sagte er ruhig. »Ich hoffe, es ist auch das letztemal.«

Belle Marrs Kopf zuckte ein wenig. Ihre Hände packten die Armlehnen des Stuhls, wirkten grell weiß auf dem gefirnißten Holz. Ihr ganzer Körper schien zu erstarren.

Nach einem Augenblick griff Delaguerra in die Tasche, und etwas Goldenes glitzerte in seiner Hand. Er sah trüb darauf nieder.

»Hab meinen Stern zurückgekriegt«, sagte er. »Er ist nicht mehr so sauber, wie er einmal war. Aber wohl so sauber wie die meisten. Ich werd versuchen, ihn so zu erhalten.« Er steckte ihn in die Tasche zurück.

Sehr langsam stand das Mädchen vor ihm auf. Sie hob das Kinn, starrte ihn mit einem langen, offenen Blick an. Ihr Gesicht war eine Maske aus weißem Gips unter dem Rouge.

Sie sagte: »Mein Gott, Sam – ich fange an zu verstehen.«

Delaguerra sah ihr nicht ins Gesicht. Er blickte an ihrer Schulter vorbei auf irgendeinen vagen Fleck in der Ferne. Er sprach vage, weit entfernt.

»Sicher ... Ich kam auf den Gedanken, daß es eine Frau gewesen sein müßte, weil die Waffe eine kleine Pistole war, wie Frauen sie erfahrungsgemäß benutzen. Aber nicht nur aus diesem Grund. Nachdem ich oben bei der Hütte gewesen war, wußte ich, daß Donny mit Gefahr gerechnet haben mußte und daß es für einen Mann ganz und gar nicht leicht gewesen wäre, ihn zu überrumpeln. Aber die ganze Konstellation deutete schlüssig darauf hin, daß Imlay es getan hatte. Masters und Aage nahmen sofort an, er sei's gewesen, und ließen einen Rechtsanwalt telefonisch zugeben, daß er's gewesen sei, und versprechen, er würde sich am nächsten Morgen stellen. Also war's für jeden, der nicht wußte, daß Imlay tot war, ganz natürlich, entsprechend mitzuziehen. Außerdem würde kein Polizist je auf die Vermutung kommen, eine Frau könnte die Patronenhülsen aufgehoben haben. Als ich Joey Chills Geschichte hatte, dachte ich erst, die La Motte könnte es gewesen sein. Aber das dachte ich schon nicht mehr, als ich's in ihrer Gegenwart sagte. Das war dreckig von mir. Ich hab dadurch ihren Tod mit herbeigeführt, in gewisser Hinsicht. Obwohl sie kaum noch große Chancen gehabt haben dürfte, würde ich meinen, bei der Bande.«

Belle Marr starrte ihn immer noch an. Die Brise wehte ihr einen Haarwisch in die Stirn, und das war das einzige an ihr, was sich bewegte.

Er holte die Augen aus der Ferne zurück, sah sie einen kurzen Moment lang tiefernst an, sah dann wieder weg. Er zog einen kleinen Schlüsselbund aus der Tasche, warf ihn auf den Tisch.

»Drei Dinge waren schwer vorstellbar, bis mir dann endlich ein Licht aufging. Die Notiz auf dem Terminkalender, die Pistole in Donnys Hand, das Fehlen der Patronenhülsen. Dann begriff ich plötzlich. Er war nicht gleich tot gewesen. Er hatte Herz – und er hatte Verstand und nutzte ihn bis zum letzten Flackern seiner Lebenskraft – um jemanden zu schützen. Die Handschrift auf dem Kalender war ein bißchen zittrig. Er hat die Notiz erst hinterher geschrieben, als er allein war, im Sterben. Er hatte an Imlay gedacht, und indem er den Namen schrieb, half er die

Spur verwischen. Dann holte er die Pistole aus dem Schreibtisch, um mit ihr in der Hand zu sterben. Blieben jetzt nur noch die Patronenhülsen. Auch dahinter bin ich gekommen, nach einer Weile. Die Schüsse waren aus kurzer Entfernung abgefeuert worden, quer über den Tisch, und am einen Ende des Tisches standen Bücher. Dort fielen die Hülsen hin, sie blieben auf dem Schreibtisch liegen, wo er sie erreichen konnte. Vom Boden hätte er sie nicht mehr aufheben können. An deinem Ring da ist auch ein Schlüssel zu seinem Büro. Ich bin gestern nacht hingegangen, ganz spät noch. Ich habe die Hülsen gefunden, in einem Klimabehälter bei seinen Zigarren. Kein Mensch hat sie dort gesucht. Man findet ja schließlich auch nur, was man zu finden erwartet.«

Er hörte auf zu sprechen und rieb sich die Seite seines Gesichts. Nach einem Augenblick fügte er hinzu: »Donny hat das Beste getan, was er tun konnte – und ist dann gestorben. Er hat seine Sache großartig gemacht – und ich werde sie ihm nicht durchkreuzen.«

Belle Marr öffnete langsam den Mund. Ein unverständliches Babbeln kam zuerst heraus, dann ein Wort, eine Reihe von klaren Worten.

»Es war nicht nur wegen der Frauen, Sam. Es war wegen der Art der Frauen, die er hatte.« Sie schauerte zusammen. »Ich werde jetzt in die Stadt fahren und alles zu Protokoll geben.«

Delaguerra sagte: »Nein. Ich hab's dir doch schon gesagt. Ich werde ihm seinen Plan nicht durchkreuzen. In der Stadt bei der Polizei ist man ganz zufrieden so, wie es ist. Das Ganze ist Politik. Es hat die Stadt von der Masters-Aage-Bande befreit. Es hat zwar auch Drew nach oben gebracht, aber nur für ein Weilchen, denn letzten Endes ist er doch zu schwach, um sich lange zu halten. Also spielt das keine Rolle ... Du wirst überhaupt nichts tun, weder so noch so. Du wirst akzeptieren, was Donny mit letzter Kraft als seinen letzten Willen gezeigt hat. Du bleibst aus allem heraus. Lebe wohl.«

Er sah noch einmal in ihr weißes, erschüttertes Gesicht, ganz kurz. Dann wandte er sich ab und ging über den Rasen davon, an dem kleinen Teich vorüber mit den Lilien und dem steinernen Ochsenfrosch, am Haus entlang und hinaus zum Wagen.

Pete Marcus warf die Tür auf. Delaguerra stieg ein und setzte sich und legte den Kopf weit nach hinten gegen die Lehne, rutschte nieder im Sitz und schloß die Augen. Er sagte matt: »Laß es langsam angehen, Pete. Der Kopf tut mir ganz gräßlich weh.«

Marcus startete und bog auf die Straße, fuhr langsam die De Neve Lane zurück zur Stadt. Das von Bäumen beschattete Haus verschwand hinter ihnen. Die hohen Bäume verbargen es schließlich ganz.

Erst als sie schon weit davon weg waren, schlug Delaguerra die Augen wieder auf.

Zierfische

1

Ich hatte nicht das geringste zu tun an diesem Tag, holte nur ein bißchen Däumchendrehen nach. Eine warme böige Brise blies zum Bürofenster herein, und der Ruß aus den Ölbrennern des Mansion House Hotel auf der anderen Seite der Gasse wehte in winzigen Partikeln über die Glasplatte meines Schreibtisches, wie Blütenstaub über ein unbebautes Grundstück treibt. Ich überlegte gerade, ob ich zum Lunch gehen sollte, als Kathy Horne hereinkam.

Sie war eine hochgewachsene, etwas verwahrloste Blondine mit traurigen Augen. Früher hatte sie einmal bei der Polizei gearbeitet, ihren Job aber verloren, als sie einen billigen kleinen Scheckfälscher heiratete, um ihn zu bessern. Sie hatte ihn nicht gebessert, wartete aber auf ihn, daß er wieder heraus kam, damit sie es dann noch einmal versuchen konnte. In der Zwischenzeit bediente sie am Zigarrenstand im Mansion House und beobachtete die kleinen Gauner und Schieber, die dort, von den Rauchschwaden mieser Fünf-Cent-Zigarren umgeben, ein und aus gingen. Von Zeit zu Zeit pumpte sie einem von ihnen zehn Dollar, damit er aus der Stadt verschwinden konnte. Ihr Herz war eben ein bißchen sehr weich. Sie setzte sich und öffnete ihre große glänzende Handtasche und zog eine Packung Zigaretten heraus und zündete sich mit meinem Tischfeuerzeug eine an. Sie blies eine Rauchwolke von sich, zog die Nase darob kraus.

»Haben Sie schon mal was von den Leander-Perlen

gehört?« fragte sie. »Mann, der blaue Serge ist aber klasse! Sie müssen ganz schön Money auf der Bank haben, bei den Sachen, die Sie tragen.«

»Nein«, sagte ich, »weder noch. Von den Leander-Perlen hab ich noch nie was gehört, und Geld auf der Bank hab ich auch keins.«

»Wie würde Ihnen dann ein kleiner Schnitt von fünfundzwanzig Riesen schmecken?«

Ich zündete mir eine von ihren Zigaretten an. Sie stand auf und schloß das Fenster, sagte: »Ich krieg bei meinem Job schon genug von dem Hotelgestank ab.«

Sie setzte sich wieder, fuhr fort:

»Ist jetzt neunzehn Jahre her. Fünfzehn hat der Bursche in Leavenworth abgesessen, und vor vieren kam er wieder raus. Ein großkotziger Holzhändler oben aus dem Norden namens Sol Leander hatte sie für seine Frau gekauft – die Perlen, meine ich – bloß zweie davon. Haben zwohundert Riesen gekostet.«

»Dann muß er ja einen mittleren Laster gebraucht haben, um sie zu transportieren«, sagte ich.

»Ich seh schon, Sie verstehen nicht besonders viel von Perlen«, sagte Kathy Horne. »Es kommt dabei gar nicht bloß auf die Größe an. Jedenfalls sind sie heute noch mehr wert, und die fünfundzwanzig Riesen Belohnung, die von den Versicherungsfritzen damals ausgesetzt wurden, sind immer noch zu haben.«

»Ich komm langsam mit«, sagte ich. »Irgendwer hat sie sich unter den Nagel gerissen.«

»Phantastisch, wie fix Sie schalten.« Sie warf ihre Zigarette in einen Aschenbecher und ließ sie dort qualmen, wie Damen das tun. Ich drückte sie für sie aus. »Deswegen saß der Bursche dann in Leavenworth, bloß daß sie ihm nie nachweisen konnten, daß er die Perlen auch hatte. War ein Postwagenraub. Er hatte sich irgendwie in dem Ding versteckt, und oben in Wyoming schoß er den Schaffner nieder, klemmte sich die Wertpakete und suchte das Weite. Er kam bis nach B. C., bevor sie ihn schnappten. Aber von dem Zeug keine Spur – jedenfalls zu dem Zeitpunkt nicht mehr. Alles, was sie kriegten, war er. Und er kriegte ›lebenslänglich‹.«

»Wenn's eine längere Story wird, sollten wir was trinken gehen.«

»Ich trinke nie vor Sonnenuntergang. Auf die Art kann man nie versumpfen.«

»Bitter für die Eskimos«, sagte ich. »Im Sommer jedenfalls.«

Sie sah mir zu, wie ich meinen Flachmann herausholte. Dann fuhr sie fort:

»Er hieß Sype – Wally Sype. Hat's im Alleingang gemacht. Und wollte partout nichts ausspucken über das Zeug, hat keinen Mucks gesagt. Dann, nach fünfzehn langen Jahren, boten sie ihm die Begnadigung an, wenn er mit der Beute rausrücken würde. Er gab auch alles her – bis auf die Perlen.«

»Wo hatte er's denn stecken?« fragte ich. »Im Hutfutter?«

»Hören Sie mal, ich reiße hier keine Witze. Ich hab einen Draht zu den Klunkern.«

Ich schloß mir den Mund mit der Hand und machte ein feierliches Gesicht.

»Er behauptete, er hätte die Perlen nie gehabt, und so halbwegs müssen sie ihm das auch geglaubt haben, weil er ja doch wirklich begnadigt wurde. Aber die Perlen waren dabeigewesen bei der Ladung, unter den Wertpaketen, versichert, und sie sind nirgends je wieder aufgetaucht.«

Meine Kehle bekam langsam ein Gefühl, als säße ein Kloß darin. Ich sagte nichts.

Kathy Horne fuhr fort:

»Einmal in Leavenworth, bloß ein einzigesmal in den ganzen Jahren, ist er über eine Pulle Sprit geraten und hat sich einen angesoffen, daß er so voll war wie das Korsett einer Zwei-Zentner-Dame. Sein Zellengenosse war ein kleiner Mann, den sie Peeler Mardo nannten. Er mußte siebenundzwanzig Monate absitzen, weil er Zwanzig-Dollar-Scheinchen gespalten hatte. Sype erzählte ihm, er hätte die Perlen irgendwo in Idaho verbuddelt.«

Ich beugte mich ein wenig vor.

»Jetzt fängt's bei Ihnen an zu klingeln, was?« sagte sie. »Na schön, dann schlucken Sie mal dies gleich hinterher. Peeler Mardo ist Untermieter bei mir im Haus, und er ist Kokser und redet im Schlaf.«

Ich lehnte mich wieder zurück. »Ach du meine Güte«, sagte ich. »Und ich war praktisch in Gedanken schon beim Ausgeben der Belohnung.«

Sie starrte mich kalt an. Dann besänftigte sich ihr Gesicht. »Also gut«, sagte sie ein wenig hoffnungslos. »Ich weiß, es klingt verdreht. Nach all den Jahren, die vergangen sind seitdem, und all den schlauen Köpfen, die sich mit dem Fall befaßt haben müssen, den Leuten von der Post, von den privaten Agenturen und so weiter. Und ausgerechnet durch einen Kokser soll's dann auf einmal an den Tag kommen. Aber er ist ein netter kleiner Doofmann und Naivling, und irgendwie glaube ich ihm. Er weiß, wo Sype steckt.«

Ich sagte: »Hat er das alles im Schlaf ausgeplaudert?«

»Natürlich nicht. Aber Sie kennen mich ja. Eine alte Polizistin hat gelernt, die Ohren steifzuhalten. Vielleicht war ich ein bißchen neugierig, aber ich hab gleich gewittert, daß er ein Knastbruder war, und mir Gedanken gemacht, daß er soviel von dem Zeug schnupfte. Er ist der einzige Untermieter, den ich habe im Moment, und da bin ich halt manchmal an seiner Tür stehengeblieben und hab gelauscht, was er sich alles so selber erzählt hat. Auf die Tour hab ich genug mitgekriegt, um ihn eines Tages mal daraufhin anzuhauen. Und da hat er mir den Rest erzählt. Er braucht Hilfe, um zu kassieren.«

Ich beugte mich wieder vor. »Und wo steckt Sype?«

Kathy Horne lächelte und schüttelte den Kopf. »Das ist das einzige, womit er nicht rausrücken wollte, das und der Name, den Sype sich inzwischen zugelegt hat. Aber es muß irgendwo im Norden sein, in oder bei Olympia, Washington. Peeler hat ihn da oben mal gesehen und sich ein bißchen über ihn umgehört, und er sagt, Sype hat *ihn* nicht zu Gesicht gekriegt.«

»Was macht denn Peeler hier unten?« fragte ich.

»Die Jährchen Leavenworth, zu denen ist er hier verknackt worden. Sie wissen doch, ein alter Knastbruder kehrt immer wieder zu dem Fleckchen Bürgersteig zurück, auf dem er ausgerutscht ist. Aber Freunde hat er hier überhaupt keine jetzt.«

Ich zündete mir eine neue Zigarette an und nahm einen weiteren kleinen Schluck zur Brust.

»Sype ist seit vier Jahren raus, sagen Sie. Peeler hat siebenundzwanzig Monate abgesessen. Was hat er seither mit der ganzen Zeit angestellt?«

Kathy Horne weitete mitleidig ihre kobaltblauen Augen. »Vielleicht glauben Sie, es gäbe bloß einen einzigen Bau, in dem er landen könnte.«

»Okay«, sagte ich. »Wird er aber auch mit mir reden? Ich schätze, er braucht Hilfe, um mit den Versicherungsleuten klarzukommen – mal angenommen, es gibt die Perlen wirklich und Sype drückt sie Peeler ohne lange Umschweife in die Hand. Wie steht's damit?«

Kathy Horne seufzte. »Ja, er wird mit Ihnen reden. Er brennt geradezu drauf. Vor irgendwas hat er Angst. Wollen Sie jetzt gleich mit rauskommen, bevor er sich für den Abend wieder einnebelt?«

»Sicher – wenn das auch Ihr Wunsch ist.«

Sie holte einen flachen Schlüssel aus ihrer Handtasche und schrieb mir eine Adresse auf meinen Terminkalender. Sie stand langsam auf.

»Ist ein Doppelhaus. Meine Seite hat einen separaten Eingang. Es gibt eine Verbindungstür dazwischen, der Schlüssel steckt auf meiner Seite. Das bloß für den Fall, daß er nicht aufmachen kommt.«

»Okay«, sagte ich. Ich blies Rauch gegen die Decke und starrte sie an.

Sie ging auf die Tür zu, blieb stehen, kam zurück. Sie blickte zu Boden.

»Ich bin nicht weiter wichtig bei der Sache«, sagte sie. »Vielleicht brauch ich überhaupt nichts zu machen. Aber wenn ich so einen Riesen oder zweie abkriegen könnte, für Johnny, wenn er wieder rauskommt, vielleicht – – –«

»Vielleicht könnten Sie ihn dann bei der Stange halten, was?« sagte ich. »Das ist ein Traum, Kathy. Ist alles bloß ein Traum. Aber so oder so – Sie kriegen ein glattes Drittel, wenn's klappt.«

Sie holte tief Luft und strahlte mich an, um nicht in Tränen auszubrechen. Sie ging wieder zur Tür, blieb wieder stehen und kam wieder zurück.

»Das ist noch nicht alles«, sagte sie. »Da wäre noch der alte Bursche – Sype. Er hat fünfzehn Jahre abgemacht. Hat bezahlt. Hart bezahlt. Käme Ihnen das nicht irgendwie gemein vor, wenn – – –«

Ich schüttelte den Kopf. »Er hat die Dinger doch gestohlen, oder? Und er hat einen Mann umgebracht. Womit verdient er überhaupt sein Geld?«

»Seine Frau hat was«, sagte Kathy Horne. »Er trödelt bloß so rum, mit seinen Goldfischen.«

»Was, mit Goldfischen?« sagte ich. »Zum Teufel mit ihm.«

Sie ging hinaus.

11

Als ich das letztemal im Bezirk von Gray Lake gewesen war, hatte ich einem Mann von der Oberstaatsanwaltschaft namens Bernie Ohls geholfen, einen Revolvermann namens Poke Andrews zu erledigen. Aber das hatte sich höher am Berg oben abgespielt, weiter weg vom See. Das Haus diesmal stand auf halber Höhe, an einer Schleife der Straße, die einen Ausläufer des Berges umzog. Es stand für sich allein, hinter einer von Rissen durchsetzten Stützmauer, umgeben von mehreren unbebauten Grundstücken.

Da es von Anfang an ein Doppelhaus gewesen war, hatte es zwei Eingangstüren und zwei kleine Treppen, die zu ihnen hinaufführten. Eine der Türen trug ein Schild über der Vergitterung, die das Guckfenster abschirmte: Klingeln bei 1432.

Ich stellte meinen Wagen ab und ging rechtwinklige Stufen hinauf, zwischen zwei Beetreihen Federnelken hindurch, weitere Stufen hoch zu der Tür mit dem Schild. Da mußte der Untermieter wohnen. Ich drückte auf die Klingel. Niemand regte sich, und so ging ich hinüber zu der anderen Tür. Auch dort regte sich niemand.

Während ich noch wartete, surrte ein graues Dodge-Coupé um die Kurve, und ein kleines adrettes Mädchen blickte für eine Sekunde zu mir herauf. Ich konnte nicht erkennen, wer sich sonst noch in dem Wagen befand. Ich gab mir auch keine sonderliche Mühe. Ich ahnte ja nicht, daß es wichtig war.

Ich holte Kathy Hornes Schlüssel heraus und verschaffte mir Zugang in ein enges Wohnzimmer, in dem es nach Zedernöl roch. Es hatte grad genug Mobiliar, daß man damit durchkommen konnte, Netzgardinen, unter den Vorhängen der Frontfenster ein stilles Streifchen Sonnenlicht. Es gab ein winziges Frühstückszimmer, eine Küche, ein Schlafzimmer im hinteren Trakt, das offenbar Kathys war, ein Bad, ein weiteres Schlafzimmer nach vorn heraus, das anscheinend als Nähstube benutzt wurde. In diesem Zimmer befand sich der Türdurchbruch in den anderen Teil des Hauses.

Ich schloß auf und trat gewissermaßen durch einen Spiegel. Alles bot hier das umgekehrte Bild, außer dem Mobiliar. Im Wohnzimmer hier stand ein Doppelbett, und der ganze Raum machte nicht den Eindruck, als würde er bewohnt.

Ich ging nach hinten, am zweiten Bad vorbei, klopfte an die geschlossene Tür, die der zu Kathys Schlafzimmer entsprach.

Keine Antwort. Ich probierte die Klinke und trat ein. Der kleine Mann auf dem Bett war vermutlich Peeler Mardo. Ich bemerkte zuerst seine Füße, denn obwohl er Hose und Hemd anhatte, waren seine Füße nackt und ragten über das Ende des Bettes hinaus. Sie waren mit einem Strick an den Knöcheln zusammengebunden.

Sie waren an den Sohlen verbrannt bis aufs rohe Fleisch. Es roch danach, trotz des offenen Fensters. Auch ein Geruch von versengtem Holz hing in der Luft. Ein elektrisches Bügeleisen auf einem Tisch war immer noch angeschlossen. Ich ging hinüber und schaltete es aus.

Ich ging in Kathy Hornes Küche zurück und fand eine Pintflasche Brooklyn-Scotch im Kühlfach. Ich bediente mich und atmete eine Weile tief durch und blickte hinaus über die Nachbargrundstücke. Ein schmaler Zementweg lief hinter dem Haus entlang, grüne Holzstufen führten zur Straße hinunter.

Ich ging in Peeler Mardos Zimmer zurück. Die Jacke eines braunen Anzugs mit roten Nadelstreifen hing über einem Stuhl, die Taschen umgedreht, und was sie enthalten hatten, lag auf dem Boden.

Die Hose des Anzugs hatte er an, und ihre Taschen waren ebenfalls umgedreht. Ein paar Schlüssel, Kleingeld und ein Taschentuch lagen neben ihm auf dem Bett, dazu eine Metalldose, wie die Puderdose einer Frau. Etwas schimmernd weiß Pulvriges war daraus verschüttet worden. Kokain.

Er war ein kleiner Mann, nicht größer als einssechzig, mit dünnem braunem Haar und großen Augen. Die Augen hatten keine bestimmte Farbe. Es waren einfach Augen, sehr weit offen, und ganz tot. Seine Arme waren nach den Seiten gezogen und an den Handgelenken mit einem Strick gefesselt, der unter dem Bett durchlief.

Ich untersuchte ihn auf Schuß- oder Stichwunden hin, fand aber keine. Er hatte überhaupt keine Verletzungen, außer an den Füßen. Schock oder Herzversagen oder die Kombination von beidem mußte ihm den Rest gegeben haben. Er war noch warm. Der Knebel in seinem Mund war ebenfalls noch warm, und feucht.

Ich wischte sorgfältig alles ab, was ich berührt hatte, sah noch ein Weilchen aus Kathys Vorderfenster und verließ dann das Haus.

Es war drei Uhr dreißig, als ich die Halle des Mansion House betrat und zum Zigarrenstand in der Ecke hinüberging. Ich beugte mich über die Glasplatte und verlangte Camel.

Kathy Horne schnippte mir die Packung zu, ließ das Wechselgeld in meine äußere Brusttasche fallen und schenkte mir ihr Kundenlächeln.

»Na? Sie haben ja nicht sehr lange gebraucht«, sagte sie und schielte aus den Augenwinkeln zu einem Betrunkenen hinüber, der mit dem Versuch beschäftigt war, sich mit einem altmodischen Feuerzeug eine Zigarre anzuzünden.

»Es kommt was Knallhartes«, sagte ich zu ihr. »Nehmen Sie Ihre Nerven zusammen.«

Sie wandte sich rasch ab und schnippte dem Betrunkenen eine Schachtel Streichhölzer über die Glasplatte hinüber. Er fummelte daran herum, ließ Streichhölzer und Zigarre fallen, klaubte sie wütend vom Boden auf und ging davon, mit einem Blick über die Schulter zurück, als erwarte er einen Fußtritt.

Kathy sah an meinem Kopf vorbei, die Augen kühl und leer.

»Okay, Nerven beisammen«, flüsterte sie.

»Sie kriegen jetzt die glatte Hälfte«, sagte ich. »Peeler hat den Löffel hingeschmissen. Man hat ihm die Luft abgedreht – in seinem Bett.«

Ihre Augen verdrehten sich. Zwei Finger krümmten sich auf der Glasplatte neben meinem Ellbogen. Eine weiße Linie grub sich um ihren Mund. Das war alles.

»Hören Sie zu«, sagte ich. »Sagen Sie nichts, bis ich fertig bin. Er ist am Schock gestorben. Jemand hat ihm die Füße verbrannt, mit einem billigen elektrischen Bügeleisen. Nicht mit Ihrem. Ich hab nachgesehn. Ich würde sagen, er ist ziemlich schnell gestorben und kann nicht mehr viel gesagt haben. Der Knebel steckte noch in seinem Mund. Als ich rausfuhr, hielt ich das Ganze, offen gestanden, noch für Quatsch mit Soße. Jetzt bin ich da nicht mehr so sicher. Wenn er den Happen ausgespuckt hat, sind wir gelackmeiert, und Sype ist das auch, es sei denn, ich kann ihn vorher noch finden. Diese Elektriker haben keinerlei Hemmungen gehabt. Wenn er aber dichtgehalten hat, ist immer noch Zeit.«

Ihr Kopf wandte sich, ihre wieder gefaßten Augen sahen zur Drehtür am Halleneingang hinüber. Weiße Flecken schimmerten auf ihren Wangen.

»Was soll ich tun?« hauchte sie.

Ich stöberte in einer Kiste mit eingewickelten Zigarren, ließ ihren Schlüssel hineinfallen. Ihre langen Finger angelten ihn geschmeidig heraus, versteckten ihn.

»Wenn Sie heimkommen, finden Sie ihn. Sie haben nicht die leiseste Ahnung. Lassen Sie die Perlen ganz aus dem Spiel, und lassen Sie auch mich aus dem Spiel. Wenn sie seine Fingerabdrücke überprüfen, haben sie schnell heraus, daß er vorbestraft war, und werden sich einfach den Reim darauf machen, daß da jemand eine alte Rechnung beglichen hat.«

Ich riß meine Zigarettenpackung auf und zündete mir eine an, während ich Kathy beobachtete. Sie rührte sich keinen Zoll.

»Kann man Ihnen selbst irgendwas am Zeug flicken?« fragte ich. »Wenn ja, bleibt uns jetzt nichts übrig, als den Mund aufzumachen.«

»Aber was denken Sie!« Ihre Brauen wölbten sich. »Seh ich etwa aus wie eine, die auf ihre Mitmenschen mit dem Bügeleisen losgeht?«

»Sie sind mit einem Lumpen verheiratet«, sagte ich grimmig.

Sie errötete, wie ich's mir gewünscht hatte. »Er ist kein Lump! Er ist bloß ein verdammter Narr! Kein Mensch traut mir deswegen was Schlechtes zu, nicht mal die Jungs von der Polizei.«

»Na schön. Ist mir sehr lieb. Schließlich haben wir den Mord ja nicht begangen. Und wenn wir jetzt auspacken müßten, könnten Sie jeden Anteil an jeder Belohnung in den Rauchfang schreiben – selbst wenn je eine ausgezahlt werden sollte.«

»Quatsch mit Fransen«, sagte Kathy Horne schnippisch. »Ach, der arme kleine Knilch«, schluchzte sie fast.

Ich tätschelte ihr den Arm, grinste so herzlich, wie ich konnte, und verließ das Mansion House.

III

Die Reliance Indemnity Company hatte Büros im Graas Building, drei kleine Zimmerchen, die überhaupt nichts hermachten. Das Unternehmen war groß genug, um sich so schäbig präsentieren zu können, wie es ihm paßte.

Der Manager der Bezirksvertretung hieß Lutin, ein mitteläItlicher kahlköpfiger Mann mit ruhigen Augen, zierlichen Fingern, die eine gescheckte Zigarre streichelten. Er saß hinter einem großen, sauber abgestaubten Schreibtisch und starrte friedlich auf meine Kinnspitze.

»Carmady, was? Ich hab schon von Ihnen gehört.« Er berührte meine Karte mit einem glänzenden kleinen Finger. »Was haben Sie auf dem Herzen?«

Ich drehte eine Zigarette zwischen den Fingern und senkte die Stimme. »Erinnern Sie sich an die Leander-Perlen?«

Sein Lächeln war träge, ein wenig gelangweilt. »Die werde ich wohl kaum so leicht vergessen. Sie haben unsere Gesellschaft einhundertfünfzigtausend Dollar gekostet. Ich war noch ein junger Spund in der Feststellungsabteilung damals.«

Ich sagte: »Ich hab da so eine Idee. Vielleicht ist's bloß kalter Kaffee. Höchstwahrscheinlich sogar. Aber ich würde's gern mal damit probieren. Stehn die fünfundzwanzig Riesen Belohnung immer noch?«

Er kicherte. »Zwanzig Riesen, Carmady. Die Differenz haben wir selber schon ausgegeben. Sie vergeuden nur Ihre Zeit.«

»Ist ja meine. Also zwanzig. Wie weit kann ich auf Ihre Mitarbeit rechnen?«

»Mitarbeit welcher Art?«

»Kann ich zum Beispiel ein Schreiben kriegen, das mich bei Ihren anderen Bezirksvertretungen ausweist? Für den Fall, daß ich in einen anderen Staat muß. Für den Fall, daß ich von den Lokalbehörden ein paar freundliche Auskünfte brauche.«

»Welchen Staat haben Sie denn da im Auge?«

Ich lächelte ihn an. Er klopfte mit seiner Zigarre auf den Rand eines Aschenbechers und lächelte zurück. Weder sein noch mein Lächeln war ehrlich.

»Kein Schreiben«, sagte er. »New York würde nicht dafür einstehen. Wir sind hier ganz auf uns selbst gestellt. Aber unter dem Hut, inoffiziell, jede Unterstützung, die Sie brauchen können. Und die zwanzig Riesen, wenn Sie fündig werden. Aber natürlich werden Sie nicht.«

Ich zündete meine Zigarette an und lehnte mich zurück, paffte Rauch gegen die Decke.

»Nicht? Aber wieso denn nicht? Sie haben die Klunker nie gekriegt. Existiert haben sie aber, oder?«

»Darauf können Sie Gift nehmen. Und wenn sie noch existieren, dann gehören sie uns. Aber zweihundert Riesen bleiben nicht zwanzig Jahre lang irgendwo vergraben, um sich dann auf einmal so mir nichts dir nichts ausbuddeln zu lassen.«

»Schon gut. Ist immer noch meine Zeit.«

Er klopfte ein bißchen Asche von seiner Zigarre und sah mich von oben herab an. »Ihre Nase gefällt mir«, sagte er, »auch wenn Sie verrückt sind. Aber wir sind ein großes Unternehmen. Mal angenommen, ich lasse Sie von jetzt an beschatten. Was dann?«

»Dann passe ich eben. Ich werd's merken, wenn ich beschattet werde. Ich mache das Spiel schon zu lange, als daß mir sowas entgeht. Ich höre dann eben einfach auf, erzähle der Polizei, was ich weiß, und gehe meiner Wege.«

»Warum würden Sie das tun?«

Ich beugte mich wieder über den Schreibtisch vor. »Weil«, sagte ich langsam, »der Bursche, der die Spur hatte, heute umgelegt worden ist.«

»Ah – hm.« Lutin rieb sich die Nase.

»Und *ich* habe ihn nicht umgelegt«, fügte ich hinzu.

Eine kleine Weile lang sprachen wir nichts mehr miteinander. Dann sagte Lutin:

»Das Schreiben, das wollen Sie doch überhaupt nicht. Sie würden es nicht einmal bei sich tragen. Und nachdem Sie mir das eben erzählt haben, wissen Sie auch verdammt gut, daß ich's nicht wagen könnte, Ihnen sowas in die Hand zu geben.«

Ich stand auf, grinste, stapfte zur Tür. Er kam selber hoch, sehr schnell, lief um den Schreibtisch herum und legte mir seine kleine gepflegte Hand auf den Arm.

»Hören Sie – ich weiß, Sie sind verrückt, aber wenn Sie wirklich was haben, dann lassen Sie unsere Jungens das machen. Wir brauchen die Reklame.«

»Was, zum Teufel, glauben Sie denn, wovon ich lebe?« knurrte ich.

»Fünfundzwanzig Riesen.«

»Ich dachte, es wären bloß zwanzig.«

»Fünfundzwanzig. Und Sie sind trotzdem verrückt. Sype hat die fraglichen Perlen nie gehabt. Wenn er sie gehabt hätte, wäre er schon vor vielen Jahren irgendwie an uns herangetreten.«

»Okay«, sagte ich. »Sie haben ja massenhaft Zeit gehabt, sich Ihre Meinung zu bilden.«

Wir schüttelten uns die Hand und grinsten uns wie zwei gerissene Schlauberger an, die genau wissen, daß sie keinem Aas mehr was vormachen können, es aber immer wieder versuchen.

Es war Viertel vor fünf, als ich ins Büro zurückkam. Ich guckte ein paarmal kurz in die Flasche, stopfte mir eine Pfeife und hockte mich hin, um meinen Grips zu interviewen. Das Telefon klingelte.

Eine Frauenstimme sagte: »Carmady?« Es war eine kleine, feste, kalte Stimme. Ich kannte sie nicht.

»Ja-ah.«

»Sie sollten mal Rush Madder einen Besuch machen. Kennen Sie ihn?«

»Nein«, log ich. »Und warum sollte ich ihn besuchen?«

Ein plötzliches, klingelndes, eiskaltes Lachen kam über den Draht. »Wegen einem Burschen, der wunde Füßchen gekriegt hat«, sagte die Stimme.

Es klickte im Hörer. Ich legte ihn auf die Gabel zurück, riß ein Streichholz an und starrte gegen die Wand, bis die Flamme mir die Finger verbrannte.

Rush Madder war ein Winkeladvokat im Quorn Building. So einer, der sich an Unfallstellen herumtrieb, um Klienten aufzureißen, ein kleinkalibriger Rechtsverdreher, der Alibis besorgte und überhaupt alles machte, was ein bißchen stank und mehr als ein bißchen Geld einbrachte. Im Zusammenhang mit größeren Operationen wie Fußschmorerei hatte ich noch nie von ihm gehört.

IV

Es war gegen Büroschluß auf der Lower Spring Street. Taxis trödelten dicht am Bordstein herum, Stenotypistinnen machten sich leicht verfrüht auf den Heimweg, Straßenbahnen sorgten für den obligaten Verkehrsstau, und Verkehrspolizisten hinderten die Leute am vollkommen regelentsprechenden Rechtsabbiegen.

Das Quorn Building hatte eine schmale Fassade, die Farbe getrockneten Senfs und einen großen Schaukasten mit falschen Zähnen am Eingang. Die Schilder trugen die Namen von Zahnärzten, die absolut schmerzlos behandeln, von Leuten, die einem beibringen, wie man Briefträger wird, bloß Namen dann und Ziffern ohne alle Namen. Rush Madder, Rechtsanwalt, saß auf Zimmer 619.

Ich stieg aus einem klapprigen Paternoster, erblickte einen schmutzigen Spucknapf auf einer schmutzigen Gummimatte, ging einen Korridor hinunter, der nach Zigarrenstummeln roch, und probierte die Klinke unter der Mattglasscheibe von Tür 619. Die Tür war verschlossen. Ich klopfte.

Ein Schatten kam auf das Glas zu, und die Tür wurde mit einem Quietschen aufgezogen. Ich erblickte einen untersetzten Mann mit sanftem rundem Kinn, schweren schwarzen Brauen, öligem Teint und einem Charlie-Chan-Schnurrbart, der sein Gesicht noch fetter aussehen ließ, als es war.

Er streckte ein paar nikotinige Finger aus. »Ah ja, ah ja, der alte Hundefänger persönlich. Das Auge, das immer wacht. Carmady ist der werte Name, glaube ich, stimmt's?«

Ich trat ein und wartete, bis die Tür zugequietscht war. Ein kahler teppichloser Raum, mit braunem Linoleum ausgelegt, ein flacher Schreibtisch, im rechten Winkel dazu ein Rollschrank, ein großer grüner Safe, der so feuerfest wirkte wie die Tragtasche eines Delikatessenladens, zwei Aktenschränke, drei Stühle, ein Wandschrank und ein Waschbecken in der Ecke neben der Tür.

»Ah ja, ah ja, dann nehmen Sie doch Platz«, sagte Madder. »Freut mich, Sie zu sehen.« Er machte allerlei Aufhebens hinter seinem Schreibtisch und rückte sich ein aufgeplatztes Kissen auf dem Stuhl zurecht, setzte sich dann. »Nett, daß Sie mal vorbeigekommen sind. Was Geschäftliches?«

Ich setzte mich und steckte mir eine Zigarette zwischen die Zähne und sah ihn an. Ich sagte kein Wort. Ich sah zu, wie er anfing zu schwitzen. Es begann oben in seinem Haar. Dann grapschte er nach einem Bleistift und kritzelte auf seiner Schreibunterlage herum. Dann sah er mich an, mit einem raschen Blick, und wieder auf die Schreibunterlage. Er redete – mit der Schreibunterlage.

»Irgendwelche Vorstellungen?« fragte er leise.

»Wovon?«

Er sah mich nicht an. »Wie wir zusammen ein bißchen ins Geschäft kommen könnten. Sagen wir, in Steinen.«

»Wer war die Zicke?« fragte ich.

»Äh? Was für eine Zicke?« Er sah mich immer noch nicht an.

»Die mich angerufen hat.«

»Hat jemand Sie angerufen?«

Ich langte nach seinem Telefon, einem altmodischen Apparat mit Galgengabel. Ich hob den Hörer ab und fing an, die Nummer der Kriminalpolizei zu wählen, ganz langsam. Ich wußte, die Nummer kannte er so gut wie seinen Hut.

Er griff herüber und drückte den Gabelhaken nieder. »Also hören Sie mal«, beschwerte er sich. »Sie sind viel zu schnell. Wieso rufen Sie denn die Bullen an?«

Ich sagte langsam: »Weil die Sie dringend sprechen wollen. Wegen einer Flitsche, die Sie kennen und die was von einem Mann weiß, der wunde Füße gekriegt hat.«

»Können wir uns darüber nicht auch anders verständigen?« Sein Kragen war ihm auf einmal zu eng. Er zerrte daran herum.

»Von mir aus schon. Aber wenn Sie meinen, ich hocke hier blöd herum und lasse Sie mit meinen Reflexen spielen, dann haben Sie sich geschnitten.«

Madder öffnete eine flache Zigarettendose und schob sich eine zwischen die Lippen, die dabei ein Geräusch machten, als würde ein Fisch ausgenommen. Seine Hand zitterte.

»Also gut«, sagte er mit kloßiger Stimme. »Also gut. Sie brauchen doch nicht gleich aus der Haut zu fahren.«

»Dann versuchen Sie nicht, Wölkchen mit mir zu zählen«, knurrte ich. »Reden Sie Tacheles. Wenn Sie einen Job für mich haben, ist er ja vermutlich so dreckig, daß ich ihn nicht anfassen kann. Aber anhören kann ich's mir immerhin.«

Er nickte. Er fühlte sich jetzt beruhigt. Er wußte, daß ich bluffte. Er paffte einen blassen Rauchwirbel aus und sah zu, wie er in die Höhe trieb.

»Geht in Ordnung«, sagte er gelassen. »Ich stelle mich bloß hin und wieder ein bißchen dumm. Die Sache ist die: wir wissen Bescheid. Carol hat Sie gesehen, wie Sie zum Haus fuhren und wieder rauskamen. Und Polizei ist keine erschienen.«

»Carol?«

»Carol Donovan. Freundin von mir. Sie hat Sie angerufen.«

Ich nickte. »Fahren Sie nur fort.«

Er sagte nichts. Er saß einfach da und blickte mich eulenhaft an.

Ich grinste und beugte mich ein wenig über den Schreibtisch und sagte: »Dann will ich Ihnen mal sagen, was Ihnen Kopfschmerzen macht. Sie wissen nicht, warum ich zu dem Haus gefahren bin – beziehungsweise warum ich, nachdem ich wieder gegangen war, nicht nach der Polizei gebrüllt habe. Das ist ganz einfach. Ich hielt's für ein Geheimnis.«

»Wir nehmen uns nur gegenseitig auf den Arm«, sagte Madder säuerlich.

»Also gut«, sagte ich. »Reden wir über Perlen. Macht's das ein bißchen einfacher?«

Seine Augen glänzten. Er wollte seiner Erregung freie Bahn lassen, tat es aber nicht. Er behielt seine Stimme in der Gewalt, sagte kühl:

»Carol hat ihn eines Abends mal aufgelesen, den kleinen Burschen. Eine verrückte Type, randvoll mit Schnee, aber mit einer Idee ganz hinten in seinem Oberstübchen. Er redete von Perlen, von einem alten Knacker oben im Nordwesten von Kanada, der sie sich vor langer Zeit mal unter den Nagel gerissen hätte und bei dem sie immer noch wären. Bloß eins wollte er nicht sagen – wie der alte Knacker hieße und wo er steckte. In der Hinsicht war er ein Fuchs. Kein Sterbenswörtchen. Kann ich gar nicht verstehen, wieso.«

»Er wollte sich erst die Füße verbrennen lassen«, sagte ich.

Madders Lippen bebten, und neuer feiner Schweiß zeigte sich in seinem Haar.

»Das habe ich nicht gemacht«, sagte er gepreßt.

»Sie oder Carol, was soll's? Der kleine Bursche ist dran gestorben. Daraus kann man leicht einen Mord machen. Sie haben nicht aus ihm rausgekriegt, was Sie wissen wollten. Deswegen bin *ich* jetzt hier. Sie denken, ich hab die Informationen, die Sie nicht gekriegt haben. Das schlagen Sie sich nur gleich aus dem Kopf. Wenn ich genug wüßte, säße ich nicht hier, und wenn Sie genug wüßten, hätten Sie mich schwerlich herbestellt. Logisch, oder?«

Er grinste, sehr langsam, als täte es ihm weh. Er rappelte sich in seinem Stuhl auf und zog an der Seite seines Schreibtischs eine tiefe Schublade auf, stellte eine hübsch gebauchte braune Flasche auf den Tisch sowie zwei gestreifte Gläser. Er flüsterte:

»Machen wir Halbehalbe. Sie und ich. Carol boote ich aus. Sie ist mir einfach zu rabiat, Carmady. Ich hab weiß Gott schon harte Weiber gesehen, aber sie ist wie der Blauglanz auf Panzerstahl. Und dabei sieht man ihr das eigentlich gar nicht an, oder?«

»Hab ich sie denn schon mal gesehen?«

»Ich denke doch. Sie sagte es jedenfalls.«

»Ach, das Mädchen in dem Dodge.«

Er nickte und goß zwei anständige Drinks ein, stellte die Flasche hin und stand auf. »Wasser? Ich nehm's ganz gern dazu.«

»Nein«, sagte ich, »aber wieso wollen Sie mich mit reinnehmen? Ich weiß keine Spur mehr, als Sie erwähnt haben. Oder doch nur ein ganz klein bißchen. Bestimmt aber nicht so viel, wie Sie wissen müssen, wo Sie so weit gegangen sind.«

Er schielte über die Gläser. »Ich weiß, wo ich fünfzig Riesen für die Leander-Perlen kriegen kann, glatt das Doppelte von dem, was Sie einstreichen würden. Ich kann Ihnen also Ihr Päckchen geben und habe meins dann immer noch. Sie haben die Fassade, die ich brauche, um an der freien Luft zu arbeiten. Was ist nun mit dem Wasser?«

»Kein Wasser«, sagte ich.

Er ging zu dem eingebauten Waschbecken hinüber und

ließ das Wasser laufen und kam mit halbgefülltem Glas zurück. Er setzte sich wieder hin, grinste, hob es.

Wir tranken.

V

Bis jetzt hatte ich bloß vier Fehler begangen. Der erste war, daß ich mich überhaupt auf die Sache eingelassen hatte, und sei's auch nur um Kathy Hornes willen. Der zweite war, daß ich bei der Stange geblieben war, nachdem ich Peeler Mardo tot aufgefunden hatte. Der dritte war, daß ich Rush Madder zu erkennen gegeben hatte, daß ich wußte, wovon er sprach. Der vierte, der Whisky, war der schlimmste.

Er schmeckte komisch, selbst nach dem Schlucken noch. Und dann kam ein plötzlicher Moment der Erleuchtung, in dem ich auf einmal wußte, so genau, als hätte ich's gesehen, daß er seinen Drink mit einem harmlosen Glas vertauscht hatte, das im Wandschrank versteckt gestanden hatte.

Ich saß einen Augenblick ganz still, das leere Glas zwischen den Fingerspitzen, und sammelte meine Kräfte. Madders Gesicht begann zu schwellen, wurde mondgroß und verschwamm. Ein fettes Lächeln zuckte unter seinem Charlie-Chan-Schnurrbart hin und her, während er mich beobachtete.

Ich griff nach hinten in meine Hüfttasche und zog ein locker zusammengeknülltes Taschentuch heraus. Die kleine Pistole darin war offenbar nicht zu sehen. Wenigstens machte Madder keine Bewegung mehr, nachdem er zuerst unter seine Jacke gegriffen hatte.

Ich stand auf und schwankte betrunken nach vorn und verpaßte ihm einen Schlag mitten auf den Kopf.

Er würgte. Er wollte aufstehen. Ich erwischte ihn am

Kiefer. Er wurde schlaff, und seine unter dem Rock vorfegende Hand stieß sein Glas um auf der Schreibtischplatte. Ich stellte es wieder auf, stand still, lauschte, kämpfte mit einer jäh aufsteigenden Welle betäubender Übelkeit.

Ich ging zu einer Verbindungstür hinüber und probierte die Klinke. Sie war abgeschlossen. Ich taumelte jetzt schon richtig. Ich schleifte einen Bürostuhl zur Eingangstür und klemmte die Rückenlehne unter die Klinke. Ich lehnte mich gegen die Tür, keuchend, zähneknirschend, mich selbst verfluchend. Ich zog Handschellen heraus und wollte zu Madder zurückgehen.

Ein sehr hübsches schwarzhaariges, grauäugiges Mädchen trat aus dem Wandschrank und richtete eine 32er auf mich.

Sie trug ein blaues, sehr schick geschnittenes Kleid. Eine umgedrehte Untertasse von Hut zog eine harte Linie über ihre Stirn. Glänzendes schwarzes Haar schaute an den Seiten darunter hervor. Ihre Augen waren schiefergrau, kalt, und doch heiter-fröhlich zugleich. Ihr Gesicht war frisch und jung und zart und so hart wie ein Meißel.

»Das wär's, Carmady. Legen Sie sich hin und schlafen Sie sich aus. Sie sind fertig.«

Ich taumelte auf sie zu, mit schwankender Pistole. Sie schüttelte den Kopf. Als ihr Gesicht sich bewegte, schwoll es an vor meinen Augen. Die Umrisse wechselten und verwackelten sozusagen. Die Waffe in ihrer Hand nahm alle möglichen Gestalten an, vom Tunnel bis zum Zahnstocher.

»Seien Sie kein Idiot, Carmady«, sagte sie. »Ein paar Stunden Schlaf für Sie, ein paar Stunden Vorsprung für uns. Zwingen Sie mich nicht zu schießen. Ich würde's tun.«

»Verdammtes Luder«, murmelte ich. »Wahrhaftig, das würden Sie.«

»So sicher, wie Regen naßmacht, mein schöner Schatz. Ich gehöre zu den Frauen, die ihren eigenen Kopf durchsetzen. So ist's recht. Setzen Sie sich hin.«

Der Fußboden kam hoch und prallte gegen mich. Ich saß darauf wie auf einem Floß in rauher See. Ich stützte mich auf die flachen Hände. Ich konnte den Boden kaum fühlen. Meine Hände waren taub. Mein ganzer Körper war taub.

Ich versuchte sie durch einen starren Blick aus der Fassung zu bringen. »Ha-ha! L-lady K-killer!« kicherte ich.

Sie warf mir ein eisiges Lachen entgegen, das ich nur so eben noch hörte. Trommeln dröhnten jetzt in meinem Kopf, Kriegstrommeln aus einem fernen Dschungel. Wellen von Licht kamen in Bewegung und dunkle Schatten und ein Rauschen und Rascheln wie das des Windes in Baumwipfeln. Ich wollte mich nicht hinlegen. Ich legte mich hin.

Die Stimme des Mädchens kam aus sehr weiter Ferne, eine Elfenstimme.

»Halbehalbe, was? Und meine Methoden gefallen ihm nicht, was? So ein großes weiches Herzchen! Ich werde ihn mir schon noch vorknöpfen.«

Ganz vage glaubte ich, während mein Bewußtsein zerfloß, eine dumpfe Erschütterung zu spüren, die ein Schuß hätte sein können. Ich hoffte, sie hätte Madder erschossen, aber das hatte sie nicht. Sie war mir nur auf meinem Weg ins Dunkel behilflich gewesen – mit meiner eigenen Pistole.

Als ich wieder zu mir kam, war es Nacht. Irgend etwas klapperte über mir, mit schwerem Schlag. Durch das offene Fenster jenseits des Schreibtischs sah ich auf den hohen Seitenwänden eines Gebäudes den Widerschein gelben Lichts aufflammen. Das Etwas klapperte erneut, und das Licht ging aus. Eine Leuchtreklame auf dem Dach.

Ich brachte mich vom Boden hoch wie ein Mann, der aus einem Schlammsumpf klettert. Ich watete zum Waschbecken hinüber, spritzte mir Wasser ins Gesicht, befühlte meine Schädeldecke und zuckte zusammen, watete zurück zur Tür und fand den Lichtschalter.

Verstreute Papiere lagen um den Schreibtisch herum,

abgebrochene Bleistifte, Umschläge, eine leere braune Whiskyflasche, Zigarettenkippen und Asche. Das Trümmerchaos hastig geleerter Schubladen. Ich machte mir nicht die Mühe, darin zu stöbern. Ich verließ das Büro, fuhr in dem rappelnden Aufzug zur Straße hinunter, schlüpfte in eine Bar und genehmigte mir einen Brandy, holte mir dann meinen Wagen und fuhr nach Hause.

Ich wechselte die Kleidung, packte eine Reisetasche, trank noch einigen Whisky und ging ans Telefon, als es klingelte. Das war so um neun Uhr dreißig.

Kathy Hornes Stimme sagte: »Also sind Sie doch nicht weg. Das habe ich gehofft.«

»Allein?« fragte ich, mit immer noch dicker Stimme.

»Ja, jetzt, war ich vorher aber nicht. Das Haus hat stundenlang von Polizei gewimmelt. Waren aber sehr nett alle, in Anbetracht der Umstände. Irgendeine alte Rechnung, haben sie gemeint.«

»Und jetzt wird das Telefon wahrscheinlich überwacht«, grollte ich. »Wohin sollte ich denn eigentlich weg sein?«

»Na aber – wissen Sie doch. Ihre Freundin hat's mir erzählt.«

»Kleines dunkles Mädchen? Sehr kühl? Carol Donovan mit Namen?«

»Sie hatte Ihre Karte. Wieso, war denn das nicht – – –«

»Ich hab gar keine Freundin«, sagte ich schlicht. »Und ich wette, daß Ihnen bei der Gelegenheit, so ganz nebenbei und ohne großes Nachdenken, ein Name über die Lippen geschlüpft ist – der Name einer Stadt oben im Norden. Stimmt's?«

»Ja-a-ah«, gab Kathy schwächlich zu.

Ich erwischte so grad noch die Nachtmaschine in den Norden.

Es war ein netter Flug, nur daß ich einen wunden Kopf hatte und einen geradezu rasenden Durst auf Eiswasser.

Das Snoqualmie Hotel in Olympia lag am Capitol Way und stieß an den üblichen Quadratblock Park. Ich verließ es durch den Café-Ausgang und ging einen Berg hinunter zu der Stelle, wo der letzte, einsamste Ausläufer des Puget Sound erstarb und sich vor einer Reihe nicht mehr benutzter Ladeplätze auflöste. Klafter von Feuerholz füllten den Vordergrund, und alte Männer trödelten zwischen den Stößen herum oder hockten auf Kisten, die Pfeife im Mund, und hinter ihren Köpfen stand auf Schildern zu lesen: ›Feuer- und Anmachholz. Lieferung frei Haus.‹

Hinter ihnen stieg eine niedrige Klippe auf, und die riesigen Fichten des Nordens ragten in einen graublauen Himmel.

Zwei der alten Männer saßen etwa zwanzig Schritte voneinander entfernt auf Kisten und ignorierten sich völlig. Ich schlenderte in die Nähe des einen. Er trug Kordsamthosen sowie ein Etwas, das einmal ein rot-schwarzer Plaidmantel gewesen war. Sein Filzhut zeigte den Schweiß von zwanzig Sommern. Eine seiner Hände hielt eine kurze schwarze Pfeife gepackt, und mit den Dreckfingern der anderen zupfte er langsam, sorgfältig, ekstatisch an einem langen Kräuselhaar, das ihm aus der Nase wuchs.

Ich stellte mir eine Kiste hochkant, ließ mich darauf nieder, stopfte meine eigene Pfeife, zündete sie an, paffte ein Wölkchen Rauch. Ich deutete mit der Hand auf das Wasser und sagte:

»Man sollte nicht meinen, das da könnte's je bis zum Pazifischen Ozean geschafft haben.«

Er sah mich an.

Ich sagte: »Eine Sackgasse sozusagen – ruhig, friedlich, wie Ihre Stadt. Ich mag solche Städte.« Er sah mich weiter nur an.

»Ich wette«, sagte ich, »daß ein Mann, der ein Weilchen

in so einer Stadt gewohnt hat, jeden in der ganzen Gegend kennt.«

Er sagte: »Wieviel wetten Sie?«

Ich zog einen Silberdollar aus der Tasche. Da oben gab es immer noch ein paar davon. Der alte Mann betrachtete ihn, nickte, riß sich jäh das lange Haar aus der Nase und hielt es hoch gegen das Licht.

»Sie würden verlieren«, sagte er.

Ich legte den Dollar auf mein Knie. »Kennen Sie hier in der Gegend jemand, der sich eine Menge Zierfische hält?« fragte ich.

Er starrte auf den Dollar. Der andere Mann in der Nähe trug Overalls und Schuhe ganz ohne Schnürsenkel. Er starrte ebenfalls auf den Dollar. Sie spuckten beide im selben Moment aus. Der erste alte Mann wandte den Kopf und brüllte mit äußerster Lautstärke:

»Kennst du jemand, der sich Zierfische hält?«

Der andere alte Mann sprang von seiner Kiste auf und packte eine große Axt, stellte einen Holzkloben auf und ließ die Axt darauf niedersausen, spaltete ihn in zwei gleiche Hälften. Er sah triumphierend zu dem ersten alten Mann herüber und schrie:

»Nee, bin ich nicht gewesen.«

Der erste alte Mann sagte: »Bißchen taub.« Er stand langsam auf und ging zu einer Bruchbude hinüber, die aus alten Brettern von ungleicher Länge zusammengenagelt war. Er ging hinein, schlug die Tür hinter sich zu.

Der zweite alte Mann warf mürrisch seine Axt hin, spuckte in Richtung der geschlossenen Tür aus und stapfte zwischen den Stößen Klafterholz davon.

Die Tür der Bruchbude ging wieder auf, der Mann im Plaidmantel steckte den Kopf heraus.

»Kloakenkrebse sind alles«, sagte er und schlug die Tür wieder zu.

Ich steckte meinen Dollar in die Tasche und ging wieder

den Berg hinauf. Ich hatte den Eindruck, daß es doch zu lange dauern würde, bis ich ihre Sprache gelernt hatte.

Der Capitol Way lief nach Norden und Süden. Eine trübgrüne Straßenbahn ratterte vorbei, einem Ziel entgegen, das Turmwater hieß. In der Ferne konnte ich die Regierungsgebäude sehen. Nordwärts führte die Straße an zwei Hotels und einigen Läden vorüber und gabelte sich dann nach rechts und links. Rechts ging es nach Tacoma und Seattle. Links über eine Brücke weiter zur Olympic Peninsula.

Jenseits dieser Abzweigungen nach rechts und links wurde die Straße plötzlich alt und schäbig, mit geborstener Asphaltpflasterung, einem chinesischen Restaurant, einem bretterverschalten Kino, einer Pfandleihe. Auf einem über den schmutzigen Gehsteig ragenden Schild stand ›Rauch-Salon‹ und darunter, in kleinen Buchstaben, als hoffte es, daß niemand hinsähe, ›Billard‹.

Ich ging hinein, vorüber an einem Gestell mit geschmacklosen Zeitschriften und einem Schaukasten für Zigarren, in dem sich Fliegen tummelten. Links gab es einen langen hölzernen Tresen, ein paar Spielautomaten, einen einzelnen Billardtisch. Drei Halbstarke fummelten an den Automaten herum, und ein hochgewachsener dünner Mann mit langer Nase und so gut wie keinem Kinn spielte ganz für sich allein Billard, eine kalte Zigarre im Gesicht.

Ich setzte mich auf einen Hocker, und ein hartäugiger, kahlköpfiger Mann hinter dem Thekentresen stand von einem Stuhl auf, wischte sich die Hände an einer dicken grauen Schürze ab, zeigte mir einen Goldzahn.

»Einen kleinen Whisky«, sagte ich. »Kennen Sie jemand, der Zierfische hält?«

»Ja-ah«, sagte er. »Nein.«

Er goß hinter der Theke etwas ein und schob mir ein dickes Glas hin.

»Macht fünfundzwanzig.«

Ich schnüffelte an dem Zeug, krauste die Nase. »War's der Whisky, auf den sich das ›Ja-ah‹ bezog?«

Der kahlköpfige Mann hielt eine große Flasche in die Höhe, auf deren Etikett etwa stand: ›Cream of Dixie – Reiner Roggenwhisky – Garantiertes Mindestalter: Vier Monate.‹

»Okay«, sagte ich. »Ich seh schon, er ist grad angekommen.«

Ich goß etwas Wasser zu und trank. Er schmeckte wie eine Cholerakultur. Ich legte einen Vierteldollar auf die Theke. Der Barmann zeigte mir einen Goldzahn auf der anderen Seite seines Gesichts und packte die Theke mit zwei harten Händen und reckte mir das Kinn entgegen.

»Was haben Sie da eben fürn Quatsch verzapft?« fragte er, fast liebenswürdig.

»Ich bin grad angekommen«, sagte ich. »Ich suche ein paar Zierfische fürs Wohnzimmerfenster. Zierfische.«

Der Barmann sagte sehr langsam: »Seh ich wie jemand aus, der jemand kennt, der Zierfische hat?« Sein Gesicht war ein bißchen weiß.

Der langnasige Mann, der mit sich selber eine Partie Billard gespielt hatte, stellte sein Queue in den Ständer und kam zur Theke herübergeschlendert, neben mich, und warf einen Nickel darauf.

»Gib mir was zu trinken, bevor du dich naß machst«, wies er den Barmann an.

Der Barmann riß sich mit erheblichem Kraftaufwand von der Theke los. Ich sah nach, ob seine Finger vielleicht Dellen im Holz hinterlassen hatten. Er machte eine Cola auf, rührte mit einem Cocktailquirl darin herum, hieb sie auf die Thekenplatte, holte tief Luft und stieß sie durch die Nase wieder aus, grunzte und machte sich dann beiseite, auf eine Tür zu, auf der ›Toilette‹ stand.

Der langnasige Mann hob seine Cola und blickte in den verschmierten Spiegel hinter der Bar. Die linke Seite seines Mundes verzog sich leicht. Eine gedämpfte Stimme kam heraus, sagte:

»Wie geht's Peeler?«

Ich preßte Daumen und Zeigefinger zusammen, führte sie an die Nase, schniefte, schüttelte traurig den Kopf.

»Hat immer einen in der Krone, was?«

»Tja«, sagte ich. »Wie war doch gleich der werte Name gewesen?«

»Nennen Sie mich Sunset. Ich bewege mich grundsätzlich nach Westen. Glauben Sie, er hält weiter dicht?«

»Er hält weiter dicht«, sagte ich.

»Was steht denn bei Ihnen an der Haustür?«

»Dodge Willis, El Paso«, sagte ich.

»Schon ein Zimmer irgendwo?«

»Hotel.«

Er stellte sein Glas hin, leer. »Dann wolln wir mal.«

VII

Wir gingen in mein Zimmer hinauf und setzten uns und musterten einander über ein paar Gläser Scotch und Ginger Ale. Sunset studierte mich mit seinen engstehenden, ausdruckslosen Augen, ein wenig beiläufig scheinbar, aber im Endergebnis doch sehr gründlich.

Ich süffelte meinen Drink und wartete. Schließlich sagte er mit seiner lippenlosen ›Knaststimme‹:

»Wieso kommt Peeler nicht selbst?«

»Aus dem gleichen Grund, aus dem er nicht geblieben ist, als er hier war.«

»Und der wäre?«

»Das rechnen Sie sich nur selber aus«, sagte ich.

Er nickte, ganz als hätte ich etwas sehr Sinnvolles gesagt. Dann:

»Wie hoch ist der Maximalpreis?«

»Fünfundzwanzig Riesen.«

»Quatsch.« Er sagte das mit Nachdruck, sogar rüde.

Ich lehnte mich zurück und zündete mir eine Zigarette an, paffte Rauch zum offenen Fenster hinüber und sah zu, wie die Brise ihn fing und in Fetzen riß.

»Also nun hören Sie mal«, beschwerte sich Sunset. »In der Sportbeilage vom letzten Sonntag haben Sie nicht gestanden. Sie können alles mögliche sein. Ich weiß es einfach nicht.«

»Warum haben Sie sich dann an mich rangemacht?« fragte ich.

»Sie hatten das Wort, oder?«

Jetzt war der Moment gekommen, einen Kopfsprung zu machen. Ich grinste ihn an. »Na sehn Sie. ›Zierfische‹ war das Kennwort. Und der Rauch-Salon der Treffpunkt.«

Sein Mangel an Ausdruck sagte mir, daß ich recht hatte. Es war eine von jenen Chancen, von denen man immer träumt, aber selbst in Träumen nie den richtigen Gebrauch macht.

»Also gut, und wie soll's jetzt weitergehen?« forschte Sunset, sog ein Stück Eis aus seinem Glas und kaute darauf herum.

Ich lachte. »Okay, Sunset. Ich bin's zufrieden, daß Sie schön gewieft sind. Auf die Tour können wir wochenlang weitermachen. Aber legen wir doch die Karten auf den Tisch. Wo steckt der alte Knacker?«

Sunset preßte die Lippen zusammen, befeuchtete sie, preßte sie wieder zusammen. Er stellte sehr langsam sein Glas ab, und seine rechte Hand hing locker an seinem Oberschenkel nieder. Ich wußte, daß ich einen Fehler begangen hatte: daß Peeler gewußt hatte, wo der alte Mann sich aufhielt, und zwar ganz genau. Folglich hätte ich nicht danach fragen dürfen.

Nichts in Sunsets Stimme ließ erkennen, daß ich einen Fehler begangen hatte. Er sagte mürrisch: »Sie meinen, ich soll meine Karten auf den Tisch legen, und Sie machen's sich bequem und schauen sie sich an. Nichts da.«

»Wie schmeckt Ihnen dann *das*?« grollte ich. »Peeler ist tot.«

Eine seiner Brauen verzerrte sich und einer seiner Mundwinkel. Seine Augen wurden noch ein wenig leerer als vorher, wenn das möglich war. Seine Stimme klang leicht kratzig, wie ein Fingernagel auf trockenem Leder.

»Wie ist das gekommen?«

»Konkurrenz, von der Sie beide nichts gewußt haben.« Ich lehnte mich zurück, lächelte.

Die Pistole bildete einen sanften metallischen Schimmerfleck im Sonnenlicht. Ich hatte kaum gesehen, wo sie herkam. Ganz plötzlich blickte mich die Mündung an, rund und dunkel und leer.

»Sie nehmen den falschen Mann auf den Arm«, sagte Sunset leblos. »Bei mir sind Betrüger nicht auf Rosen gebettet.«

Ich verschränkte die Arme, gab sorgfältig acht, daß meine rechte Hand nach außen gekehrt war, sichtbar.

»Könnte schon stimmen – *wenn* ich Sie auf den Arm nähme. Tue ich aber nicht. Peeler ist mit einem Mädchen rumgezogen, und sie hat ihn gemolken – bis zu einem bestimmten Punkt. Er hat ihr nicht erzählt, wo der alte Knabe zu finden wäre. Deshalb ist sie zusammen mit ihrem Macker Peeler auf die Bude gerückt. Die beiden haben ihm ein bißchen die Füße behandelt, mit einem heißen Bügeleisen. Er starb am Schock.«

Sunset blickte unbeeindruckt. »Ich hab noch viel Platz in den Ohren«, sagte er.

»Ich ebenfalls«, knurrte ich und tat so, als würde ich plötzlich wütend. »Was, zum Teufel, haben Sie denn bisher schon von sich gegeben, was auch nur das geringste besagte – außer daß Sie Peeler kennen?«

Er wirbelte seine Pistole um den Abzugsfinger, betrachtete ihr Trudeln. »Der alte Sype ist in Westport«, sagte er beiläufig. »Sagt Ihnen das vielleicht was?«

»Durchaus. Hat er die Klunker?«

»Woher, zum Teufel, soll ich das wissen?« Er richtete die Pistole wieder aus, ließ sie auf seinen Oberschenkel sinken. Sie zeigte jetzt nicht mehr auf mich. »Wo stecken diese Konkurrenten jetzt, die Sie erwähnt haben?«

»Ich hoffe, ich hab sie abgehängt«, sagte ich. »Allzu sicher bin ich da allerdings nicht. Kann ich die Hände runternehmen und was trinken?«

»Ja doch, machen Sie schon. Wie sind denn Sie da mit reingekommen?«

»Peeler war Untermieter bei der Frau eines Freundes von mir, der im Knast sitzt. Ein braves Mädchen, dem man trauen kann. Er hat sie eingeweiht, und sie hat's dann mir weitererzählt – hinterher.«

»Als er hops war? Wie viele Anteile sollen denn auf Ihre Seite entfallen? Auf mich kommt die Hälfte, das haben wir ausgemacht.«

Ich trank, schob das leere Glas beiseite. »Einen Dreck haben wir ausgemacht.«

Die Pistole hob sich einen Zoll, sank wieder. »Also, durch wieviel geht's insgesamt?« schnappte er.

»Durch drei jetzt, wo Peeler raus ist. Wenn ich uns die Konkurrenz vom Leibe halten kann.«

»Die Fußröster? Kein Problem. Wie sehn sie aus?«

»Der Mann heißt Rush Madder, ein Winkeladvokat unten im Süden, fünfzig, fett, dünner niedergebogener Schnurrbart, gelichtetes dunkles Haar, knapp einssiebzig, neunzig Kilo, nicht viel Mumm. Das Mädchen, Carol Donovan, schwarzes Haar, lange Locken, graue Augen, hübsch, schmales Gesicht, fünfundzwanzig bis achtundzwanzig, einsfünfundfünfzig, sechzig Kilo, beim letztenmal in schickem Blau, hart wie ein Kiesel. Der eiserne Kern des Gespanns.«

Sunset nickte gleichgültig und steckte seine Pistole weg.

»Wir werden sie weichmachen, wenn sie ihr Schnütchen reinsteckt«, sagte er. »Ich hab eine Karre zu Hause. Sausen wir mal nach Westport und sehn wir uns um. Vielleicht können Sie mit der Zierfisch-Angel an ihn rankommen. Es heißt, er ist ganz verrückt nach den Tierchen. Ich selber bleibe in Deckung. Ich rieche nach Knast. Und er hat eine zu gute Nase dafür.«

»Das ist ja reizend«, sagte ich herzlich. »Ich bin selbst ein alter Goldfisch-Liebhaber.«

Sunset langte nach der Flasche, goß sich zwei Fingerbreit Scotch ein und kippte sie hinunter. Er stand auf, zerrte sich den Kragen gerade, dann schoß sein kinnloser Unterkiefer vor, so weit er konnte.

»Aber bilden Sie sich keine Rosinen ein, Bübchen. Es braucht Druck dahinter. Wahrscheinlich müssen wir eine Weile im tiefen Wald verschwinden und Däumchen drehen. Kann an Kidnapping grenzen.«

»Das ist schon okay«, sagte ich. »Die Versicherungsleute stehn hinter uns.«

Sunset zog mit einem Ruck die Spitzen seiner Weste nieder und rieb sich den dürren Nacken. Ich setzte den Hut auf, verstaute den Scotch in der Reisetasche neben dem Stuhl, auf dem ich gesessen hatte, ging hinüber und schloß das Fenster.

Wir begaben uns zur Tür. Knöchel klopften daran, als ich grad die Hand nach der Klinke ausstreckte. Ich winkte Sunset zurück an die Wand. Ich starrte die Tür einen Moment lang an und machte sie dann weit auf.

Die beiden Pistolen waren in fast gleicher Höhe auf mich gerichtet, die eine klein – eine 32er, die andere eine große Smith & Wesson. Sie konnten nicht beide nebeneinander ins Zimmer kommen, also kam das Mädchen zuerst herein.

»Okay, Sie Draufgänger«, sagte sie trocken. »Gipfelhöhe Null. Mal sehn, ob Sie sie erreichen.«

VIII

Ich wich langsam ins Zimmer zurück. Die beiden Besucher drängten neben mir herein, zu beiden Seiten. Ich stolperte über meine Reisetasche und verlor das Gleichgewicht, schlug auf den Boden und krümmte mich stöhnend zusammen.

Sunset sagte beiläufig: »Jetzt mal weg mit den Dingern, Leute. Und zwar dalli!«

Zwei Köpfe zuckten herum, weg aus der Blickrichtung auf mich nieder, und da hatte ich auch schon die Pistole heraus, hielt sie versteckt an der Seite. Ich stöhnte weiter.

Es herrschte Stille. Ich konnte keine Waffen fallen hören. Die Tür stand immer noch weit auf, und Sunset wurde von ihr mehr oder weniger an die Wand dahinter gedrückt.

Das Mädchen sagte zwischen den Zähnen: »Deck du den Schnüffler, Rush – und mach die Tür zu. Die Vogelscheuche hier kann gar nicht schießen. Keiner kann.« Dann fügte sie, so flüsternd, daß ich's kaum verstand, hinzu: »Knall sie richtig zu!«

Rush Madder watschelte rückwärts durch den Raum, die Smith & Wesson immer auf mich gerichtet. Er kehrte Sunset dabei den Rücken zu, und der Gedanke daran brachte Unruhe in seine Augen. Ich hätte ihn ohne weiteres erschießen können, aber so lief das Spiel ja nun doch noch nicht. Sunset stand breitbeinig da, und seine Zunge zeigte sich. Etwas, was ein Lächeln hätte sein können, kräuselte sich um seine flachen Augen.

Er starrte das Mädchen an, und das Mädchen starrte ihn an. Ihre Pistolen starrten einander an.

Rush Madder erreichte die Tür, griff nach der Kante und gab ihr einen kräftigen Schwung. Ich wußte genau, was passieren sollte. Wenn die Tür zuknallte, sollte die 32er losgehen. Man würde es nicht hören, wenn sie im richtigen Moment losging. Der Knall würde im Zuknallen der Tür untergehen.

Ich streckte die Hand aus, erwischte Carol Donovan am Knöchel und riß hart daran.

Die Tür knallte zu. Die Pistole ging los, und Kalk kam von der Decke.

Sie wirbelte zu mir herum, trat nach mir. Sunset sagte mit seiner gepreßten, schleppenden, aber irgendwie durchdringenden Stimme:

»Das war's denn wohl. Jetzt mal auf die Plätze.« Der Hahn an seinem Colt klickte zurück.

Etwas in seiner Stimme beruhigte Carol Donovan. Sie entspannte sich, ließ die Automatik sinken und trat von mir weg, nicht ohne mir einen tückischen Blick zuzuwerfen.

Madder drehte den Schlüssel im Schloß herum und lehnte sich gegen das Holz, geräuschvoll atmend. Der Hut war ihm über das eine Ohr gerutscht, und unter der Krempe zeigten sich die Enden von zwei Pflasterstreifen.

Niemand bewegte sich, während ich diese Gedanken hatte. Auch von draußen, vom Flur, war nichts zu hören, keine Schritte, kein Alarm. Ich richtete mich auf die Knie auf, ließ meine Pistole wieder verschwinden, erhob mich auf die Füße und ging zum Fenster hinüber. Niemand unten auf dem Gehsteig starrte zu den Obergeschossen des Snoqualmie Hotels hinauf.

Ich setzte mich auf die breite altmodische Fensterbank und machte ein leicht verlegenes Gesicht, so als hätte der Pfarrer in der Kirche grad einen unanständigen Ausdruck gebraucht.

Das Mädchen schnappte mich an: »Ist dieser Lump hier Ihr Partner?«

Ich gab keine Antwort. Ihr Gesicht wurde langsam rot, und ihre Augen brannten. Madder streckte eine Hand aus und sagte in wichtigtuerischem Ton:

»Nun hör mir mal zu, Carol, hör mir gut zu. So, wie du das hier machst, geht das nun wirklich nicht, und – – –«

»Halt die Klappe!«

»Ja, schon gut«, sagte Madder mit gehemmter Stimme. »Natürlich.«

Sunset musterte das Mädchen träge, zum nun schon dritten- oder viertenmal. Seine Pistolenhand ruhte gelassen auf seinem Hüftknochen, und seine ganze Haltung war vollkommen entspannt. Da ich gesehen hatte, wie er seine Pistole ziehen konnte, hoffte ich, das Mädchen werde sich nicht davon täuschen lassen.

Er sagte langsam: »Ich hab schon von euch zwei beiden gehört. Wie lautet das Angebot? Ich würde an sich nicht mal zuhören, bloß kann ich im Moment keine Anklage wegen Schießerei gebrauchen.«

Das Mädchen sagte: »Es steckt genug drin für vier.« Madder nickte mit dem großen Kopf, heftig, brachte sogar fast ein Lächeln zustande.

Sunset warf mir einen Blick zu. Ich nickte. »Also vier«, seufzte er. »Aber das ist das Äußerste. Wir gehn jetzt zu mir und machen Nägel mit Köpfen. Mir gefällt das hier nicht.«

»Wir müssen harmlos wirken«, sagte das Mädchen eklig.

»Mordsharmlos«, sagte Sunset gedehnt. »So Typen hab ich schon massenhaft getroffen. Deswegen gehn wir ja drüber reden. Das Spielchen ist kein Preisschießen.«

Carol Donovan zog eine Wildledertasche unter ihrem linken Arm vor und stopfte ihre 32er hinein. Sie lächelte. Sie war hübsch, wenn sie lächelte.

»Mein Einsatz steht«, sagte sie ruhig. »Ich spiele mit. Wo ist das, wo Sie wohnen?«

»Water Street raus. Wir nehmen ein Taxi.«

»Dann gehn Sie mal voran, Sportsfreund.«

Wir gingen aus dem Zimmer und fuhren im Fahrstuhl nach unten, vier freundliche Leute, die in aller Ruhe ein Hotel verließen, durch eine Halle voller Geweihe, ausgestopfter Vögel und gepreßter Wildblumen unter Glas. Das Taxi fuhr den Capitol Way entlang, am Parkquadrat vorbei und vorbei an einem großen roten Apartmenthaus, das viel zu groß war für die Stadt, es sei denn, es fanden grad Sitzungen der Legislative statt. Weiter ging es an Straßenbahnschienen entlang, vorüber an den fernen Bauten des Capitols und den hohen geschlossenen Toren zum Amtssitz des Gouverneurs.

Eichen säumten die Gehsteige. Ein paar ziemlich große Villen zeigten sich hinter Gartenmauern. Das Taxi schoß an ihnen vorüber und drehte dann auf eine Straße ab, die zur Spitze des Puget Sound führte. Nach einer kleinen Weile zeigte sich, auf einer schmalen Lichtung zwischen hohen Bäumen, ein Haus. Wasser glitzerte weit dahinter zwischen den Stämmen. Das Haus hatte eine überdachte Vorplatzveranda, davor einen verwilderten Rasen mit Unkraut und wucherndem Buschwerk. Am Ende einer ungepflasterten Zufahrt stand ein Schuppen, und unter dem Schuppen hockte ein bejahrter Tourenwagen.

Wir stiegen aus, und ich bezahlte das Taxi. Wir sahen ihm alle vier aufmerksam nach, bis es außer Sicht war. Dann sagte Sunset:

»Ich wohne oben. Die Zimmer unten gehörn einer Lehrerin. Sie ist nicht zu Hause. Gehn wir rauf und reden wir Tacheles.«

Wir überquerten den Rasen zum Vorplatz hinüber, und Sunset stieß eine Tür auf, wies eine enge Treppe hinauf.

»Die Damen zuerst. Gehn Sie voran, schönes Kind. Hier in der Stadt schließt keiner eine Tür ab.«

Das Mädchen warf ihm einen kühlen Blick zu und ging dann an ihm vorbei die Treppe hinauf. Ich folgte als nächster, dann Madder, Sunset zuletzt.

Das eine Zimmer, das den größten Teil des Oberstocks einnahm, war verdunkelt von den Bäumen, hatte ein Giebelfenster, eine breite, unter die Dachschrägung geschobene Schlafcouch, einen Tisch, einige Korbstühle, ein kleines Radio und, mitten im Raum, einen runden schwarzen Ofen.

Sunset begab sich in eine Kochnische und kehrte mit einer eckigen Flasche und einigen Gläsern wieder. Er goß ein, nahm ein Glas an sich und ließ die andern auf dem Tisch stehen.

Wir bedienten uns selbst und setzten uns.

Sunset kippte seinen Drink in einem Zug hinter die Binde, beugte sich vor, um das Glas auf den Boden zu stellen, und kam mit gezogenem Colt wieder hoch.

Ich hörte Madders Schlucken in der jähen kalten Stille. Der Mund des Mädchens verzog sich, als wollte sie in Gelächter ausbrechen. Dann beugte sie sich vor, hielt ihr Glas mit der linken Hand auf ihrer Handtasche.

Sunset preßte langsam die Lippen zu einem dünnen Strich zusammen. Er sagte, langsam und sorgfältig:

»Fußröster, was? Habt meinem Kumpel die Füße geröstet, was?«

Madder würgte, wollte die fetten Hände ausbreiten. Der Colt schnellte mit einem Ruck in seine Richtung. Madder legte die Hände auf die Knie und umklammerte seine Kniescheiben.

»Und dann auch noch heillose Deppen«, fuhr Sunset überdrüssig fort. »Rösten einem Burschen die Füße, um ihn zum Singen zu bringen, und platzen dann einem seiner Kumpel direkt ins Wohnzimmer. Das geht ja nun wirklich auf keine Kuhhaut mehr.«

Madder sagte krampfhaft: »Also g-gut. Und w-was soll der L-lohn sein?« Das Mädchen lächelte ganz leicht, sagte aber nichts.

Sunset grinste. »Stricke«, sagte er sanft. »Eine Menge Stricke, mit festen Knoten, und Wasser drübergegossen. Dann werden mein Kumpel und ich uns trollen, um ein paar Feuerfliegen zu fangen – Perlen sagt ihr dafür –, und wenn wir wiederkommen – – –« Er hielt inne, zog die linke Handkante quer über seine Kehle. »Gefällt Ihnen die Idee?« Er sah fragend zu mir herüber.

»Hm, ja, aber machen Sie keine Operette draus«, sagte ich. »Wo haben Sie die Stricke?«

»In der Kommode«, antwortete Sunset und wies mit einem Ohr in die Ecke.

Ich ging in die angegebene Richtung, an den Wänden entlang. Madder gab ganz plötzlich einen dünnen Wimmerlaut von sich, und die Augen verdrehten sich ihm im Kopf, und er fiel vom Stuhl, direkt nach vorn aufs Gesicht, einfach ohnmächtig geworden.

Das brachte Sunset durcheinander. Etwas so Albernes hatte er nicht erwartet. Seine rechte Hand zuckte herum, bis der Colt auf Madders Rücken niederzeigte.

Die Hand des Mädchens schlüpfte unter die Wildledertasche. Die Tasche hob sich einen Zoll. Die Pistole, die dort in einer Trick-Halterung steckte – die Pistole, die Sunset im Innern der Tasche vermutete – spuckte und flammte kurz auf.

Sunset hustete. Sein Colt krachte, und ein Stück Holz splitterte von der Lehne des Stuhls, auf dem Madder gesessen hatte. Sunset ließ den Colt fallen und das Kinn auf die Brust sinken und versuchte, gegen die Decke zu blicken. Seine langen Beine glitten vor ihm aus, und seine Absätze machten ein kratzendes Geräusch auf dem Boden. Er blieb so sitzen, schlaff, das Kinn auf der Brust, die Augen nach oben gerichtet. Tot wie eine gepökelte Walnuß.

Ich trat den Stuhl weg unter Miss Donovan, und sie krachte in einem Wirbel seidener Beine auf die Seite. Der Hut verrutschte ihr auf dem Kopf. Sie jaulte auf. Ich trat auf ihre Hand, wechselte dann plötzlich den Fuß und beförderte ihre Pistole quer durch die ganze Mansarde. Ich schickte die Handtasche hinterher – mit ihrer zweiten Pistole darin. Sie kreischte mich an.

»Hoch mit Ihnen«, knurrte ich.

Sie stand langsam auf, wich von mir zurück, biß sich auf

die Lippe, Wut und Wildheit in den Augen, ganz plötzlich nur noch ein garstiges, in die Enge getriebenes kleines Gör. Immer weiter wich sie zurück, bis die Wand sie aufhielt. Ihre Augen glitzerten in einem gespenstischen Gesicht.

Ich warf einen kurzen Blick auf Madder, ging dann zu einer geschlossenen Tür hinüber. Ein Bad war dahinter. Ich steckte den Schlüssel nach außen und winkte dem Mädchen.

»Rein da.«

Sie kam mit steifen Beinen herüber und ging an mir vorbei hinein, so nah, daß sie mich fast berührte.

»Jetzt hörn Sie mir mal eine Minute gut zu, Schnüffler – – –«

Ich schob sie durch die Tür, schlug hinter ihr zu und drehte den Schlüssel herum. Wenn sie die Lust ankam, aus dem Fenster zu springen, so konnte sie das von mir aus tun. Ich hatte die Fenster von unten gesehen.

Ich ging zu Sunset hinüber, tastete ihn ab, spürte den kleinen harten Klumpen Schlüssel an einem Ring in seiner Tasche und zog sie heraus, ohne ihn ganz vom Stuhl zu stoßen. Nach anderem sah ich nicht.

Es waren auch Wagenschlüssel an dem Ring.

Ich sah wieder nach Madder, stellte fest, daß seine Finger weiß waren wie Schnee. Ich ging die enge dunkle Stiege hinunter zur Vorplatzveranda, von da seitlich ums Haus herum und stieg in den alten Tourenwagen unter dem Schuppen. Einer der Schlüssel am Ring paßte ins Zündschloß.

Der Wagen brauchte eine gehörige Tracht Prügel, bevor er ansprang und mich zurückstoßen ließ, die ungepflasterte Zufahrt hinunter zur Straße. Soweit ich sah oder hörte, regte sich nichts im Haus. Die hohen Fichten dahinter und daneben rührten träge die oberen Zweige, und ein kaltes, herzloses Sonnenlicht stahl sich hier und da hindurch, wenn sie sich bewegten.

Ich fuhr zurück zum Capitol Way und wieder in die Stadt, so schnell ich's nur riskieren konnte, am Parkquadrat vorbei und am Snoqualmie Hotel und über die Brücke in Richtung Pazifik und Westport.

IX

Eine Stunde rasanter Fahrt durch gelichtetes Waldland, unterbrochen von dreimaligem Halten, um Wasser nachzufüllen, und interpunktiert vom Husten einer defekten Dichtungsmanschette, brachte mich in Hörweite der Brandung. Die breite weiße Straße mit ihrem gelben Mittelstreifen schwang sich um die Flanke eines Berges, eine ferne Gruppe von Gebäuden ragte undeutlich vor dem Schimmer des Ozeans auf, und die Straße gabelte sich. Der linke Ast hatte das Richtungsschild ›Westport – 9 Meilen‹ und führte nicht zu den Gebäuden hinüber. Er lief über eine rostige Auslegerbrücke und tauchte in ein Gebiet von windzerzausten Obstgärten.

Weitere zwanzig Minuten, und ich knatterte nach Westport hinein, eine sandige Landzunge mit verstreuten Fachwerkhäusern, die das ansteigende Gelände dahinter tüpfelten. Das Ende der Landzunge bildete ein langer schmaler Segelsteg und das Ende des Stegs eine Traube von Booten mit halbgerefften Segeln, die gegen die einzelnen Masten klatschten. Dahinter kam eine von Bojen bezeichnete Fahrrinne und eine lange unregelmäßige Linie, wo das Wasser über einer verborgenen Sandbank schäumte.

Jenseits der Sandbank rollte der Pazifik nach Japan hinüber. Es war das hier sozusagen der letzte Außenposten der Küste, der westlichste Punkt, den man auf dem Festland der Vereinigten Staaten noch erreichen konnte. Ein reizendes Plätzchen für einen ehemaligen Sträfling, um sich mit einem Paar nicht ganz rechtmäßig erworbener Perlen von der Größe junger Kartoffeln zu verstecken – falls er keine bösen Feinde hatte.

Ich hielt vor einem Landhaus, in dessen Hof ein Schild stand: ›Warme und kalte Mahlzeiten, Tee.‹ Ein kleiner Mann mit einem Kaninchengesicht und Sommersprossen schwang eine Gartenharke nach zwei schwarzen Hühnern. Die Hühner schienen ihm recht freche Antworten zu geben. Er drehte sich um, als der Motor von Sunsets Wagen sich aushustete.

Ich stieg aus, trat durch ein Pförtchen, zeigte auf das Schild.

»Warme Mahlzeiten schon verfügbar?«

Er warf die Harke nach den Hühnern, wischte sich die Hände an den Hosen ab und schielte. »Hat meine Frau da hingestellt«, vertraute er mir dann mit dünner Lausbubenstimme an. »Schinken mit Ei ist gemeint.«

»Schinken mit Ei ist mir durchaus recht«, sagte ich.

Wir gingen ins Haus. Es gab dort drei Tische, bedeckt mit gemustertem Wachstuch, ein paar Farbdrucke an den Wänden, ein vollgetakeltes Schiff in einer Flasche auf dem Kamin. Ich setzte mich. Der Wirt entfernte sich durch eine Schwingtür, draußen schrie jemand mit ihm herum, und dann wurden Brutzelgeräusche in der Küche hörbar. Er kam zurück und beugte sich über meine Schulter, legte einiges Besteck und eine Papierserviette auf das Wachstuch.

»Noch zu früh für einen Apfelbrandy, oder?« flüsterte er.

Ich teilte ihm mit, wie sehr er sich da im Irrtum befand. Er ging wieder weg und kam mit Gläsern und einer Quartflasche zurück, die eine klare bernsteingelbe Flüssigkeit enthielt. Er setzte sich zu mir und goß ein. Eine volle Baritonstimme sang derweil in der Küche über dem Brutzeln die ›Chloe‹.

Wir stießen an und tranken und warteten, daß uns die Hitze das Rückgrat hochkroch.

»Fremd hier, was?« fragte der kleine Mann.

Ich sagte, das wäre ich in der Tat.

»Vielleicht aus Seattle? Gar kein schlechtes Stück, der Anzug, den Sie da anhaben.«

»Seattle«, stimmte ich zu.

»Hier kommen nicht viel Fremde hin,« sagte er und sah dabei mein linkes Ohr an. »Geht nirgends wohin weiter von hier. Freilich, wie wir noch die Prohibition hatten – – –« Er hielt inne, verlagerte seinen scharfen Spechtsblick auf mein anderes Ohr.

»Ah, die Prohibition, freilich«, sagte ich mit einer großen Geste und trank, wie wenn ich genau im Bilde wäre.

Er beugte sich vor und atmete mir gegen das Kinn. »Mann, da konnten Sie glatt in jeder Fischbude am Segelsteg einladen! Der Stoff kam unter Krabben- und Austernfängen rein. Mann, da war was los in Westport! Sogar die Kinder haben Scotch-Kisten zum Spielen gekriegt. Gab in der ganzen Stadt kein einziges Auto, was noch in seiner Garage geschlafen hätte, Mister. Warn alle voll bis unters Dach mit kanadischem Sprit, die Garagen. Mann, die Küstenwache hatte einen Kutter draußen vorm Pier, der aufpaßte, wenn die Boote ausgeladen wurden, an einem Tag jede Woche. Freitags. Immer am selben Tag.« Er blinzelte.

Ich paffte an einer Zigarette, und das Brutzeln und der Bariton-Gesang in der Küche gingen weiter.

»Aber was red ich denn, Sie sind ja wohl kaum aus der Schnapsbranche«, sagte er.

»Nee. Mann, ich bin Einkäufer für Zierfische«, sagte ich.

»Okay«, sagte er mürrisch.

Ich goß uns eine weitere Runde Apfelbrandy ein. »Die Flasche hier geht auf meine Rechnung«, sagte ich. »Und ich nehm noch ein paar mehr davon mit.«

Seine Miene erheiterte sich. »Was haben Sie gesagt, wie war doch gleich der Name?«

»Carmady. Sie glauben wohl, ich nehm Sie auf den Arm mit den Zierfischen? Keineswegs.«

»Mann, von den kleinen Flitzern kann man doch nicht leben, oder?«

Ich hielt ihm meinen Ärmel hin. »Sie haben selber gesagt, das wäre kein schlechtes Stück. Aber klar kann man davon leben, von den ausgefallenen Sorten jedenfalls. Neue Sorten, neue Typen, die gibt's in einer Tour. Soviel ich gehört hab, soll hier irgendwo ein alter Knacker wohnen, der eine richtige Sammlung hat. Vielleicht verkauft er ja. Welche, die er selber gezüchtet hat.«

Ich goß uns eine weitere Runde Apfelbrandy ein. Eine große Frau mit Schnurrbart stieß die Schwingtür einen Fußbreit auf und brüllte: »Schinken mit Ei ist fertig!«

Mein Wirt machte sich hurtig auf den Weg und kehrte mit meinem Essen wieder. Ich aß. Er sah mich forschend dabei an. Nach einer Weile klatschte er sich plötzlich auf sein mageres Bein unter dem Tisch.

»Der alte Wallace«, kicherte er. »Aber klar doch, Sie suchen den alten Wallace. Mann, den kennen wir aber nicht besonders gut. Der hält nicht viel auf Nachbarschaft.«

Er drehte sich auf seinem Stuhl herum und zeigte durch die lockeren Gardinen hinaus auf einen fernen Berg. Oben auf dem Berg stand ein gelbweißes Haus, das in der Sonne leuchtete.

»Mann, da oben wohnt er. Hat eine Menge von den Dingern. Goldfische, eh? Mann, also da brächten mich keine zehn Pferde zu!«

Das beendete mein Interesse an dem kleinen Mann. Ich schlang mein Essen hinunter, bezahlte es, dazu drei Quartflaschen Apfelbrandy zu einem Dollar das Stück, schüttelte ihm die Hand und ging zurück zum Tourenwagen.

Eigentlich gab es gar keinen Grund zur Eile. Rush Madder mußte erst wieder aus seiner Ohnmacht erwachen, bevor das Mädchen freikommen konnte. Aber selbst dann hatten die beiden noch keinerlei Ahnung von Westport. Sunset hatte den Namen in ihrer Gegenwart nicht erwähnt.

Und sie hatten ihn auch nicht gekannt, als sie nach Olympia kamen, sonst wären sie direkt hingefahren. Wenn sie vor meinem Zimmer im Hotel gelauscht hätten, dann hätten sie auch gewußt, daß ich nicht allein war. Sie hatten sich aber nicht so verhalten, als wären sie darauf gefaßt gewesen, als sie hereingeplatzt kamen.

So hatte ich massenhaft Zeit. Ich fuhr zum Segelsteg hinunter und sah ihn mir an. Das also war der ›Pier‹. Er machte einen ziemlich dürftigen Eindruck. Es gab Fischbuden, Kneipen, ein kümmerliches Nachtlokal für die Fischer, einen Billard-Salon, eine Passage mit Spielautomaten und Guckkästen. Köderfische flitzten und wimmelten in großen hölzernen Behältern unten im Wasser an den Pfählen. Kerle lungerten herum, und sie sahen ganz so aus, als kriegte man Ärger, wenn man sich mit ihnen einließ. Gesetzeshüter konnte ich nirgends entdecken.

Ich fuhr zurück und den Berg hinauf zu dem gelbweißen Haus. Es stand sehr für sich allein, vier Blocks von der nächsten Behausung entfernt. Davor gab es Blumen, einen gepflegten grünen Rasen, einen Steingarten. Eine Frau in weißbraun bedrucktem Kleid bekämpfte Blattläuse mit einer Spritzpistole. Ich ließ meine Karre sich selber abwürgen, stieg aus und nahm den Hut ab.

»Wohnt hier Mr. Wallace?«

Sie hatte ein hübsches Gesicht, ruhig, fest. Sie nickte.

»Möchten Sie ihn sprechen?« Sie hatte auch eine ruhige, feste Stimme, eine gute Sprache.

Das klang ganz und gar nicht nach der Frau eines Eisenbahnräubers.

Ich nannte ihr meinen Namen, sagte, ich hätte unten in der Stadt von seinen Fischen gehört. Ich wäre an besonderen Zierfischen interessiert.

Sie legte die Spritzpistole hin und ging ins Haus. Bienen summten mir um den Kopf, große struppige Bienen, denen der kalte Wind vom Meer nichts ausmachte. Weit weg, wie

Hintergrundsmusik, schlug die Brandung tosend auf die Sandbänke. Der Sonnenschein hier im Norden kam mir bläßlich und öde vor, er hatte im Innersten keine Wärme.

Die Frau kam wieder aus dem Haus und hielt die Tür auf.

»Er ist oben«, sagte sie, »wenn Sie die Treppe hinaufgehen wollen.«

Ich ging an einem Paar rustikaler Schaukelstühle vorüber und in das Haus des Mannes, der die Leander-Perlen gestohlen hatte.

X

Aquarien standen überall in dem großen Raum, in zwei Reihen auf versteiften Wandbrettern, große längliche Becken mit Metallrahmen, manche von oben beleuchtet, manche mit Licht im Innern unten. Wasserpflanzen bildeten wuchernde Girlandenmuster hinter dem algenbesetzten Glas, und das Wasser hatte ein geisterhaft grünliches Licht, und durch das grünliche Licht bewegten sich Fische in allen Regenbogenfarben.

Es gab lange schlanke Fische, blitzend wie goldene Pfeile, und japanische Schleierschwänze mit phantastischen Schleppen, und Neons, so durchsichtig wie farbiges Glas, winzige Guppys, grad einen halben Zoll lang, buntscheckige Popeyes mit einem Filigran wie ein Haubenband, und große schwerfällige chinesische Moors mit Teleskopaugen, Froschgesichtern und nutzlosen Flossen, die durch das grüne Wasser watschelten wie dicke Männer zum Mittagessen.

Das meiste Licht kam von einem großen schrägen Dachfenster. Darunter stand, an einem nackten Holztisch, ein hochgewachsener hagerer Mann, in der linken Hand einen sich windenden roten Fisch, in der rechten eine Rasierklinge, deren Rücken mit Heftpflaster umklebt war.

Er sah mir unter breiten grauen Brauen entgegen. Seine Augen waren tief eingesunken, farblos, undurchsichtig. Ich trat an seine Seite und sah auf den Fisch nieder, den er in der Hand hielt.

»Pilzbefall?« fragte ich.

Er nickte langsam. »Weißer Fungus.« Er legte den Fisch auf die Tischplatte und spreizte vorsichtig die Rückenflosse. Die Flosse war ausgefranst und rissig, und der gezackte Rand hatte eine moosig weiße Färbung.

»Weißer Fungus«, sagte er, »nicht weiter schlimm. Ich werd dem Burschen die Flosse ein bißchen stutzen, dann fühlt er sich bald wieder quicklebendig. Was kann ich für Sie tun, Mister?«

Ich drehte eine Zigarette zwischen meinen Fingern und lächelte ihn an.

»Wie die Menschen«, sagte ich. »Die Fische, meine ich. Kriegen manchmal Sachen ab, die gar nicht gut für sie sind.«

Er hielt den Fisch gegen das Holz und schnitt den ausgefransten Teil der Flosse ab. Er spreizte den Schwanz und stutzte auch ihn. Der Fisch hatte aufgehört, sich zu winden.

»Manche kann man kurieren«, sagte er, »und manche wieder nicht. Wenn's die Schwimmblase erwischt zum Beispiel, da ist nichts zu machen.« Er sah zu mir auf. »Das hier tut überhaupt nicht weh, falls Sie das denken sollten«, sagte er. »Man kann einen Fisch zu Tode erschrecken, aber wehtun wie einem Menschen kann man ihm nicht.«

Er legte die Rasierklinge hin und stippte einen Wattebausch in eine purpurne Flüssigkeit, strich damit über die Schnittflächen. Dann fuhr er mit dem Finger in einen Topf mit weißer Vaseline und tupfte sie darüber. Er ließ den Fisch in ein kleines Becken gleiten, das ganz für sich an einer Wand des Raumes stand. Der Fisch schwamm friedlich herum, ganz zufrieden und still.

Der hagere Mann wischte sich die Hände ab, setzte sich auf die Kante einer Bank und starrte mich mit leblosen

Augen an. Er hatte einmal gut ausgesehen, vor langer Zeit.

»Sie interessieren sich für Zierfische?« fragte er. Seine Stimme hatte den ruhigen, vorsichtigen Murmelton des Zellenblocks und des Spazierhofs.

Ich schüttelte den Kopf. »Eigentlich nicht. Das war nur ein Vorwand. Ich habe eine lange Reise gemacht, um Sie zu sehen, Mr. Sype.«

Er befeuchtete sich die Lippen und starrte mich weiter an. Als seine Stimme wiederkam, war sie müde und leise.

»Wallace ist mein Name, Mister.«

Ich paffte einen Rauchring und steckte den Finger hindurch. »Für meine Belange muß es wohl oder übel bei Sype bleiben.«

Er beugte sich vor und ließ die Hände zwischen seine gespreizten knochigen Knie sinken, faltete sie. Große knorrige Hände, die eine Menge schwerer Arbeit geleistet hatten in ihrem Leben. Sein Kopf sah schräg zu mir auf, und seine toten Augen waren kalt unter den struppigen Brauen. Aber seine Stimme blieb leise, sanft.

»Hab seit einem Jahr keinen Greifer mehr gesehen. Jedenfalls nicht zum Reden. Welche Branche?«

»Raten Sie mal«, sagte ich.

Seine Stimme wurde noch einen Grad leiser. »Hören Sie zu, Greifer. Ich hab ein hübsches Zuhause hier, ruhig und zurückgezogen. Kein Mensch belästigt mich mehr. Keiner hat ein Recht dazu. Ich bin begnadigt worden, direkt vom Weißen Haus. Ich hab die Fische als Hobby, und wo man sich so drum kümmert, da hängt man dran. Ich schulde der Welt keinen Nickel. Ich hab bezahlt. Meine Frau hat genug Moos, daß wir davon leben können. Alles, was ich noch will, ist in Ruhe gelassen werden, Greifer.« Er hörte auf zu reden, schüttelte einmal den Kopf. »Sie können mir nicht mehr zusetzen – jetzt nicht mehr.«

Ich sagte nichts. Ich lächelte ein wenig und beobachtete ihn.

»Keiner kann mir mehr was«, sagte er. »Ich bin begnadigt worden, vom Präsidenten persönlich. Ich will bloß noch in Ruhe gelassen werden.«

Ich schüttelte den Kopf und fuhr fort, ihn anzulächeln. »Grad das werden Sie nie schaffen – bis Sie klein beigeben.«

»Hören Sie zu«, sagte er sanft und leise. »Sie sind vielleicht neu an dem Fall. Ist sozusagen noch frisch für Sie. Und Sie wollen sich die Sporen verdienen damit. Aber ich, ich plag mich schon fast zwanzig Jahre damit ab, und eine Menge anderer Leute haben sich ebenso geplagt, und manche davon waren ganz schön gerissene Burschen. Die *wissen* inzwischen, daß ich nichts besitze, was mir nicht gehört. Nie besessen habe. Irgendwer anders hat's.«

»Der Postschaffner«, sagte ich. »Sicher.«

»Hören Sie«, sagte er, immer noch sanft und leise. »Ich hab meine Zeit abgesessen. Ich kenne alle Gesichtspunkte. Ich weiß, es wird nie ein Ende nehmen, das Fragen und Überlegen – solange wie noch einer am Leben ist, der sich erinnert. Ich weiß, sie werden von Zeit zu Zeit immer wieder einen Tölpel herschicken, der das Ganze wieder aufrührt. Soll sein. Deswegen keine Feindschaft nicht. Aber was soll ich jetzt machen, daß Sie's einsehen und schön brav nach Hause fahren?«

Ich schüttelte den Kopf und starrte an seiner Schulter vorbei auf die Fische, die durch die großen stillen Becken glitten. Ich fühlte mich müde. Die Ruhe des Hauses brachte Gespenster in mein Hirn, Gespenster von vor vielen Jahren. Ein Zug, der durch die Finsternis brauste, ein Räuber, versteckt in einem Postwagen, ein Pistolenblitz, ein toter Schaffner auf dem Boden, ein stiller Absprung bei irgendeinem Wassertank, ein Mann, der neunzehn Jahre lang ein Geheimnis gewahrt hatte – fast gewahrt hatte.

»Sie haben nur einen einzigen Fehler gemacht«, sagte ich langsam. »Erinnern Sie sich noch an einen Burschen namens Peeler Mardo?«

Er hob den Kopf. Ich konnte sehen, wie er in seinem Gedächtnis suchte. Der Name schien ihm überhaupt nichts zu sagen.

»Ein Bursche, den Sie in Leavenworth gekannt haben«, sagte ich. »Ein kleiner Gauner, der dort einsaß, weil er Zwanzig-Dollar-Scheine gespalten und falsche Rückseiten draufgeklebt hatte.«

»Ja-ah«, sagte er. »Jetzt erinnere ich mich.«

»Sie haben ihm erzählt, Sie hätten die Perlen«, sagte ich.

Ich konnte sehen, daß er mir nicht glaubte. »Da muß ich ihn auf den Arm genommen haben«, sagte er langsam, ganz leer.

»Vielleicht. Aber jetzt kommt die Pointe. Er war nämlich nicht dieser Ansicht. Er hat sich hier vor einiger Zeit in der Gegend rumgetrieben, zusammen mit einem Kumpel, einem Burschen, der sich Sunset nannte. Die beiden haben Sie irgendwo gesehen, und Peeler hat Sie erkannt. Da sind ihm dann Gedanken gekommen, wie er wohl selber einen kleinen Reibach machen könnte. Aber er war Kokser und redete im Schlaf. Ein Mädchen hat alles spitzgekriegt und dann noch ein anderes Mädchen und ein Winkeladvokat. Peeler kriegte die Füße verbrannt und ist tot.«

Sype starrte mich an, ohne auch nur mit der Wimper zu zucken. Die Linien um seine Mundwinkel vertieften sich.

Ich wedelte mit meiner Zigarette und fuhr fort:

»Wir wissen nicht, wieviel er ausgeplaudert hat, aber der Rechtsverdreher und das eine Mädchen sind in Olympia. Sunset ist ebenfalls in Olympia, bloß daß er inzwischen tot ist. Sie haben ihn umgelegt. Ich weiß nicht, ob sie wissen, wo Sie sich aufhalten. Aber irgendwann werden sie's erfahren, sie oder andere, die ähnlich sind wie sie. Den Bullen können Sie Sand in die Augen streuen, vorausgesetzt, die Kerls finden die Perlen nicht und Sie selber versuchen auch nicht, sie zu verkaufen. Sie können auch der Versicherung Sand in die Augen streuen und sogar der Post.«

Sype rührte keinen Muskel. Seine großen knotigen, zwischen den Knien verschränkten Hände rührten sich nicht. Seine toten Augen starrten nur.

»Aber keinen Sand in die Augen streuen können Sie den Gaunern und Verbrechern«, sagte ich. »Die lassen sich nicht zermürben. Die geben nie auf. Es wird immer wieder zwei oder drei Leute geben, die Zeit genug haben und Geld genug – und die brutal genug sind, um über Leichen zu gehen. Die werden rauskriegen, was sie wissen wollen, auf irgendeine Art. Sie werden sich Ihre Frau schnappen oder Sie selber mit in den Wald raus schleppen und dort in die Mangel nehmen. Und dann werden Sie's ausspucken müssen ... Ich will Ihnen jetzt einen anständigen, ehrlichen Vorschlag machen.«

»Zu welcher Sorte gehören denn Sie eigentlich?« fragte Sype plötzlich. »Ich dachte erst, Sie röchen nach Polizei, aber da bin ich mir jetzt gar nicht mehr so sicher.«

»Versicherung«, sagte ich. »Folgender Vorschlag. Fünfundzwanzig Riesen Belohnung insgesamt. Fünf Riesen für das Mädchen, das mir die Information gesteckt hat. Sie hat viel abgekriegt im Leben, und sie hat auch ein Recht auf den Schnitt. Zehn Riesen für mich. Ich hab die ganze Arbeit getan und in sämtliche Kanonen gucken müssen. Zehn Riesen für Sie, durch mich. Direkt könnten Sie keinen Nickel kriegen. Ist da was drin? Wie hört sich's an für Sie?«

»Hört sich gut an«, sagte er sanft. »Bis auf einen kleinen Haken. Ich habe keine Perlen, Greifer.«

Ich sah ihn finster an. Das war meine ganze Munition gewesen. Mehr hatte ich nicht zu bieten. Ich richtete mich auf, löste mich von der Wand und ließ einen Zigarettenstummel auf den Holzboden fallen, trat ihn aus. Ich wandte mich zum Gehen.

Er stand auf und streckte eine Hand aus. »Warten Sie einen Moment«, sagte er ernst, »ich werde es Ihnen beweisen.«

Er ging an mir vorbei und aus dem Raum. Ich starrte die Fische an und kaute auf meiner Lippe. Irgendwo hörte ich das Geräusch eines Wagenmotors, nicht sehr nah. Ich hörte, wie eine Schublade aufgezogen und wieder geschlossen wurde, offenbar in einem angrenzenden Zimmer.

Sype kam in den Aquarienraum zurück. Er hatte einen glänzenden 45er Colt in seiner hageren Faust. Der Colt wirkte so lang wie der Unterarm eines Mannes.
Er richtete ihn auf mich und sagte: »Hier hab ich Perlen drin, ganze Stücker sechs. Bleiperlen. Ich kann damit einer Fliege auf sechzig Yards Entfernung den Backenbart stutzen. Sie sind gar kein Greifer. Stehn Sie auf und verschwinden Sie – und richten Sie Ihren hitzigen Freunden aus, daß ich bereit bin, ihnen die Zähne einzeln aus dem Mund zu schießen, jeden Tag einen und sonntags zwei.«

Ich bewegte mich nicht. Es lag Wahnsinn in den toten Augen des Mannes. Ich wagte mich nicht zu bewegen.

»Das ist doch bloß Theaterdonner«, sagte ich langsam. »Ich kann beweisen, daß ich Detektiv bin. Sie sind ein ehemaliger Sträfling, und schon der Besitz der Knarre da ist ein Kapitalverbrechen. Legen Sie das Ding weg – und reden wir vernünftig.«

Der Wagen, den ich gehört hatte, schien draußen vor dem Haus zu halten. Bremstrommeln quietschten. Füße klapperten, einen Weg hinauf, Stufen hinauf. Plötzlich scharfe Stimmen, ein unterdrückter Ruf.

Sype wich durch den Raum zurück, bis er sich zwischen dem Tisch und einem Zwanzig- oder Dreißig-Gallonen-Becken befand. Er zeigte mir ein Grinsen, das breite, klare Grinsen eines Kämpfers, der aufs Letzte geht.

»Ich sehe, Ihre Freunde haben Sie offenbar eingeholt«, sagte er gedehnt. »Nehmen Sie Ihre Knarre raus und lassen Sie sie auf den Boden fallen, solange Sie noch Zeit dazu haben – und Luft in den Lungen.«

Ich bewegte mich nicht. Ich sah das drahtige Haar über

seinen Augen. Ich sah seine Augen selbst. Ich wußte, wenn ich mich bewegte – auch nur um das zu tun, was er gesagt hatte –, würde er schießen.

Schritte kamen die Treppe herauf. Es waren gehemmte, schlurfende Schritte, die etwas von Widerwehr hatten.

Drei Menschen betraten den Raum.

XI

Mrs. Sype kam zuerst herein, steifbeinig, mit glasigen Augen, die Arme starr angewinkelt, die Hände wie Klauen nach vorn ins Nichts gestreckt, als suchten sie etwas zu ertasten, was es nicht gab. In ihren Rücken drückte eine Pistole, eine von Carol Donovans kleinen 32ern, sehr wirksam gehalten von Carol Donovans kleiner erbarmungsloser Hand.

Madder kam als letzter. Er war betrunken, voller Mut aus der Flasche, rot angelaufen und wild. Er richtete die Smith & Wesson auf mich und grinste höhnisch.

Carol Donovan stieß Mrs. Sype beiseite. Die ältere Frau taumelte in die Ecke hinüber und sank dort in die Knie, mit leerem Blick.

Sype starrte das Donovan-Mädchen an. Er war verwirrt, weil es ein junges Mädchen war und hübsch. Der Typ war ihm noch nicht vorgekommen. Ihr Anblick nahm ihm sein ganzes Feuer. Wären Männer hereingekommen, er hätte sie in Fetzen geschossen.

Das kleine dunkle weißgesichtige Mädchen betrachtete ihn kalt, sagte mit ihrer festen, unterkühlten Stimme:

»Das wär's, Alter. Schmeiß die Knarre. Ganz vorsichtig jetzt.«

Sype beugte sich langsam nieder, ohne die Augen von ihr zu wenden. Er legte seinen riesigen Grenzer-Colt auf den Boden.

»Jetzt einen kleinen Stoß, Alter.«

Sype stieß die Waffe mit dem Fuß von sich. Sie schlidderte über die nackten Bohlen, hinüber in die Mitte des Raums.

»So ist's recht, alter Mann. Du behältst ihn vorm Lauf, Rush, während ich den Schnüffler entwaffne.«

Die beiden Pistolen machten einen Schwenk, und die harten grauen Augen sahen jetzt mich an. Madder ging ein Stückchen auf Sype zu und richtete seine Smith & Wesson auf Sypes Brust.

Das Mädchen lächelte, kein sehr reizvolles Lächeln. »Heller Junge, was? Sie müssen wohl dauernd Ihren Hals riskieren, unter dem tun Sie's nicht. Diesmal haben Sie einen Bock geschossen, Schnüffler. Haben Ihren dürren Freund nicht genügend gefilzt. Er hatte eine kleine Landkarte im Schuh stecken.«

»Hatte ich nicht nötig«, sagte ich geschmeidig und grinste sie an.

Ich versuchte meinem Grinsen einen werbenden, Einverständnis heischenden Zug zu geben, denn Mrs. Sype bewegte sich auf den Knien ganz langsam über den Boden, und jede Bewegung brachte sie Sypes Colt ein Stückchen näher.

»Aber jetzt sind Sie baden gegangen, mitsamt Ihrem umwerfenden Grinsen. Nehmen Sie die Flossen hoch, während ich Ihnen die Knarre ziehe. Los, Mister.«

Sie war ein Mädchen, grad einsfünfundfünfzig groß, und wog rund sechzig Kilo. Bloß ein Mädchen. Ich war einsfünfundsiebzig und wog fünfundneunzig. Ich nahm die Hände hoch und erwischte sie mit einem Volltreffer am Kinn.

Es war verrückt, aber ich hatte die Nase voll von der Donovan-Madder-Show, von den Donovan-Madder-Pistolen, vom Donovan-Madder-Jargon. Ich hieb ihr unters Kinn.

Sie flog einen Schritt zurück, und ihr kleines Schießgewehr ging los. Eine Kugel schrammte mir die Rippen. Sie kam ins Wanken. Langsam, wie in Zeitlupe, fiel sie hin. Das Ganze hatte fast etwas Albernes an sich.

Mrs. Sype bekam den Colt zu fassen und schoß ihr in den Rücken.

Madder wirbelte herum, und in dem Augenblick, wo er sich drehte, stürzte Sype sich auf ihn. Madder sprang zurück und schrie und deckte Sype wieder mit der Waffe. Sype blieb wie angewurzelt stehen, und das breite verrückte Grinsen kam wieder auf sein hageres Gesicht.

Die Kugel aus dem Colt riß das Mädchen wieder nach vorn, wie eine aufgestoßene Tür, die ein jäher Windstoß wieder zureißt. Ein Wirbel aus blauem Tuch – etwas schlug mir gegen die Brust – ihr Kopf. Ich sah ihr Gesicht einen kurzen Moment lang, als sie zurückprallte, ein fremdes Gesicht, daß ich nie zuvor gesehen hatte.

Dann war sie nur noch ein Häufchen Unordnung auf dem Boden zu meinen Füßen, klein, totenstill, erloschen, und es sickerte rot unter ihr hervor, und hinter ihr kniete die große stille Frau, den rauchenden Colt fest in beiden Händen.

Madder schoß zweimal auf Sype. Sype schwankte nach vorn, immer noch grinsend, und schlug gegen das Ende des Tisches. Die purpurne Flüssigkeit, die er für den kranken Fisch verwendet hatte, spritzte auf und über ihn. Madder schoß noch einmal auf ihn, während er fiel.

Ich riß meine Luger heraus und schoß Madder in die schmerzhafteste Stelle, die ich mir denken konnte, und deren Verletzung wohl kaum tödlich war – in die Kniekehle. Er ging exakt zu Boden, als wäre er über einen verborgenen Draht gestolpert. Ich hatte ihm Handschellen angelegt, noch ehe er auch nur anfangen konnte zu stöhnen.

Ich trat überall Pistolen beiseite und ging hinüber zu Mrs. Sype und nahm ihr den großen Colt aus den Händen.

Für eine Weile war es sehr still in dem Raum. Rauchstrudel trieben auf das Dachfenster zu, duftig grau, blaß in der Nachmittagssonne. Ich hörte die Brandung in der Ferne tosen. Dann hörte ich, ganz in der Nähe, ein pfeifendes Geräusch.

Es war Sype, der noch etwas zu sagen versuchte. Seine Frau kroch zu ihm hinüber, immer noch auf den Knien, kauerte sich neben ihn. Es war Blut auf seinen Lippen und blasiger Schaum. Er blinzelte heftig, versuchte Klarheit in seinen Kopf zu bringen. Er lächelte zu ihr empor. Seine pfeifende Stimme sagte sehr schwach:

»Die Moors, Hattie – die Moors.«

Dann wurde sein Hals schlaff, und das Lächeln schmolz von seinem Gesicht. Sein Kopf rollte zur Seite auf dem nackten Fußboden.

Mrs. Sype berührte ihn, erhob sich dann sehr langsam auf die Füße und sah mich an, ruhig, mit trockenen Augen.

Sie sagte mit leiser klarer Stimme: »Wollen Sie mir helfen, ihn aufs Bett zu tragen? Ich möchte nicht, daß er hier bei diesen Leuten bleibt.«

Ich sagte: »Natürlich. Was war das, was er eben noch gesagt hat?«

»Ich weiß es nicht. Irgend etwas Unsinniges – über seine Fische, glaube ich.«

Ich hob Sypes Schultern an, und sie nahm seine Füße, und wir trugen ihn ins Schlafzimmer und legten ihn aufs Bett. Sie faltete ihm die Hände auf der Brust und schloß ihm die Augen. Sie ging hinüber und zog die Jalousien herunter.

»Das wäre alles, danke Ihnen«, sagte sie, ohne mich anzusehen. »Das Telephon ist unten.«

Sie setzte sich auf einen Stuhl neben dem Bett und legte den Kopf auf die Bettdecke neben Sypes Arm.

Ich ging aus dem Zimmer und schloß die Tür.

Madders Bein blutete langsam, nicht gefährlich. Er starrte mich mit vor Angst fast wahnsinnigen Augen an, während ich ihm das Knie mit einem festen Taschentuch abband. Wahrscheinlich hatte er eine zerrissene Sehne und eine zertrümmerte Kniescheibe. Er würde wohl ein bißchen hinken, wenn sie ihn zum Galgen holten.

Ich ging nach unten und trat auf den Vorplatz und sah zu den beiden Wagen hinüber, dann den Berg hinunter zum Segelsteg. Kein Mensch hätte sagen können, woher die Schüsse gekommen waren, es sei denn, er wäre grad zufällig vorbeigekommen. Wahrscheinlich wurde in den Wäldern ringsum überhaupt ziemlich viel geschossen.

Ich ging ins Haus zurück und betrachtete das Kurbeltelephon an der Wohnzimmerwand, rührte es aber noch nicht an. Irgend etwas beunruhigte mich. Ich zündete mir eine Zigarette an und starrte aus dem Fenster, und eine Geisterstimme sagte in meinen Ohren: »Die Moors, Hattie. Die Moors.«

Ich ging wieder nach oben in den Aquarienraum. Madder stöhnte jetzt, ein dumpfes, keuchendes Stöhnen. Aber was kümmerte mich ein Menschenquäler wie Madder!

Das Mädchen war tot. Von den Becken war keins getroffen worden. Die Fische schwammen friedlich in ihrem grünen Wasser, langsam und friedlich und leicht. Auch sie kümmerte Madder nicht.

Das Becken mit den schwarzen chinesischen Moors stand drüben in der Ecke, etwa zehn Gallonen groß. Es gab grad vier davon, große Burschen, von etwa vier Zoll Körperlänge, kohlschwarz rundum. Zwei von ihnen sogen Sauerstoff an der Oberfläche des Wassers, und zwei watschelten träge am Boden. Sie hatten dicke, breite Leiber mit starken Fächerschwänzen und hohen Rückenflossen, und die vorstehenden Teleskopaugen ließen sie wie Frösche erscheinen, wenn sie einen von vorn ansahen.

Ich beobachtete sie, wie sie in dem grünen Zeug herumtappten, das in dem Becken wuchs. Ein Pärchen rote Posthornschnecken war damit beschäftigt, die Scheiben zu reinigen. Die beiden Fische auf dem Grund wirkten dicker und träger als die beiden an der Oberfläche. Ich fragte mich, warum.

Zwischen zweien der Becken lag ein langstieliger Kescher aus feinem Netzgewebe. Ich nahm ihn und fuhr damit in das Becken, erwischte einen der großen Moors und hob ihn heraus. Ich drehte ihn im Netz herum, betrachtete seinen mattsilbrigen Bauch. Ich sah etwas dort, was wie eine Naht wirkte. Ich befühlte die Stelle. Unter ihr war ein harter Knoten.

Ich holte den zweiten Moor vom Grund. Dieselbe Naht, derselbe harte runde Knoten. Ich fing mir einen der beiden, die an der Oberfläche nach Luft geschnappt hatten. Keine Naht, kein harter runder Knoten. Er war auch schwerer zu fangen gewesen.

Ich tat ihn ins Becken zurück. Ich hatte es nur mit den beiden anderen zu tun. Ich hab Zierfische so gern wie jeder Mensch, aber Geschäft ist Geschäft, und Verbrechen ist Verbrechen. Ich legte meine Jacke ab und rollte die Ärmel hoch und nahm die mit Heftpflaster geschützte Rasierklinge vom Tisch.

Es war eine wahre Drecksarbeit. Sie brauchte etwa fünf Minuten. Dann lagen sie auf meiner flachen Hand, dreiviertel Zoll im Durchmesser, schwer, vollkommen rund, milchweiß und schimmernd von jenem inneren Licht, das kein anderes Juwel hat. Die Leander-Perlen.

Ich wusch sie ab, wickelte sie in mein Taschentuch, rollte die Ärmel wieder herunter und zog meine Jacke wieder an. Ich betrachtete Madder, seine kleinen schmerz- und angstgeweiteten Augen, den Schweiß auf seinem Gesicht. Ich hatte keinerlei Mitgefühl mit Madder. Er war ein Killer, ein Menschenquäler.

Ich ging aus dem Aquarienraum. Die Schlafzimmertür war immer noch geschlossen. Ich ging nach unten und drehte die Kurbel des Wandtelephons.

»Hier das Haus von Wallace in Westport«, sagte ich. »Es hat einen Unfall gegeben. Wir brauchen einen Arzt und leider auch die Polizei. Was können Sie da machen?«

Das Mädchen sagte: »Ich werde versuchen, Ihnen einen Arzt zu besorgen, Mr. Wallace. Es kann aber ein bißchen dauern. Westport hat einen Marshal. Würde der genügen?«

»Ich denke schon«, sagte ich und hängte ein. So ein Landtelephon hatte doch durchaus seine Vorteile.

Ich zündete mir eine neue Zigarette an und setzte mich in einen der rustikalen Schaukelstühle auf der Vorplatzveranda. Nach einer kleinen Weile erklangen Schritte, und Mrs. Sype kam aus dem Haus. Sie blieb einen Moment lang stehen und blickte die Berge hinunter, dann nahm sie neben mir in dem anderen Schaukelstuhl Platz. Ihre Augen sahen mich fest an.

»Sie sind Detektiv, nehme ich an«, sagte sie langsam, scheu.

»Ja. Ich vertrete die Gesellschaft, bei der die Leander-Perlen versichert waren.«

Sie blickte in die Ferne. »Ich dachte, er würde hier Frieden finden«, sagte sie. »Und daß niemand ihn mehr behelligen würde. Daß dieser Ort eine Art Freistatt für ihn sein würde.«

»Er hätte nicht versuchen sollen, die Perlen zu behalten.«

Sie wandte den Kopf, ganz schnell diesmal. Ihr Blick war jetzt leer, dann zeigte er Angst.

Ich langte in die Tasche und zog das zusammengeschlagene Taschentuch heraus, öffnete es auf der flachen Hand. Da lagen sie zusammen auf dem weißen Leinen, ein Mord-Wert von zweihundert Riesen.

»Er hätte seine Freistatt haben können«, sagte ich. »Niemand wollte ihm die nehmen. Aber er war nicht zufrieden damit.«

Sie blickte langsam, zögernd auf die Perlen. Dann verzerrten sich ihre Lippen. Ihre Stimme wurde rauh.

»Der arme Wally«, sagte sie. »Da haben Sie sie also gefunden. Sie sind sehr schlau, alle Achtung. Er hat Dutzende von Fischen töten müssen, bevor ihm der Trick gelang.« Sie blickte auf, in meine Augen. Etwas leicht Fragendes lag im Hintergrund ihrer Augen.

Sie sagte: »Ich habe den Gedanken immer schrecklich gefunden. Erinnern Sie sich an die alte biblische Geschichte vom Sündenbock?«

Ich schüttelte den Kopf, nein.

»Das Tier, das mit den Sünden der Welt beladen und dann in die Wüste hinausgeschickt wurde. Die Fische waren sein Sündenbock.«

Sie lächelte mich an. Ich lächelte nicht zurück.

Sie sagte, immer noch lächelnd: »Sehn Sie, er hatte die Perlen einmal gehabt, die richtigen, echten, und irgendwie hatte er das Gefühl, daß sie durch all die Leiden sein rechtmäßiges Eigentum geworden wären. Aber sie hätten ihm ja gar keinen Gewinn bringen können, selbst wenn er sie wiedergefunden hätte. Offenbar hatte sich irgendeine Landmarkierung verändert, während er im Gefängnis saß, und er konnte die Stelle in Idaho, wo er sie vergraben hatte, nie wiederfinden.«

Ein eisiger Finger strich langsam an meinem Rückgrat auf und nieder. Ich öffnete den Mund, und ein Etwas, das ich für meine Stimme hielt, sagte:

»Was?«

Sie streckte einen Finger aus und berührte eine der Perlen. Ich hatte sie ihr immer noch hingehalten, starr, als wäre meine Hand ein Brett an der Wand wie die Aquarienträger.

»So hat er sich dann die hier beschafft«, sagte sie. »In

Seattle. Sie sind hohl, mit weichem Wachs gefüllt. Ich weiß nicht mehr, wie man das Verfahren nennt. Sie sehen sehr schön aus. Aber natürlich habe ich nie wirklich wertvolle Perlen gesehen.«

»Wozu hat er sich die denn besorgt?« krächzte ich.

»Verstehn Sie das nicht? Sie waren seine Sünde. Er mußte sie in der Wüste verstecken, hier in unserer Wüste. Er hat sie in den Fischen versteckt. Und wissen Sie – – –« Sie beugte sich wieder zu mir vor, und ihre Augen glänzten. Sie sagte sehr langsam, sehr ernst:

»Manchmal hab ich fast den Eindruck gehabt, daß er ganz zuletzt, so seit einem Jahr etwa, tatsächlich geglaubt hat, es wären die echten Perlen, die er da versteckt hielt. Können Sie das vielleicht verstehen?«

Ich sah auf die Perlen nieder. Meine Hand und das Taschentuch schlossen sich langsam über ihnen.

Ich sagte: »Ich bin ein einfacher Mann, Mrs. Sype. Ich glaube, diese Geschichte mit dem Sündenbock geht ein bißchen über meinen Horizont. Ich würde sagen, er hat eben versucht, sich selber ein bißchen was vorzumachen – wie jeder große Verlierer.«

Sie lächelte erneut. Sie war hübsch, wenn sie lächelte. Dann zuckte sie die Achseln, ganz leicht.

»Natürlich, Sie müssen das wohl so sehen. Aber ich – – –« Sie breitete die Hände. »Ach, das ist ja jetzt sowieso alles gleichgültig geworden. Kann ich sie zum Andenken behalten?«

»Behalten?«

»Die – diese Talmiklunker. Sie werden sich doch ganz bestimmt nicht – – –«

Ich stand auf. Ein alter Ford Roadster ohne Verdeck kam den Berg heraufgezockelt. Ein Mann saß drin, mit einem großen Stern an der Weste. Das Knattern des Motors klang wie das Geschnatter eines alten wütenden kahlköpfigen Affen im Zoo.

Mrs. Sype stand neben mir, die Hand halb ausgestreckt, einen dünnen, flehenden Blick im Gesicht.

Ich grinste sie mit plötzlicher Wildheit an.

»Tja, eine Zeitlang waren Sie richtig gut«, sagte ich. »Um ein Haar, verdammt, wär ich drauf reingefallen. Und wie mir's kalt den Rücken runtergelaufen ist, werte Dame! Aber dann haben Sie sich selbst alles verdorben. ›Talmiklunker‹ – mit dem Ausdruck sind Sie denn doch um eine Nuance aus der Rolle gefallen. Und wie Sie mit dem Colt umgegangen sind, das war zu fix und ein bißchen zu brutal. Und schließlich haben Sypes letzte Worte alles vermasselt. ›Die Moors, Hattie – die Moors.‹ Die hätten ihn wohl kaum noch beschäftigt in seiner Lage, wenn die Perlen Imitationen gewesen wären. Und um sich selber bis zuletzt was vorzumachen, dazu war er denn doch nicht naiv genug.«

Einen Moment lang veränderte sich überhaupt nichts in ihrem Gesicht. Aber dann kam es. Etwas ganz Gräßliches erschien in ihren Augen. Sie spitzte die Lippen und spuckte nach mir. Dann stürzte sie ins Haus zurück und schlug die Tür hinter sich zu.

Ich stopfte fünfundzwanzigtausend Dollar in meine Westentasche. Zwölftausendfünfhundert für mich und zwölftausendfünfhundert für Kathy Horne. Ich konnte im Geist ihre Augen sehen, wenn ich ihr den Scheck brachte und sie ihn auf die Bank trug, damit das Geld dort bereit lag, bis Johnny in Quentin entlassen wurde.

Der Ford war hinter den beiden anderen Wagen aufgefahren. Der Mann am Steuer spuckte nach der Seite aus, zog mit einem Ruck die Notbremse an, stieg aus, ohne von der Tür Gebrauch zu machen. Er war ein massiger Bursche in Hemdsärmeln.

Ich ging die Stufen hinunter und ihm entgegen.

Schüsse bei Cyrano

I

Ted Malvern liebte den Regen, liebte das Gefühl, das er auf der Haut machte, seinen Klang, seinen Duft. Er stieg aus seinem LaSalle-Coupé und blieb eine Weile neben dem Seiteneingang zum Carondelet stehen, den Kragen seines blauen Wildledermantels hochgeschlagen, so daß er ihm die Ohren kitzelte, die Hände in den Taschen und eine lahme Zigarette sprühend zwischen den Lippen. Dann ging er hinein, vorbei am Frisiersalon und am Drugstore und am Parfümgeschäft mit seinen Reihen raffiniert beleuchteter Flaschen, die sich dem Beschauer präsentierten wie das Ensemble im Finale eines Broadway-Musicals.

Er bog um eine goldgeäderte Säule und trat in einen Fahrstuhl mit gepolstertem Boden.

»Hallo, Albert. Hübscher Regen heute. Achter.«

Der schlanke, müde aussehende Junge in Blaßblau und Silber legte eine weiß behandschuhte Hand gegen die sich schließenden Türen und sagte:

»Herrgott, glauben Sie, ich weiß Ihren Stock nicht mehr, Mr. Malvern?«

Er jagte den Fahrstuhl in den Achten hinauf, ohne nach seinem Signallicht zu sehen, riß die Türen auf, lehnte sich dann plötzlich gegen die Kabinenwand und schloß die Augen.

Malvern, schon halb auf den Flur getreten, blieb stehen, warf ihm aus hellbraunen Augen einen scharfen Blick zu. »Was ist los, Albert? Krank?«

Der Junge quälte sich ein blasses Lächeln aufs Gesicht. »Ich muß heute doppelte Schicht machen. Corky ist krank. Er hat Furunkel. Ich glaube, ich hab vielleicht nicht genug gegessen.«

Der hochgewachsene braunäugige Mann fischte einen zerknüllten Fünferschein aus seiner Tasche, hielt ihn dem Jungen unter die Nase. Die Augen des Jungen wurden groß. Er straffte sich, mit Anstrengung.

»Herrgott, Mr. Malvern! Ich wollte damit wirklich nicht – – –«

»Laß gut sein, Albert. Was ist denn schon ein Fünfer unter Freunden? Leiste dir ein paar Extra-Mahlzeiten.«

Er verließ den Fahrstuhl und ging den Korridor entlang. Leise, kaum hörbar, sagte er zu sich:

»Vollidiot . . .«

Der Mann, der auf ihn zugerannt kam, riß ihn fast um. Er war ganz plötzlich um die Ecke gebogen, streifte schwankend Malverns Schulter, lief auf den Fahrstuhl zu.

»Abwärts!« Er zwängte sich durch die bereits zugleitenden Türen.

Malvern sah, ganz kurz, ein weißes starres Gesicht unter einem niedergezogenen Hut, der von Regen naß war; zwei eng zusammenstehende leere schwarze Augen. Augen, in denen ein eigentümlicher Ausdruck lag, ihm wohlbekannt. Ein Rauschgiftsüchtiger.

Der Fahrstuhl sauste wie Blei in die Tiefe. Malvern betrachtete nachdenklich die Stelle, wo er eben noch gewesen war, einen langen Moment lang, dann ging er weiter den Korridor hinunter und bog um die Ecke.

Er sah das Mädchen liegen, in der Tür von 914, halb drinnen und halb draußen.

Sie lag auf der Seite, in einem prunkvoll stahlgrauen Hausanzug, die Wange in den Flor des Teppichs gepreßt, der Kopf eine Masse dichten kornblonden Haars, das mit glasiger Präzision gewellt war. Nicht ein einziges Haar schien in Unordnung geraten zu sein. Sie war jung, sehr hübsch, und es sah nicht so aus, als wäre sie tot.

Malvern glitt neben ihr nieder, berührte ihre Wange. Sie war warm. Er hob behutsam das Haar von ihrem Kopf und sah die Beule.

»Totschläger.« Er spannte die Lippen über den Zähnen.

Er nahm sie auf die Arme, trug sie durch den kurzen Flur ins Wohnzimmer der Suite, legte sie auf ein großes Velours-Sofa vor dem Gaskamin.

Sie lag reglos da, die Augen geschlossen, das Gesicht bläulich unter dem Make-up. Er schloß die Außentür und sah sich kurz in dem Apartment um, dann ging er in den Flur zurück und hob etwas auf, das weiß vor der Wandleiste schimmerte. Es war eine 22er Automatik mit Elfenbeingriff, sieben Schuß. Er schnüffelte daran, schob sie in seine Tasche und ging zu dem Mädchen zurück.

Er zog eine breite Flasche aus getriebenem Silber aus seiner inneren Brusttasche und schraubte den Verschluß auf, öffnete ihr den Mund mit den Fingern und goß Whisky gegen ihre kleinen weißen Zähne. Sie würgte, und ihr Kopf zuckte ihm aus der Hand. Ihre Augen öffneten sich. Sie waren tiefblau, mit einem Stich ins Purpurne. Licht kam in sie zurück, und das Licht war spröde.

Er zündete sich eine Zigarette an und stand da und blickte auf sie nieder. Sie regte sich ein wenig mehr. Nach einer Weile flüsterte sie:

»Ihr Whisky tut gut. Könnte ich noch ein bißchen haben?«

Er holte ein Glas aus dem Bad, goß Whisky hinein. Sie setzte sich sehr langsam auf, berührte ihren Kopf, stöhnte. Dann nahm sie das Glas aus seiner Hand entgegen und stürzte den Alkohol mit einem geübten Schlenker ihres Handgelenks hinunter.

»Er tut immer noch gut«, sagte sie. »Wer sind Sie?«

Sie hatte eine tiefe sanfte Stimme. Der Klang gefiel ihm. Er sagte:

»Ted Malvern. Ich habe die Nummer 937 hier auf dem Flur.«

»Ich – mir muß wohl schwindlig geworden sein.«

»Hm-hm. Sie haben einen Totschläger auf den Kopf gekriegt, Engelchen.« Seine hellen Augen sahen sie prüfend an. Ein Lächeln zog sich um seine Lippenwinkel.

Ihre Augen weiteten sich. Ein Glanzschleier überzog sie, wie eine schützende Glasur.

Er sagte: »Ich hab den Burschen gesehen. Er war verkokst bis in die Haarspitzen. Und hier ist Ihre Pistole.«

Er holte sie aus der Tasche, hielt sie ihr auf der flachen Hand hin.

»Das nötigt mich nun wohl dazu, mir eine Gute-Nacht-Geschichte auszudenken«, sagte das Mädchen langsam.

»Meinetwegen nicht nötig. Wenn Sie in der Klemme stekken, könnte ich Ihnen vielleicht helfen. Kommt alles drauf an.«

»Kommt auf was an?« Ihre Stimme war kälter, schärfer.

»Auf die Frage, worum es geht bei der Sache«, sagte er sanft. Er löste das Magazin aus der kleinen Waffe, warf einen Blick auf die oberste Patrone. »Kupfer-Nickel, was? Sie verstehen sich auf Munition, Engelchen.«

»Müssen Sie mich unbedingt immer Engelchen nennen?«

»Ich weiß ja nicht, wie Sie heißen.«

Er grinste sie an, ging dann zu einem Schreibtisch hinüber, der vor den Fenstern stand, legte die Pistole darauf nieder. Auf dem Schreibtisch stand ein lederner Bilderrahmen, mit zwei Photos nebeneinander. Er streifte sie zuerst nur flüchtig, dann spannte sich sein Blick. Eine hübsche dunkle Frau und ein dünner hellblonder kaltäugiger Mann, dessen hoher steifer Kragen, breiter Krawattenknoten und schmaler Revers zeigten, daß die Aufnahme schon vor vielen Jahren gemacht worden war. Er starrte den Mann an.

Das Mädchen redete hinter ihm. »Ich bin Jean Adrian. Ich mache eine Nummer im Cyrano, in der Nachtclub-Show.«

Malvern starrte immer noch das Photo an. »Ich kenne Benny Cyrano ziemlich gut«, sagte er abwesend. »Ihre Eltern?«

Er drehte sich um und sah sie an. Sie hob langsam den Kopf. Etwas wie Angst zeigte sich in ihren tiefblauen Augen.

»Ja. Sie sind schon seit Jahren tot«, sagte sie dumpf. »Nächste Frage?«

Er ging rasch zum Sofa zurück und blieb vor ihr stehen. »Okay«, sagte er dünn. »Ich bin eine Schnüffelnase. Aber wenn schon. Das hier ist meine Stadt. Mein alter Herr hat hier lange die erste Geige gespielt. Der alte Marcus Malvern, der Freund des Volkes. Das hier ist mein Hotel. Mir gehört ein gutes Stück davon. Dieser verkokste Ganeff sah mir ganz danach aus, als wäre er ein Zulieferer fürs Beerdigungsinstitut. Warum sollte ich Ihnen da nicht heraushelfen wollen?«

Das blonde Mädchen starrte ihn lässig an. »Ihr Whisky tut wirklich gut«, sagte sie. »Könnte ich – – –«

»Setzen Sie ruhig gleich die Flasche an. Dann kriegen Sie ihn schneller runter«, grunzte er.

Sie stand plötzlich auf, und ihr Gesicht wurde ein bißchen weiß. »Sie reden mit mir, wie wenn ich werweiß was für ein Luder wäre«, schnappte sie. »Wenn Sie's denn unbedingt wissen müssen – bitte sehr. Ein Freund von mir ist bedroht worden. Er ist Boxer, und die Kerls verlangen von ihm, daß er freiwillig einen Kampf verliert. Jetzt versuchen sie über mich an ihn ranzukommen. Sind Sie jetzt zufrieden?«

Malvern nahm seinen Hut von einem Stuhl, drückte den Stummel seiner Zigarette in einem Aschenbecher aus. Er nickte ruhig, sagte mit veränderter Stimme:

»Ich bitte um Verzeihung.« Er wandte sich zur Tür.

Das Kichern kam, als er sie schon halb erreicht hatte. Das Mädchen sagte hinter ihm sanft:

»Sie haben ja ein ganz schön grantiges Temperament. Und Ihre Flasche haben Sie auch vergessen.«

Er ging zurück und steckte die Flasche ein. Dann beugte er sich plötzlich, legte dem Mädchen eine Hand unter das Kinn und küßte sie auf die Lippen.

»Zum Teufel mit Ihnen, Engelchen. Sie gefallen mir«, sagte er leise.

Er ging in den Flur zurück und hinaus. Das Mädchen berührte mit einem Finger ihre Lippen, rieb ihn langsam hin und her. Ein scheues Lächeln lag auf ihrem Gesicht.

II

Tony Acosta, der Erste Page, war schlank und dunkel und schmächtig wie ein Mädchen, mit schmalen zarten Händen und samtenen Augen und einem harten kleinen Mund. Er blieb unter der Tür stehen und sagte:

»Siebte Reihe war das Beste, was ich kriegen konnte, Mr. Malvern. Dieser Deacon Werra ist gar nicht schlecht, und Duke Targo wird der nächste Champion im Halbschwergewicht.«

Malvern sagte: »Komm rein und trink was, Tony.« Er ging zum Fenster hinüber, blieb stehen, sah hinaus in den Regen. »Wenn sie ihm den Kampf kaufen«, fügte er über die Schulter hinzu.

»Gut – aber nur einen kleinen Schluck, Mr. Malvern.«

Der dunkle Junge mixte sich sorgfältig einen Highball, an einem Tablett auf einem imitierten Sheraton-Schreibtisch. Er hielt die Flasche gegen das Licht und maß seinen Drink sorgfältig ab, ließ mit einem langen Löffel die Eiswürfel klimpern, nippte, lächelte, zeigte kleine weiße Zähne.

»Targo ist große Klasse, Mr. Malvern. Er ist schnell, schlau, hat einen harten Schlag in beiden Pfoten und eine Menge Mumm, weicht nie einen Schritt zurück.«

»Er muß fressen, was sie ihm vorsetzen«, sagte Malvern gedehnt.

»Nun ja, richtig Löwenfleisch haben sie ihm bisher noch nicht vorgesetzt«, sagte Tony.

Der Regen schlug gegen das Fensterglas. Die dicken Tropfen klatschten breit auseinander und rannen in winzigen Wellen an der Scheibe nieder.

Malvern sagte: »Er ist auch bloß Dreck. Ein Dreck mit Schleife und Blümchen, aber trotzdem Dreck.«

Tony seufzte tief. »Schade, daß ich nicht hin kann. Dabei hab ich sogar meinen freien Abend heute.«

Malvern wandte sich langsam um und ging zum Schreibtisch hinüber, mixte sich einen Drink. Zwei trübdunkle Flecken erschienen auf seinen Wangen, und seine Stimme klang müde, schleppend.

»So ist das also. Und was hält dich ab?«

»Ich hab Kopfschmerzen.«

»Du bist wieder mal blank«, knurrte Malvern fast.

Der dunkle Junge blickte zur Seite unter seinen langen Wimpern, sagte nichts.

Malvern ballte die linke Hand zur Faust, entspannte sie wieder, langsam. Seine Augen hatten einen verdrießlichen Ausdruck.

»Nur immer Ted fragen«, seufzte er. »Den guten alten Ted. Bei dem sitzt das Moos locker. Der ist weich. Nur immer Ted fragen. Okay, Tony, gib die Karte zurück und hol dir zwei Plätze nebeneinander.«

Er griff in die Tasche, hielt ihm einen Geldschein hin. Der dunkle Junge machte ein gekränktes Gesicht.

»Herrgott, Mr. Malvern, wenn Sie etwa denken, ich wollte – – –«

»Schwamm drüber! Was ist schon eine Karte zum Boxkampf unter Freunden? Hol dir zwei und nimm dein Mädchen mit. Zum Teufel mit diesem Targo.«

Tony Acosta nahm den Schein. Er betrachtete den älteren Mann einen Moment lang aufmerksam. Dann war seine Stimme sehr sanft, als er sagte:

»Ich würde lieber mit Ihnen gehen, Mr. Malvern. Targo haut alle um, und nicht bloß im Ring. Er hat eine tolle Blondine, gleich hier auf dem Flur. Miss Adrian, in 914.«

Malvern versteifte sich. Er stellte langsam sein Glas hin, drehte es auf der Tischplatte. Seine Stimme wurde ein wenig rauh.

»Er ist trotzdem ein Dreck, Tony. Okay, ich hole dich zum Abendessen ab, vor dem Hotel um sieben.«

»Herrgott, das ist prima, Mr. Malvern!«

Tony Acosta ging sanft und leise hinaus, schloß geräuschlos die Außentür hinter sich.

Malvern stand am Schreibtisch, strich mit den Fingerspitzen über die Platte, den Blick gesenkt. Er stand sehr lange so.

»Ted Malvern, der größte Depp von ganz Amerika«, sagte er grimmig, laut. »Ein Vollidiot, der sich als Menschheitshelfer aufspielt und wegen einem Flittchen den Kopf verliert. Tja.«

Er trank sein Glas aus, sah auf die Armbanduhr, setzte den Hut auf und zog den blauen Wildledermantel über, ging hinaus. Draußen auf dem Flur blieb er vor 914 stehen, hob die Hand, um zu klopfen, ließ sie dann wieder sinken, ohne die Tür berührt zu haben.

Er ging langsam weiter zu den Fahrstühlen und fuhr nach unten, trat auf die Straße und ging zu seinem Wagen.

Die *Tribune*-Redaktion lag an der Ecke der Vierten und der Spring. Malvern parkte hinter der Kurve, ging durch den Angestellteneingang hinein und fuhr in den dritten Stock hinauf, in einem klapprigen Fahrstuhl, den ein alter Mann bediente. Der alte Mann hatte eine tote Zigarre im Mund und in der Hand eine zusammengerollte Zeitschrift, die er sich sechs Zoll weit vor die Nase hielt, während er den Fahrstuhl laufen ließ.

Im dritten Stock gab es eine große Doppeltür mit der Aufschrift ›Lokalredaktion‹. Ein weiterer alter Mann saß davor, an einem kleinen Tisch mit Sprechanlage.

Malvern klopfte auf den Tisch, sagte: »Zu Adams. Ted Malvern.«

Der alte Mann machte verschiedene Geräusche in die Sprechanlage, drückte auf einen Knopf, winkte mit dem Kinn.

Malvern ging durch die Tür, an einem hufeisenförmigen Redaktionstisch vorbei, dann vorbei an einer Reihe kleinerer Schreibtische, an denen auf Schreibmaschinen herumgehämmert wurde. Am letzten davon saß müßig ein schlaksiger rothaariger Mann, die Füße auf einer vorgezogenen Schublade, den Nacken auf der Lehne eines gefährlich weit zurückgekippten Drehstuhls und im Mund eine große Pfeife, die senkrecht gegen die Decke zeigte.

Als Malvern neben ihm stehen blieb, senkte er den Blick zu ihm nieder, ohne sonst irgendeinen Körperteil zu bewegen, und sagte um seine Pfeife herum:

»Sei gegrüßt, Teddy. Wie bekommt dem reichen Mann der Müßiggang?«

Malvern sagte: »Wie bekommt man Einblick in eure Schnipselsammlung? Ich brauch was über einen Burschen namens Courtway. Senator John Myerson Courtway, um genau zu sein.«

Adams setzte die Füße auf den Boden. Er brachte sich in die Senkrechte, indem er sich an der Schreibtischkante hochzog. Er nahm die nun waagerecht ragende Pfeife aus dem Mund und spuckte in einen Papierkorb. Er sagte:

»Den alten Eiszapfen? Wann war der denn überhaupt mal aktuell? Aber gewiß doch.« Er stand müde auf, fügte hinzu, »Komm mit, Onkel«, und stapfte zum Ende des Raums hinüber.

Sie gingen an einer weiteren Reihe von Schreibtischen entlang, an einem fetten Mädchen mit verschmiertem Make-up vorbei, das vor sich hintippte und sich dabei totlachte über das, was sie schrieb.

Sie traten durch eine Tür in einen großen Raum, der zum größten Teil aus Reihen von zwei Meter hohen Aktenschränken bestand, gelegentlich unterbrochen von einer Nische mit Tischchen und Stuhl.

Adams strich stöbernd an den Schränken entlang, riß plötzlich einen Aktenordner heraus und legte ihn auf einen Tisch.

»Mach's dir bequem. Worum geht's denn?«

Malvern stützte sich mit einem Ellbogen auf den Tisch, blätterte sich durch einen dicken Packen Ausschnitte. Es war eintöniges Zeug politischen Inhalts, ohne Schlagzeilen. Senator Courtway hatte dies und jenes gesagt, zu dieser und jener Angelegenheit von öffentlichem Interesse, hatte vor dieser und jener Versammlung eine Rede gehalten, war von dieser und jener Reise zurückgekehrt. Alles offenbar sehr öde.

Er betrachtete ein paar Halbton-Autotypien: ein dünner, weißhaariger Mann mit leerem beherrschtem Gesicht und tiefliegenden dunklen Augen, in denen weder Licht noch Wärme war. Nach einer Weile sagte er: »Habt ihr einen Abzug, den ich mir unter den Nagel reißen könnte? Ein richtiges Photo, meine ich.«

Adams seufzte, reckte sich, verschwand zwischen den Aktenwänden. Er kam mit einem schmalen glänzenden Schwarzweiß-Photo zurück, warf es auf den Tisch.

»Kannst du behalten«, sagte er. »Wir haben Dutzende davon. Der Bursche lebt ewig. Soll ich dir ein Autogramm drauf besorgen?«

Malvern sah das Photo lange an, mit verengten Augen.

»Ist schon recht so«, sagte er langsam. »War Courtway je verheiratet?«

»Nicht seit ich aus den Windeln bin«, brummte Adams. »Wahrscheinlich überhaupt nie. Sag mal, über was für einem Geheimnis brütest du da eigentlich?«

Malvern lächelte ihn langsam an. Er holte seinen Flachmann heraus, stellte ihn auf den Tisch neben den Ordner. Adams' Gesicht hellte sich rasch auf, und sein langer Arm langte danach.

»Dann hat er auch wohl nie ein Kind gehabt«, sagte Malvern.

Adams schielte über die Flasche. »Hm – offiziell jedenfalls nicht. Und wenn ich mir die Visage so ansehe, würde ich sagen – überhaupt nie.« Er nahm einen tiefen Schluck, wischte sich die Lippen, trank noch einmal.

»Und das«, sagte Malvern, »ist in der Tat sehr komisch. Steck die Buddel noch dreimal in den Hals – und vergiß, daß du mich je gesehen hast.«

III

Der fette Mann brachte sein Gesicht nah an Malverns Gesicht. Er sagte mit einem Schnaufer:

»Sie halten die Sache für abgekartet, Nachbar?«

»Ja-ah. Für Werra.«

»Was gilt die Wette?«

»Zählen Sie Ihre Barschaft.«

»Ich hab fünf Hunderter dabei, die Junge kriegen wollen.«

»Gemacht«, sagte Malvern tonlos und blickte weiter starr geradeaus auf einen kornblonden Hinterkopf vorn auf einem Ringplatz. Ein weißer Umhang mit weißem Pelz umhüllte die Schultern unter dem glasig gewellten Haar. Das Gesicht konnte er nicht sehen. Er brauchte es auch nicht.

Der fette Mann zwinkerte mit den Augen und zog sorgfältig eine dicke Brieftasche unter der Weste hervor. Er legte sie auf die Knie, zählte zehn Fünfzig-Dollar-Scheine ab, rollte sie zusammen, schob sich die Brieftasche wieder vor die Rippen.

»Sie sind dran, Sie armer Irrer«, schnaufte er. »Zeigen Sie mal die Pupille.«

Malvern riß sich von dem Anblick vorne los, zog ein flaches Päckchen neuer Hunderter heraus, ließ die Ränder an den Fingerspitzen entlangriffeln. Er zupfte fünf Scheine unter der bedruckten Banderole hervor, hielt sie dem anderen hin.

»Jungejunge, die sind aber nicht von schlechten Eltern«, sagte der fette Mann. Er brachte sein Gesicht wieder nah an Malverns Gesicht. »Ich bin Skeets O'Neal. Sie machen mir doch keine Zicken später, he?«

Malvern lächelte sehr langsam und schob dem fetten Mann das Geld in die Hand. »Nehmen Sie's in Verwahrung, Skeets. Ich bin Ted Malvern. Der Sohn vom alten Marcus Malvern. Ich schieße schneller, als Sie laufen können – und ich krieg hinterher nicht mal Scherereien deswegen.«

Der fette Mann holte tief Luft und ließ sich in seinen Sitz zurücksinken. Tony Acosta starrte sanftäugig auf das Geld in der geschlossenen schwammigen Hand des fetten Mannes. Er leckte sich die Lippen und wandte Malvern ein schmales verwirrtes Lächeln zu.

»Herrgott, das Geld ist doch glatt zum Fenster rausgeschmissen, Mr. Malvern«, flüsterte er. »Es sei denn – es sei denn, Sie hätten einen speziellen Tip.«

»Speziell genug, um mit fünf Hundertern einzusteigen«, brummte Malvern.

Der Gong ertönte zur sechsten Runde.

Die ersten fünf waren reiner Allerweltskampf gewesen. Der große blonde Junge, Duke Targo, riskierte nichts. Der dunkle, Deacon Werra, ein starker, gelenkiger Pole mit schlechten Zähnen und Blumenkohlohren, hatte zwar die richtige Konstitution, aber nichts weiter zu bieten als rohes Clinchen und einen Riesenschwinger, dessen Ansatz zu tief lag und der nie voll landete. Er war grad gut genug gewesen, um Targo bisher auf Distanz zu halten. Die Fans bedachten Targo bereits mit reichlich höhnischen Pfiffen.

Als der Schemel aus dem Ring genommen wurde, zog Targo seine schwarzsilberne Hose hoch, zeigte dem Mädchen in dem weißen Umhang ein kleines, verkniffenes Lächeln. Er sah sehr gut aus, wies auch noch keinerlei Kampfspuren auf. Nur an seiner linken Schulter war etwas Blut, aber von Werras Nase.

Der Gong ertönte, und Werra schoß quer durch den Ring, glitt an Targos Schulter ab, landete einen linken Haken. Targo nahm der Haken mehr mit, als eigentlich dringewesen war. Er ging in die Seile, schoß wieder vor, ging in den Clinch.

Malvern lächelte still in der Dunkelheit.

Der Ringrichter trennte sie leicht. Targo löste sich sauber. Werra versuchte einen Uppercut, der aber ins Leere ging. Eine Minute lang sparrten sie. Aus der Halle kam ein Pfeifkonzert. Dann setzte Werra, federnd auf den Schuhspitzen, zu einem Schwinger an. Targo schien darauf zu warten, schien zu warten, daß er ihn traf. Auf seinem Gesicht lag ein merkwürdig verspanntes Lächeln. Das Mädchen im weißen Umhang stand plötzlich auf.

Werras Schwinger streifte Targos Kinn. Er brachte ihn kaum ins Wanken. Targo schoß eine lange Rechte ab, die Werra über dem Auge erwischte. Ein linker Haken schmetterte Werra gegen das Kinn, dann traf ein rechter Konterschlag fast auf die gleiche Stelle.

Der dunkle Junge ging auf die Hände und Knie nieder, glitt langsam der Länge nach zu Boden, lag dann da, beide Fäuste unter sich. Das Pfeifen wuchs zum Orkan, während er ausgezählt wurde.

Der fette Mann kraxelte sich auf die Füße, ein breites Grinsen auf dem Gesicht. Er sagte:

»Na, wie gefällt Ihnen das, Kumpel? Glauben Sie immer noch, das war eine abgekartete Sache?«

»Sie ist anders gelaufen als vorgesehen«, sagte Malvern mit einer Stimme, so tonlos wie der Polizeifunk.

Der fette Mann sagte: »Ja, dann alles Gute, Kumpel. Ich bin öfters hier.« Er trat Malvern gegen den Knöchel, als er an ihm vorbeikletterte.

Malvern saß reglos, sah zu, wie der Zuschauerraum sich leerte. Die Boxer und ihre Trainer hatten sich über die Treppe unter dem Ring entfernt. Das Mädchen im weißen Umhang war in der Menge verschwunden. Die Lichter gingen aus, und die scheunenartige Halle wirkte billig, gemein.

Tony Acosta zappelte nervös, während er einem Mann in gestreiftem Overall zusah, der Papiere zwischen den Sitzen auflas.

Malvern stand plötzlich auf, sagte: »Ich werd mit dem Kerl mal reden, Tony. Warte draußen im Wagen auf mich.«

Er ging mit raschen Schritten den ansteigenden Gang zur Vorhalle hinauf, durch die Reste der Zuschauermenge zu einer grauen Tür, auf der ›Kein Zutritt‹ stand. Er trat hindurch und ging über eine Rampe auf eine weitere Tür mit derselben Aufschrift zu. Ein Polizist in verblichener und aufgeknöpfter Khakiuniform stand davor, eine Flasche Bier in der einen Hand und ein Hamburger in der anderen.

Malvern zückte kurz einen Polizeiausweis, und der Polizist schwankte beiseite, ohne einen näheren Blick auf den Ausweis zu werfen. Er hatte einen Schluckauf und gab ihm friedlich nach, als Malvern durch die Tür trat und dann einen schmalen Gang mit numerierten Türen zur Rechten und Linken entlang ging. Hinter den Türen war Lärm.

An der vierten Tür links war mit einer Reißzwecke eine Karte befestigt, auf der in Kritzelschrift der Name ›Duke Targo‹ stand.

Malvern öffnete sie ins kräftige Rauschen einer Dusche, die nicht zu sehen war.

In einem engen und völlig kahlen Raum saß ein Mann in weißem Sweater auf dem Ende eines Massagetisches, auf dem verstreute Kleidungsstücke lagen. Malvern erkannte in ihm den Hauptsekundanten Targos.

Er sagte: »Wo ist der Duke?«

Der Mann im Sweater wies kurz mit einem Daumen in Richtung des Duschgeräuschs. Dann kam ein Mann um die Tür herum und torkelte dicht auf Malvern zu. Er war groß und hatte krauses braunes Haar mit harter grauer Farbe darin. Er trug ein volles Glas in der Hand. Auf seinem Gesicht lag das flache Glitzern schwerer Betrunkenheit. Seine Haare waren feucht, seine Augen blutunterlaufen. Seine Lippen kräuselten und entkräuselten sich in sinnlosen Grimassen des Lächelns. Er sagte mit belegter Stimme: »Verdünnisier dich, Freundchen!«

Malvern schloß in aller Ruhe die Tür, lehnte sich dagegen und schickte sich an, sein Zigarettenetui aus der Westentasche zu ziehen, unter seinem offenen blauen Regenmantel. Er schenkte dem kraushaarigen Mann überhaupt keine Beachtung.

Der kraushaarige Mann riß ganz plötzlich die freie rechte Hand hoch, fuhr damit unter seine Jacke, riß sie wieder heraus. Eine blaue stählerne Waffe schimmerte matt vor seinem hellen Anzug. Das Glas in seiner linken Hand schwappte über.

»Keine Faxen!« knurrte er.

Malvern zog sehr langsam das Zigarettenetui heraus, zeigte es in der Hand, ließ es aufspringen und steckte sich eine Zigarette zwischen die Lippen. Die blaue Pistole war ihm sehr nahe, lag aber nicht sehr sicher im Anschlag. Die Hand, die das Glas hielt, zitterte in einer Art zuckendem Rhythmus.

Malvern sagte locker: »Tja. Sie sollten in der Tat auf Schwierigkeiten gefaßt sein.«

Der Mann im Sweater glitt vom Massagetisch. Dann blieb er sehr still stehen und betrachtete die Pistole. Der kraushaarige Mann sagte:

»Schwierigkeiten sind ganz nach unserm Geschmack. Filz ihn, Mike.«

Der Mann im Sweater sagte: »Ich will nichts damit zu tun haben, Shenvair. Um Himmels willen, regen Sie sich bloß ab. Sie haben doch geladen wie ein Frachter.«

Malvern sagte: »Sie können mich ruhig filzen. Ich hab keine Kanone dabei.«

»Nichts da«, sagte der Mann im Sweater. »Der Bursche hier ist der Leibwächter des Duke. Lassen Sie mich aus dem Spiel.«

Der kraushaarige Mann sagte: »Aber klar bin ich besoffen«, und kicherte.

»Sie sind ein Freund vom Duke?« fragte der Mann im Sweater.

»Ich hab ein paar Informationen für ihn«, sagte Malvern.

»Worüber?«

Malvern sagte nichts. »Okay«, sagte der Mann im Sweater. Er zuckte bitter die Achseln.

»Weißt du was, Mike?« sagte der kraushaarige Mann plötzlich und mit Heftigkeit. »Ich glaube, dieser – – – will meinen Job. Hölle noch eins, ja! Sieht mir ganz danach aus, der Lump. Sie sind nicht zufällig ein Schleicher, Mister, he?« Er versetzte Malvern mit der Mündung der Pistole einen Stoß.

»Tja«, sagte Malvern, »das bin ich. Und rammen Sie sich Ihr Schießzeug gefälligst in den eigenen Bauch.«

Der kraushaarige Mann wandte ein wenig den Kopf und grinste über die Schulter zurück.

»Hat man da Töne, Mike? Ein Schnüffler! Und ob der meinen Job will! Klar will er den.«

»Stecken Sie die Knarre weg, Sie Idiot«, sagte der Mann im Sweater angewidert.

Der kraushaarige Mann drehte sich noch ein wenig mehr nach ihm herum. »Ich bin doch zu seinem Schutz da, oder?« nörgelte er.

Malvern schlug die Pistole fast beiläufig zur Seite, mit der Hand, in der er das Zigarettenetui hielt. Der kraushaarige Mann fuhr mit dem Kopf wieder herum. Malvern glitt dicht an ihn heran, setzte ihm einen knappen Faustschlag auf den Magen, hielt die Waffe dabei mit dem Unterarm weg. Der kraushaarige Mann würgte, spritzte Schnaps über Malverns Regenmantel. Sein Glas zersplitterte auf dem Boden. Die blaue Pistole verließ seine Hand und flog hinüber in eine Ecke. Der Mann im Sweater ging, um sie an sich zu nehmen.

Das Geräusch der Dusche hatte unbemerkt aufgehört, und der blonde Boxer kam heraus, damit beschäftigt, sich kräftig trocken zu reiben. Er starrte mit offenem Mund auf die Szene.

Malvern sagte: »Jetzt reicht es mir aber!«

Er drückte den kraushaarigen Mann von sich weg und landete, als er wieder auf ihn zukam, eine harte Rechte auf seinem Kinn. Der kraushaarige Mann schlidderte quer durch den Raum, prallte gegen die Wand, glitt daran nieder und setzte sich auf den Boden.

Der Mann im Sweater hob mit einer schnellen Bewegung die Pistole auf und blieb dann starr stehen und beobachtete Malvern.

Malvern zog ein Taschentuch heraus und wischte sich den Regenmantel ab, während Targo langsam seinen großen, wohlgeformten Mund schloß und wieder begann, sich das Handtuch hin und her über die Brust zu ziehen. Nach einem Augenblick sagte er:

»Wer zum Teufel sind Sie eigentlich?«

Malvern sagte: »Ich war mal Privatdetektiv. Malvern ist mein Name. Ich glaube, Sie brauchen Hilfe.«

Targos Gesicht wurde noch ein wenig röter, als die Dusche es schon gemacht hatte. »Wieso?«

»Ich habe gehört, daß Sie verlieren sollten heute, absichtlich, und ich glaube, Sie haben es auch versucht. Aber Werra war zu lausig. Sie hatten gar keine andere Möglichkeit. Das bedeutet, daß Sie in der Klemme stecken.«

Targo sagte sehr langsam: »Leute, die sowas sagen, riskieren, daß ihnen die Zähne aus dem Gesicht geschlagen werden.«

Der Raum war einen Moment lang sehr still. Der Betrunkene richtete sich auf dem Boden auf und blinzelte, versuchte wieder auf die Füße zu kommen und gab dann auf.

Malvern fügte ruhig hinzu: »Benny Cyrano ist ein Freund von mir. Er steht doch hinter Ihnen, oder?«

Der Mann im Sweater lachte rauh. Dann klappte er die Pistole auf, ließ die Patronen herausgleiten und die Waffe auf den Boden fallen. Er ging zur Tür, ging hinaus, schlug die Tür hinter sich zu.

Targo blickte auf die geschlossene Tür, blickte wieder Malvern an. Er sagte sehr langsam:

»Was haben Sie gehört?«

»Ihre Freundin Jean Adrian wohnt in meinem Hotel, im selben Stock wie ich. Sie ist heute nachmittag von einem Kerl mit dem Totschläger niedergeschlagen worden. Ich kam zufällig vorbei und sah den Kerl weglaufen, hob sie auf. Sie hat mir dann ein bißchen erzählt, was so dahintersteckte.«

Targo hatte seine Unterwäsche, Socken und Schuhe angezogen. Er langte in einen Schrank nach einem schwarzen Satin-Hemd, legte es an. Er sagte:

»Mir hat sie nichts erzählt davon.«

»Wie denn auch – vor dem Kampf!«

Targo nickte leicht. Dann sagte er: »Wenn Sie Benny kennen, sind Sie vielleicht in Ordnung. Ich habe Drohungen bekommen. Kann sein, das ist bloß Quatsch mit Vogelfutter, kann aber auch sein, daß irgendein Spekulant aus der Spring Street dahintersteckt, der auf die leichte Tour zu Moos kommen will. Der Kampf ist so gelaufen, wie ich's wollte. Und jetzt können Sie sich selber an die Luft setzen, Mister.«

Er zog eine hochtaillierte schwarze Hose an und band sich einen weißen Schlips über dem schwarzen Hemd. Er holte eine weiße, mit schwarzer Borte abgesetzte Serge-Jacke aus dem Schrank, legte sie an. Ein schwarz-weißes Taschentuchdreieck schimmerte in der Brusttasche.

Malvern starrte all die Sachen an, bewegte sich ein wenig auf die Tür zu und sah auf den Betrunkenen nieder.

»Okay«, sagte er. »Wie ich sehe, haben Sie ja einen Leibwächter. Das Ganze war bloß so ein Einfall von mir. Entschuldigen Sie bitte.«

Er ging hinaus, schloß sanft die Tür und ging über die Rampe zur Vorhalle zurück, hinaus dann auf die Straße. Er stapfte durch den Regen um die Ecke des Gebäudes, hinüber zu einem großen bekiesten Parkplatz.

Die Lichter eines Wagens blinkten ihn an, und sein Coupé kam über den nassen Kies auf ihn zugeglitten und hielt neben ihm. Tony Acosta saß am Steuer.

Malvern stieg auf der rechten Seite ein und sagte: »Fahren wir zu Cyrano raus und trinken was, Tony.«

»Herrgott, das ist klasse! Da tritt Miss Adrian auf. Sie wissen doch, die Blondine, von der ich Ihnen erzählt habe.«

Malvern sagte: »Ja-ah. Ich hab mit Targo gesprochen. Er gefiel mir eigentlich ganz gut – nur seine Kleidung, die gefiel mir nicht.«

IV

Gus Neishacker war ein Zwei-Zentner-Mann und wirkte wie aus dem Modejournal geschnitten, mit sehr roten Backen und dünnen, feingezeichneten Brauen – Brauen, die von einer chinesischen Vase hätten stammen können. Eine rote Nelke steckte im Aufschlag seiner breitschultrigen Smokingjacke, und er schnüffelte ständig daran, während er den Oberkellner beobachtete, der eine Gruppe von Gästen zu einem Tisch geleitete. Als Malvern und Tony Acosta unter dem Foyer-Bogen erschienen, trat plötzlich ein blitzendes Lächeln auf seine Züge, und er ging ihnen mit ausgestreckten Händen entgegen.

»Ted, alter Junge! Na, ein bißchen feiern?«

Malvern sagte: »Nur wir beiden hier. Das ist Mr. Acosta. Gus Neishacker, Cyranos Geschäftsführer.«

Gus Neishacker schüttelte Tony die Hand, ohne ihn anzusehen. Er sagte: »Warte mal, als du das letztemal hier warst – – –«

»Sie ist nicht mehr in der Stadt«, sagte Malvern. »Wir möchten in der Nähe der Bühne sitzen, aber nicht zu nah. Wir tanzen nicht miteinander.«

Gus Neishacker riß dem Oberkellner eine Speisekarte unter dem Arm weg und ging den beiden voran, fünf scharlachrote Stufen hinunter und an den Tischen entlang, von denen die ovale Tanzbühne umsäumt war.

Sie setzten sich. Malvern bestellte Roggenwhisky-Highballs und Denver-Sandwiches. Neishacker gab die Bestellung an einen Kellner weiter, zog sich einen Stuhl heran und setzte sich mit an den Tisch. Er holte einen Bleistift heraus und malte Dreiecke auf die Innenseite eines Streichholzbriefchens.

»Den Kampf gesehen?« fragte er beiläufig.

»Soll man das so nennen?«

Gus Neishacker lächelte nachsichtig. »Benny hat mit dem

Duke gesprochen. Er sagt, du weißt Bescheid.« Er streifte Tony Acosta mit einem plötzlichen Blick.

»Tony ist in Ordnung«, sagte Malvern.

»Ah ja. Also – tu uns einen Gefallen bitte. Sieh zu, daß der Quatsch sofort aufhört. Benny mag den Jungen. Er würde nie zulassen, daß ihm irgendwas passiert. Er würde ihn mit allen Mitteln schützen – wirklich schützen –, wenn er glaubte, daß hinter der ganzen Drohungsgeschichte mehr steckte als der alberne Einfall irgendeines billigen Wettschwindlers. Benny unterstützt immer nur einen einzigen Boxer zur gleichen Zeit, und den sucht er sich verdammt sorgfältig aus.«

Malvern zündete sich eine Zigarette an, blies Rauch aus einem Winkel seines Mundes, sagte ruhig: »Es geht mich ja nichts weiter an, aber ich sage dir, die Sache stinkt. Ich habe eine Nase für sowas.«

Gus Neishacker starrte ihn eine Minute lang an, zuckte dann die Achseln. Er sagte: »Ich hoffe, du irrst dich«, stand rasch auf und ging zwischen den Tischen davon. Er verbeugte sich lächelnd hierhin und dorthin und richtete gelegentlich ein paar Worte an einen Gast.

Tony Acostas Samtaugen glänzten. Er sagte: »Herrgott, Mr. Malvern, Sie glauben, es wird brenzlig?«

Malvern nickte nur, sagte nichts. Der Kellner stellte ihnen die Drinks und Sandwiches auf den Tisch, ging wieder weg. Die Band auf der Bühne am Ende der ovalen Tanzfläche spielte einen langen Tusch, und ein schlaksiger, grinsender Conferencier glitt auf die Bühne und setzte die Lippen an ein kleines offenes Mikrophon.

Die Vorstellung begann. Eine Reihe halbnackter Mädchen erschien unter einem Regen aus buntem Licht. Sie bildeten einen Knäuel und entwirrten sich dann wieder zu einer langen Sinus-Linie, die nackten Beine ein einziges Blitzen, die Nabel kleine Grübchen von Dunkelheit in weichem, weißem, sehr nacktem Fleisch.

Ein kaltschnäuziger Rotschopf gab einen kaltschnäuzigen Song zum besten, mit einer Stimme, die man zum Spalten von Feuerholz hätte verwenden können. Dann kamen die Mädchen wieder, in schwarzen Trikots und Seidenhüten, zogen denselben Tanz noch einmal ab, nur mit leicht variierten Entblößungen.

Die Musik wurde sanfter und leiser, und eine hochgewachsene Schnulzensängerin, ein Halbblut, schmachtete unter einem Kegel aus bernsteinfarbenem Licht und sang etwas von Herz und Schmerz, mit einer Stimme wie aus altem Elfenbein.

Malvern süffelte seinen Drink, tastete nach seinem Sandwich im schummrigen Licht. Tony Acostas hartes junges Gesicht war ein kleiner Fleck neben ihm, voll verschwommener Spannung.

Die Schnulzensängerin verschwand, und es gab eine kleine Pause, und dann gingen ganz plötzlich alle Lichter aus im Lokal, außer den Lampen über den Notenständern der Band und den kleinen blassen Bernsteinlämpchen an den Eingängen der Prunklogen hinter den Tischen.

Schrille Winsellaute drangen aus der dichten Dunkelheit. Ein einzelner weißer Scheinwerfer zuckte an, hoch oben unter der Decke, richtete sich auf einen Laufsteg neben der Bühne. Gesichter schimmerten kalkweiß in seinem Widerschein. Hier und da glomm rot der Glühpunkt einer Zigarette. Vier riesige Neger bewegten sich durch das Licht, auf den Schultern einen weißen Mumiensarg. Sie kamen langsam, im Rhythmus, über den Laufsteg. Sie trugen einen weißen ägyptischen Kopfschmuck, einen Lendenschurz aus weißem Leder und weiße, bis zu den Knien hinauf geschnürte Sandalen. Die schwarze Glätte ihrer Glieder wirkte wie schwarzer Marmor im Mondlicht.

Sie erreichten die Mitte der Tanzfläche und richteten den Mumiensarg langsam hochkant auf, bis der Deckel nach vorn kippte und fiel und aufgefangen wurde. Dann kippte langsam, sehr langsam, eine weiß umwickelte Gestalt nach vorn und fiel – langsam, wie das letzte Blatt von einem toten Baum. Sie kippte ins Leere, in die Luft, schien einen Augenblick zu schwanken, zu schweben – und stürzte dann unter donnerndem Trommelrollen dem Boden zu.

Das Licht ging aus, ging an. Die weiß umwickelte Gestalt stand aufrecht auf der Tanzfläche und begann sich wirbelnd zu drehen, und einer der Schwarzen drehte sich wirbelnd in entgegengesetzter Richtung und wickelte sich die weißen Binden um den Leib. Dann fiel das letzte Stück der Binde fort, und ein Mädchen stand unter dem harten Licht, nichts als Flitter und glatte weiße Haut, und ihr Körper schoß glitzernd durch die Luft und wurde aufgefangen und blitzschnell weitergegeben unter den vier schwarzen Männern, von einem zum andern, wie ein Baseball bei einem schnellen Spiel.

Dann ging die Musik in einen Walzer über, und sie begann einen langsamen und anmutigen Tanz zwischen den schwarzen Männern, wie zwischen vier Ebenholzsäulen, immer sehr dicht an ihnen vorbei, doch ohne sie je zu berühren.

Der Auftritt war zu Ende. Applaus erhob sich und fiel in dichten Wellen. Der Scheinwerfer erlosch, und es war wieder dunkel, und dann gingen alle Lichter auf einmal an, und das Mädchen und die vier Neger waren verschwunden.

»Phantastisch«, hauchte Tony Acosta. »Ah, sowas Phantastisches! Das war Miss Adrian, nicht?«

Malvern sagte langsam: »Ja-ah. Ein bißchen gewagt.« Er zündete sich eine weitere Zigarette an, sah sich um. »Da drüben gibt's noch eine weitere Nummer in Schwarzweiß, Tony. Der Duke höchstpersönlich.«

Duke Targo stand heftig applaudierend am Eingang zu einer der Prunklogen. Ein loses Grinsen lag auf seinem Gesicht. Er sah aus, als hätte er bereits verschiedene Drinks zu sich genommen.

Ein Arm kam über Malverns Schulter nieder. Eine Hand pflanzte sich in den Aschenbecher an seinem Ellbogen. Er roch Scotch, in schweren Schwaden. Er wandte langsam den Kopf, blickte auf in das schnapsglänzende Gesicht von Shenvair, Duke Targos betrunkenem Leibwächter.

»Nigger und ein weißes Mädel«, sagte Shenvair mit dicklicher Stimme. »Lausig ist das. Eine Sauerei. Eine gottverdammte Sauerei.«

Malvern lächelte langsam, bewegte ein wenig seinen Stuhl. Tony Acosta starrte Shenvair rundäugig an, den kleinen Mund zu einer dünnen Linie geschlossen.

»Auf Schwarz geschminkt, Mr. Shenvair. Keine echten Neger. Mir hat's gefallen.«

»Und wen schert das, was Ihnen gefällt?« wollte Shenvair wissen.

Malvern lächelte kaum wahrnehmbar, legte seine Zigarette auf den Rand eines Tellers. Er drehte seinen Stuhl noch ein wenig mehr herum.

»Immer noch der Ansicht, ich wollte Ihren Job, Shenvair?«

»Ja-ah. Außerdem bin ich Ihnen noch eins in die Fresse schuldig.« Er nahm die Hand aus dem Aschenbecher, wischte sie am Tischtuch ab. Er ballte sie zur Faust. »Wollen Sie's gleich?«

Ein Kellner packte ihn am Arm, riß ihn herum.

»Sie suchen Ihren Tisch, Sir? Hier entlang bitte.«

Shenvair klopfte dem Kellner auf die Schulter, versuchte ihm einen Arm um den Hals zu legen. »Prima, gehn wir einen zwitschern. Die Leute hier gefallen mir nicht.«

Sie gingen davon, verschwanden zwischen den Tischen.

Malvern sagte: »Zum Teufel mit diesem Lokal, Tony«, und starrte mürrisch zur Band hinüber. Dann spannte sich auf einmal sein Blick.

Ein Mädchen mit kornblondem Haar, in weißem Umhang mit weißem Pelzkragen, erschien am Rand der Orchestermuschel, verschwand dahinter, erschien wieder, näher. Sie kam an den Prunklogen entlang bis zu der Stelle, wo Targo gestanden hatte. Sie schlüpfte zwischen den Logen hinein, war verschwunden.

Malvern sagte: »Ja-ah. Zum Teufel mit diesem Lokal. Gehn wir, Tony«, mit matter, wütender Stimme. Dann sehr leise, in gespanntem Ton: »Nein – warte noch einen Moment. Ich sehe da schon wieder einen Kerl, der mir nicht gefällt!«

Der Mann stand am anderen Ende der Tanzfläche, die im Augenblick leer war. Er ging jetzt langsam an dem ovalen Rand entlang, an den Tischen vorbei, die ihn säumten. Er sah ein wenig anders aus ohne Hut. Aber er hatte dasselbe flache, weiße, ausdruckslose Gesicht, dieselben eng zusammenstehenden Augen. Er wirkte noch jung, war nicht über dreißig, hatte aber bereits Schwierigkeiten mit seinem gelichteten Haar. Die leichte Bauschung seiner Jacke unter dem linken Arm war kaum wahrnehmbar. Er war der Mann, der aus Jean Adrians Apartment im Carondelet geflüchtet war.

Er erreichte den schmalen Gang, in dem Targo verschwunden war. Er ging hinein.

Malvern sagte scharf: »Warte hier, Tony.« Er stieß seinen Stuhl zurück und stand auf.

Jemand versetzte ihm von hinten einen Schlag ins Genick. Er fuhr herum, dicht vor Shenvairs grinsendes schweißiges Gesicht.

»Wieder zur Stelle, Kumpel«, frohlockte der kraushaarige Mann und traf ihn am Kiefer.

Es war ein kurzer Schlag, gut plaziert für einen Betrunkenen. Er brachte Malvern aus der Balance, ließ ihn taumeln. Tony Acosta kam fauchend auf die Füße, katzengleich. Malvern schwankte immer noch, als Shenvair mit der anderen Faust zuschlug. Diesmal kam der Schlag zu langsam, zu weit ausgeholt. Malvern wich aus, traf mit einem wuchtigen Aufwärtshaken die Nase des kraushaarigen Mannes, bekam eine Handvoll Blut ab, bevor er seine Hand zurückreißen konnte. Er wischte den größten Teil davon wieder auf Shenvairs Gesicht.

Shenvair schwankte, taumelte einen Schritt zurück und setzte sich auf den Boden, hart. Er fuhr sich mit der Hand an die Nase.

»Behalt den Vogel im Auge, Tony«, knurrte Malvern rasch.

Shenvair bekam das nächste Tischtuch zu fassen und riß daran. Es kam vom Tisch. Silber, Gläser und Porzellan folgten ihm auf den Boden. Ein Mann fluchte, und eine Frau kreischte auf. Ein Kellner kam auf sie zugelaufen, mit leichenblassem, wütendem Gesicht.

Malvern hätte die beiden Schüsse fast überhört.

Sie kamen klein und flach, dicht nacheinander, eine kleinkalibrige Pistole. Der herbeistürzende Kellner blieb wie angewurzelt stehen, und eine tief gekerbte weiße Linie erschien so jäh um seinen Mund, als hätte eine Peitschenschnur sie geschnitten.

Eine dunkle Frau mit scharfer Nase öffnete den Mund, um zu schreien, und kein Laut kam von ihr. Es war jener Augenblick eingetreten, wo überhaupt niemand einen Laut von sich gibt, wo es fast scheint, als würde niemand überhaupt je mehr einen Laut von sich geben – der Augenblick nach dem Knall einer Pistole. Dann jagte Malvern los.

Er prallte mit Leuten zusammen, die aufgestanden waren und die Hälse reckten. Er erreichte die Mündung des Gangs, in dem der weißgesichtige Mann verschwunden war. Die Logen hatten hohe Wände und Schwingtüren, die nicht ganz so hoch waren. Köpfe erschienen über den Türen, aber im Gang war noch niemand. Malvern stürmte über einen ausgetretenen Läufer den Gang hinauf, an dessen Ende eine Logentür weit offenstand.

Beine in dunklem Tuch waren in der Tür zu sehen, schlaff

am Boden, die Knie durchgesackt. Die Spitzen schwarzer Schuhe zeigten in die Loge.

Malvern schüttelte einen Arm ab, erreichte die Stelle.

Der Mann lag quer über einem Tisch, den Leib und die eine Seite seines Gesichts auf dem weißen Tuch, die linke Hand baumelnd zwischen dem Tisch und der Polsterbank. Seiner rechten Hand auf der Tischplatte war eine große schwarze Pistole entglitten, eine 45er mit abgesägtem Lauf. Die Kahlstelle unter seinem gelichteten Haar schimmerte im Licht, und daneben schimmerte das ölige Metall der Pistole.

Blut sickerte unter seiner Brust hervor, ein sattes Scharlachrot auf dem weißen Tuch, das sich vollsog damit wie Löschpapier.

Duke Targo stand aufrecht da, tief in der Loge. Sein linker Arm in der weißen Serge-Jacke stützte sich schwer auf das Ende des Tisches. Jean Adrian war sitzen geblieben, neben ihm. Targo sah Malvern mit leeren Augen an, als hätte er ihn noch nie gesehen. Er stieß die große rechte Hand vor.

Eine kleine Automatik mit weißem Griff lag auf seiner Handfläche.

»Ich hab ihn erschossen«, sagte er mit belegter Stimme. »Er zog eine Pistole, und da hab ich ihn erschossen.«

Jean Adrian rieb die Hände gegeneinander um einen Fetzen Taschentuch. Ihr Gesicht war angespannt, kalt, ohne Angst. Ihre Augen waren dunkel.

»Ich hab ihn erschossen«, sagte Targo. Er warf die kleine Waffe auf das Tischtuch. Sie schlug hart auf, hätte fast den Kopf des zusammengesackten Mannes getroffen. »Laß – laß uns hier weggehen.«

Malvern legte eine Hand an die Halsseite des hingestreckten Mannes, hielt sie dort eine oder zwei Sekunden lang, zog sie wieder weg.

»Er ist tot«, sagte er. »Wenn ein Bürger einen Ganeff umlegt, der ihn überfallen hat, – – das gibt Schlagzeilen.«

Jean Adrian starrte ihn fortwährend an, mit steifem Blick. Er lächelte kurz zu ihr hinüber, legte Targo eine Hand auf die Brust, schob ihn zurück.

»Setzen Sie sich, Targo. Sie können jetzt nirgends hingehen.«

Targo sagte: »Ja, sicher – okay. Ich hab ihn erschossen, verstehn Sie?«

»Ist ja gut«, sagte Malvern. »Jetzt regen Sie sich mal nicht auf.«

Leute standen jetzt dicht hinter ihm, drängten nach. Er lehnte sich zurück gegen den Druck der Leiber und lächelte weiter dem Mädchen ins weiße Gesicht.

V

Benny Cyrano hatte die Gestalt von zwei Eiern, einem kleinen, das sein Kopf war, und einem großen, seinem Leib. Seine kleinen flinken Beine mit den Füßen in Lacklederschuhen steckten im Knieloch eines dunklen, glanzlosen Schreibtischs. Er hielt mit den Zähnen den Zipfel eines Taschentuchs fest, an dem seine linke Hand unablässig zerrte, während die schwammige Rechte vor ihm in der Luft herumfuchtelte. Er sagte dabei, mit einer Stimme, die durch das Taschentuch gedämpft war:

»Nun mal langsam, Jungs. Nun mal langsam.«

In einer Ecke des Büros stand ein gestreiftes Einbausofa, und in der Mitte darauf saß Duke Targo, zwischen zwei Kriminalbeamten. Er hatte eine dunkle Schramme über dem Backenknochen, sein dichtes Blondhaar war zerzaust, und sein schwarzes Satin-Hemd sah aus, als hätte jemand versucht, ihn daran durch die Gegend zu schleifen.

Einer der Beamten, der grauhaarige, hatte eine aufgeplatzte Lippe. Der jüngere, ähnlich blond wie Targo, hatte ein blaues Auge. Sie sahen beide wütend aus, aber der Blonde wirkte wütender.

Malvern grätschte sich auf einen Stuhl an der Wand und sah schläfrig auf Jean Adrian nieder, die neben ihm in einem ledernen Schaukelstuhl saß. Sie drehte ein Taschentuch in den Händen, rieb sich die Handflächen damit. Sie hatte das schon lange getan, unablässig, als hätte sie ganz vergessen, daß sie es tat. Ihr kleiner fester Mund zeigte Zorn.

Gus Neishacker lehnte an der geschlossenen Tür und rauchte.

»Nun mal langsam, Jungs«, sagte Cyrano. »Wären Sie ihm nicht gleich so rabiat gekommen, hätte er sich nicht gewehrt. Er ist ein guter Junge – der beste, den ich je gehabt habe. Geben Sie ihm eine Chance.«

Blut tröpfelte Targo aus einem Mundwinkel, rann in feinem Faden nieder auf sein vorgerecktes Kinn. Dort sammelte es sich, schimmernd. Sein Gesicht war leer, ganz ohne Ausdruck.

Malvern sagte kalt: »Du willst den Jungs doch nicht etwa ausreden, ihre Gummiknüppel als Trumpfkarte auszuspielen, Benny?«

Der blonde Beamte knurrte: »Haben Sie eigentlich immer noch Ihre Lizenz als Privatschleicher, Malvern?«

»Dürfte wohl noch irgendwo bei mir herumliegen, ja«, gab Malvern zur Antwort.

»Wir könnten sie Ihnen möglicherweise wegnehmen«, knurrte der blonde Beamte.

»Sie können sich möglicherweise auf den Kopf stellen und mit den Ohren wackeln, Schupo. Nach dem, was ich hier gesehen habe, scheinen Sie ein Ausbund von Talent zu sein.«

Der blonde Beamte wollte aufspringen. Der ältere sagte: »Laß ihn in Frieden. Gib ihm zwei Meter Abstand. Wenn er die nicht einhält, hauen wir ihm die Schrauben locker.«

Malvern und Gus Neishacker grinsten sich an. Cyrano machte hilflose Fuchtelbewegungen in der Luft. Das Mädchen sah Malvern unter den Wimpern hervor an. Targo öffnete den Mund und spuckte Blut vor sich auf den blauen Teppich.

Irgend etwas drückte von außen gegen die Tür, und Neishacker trat auf die Seite, öffnete sie einen Spalt, öffnete sie dann weit. McChesney kam herein.

McChesney war Leutnant bei der Kripo, groß, sandhaarig, in den Vierzigern, mit blassen Augen und einem schmalen mißtrauischen Gesicht. Er schloß die Tür und drehte den Schlüssel herum, ging langsam hinüber und blieb vor Targo stehen.

»Mausetot«, sagte er. »Eine unters Herz, eine mitten rein. Gelungener Schnappschuß. Alles was recht ist.«

»Wenn's drauf ankommt, kommt's drauf an«, sagte Targo dumpf.

»Schon identifiziert?« fragte der grauhaarige Beamte seinen Kollegen und rückte auf dem Sofa etwas von ihm ab.

McChesney nickte. »Torchy Plant. Killer auf Bestellung. Ich hab ihn seit praktisch zwei Jahren nicht mehr gesehn in der Gegend. Zäh wie ein eingewachsener Fußnagel, wenn er voll auf der Rolle war. Schnupfer.«

»Mußte er wohl auch sein, um seine Party ausgerechnet hier steigen zu lassen«, sagte der grauhaarige Beamte.

McChesneys langes Gesicht war ernst, nicht hart. »Haben Sie einen Waffenschein für das Ding, Targo?«

Targo sagte: »Ja. Benny hat mir vor zwei Wochen einen besorgt. Ich hatte eine Menge Drohungen gekriegt.«

»Hören Sie, Leutnant«, zwischerte Cyrano, »ein paar Spieler versuchen ihm Angst zu machen, damit er freiwillig einen Kampf schmeißt, verstehn Sie? Da er neunmal mit K.o. gewonnen hat bisher, brächte das einen schönen Schnitt. Ich hab ihm geraten, er soll sich doch ruhig vielleicht mal einen auf die Nase geben lassen.«

»Hab ich ja beinahe auch«, sagte Targo mürrisch.

»Und deswegen haben sie ihm den Ganeff auf den Hals geschickt«, sagte Cyrano.

McChesney sagte: »Das leuchtet mir so unbedingt noch nicht ein. Wie haben Sie's eigentlich fertiggebracht, schneller zu sein als er, Targo? Wo hatten Sie Ihre Kanone stecken?«

»In der Hüfttasche.«

»Zeigen Sie mal.«

Targo steckte die Hand nach hinten in seine rechte Hüfttasche und riß mit einem Ruck ein Taschentuch heraus, steckte den Finger hindurch wie einen Pistolenlauf.

»War das Taschentuch auch in der Tasche?« fragte McChesney. »Mit der Kanone zusammen?«

Targos großes rötliches Gesicht bewölkte sich ein wenig. Er nickte.

McChesney beugte sich ganz beiläufig vor und wand ihm das Tuch aus der Hand. Er schnüffelte daran, schlug es auseinander, schnüffelte nochmals, faltete es dann zusammen und steckte es in die eigene Tasche. Sein Gesicht sagte nichts.

»Was hat er gesagt, Targo?«

»Er sagte bloß: ›Ich soll dir was bringen, du Lump, und hier hast du's.‹ Dann griff er nach seiner Knarre, aber die klemmte etwas im Halfter. Ich hatte meine zuerst raus.«

McChesney lächelte schwach und lehnte sich zurück, weit, auf den Absätzen wippend. Sein schwaches Lächeln schien von der Wurzel seiner langen Nase auszugehen. Er betrachtete Targo von oben bis unten.

»Tja«, sagte er sanft. »Das nenn ich eine reife Leistung – mit einer 22er. Aber für einen so großen Burschen sind Sie ganz schön fix ... Wer hat diese Drohungen gekriegt?«

»Ich«, sagte Targo. »Übers Telephon.«

»Kannten Sie die Stimme?«

»Es könnte die von dem Kerl hier gewesen sein. Ich bin mir nicht ganz sicher.«

McChesney stapfte mit steifen Beinen zum anderen Ende des Büros, blieb dort einen Moment stehen und betrachtete den handkolorierten Druck einer Jagdszene. Langsam kam er wieder zurück, näherte sich der Tür.

»Um einen Kerl wie den da ist's nicht weiter schade«, sagte er ruhig, »aber unsre Arbeit müssen wir machen. Sie beide kommen jetzt mal mit in die Stadt und geben Ihre Aussage zu Protokoll. Also, auf geht's.«

Er ging hinaus. Die beiden Beamten standen auf, Duke Targo zwischen sich. Der Grauhaarige schnappte:

»Du benimmst dich doch anständig, Jungchen, oder?«

Targo grinste höhnisch. »Wenn ich mir erst das Gesicht waschen kann.«

Sie gingen hinaus. Der blonde Beamte wartete, bis Jean Adrian an ihm vorbeigekommen war. Er schwang die Tür auf, knurrte Malvern an:

»Und was Sie betrifft – bei Ihnen sind doch verschiedene Schrauben locker!«

Malvern sagte sanft: »Dafür hab ich eine Schwäche. Ist der Seelenklempner in mir, Schupo.«

Gus Neishacker lachte, schloß dann die Tür und ging zum Schreibtisch.

»Ich zittere wie Bennys Doppelkinn«, sagte er. »Am besten kippen wir jetzt mal alle einen Kognak.«

Er goß drei Gläser zu je einem Drittel voll, ging mit einem davon zu dem gestreiften Sofa hinüber und streckte die Beine darauf aus, lehnte den Kopf zurück und schlürfte den Brandy.

Malvern stand auf und stürzte seinen Drink hinunter. Er holte eine Zigarette heraus und drehte sie zwischen den Fingern, starrte nachdenklich in Cyranos glattes weißes Gesicht.

»Was meinst du, wieviel Scheine werden den Besitzer gewechselt haben bei dem Kampf heute abend?« fragte er leise. »Durch Wetten.«

Cyrano blinzelte, massierte sich die Lippen mit einer fetten Hand. »Ein paar Riesen. War ja bloß eine ganz normale Wochenveranstaltung. Fällt nicht weiter ins Gewicht, oder?«

Malvern steckte die Zigarette in den Mund und beugte sich über den Schreibtisch, um ein Streichholz anzureißen. Er sagte:

»Wenn das wirklich so sein sollte, dann steht Mord allmählich aber sehr niedrig im Kurs in unserer Stadt.«

Cyrano sagte nichts. Gus Neishacker schlürfte den Rest seines Brandy in sich hinein und stellte das leere Glas sorgfältig auf ein rundes Tischchen aus Korkholz neben dem Sofa. Er starrte gegen die Decke, still.

Nach einem Augenblick nickte Malvern den beiden Männern zu, durchquerte den Raum und ging hinaus, schloß hinter sich die Tür. Er ging einen Korridor entlang, an dem verschiedene Umkleideräume lagen, dunkel jetzt. Ein Bogen mit Vorhang führte ihn hinter die Bühne.

Im Foyer stand der Oberkellner an der Glastür, betrachtete den Regen draußen und den Rücken eines uniformierten Polizisten. Malvern ging in die leere Garderobe, suchte sich Hut und Mantel, zog sich beides über, kam wieder heraus und trat neben den Oberkellner.

Er sagte: »Sie haben nicht zufällig mitgekriegt, wo der Junge hin ist, mit dem ich hier war?«

Der Oberkellner schüttelte den Kopf und streckte die Hand aus, um die Tür aufzuschließen.

»Es waren vierhundert Leute da – und dreihundert sind Hals über Kopf verschwunden, bevor die Polizei aufkreuzte. Tut mir leid.«

Malvern nickte und trat in den Regen hinaus. Der Mann in Uniform streifte ihn mit einem gleichgültigen Blick. Er ging die Straße entlang zu der Stelle, wo er seinen Wagen gelassen hatte. Das Fahrzeug stand nicht mehr da. Er sah die Straße hinauf und hinunter, stand noch ein paar Augenblicke lang im Regen, machte sich dann in Richtung Melrose auf den Weg.

Nach einem Weilchen fand er ein Taxi.

VI

Die Zufahrtsrampe zur Garage des Carondelet bog in Halbdunkel hinunter und kaltfeuchte Luft. Die finsteren Brocken der abgestellten Wagen wirkten unheildrohend vor den gekalkten Wänden, und die eine Zuglampe in dem kleinen Büro hatte ein Glitzerlicht, so kalt und erbarmungslos wie in der Todeszelle.

Ein großer Neger in fleckigem Overall kam heraus und rieb sich die Augen, zerriß sich dann das Gesicht in einem gewaltigen Grinsen.

»Hallo, Mr. Malvern! So spät noch auf den Beinen?«

Malvern sagte: »Ich bin immer ein bißchen durchgedreht, wenn es regnet. Ich wette, mein Schlitten ist gar nicht da.«

»Nein, ist er auch nicht, Mr. Malvern. Ich bin mit dem Waschen schon rum, und Ihrer hat nirgends gestanden.«

Malvern sagte hölzern: »Hab ihn einem Kumpel von mir geliehen. Der hat ihn vermutlich zu Schrott gefahren ...«

Er schnippte einen halben Dollar durch die Luft und ging wieder die Rampe hinauf, zur Seitenstraße. Er wandte sich dem rückwärtigen Teil des Hotels zu, betrat eine kleine Gasse, deren eine Häuserwand die Rückfront des Carondelet bildete. Ihr Gegenüber bestand aus zwei Fachwerkhäusern und einem vierstöckigen Backsteingebäude. ›Hotel Blaine‹ stand auf einer Milchglaskuppel über dem Eingang.

Malvern ging drei Zementstufen hinauf und probierte die Tür. Sie war verschlossen. Er blickte durch die Glasscheibe in eine kleine, trüb beleuchtete, leere Halle. Er zog zwei Hauptschlüssel heraus; der zweite bewegte das Schloß ein wenig. Er riß die Tür scharf an sich, probierte noch einmal den ersten. Diesmal wurde der Bolzen so weit angezogen, daß sich die locker sitzende Tür öffnen ließ.

Er trat ein und betrachtete den leeren Tresen mit dem Schild ›Rezeption‹ neben einer Schlagglocke. An der Wand hing ein Rechteck aus numerierten leeren Zettelfächern. Malvern ging um den Tisch herum und fischte ein ledernes Gästebuch aus einem Fach unter der Platte. Er las die Namen drei Seiten weit rückwärts, fand das jungenhafte Gekritzel ›Tony Acosta‹ und eine Zimmernummer in anderer Handschrift.

Er legte das Gästebuch wieder weg, ging am automatischen Fahrstuhl vorbei und stieg die Treppe hinauf zum dritten Stock.

Auf dem Flur war es sehr still. Von einer Deckenanlage kam schwaches Licht. Die vorletzte Tür auf der linken Seite zeigte am Boden einen schmalen Lichtstreifen. Das war die Tür – 411. Er streckte die Hand aus, um anzuklopfen, zog sie dann aber zurück, ohne die Tür berührt zu haben.

Die Klinke war stark verschmiert, mit etwas, das wie Blut aussah.

Malverns Augen blickten nieder und sahen, was fast eine Blutlache war auf dem fleckigen Holz vor der Tür, zwischen ihr und dem Rand des Läufers.

Er spürte, wie ihm die Hand klamm wurde in seinem Handschuh. Er zog den Handschuh ab, hielt die Hand ganz steif, wie eine Klaue einen Moment lang, schüttelte sie dann langsam. In seinen Augen lag ein scharfes, unnatürliches Leuchten.

Er zog ein Taschentuch heraus, faßte die Klinke damit nach an der Achse, drehte sie langsam. Die Tür war unverschlossen. Er trat ein.

Er durchmaß mit einem Blick den Raum und sagte sehr leise: »Tony . . . ach, Tony.«

Dann schloß er die Tür hinter sich und drehte den Schlüssel herum, alles noch mit dem Taschentuch.

In der Schale, die an drei Messingketten von der Deckenmitte niederhing, brannte Licht. Es fiel auf ein gemachtes Bett, ein paar hell gestrichene Möbelstücke, einen dunkelgrünen Teppich, einen quadratischen Schreibtisch aus Eukalyptusholz.

An dem Schreibtisch saß Tony Acosta. Sein Kopf war nach vorn auf seinen linken Arm gesackt. Unter dem Stuhl, auf dem er saß, zwischen den Stuhlbeinen und seinen Füßen, breitete sich eine schimmernde bräunliche Lache.

Malvern ging durch das Zimmer, so starr und steif, daß ihm die Knöchel schon nach dem zweiten Schritt wehtaten. Er trat an den Schreibtisch, berührte Tony Acostas Schulter.

»Tony«, sagte er mit belegter Stimme, leise, fast tonlos. »Ach mein Gott, Tony!«

Tony rührte sich nicht. Malvern ging herum auf die andere Seite. Ein blutdurchtränktes Badetuch lag vor dem Leib des Jungen, quer über seinen zusammengepreßten Schenkeln. Seine rechte Hand hatte sich um die Vorderkante des Tisches gekrampft, wie wenn er noch versucht hätte, sich hochzuziehen. Fast unter seinem Gesicht lag ein bekritzelter Umschlag.

Malvern zog den Umschlag langsam auf sich zu, hob ihn wie eine schwere Last, las die unregelmäßig gereihten Kritzelworte.

»Hab ihn beschattet ... Italienerviertel ... Court Street 28 ... über Garage ... schoß auf mich ... glaube, ich ... hab ihn auch ... Ihr Wagen ...«

Die Linie zog sich zittrig über den Rand des Papiers, endete dort in einem Klecks. Der Federhalter lag auf dem Boden. Auf dem Umschlag war ein blutiger Daumenabdruck.

Malvern faltete ihn sehr sorgfältig zusammen, um den Abdruck nicht zu verwischen, steckte ihn in seine Brieftasche. Er hob Tonys Kopf an, drehte sich das Gesicht ein wenig zu. Der Hals war noch warm; er begann erst langsam zu erstarren. Tonys sanfte dunkle Augen standen weit offen; sie hatten das stille Leuchten von Katzenaugen in sich. Es ging jene Wirkung von ihnen aus, die man so oft bei den Augen eben Verstorbener findet: der Eindruck, als sähen sie einen an, aber fast nur, nicht ganz.

Malvern senkte den Kopf sanft wieder auf den ausgestreckten linken Arm. Er stand schlaff da, den Kopf auf die Seite geneigt, die Augen fast schläfrig. Dann gab er sich einen plötzlichen Ruck, und seine Augen wurden hart.

Er legte seinen Regenmantel und die Anzugsjacke darunter ab, streifte sich die Ärmel hoch, feuchtete ein Gesichtshandtuch im Waschbecken in der Zimmerecke an und ging zur Tür. Er wischte die Klinken ab, beugte sich nieder und wischte auch den Blutschmier vom Boden draußen auf.

Er wusch das Handtuch aus und hängte es zum Trocknen über eine Stange, reinigte sich sorgfältig die Hände, zog Rock und Mantel wieder an. Er benutzte sein Taschentuch, um die Oberlichtklappe über der Tür zu öffnen, den Schlüssel wieder umzustecken und die Tür von außen abzuschließen. Er warf den Schlüssel durch den Spalt der schrägen Oberlichtklappe, hörte ihn drinnen niederklirren.

Er ging die Treppe hinunter und verließ das Hotel Blaine. Es regnete immer noch. Er ging zur Ecke vor, sah die von Bäumen beschattete Straße hinunter. Sein Wagen stand ein Dutzend Schritte von der Kreuzung entfernt, sorgfältig geparkt, die Lichter abgeschaltet, die Schlüssel im Zündschloß. Er zog sie heraus, betastete den Sitz unter dem Steuer. Er war feucht, klebrig. Malvern wischte sich die Hand ab, drehte die Scheiben hoch und schloß den Wagen ab. Er ließ ihn, wo er stand.

Auf dem Weg zurück zum Carondelet begegnete ihm kein Mensch. Immer noch prasselte der schräg streichende Regen in die leeren Straßen nieder.

Ein dünner Lichtfaden lag unter der Tür von 914. Malvern klopfte sacht, blickte den Flur hinauf und hinunter, bewegte die behandschuhten Finger sanft auf der Holztäfelung, während er wartete. Er wartete lange. Dann ließ sich eine Stimme müde hinter dem Holz der Tür vernehmen.

»Ja. Wer ist da?«

»Ted Malvern, Engelchen. Ich muß mit Ihnen reden. Rein geschäftlich.«

Die Tür klickte, ging auf. Er blickte in ein müdes weißes Gesicht, in Augen, die schiefergrau waren, nicht mehr veilchenblau. Sie hatten dunkle Ringe, Flecken, die aussahen, als wäre dort Wimperntusche in die Haut gerieben worden. Die kräftige kleine Hand des Mädchens krampfte sich um die Türkante.

»Ach, Sie«, sagte sie müde. »Das konnten ja auch nur Sie sein. Ja ... Also, ich muß jetzt einfach erst mal unter die Dusche. Ich rieche nach Polizei.«

»Fünfzehn Minuten?« fragte Malvern beiläufig, aber seine Augen waren sehr scharf auf ihr Gesicht gerichtet.

Sie zuckte langsam die Achseln, dann nickte sie. Die sich schließende Tür schien auf ihn zuzuspringen. Er ging zu seinen eigenen Zimmern, warf Hut und Mantel ab, goß sich Whisky in ein Glas und ging ins Bad, um sich Eiswasser aus dem kleinen Hahn über dem Waschbecken zu holen.

Er trank langsam, blickte dabei aus den Fenstern nieder auf die dunkle Weite des Boulevards. Hin und wieder glitt ein Wagen vorbei, zwei grellweiße Scheinwerfer an einem Nichts, auftauchend von Nirgendwo.

Er trank aus, legte seine ganze Kleidung ab, trat unter die Dusche. Er legte frische Kleidung an, füllte seine große silberne Flasche neu auf und steckte sie in die innere Brusttasche, holte aus einem Koffer eine stupsnasige Automatik und hielt sie eine Minute lang in der Hand, starrte sie an.

Dann legte er sie in den Koffer zurück, zündete sich eine Zigarette an und rauchte sie ohne Unterbrechung bis zum Ende.

Er nahm sich einen trockenen Hut und einen Tweed-Mantel und ging zurück zu 914.

Die Tür stand angelehnt, auf eine fast hinterhältige Weise. Er schlüpfte nach einem leichten Klopfen hinein, schloß die Tür, ging ins Wohnzimmer vor und betrachtete Jean Adrian.

Sie saß auf dem Sofa, neue Frische im Gesicht, mit einem lockeren pflaumenblauen Pyjama bekleidet und einem chinesischen Morgenmantel. Eine Ranke feuchten Haars hing ihr schlaff über die eine Schläfe. Ihre schmalen ebenmäßigen Züge hatten die kameengleiche Klarheit, die oft bei sehr jungen Menschen durch Müdigkeit entsteht.

Malvern sagte: »Was zu trinken?«

Sie machte eine leere Geste. »Kann nicht schaden.«

Er holte Gläser, mischte Whisky und Eiswasser, ging damit zum Sofa.

»Haben die Kerls Targo auf Eis gelegt?«

Sie bewegte das Kinn kaum den Bruchteil eines Zolls, starrte in ihr Glas.

»Er hat wieder einen Rappel gekriegt, hat zwei Bullen halb durch die Wand geschlagen. Die lieben den Jungen jetzt richtig.«

Malvern sagte: »Er muß noch viel lernen, was den Umgang mit der Polizei betrifft. Morgen früh werden sich sämtliche Presse-Kameras auf ihn richten. Ich kann mir die hübschen Schlagzeilen schon vorstellen – etwa: ›Bekannter Boxer schneller als der Killer. Duke Targo macht der Unterwelt einen Strich durch die Rechnung‹.«

Das Mädchen nippte an ihrem Drink. »Ich bin müde«, sagte sie. »Und mir jucken die Füße. Reden wir mal darüber, was Sie das alles angeht.«

»Sicher.« Er ließ sein Zigarettenetui aufschnappen, hielt

es ihr unters Kinn. Ihre Hand tastete danach, und während des Tastens noch sagte er: »Zünden Sie sich eine an – und dann erzählen Sie mir, warum Sie ihn erschossen haben.«

Jean Adrian steckte sich die Zigarette zwischen die Lippen, beugte ihren Kopf dem Streichholz entgegen, inhalierte und warf den Kopf zurück. Farbe erwachte langsam in ihren Augen, und ein kleines Lächeln krümmte den Strich ihrer zusammengepreßten Lippen. Sie gab keine Antwort.

Malvern beobachtete sie eine Minute lang, drehte dabei das Glas in den Händen. Dann starrte er zu Boden, sagte:

»Es war Ihre Pistole – die Pistole, die ich heute nachmittag hier aufgehoben habe. Targo sagte, er hätte sie aus der Hüfttasche gezogen – die umständlichste und zeitraubendste Art, die es überhaupt gibt. Trotzdem will er dann zweimal geschossen haben, und das auch noch exakt genug, um den Mann zu töten, der in der Zeit nicht einmal seine Knarre aus dem Schulterhalfter losgekriegt hat. Das ist alles faul. Aber Sie – Sie hatten die Pistole in der Handtasche auf dem Schoß und kannten den Kerl – Sie hätten's durchaus schaffen können. Er dürfte nur auf Targo geachtet haben.«

Das Mädchen sagte leer: »Sie sind Privatdetektiv, soweit ich gehört habe. Sie sind der Sohn eines großmächtigen Politikers hier. Man hat von Ihnen gesprochen auf der Polizei. Man scheint da ein bißchen Angst vor Ihnen zu haben, vor Leuten, die Sie kennen könnten. Wer hat Sie auf mich gehetzt?«

Malvern sagte: »Die haben durchaus keine Angst vor mir, Engelchen. Die haben bloß so getan, um zu sehen, wie Sie reagieren, ob ich mit drinstecke in der Geschichte und so. Sie können sich eben noch keinen Reim drauf machen.«

»Wir haben ihnen klipp und klar alles gesagt, was passiert ist.«

Malvern schüttelte den Kopf. »Ein Bulle glaubt nie, was er so einfach gesagt kriegt. Dafür hat er zu oft erlebt, daß man ihm mit abgekarteten Geschichten kommt. Ich glaube,

McChesney weiß längst, daß die Schüsse von Ihnen kamen. Er weiß jedenfalls inzwischen, ob Targos Taschentuch wirklich mit einer Pistole zusammen in einer Tasche gesteckt hat.«

Ihre lahmen Finger legten die Zigarette halbgeraucht weg. Eine Gardine bauschte sich am Fenster, und lockere Aschenflocken stoben im Aschenbecher herum. Sie sagte langsam:

»Also gut. Ich hab ihn erschossen. Glauben Sie etwa, ich hätte Skrupel gehabt nach allem, was heute nachmittag war?«

Malvern rieb sich das Ohrläppchen. »Ich muß doch wohl andere Saiten aufziehen«, sagte er leise. »Sie wissen nicht, was mir auf dem Herzen liegt. Es ist etwas passiert, etwas Gräßliches. Glauben Sie, dieser Strolch wollte Targo umbringen?«

»Ich hab es geglaubt – sonst hätte ich wohl kaum einen Menschen erschossen!«

»Ich meine, es sollte ihm doch eher wohl nur ein Schreck eingejagt werden. Wie bei der anderen Sache heute nachmittag auch. Schließlich bietet ein Nachtklub ausgesprochen schlechte Möglichkeiten, nach einer Schießerei zu entwischen.«

Sie sagte scharf: »Gegen eine 45er ist kaum ein Kraut gewachsen. Er wäre ohne weiteres weggekommen. Natürlich wollte er töten. Und natürlich war es nicht mein Gedanke, daß Duke mich deckt. Er hat mir ganz einfach die Pistole aus der Hand gerissen und ist in seine Rolle eingestiegen. Was machte das auch schon? Ich wußte genau, daß am Ende ja doch alles herauskommen würde.«

Sie tastete abwesend nach der immer noch brennenden Zigarette im Aschenbecher, hielt die Augen niedergeschlagen. Nach einem Augenblick dann sagte sie, fast flüsternd: »Ist das alles, was Sie wissen wollten?«

Malvern ließ seine Augen seitwärts kriechen, ohne den

Kopf zu bewegen, bis er die ruhige Kontur ihrer Wange, die kräftige Linie ihrer Kehle sehen konnte. Er sagte mit belegter Stimme:

»Shenvair war ebenfalls beteiligt. Der Junge, mit dem ich im Lokal war, ist Shenvair gefolgt, zu einem Versteck. Shenvair hat auf ihn geschossen. Er ist tot. Er ist tot, Engelchen – ein junges Kerlchen, das hier im Lokal gearbeitet hat. Tony, der Erste Page. Die Bullen wissen's noch gar nicht.«

Das gedämpfte Klappen von Fahrstuhltüren drang schwer durch die Stille. Draußen im Regen, auf dem Boulevard, tutete trüb eine Hupe. Das Mädchen sackte plötzlich nach vorn, dann zur Seite weg, fiel Malvern über die Knie. Ihr Körper war halb umgedreht, und sie lag fast auf dem Rücken über seinen Schenkeln, mit flatternden Lidern. Die feinen blauen Venen standen starr heraus in der weichen Haut.

Er legte langsam die Arme um sie, ganz locker erst, dann fester, hob sie an. Er brachte ihr Gesicht nah an sein eigenes Gesicht. Er küßte sie seitlich neben den Mund.

Sie schlug die Augen auf, starrte leer, erkannte nichts. Er küßte sie noch einmal, fest, richtete sie dann wieder auf das Sofa hoch.

Er sagte ruhig: »Das war doch nicht bloß Theater, oder?«

Sie sprang auf die Füße, wirbelte herum. Ihre Stimme war leise, gespannt und voller Wut.

»Sie haben etwas Abscheuliches an sich! Etwas – Satanisches. Sie kommen hier her und erzählen mir, daß ein anderer Mensch getötet worden ist – und dann küssen Sie mich! Das darf doch nicht wahr sein!«

Malvern sagte dumpf: »Was Abscheuliches – das hat jeder Mann an sich, der wegen einer Frau den Kopf verliert, die einem anderen gehört.«

»Ich gehöre ihm nicht!« schnappte sie. »Ich kann ihn

nicht einmal leiden – und Sie kann ich ebenfalls nicht leiden!«

Malvern zuckte die Achseln. Sie starrten einander mit bleichen, feindseligen Augen an. Das Mädchen schlug mit einem Klicken die Zähne zusammen, sagte dann fast heftig:

»Verschwinden Sie! Ich kann nicht mehr mit Ihnen reden. Ich kann Sie hier nicht mehr sehen. Wollen Sie bitte endlich verschwinden?«

Malvern sagte: »Warum nicht?« Er stand auf, ging hinüber und griff nach Hut und Mantel.

Das Mädchen schluchzte einmal scharf auf, dann ging sie mit leichten schnellen Schritten durchs Zimmer zum Fenster und blieb dort stehen, den Rücken ihm zugekehrt.

Malvern betrachtete ihren Rücken, trat dann dicht hinter sie und stand da und betrachtete den weichen Haarflaum tief in ihrem Nacken. Er sagte:

»Warum zum Teufel lassen Sie sich nicht von mir helfen? Ich weiß doch, daß da etwas nicht stimmt. Ich hab Ihnen nicht wehtun wollen!«

Das Mädchen sprach zu dem Vorhang vor ihrem Gesicht, wild:

»Verschwinden Sie! Ich will Ihre Hilfe nicht. Gehn Sie weg und bleiben Sie weg. Ich will Sie nicht mehr sehen – nie mehr!«

Malvern sagte langsam: »Ich glaube, daß Sie dringend Hilfe brauchen. Ob Ihnen das nun paßt oder nicht. Der Mann in dem Photorahmen auf dem Schreibtisch da – ich glaube, ich weiß, wer er ist. Und ich glaube nicht, daß er tot ist.«

Das Mädchen wandte sich um. Ihr Gesicht war jetzt so weiß wie Papier. Ihre Augen bohrten sich in die seinen. Sie atmete heftig, heiser rauh. Nach einiger Zeit, die sehr lange schien, sagte sie:

»Ich bin in der Falle. Hoffnungslos in der Falle. Daran können auch Sie nichts ändern.«

Malvern hob eine Hand und strich mit den Fingern langsam über ihre Wange, entlang an der Kante ihres verbissenen Unterkiefers. Ein hartes braunes Glitzern lag in seinen Augen, auf seinen Lippen lag ein Lächeln. Es war wissend, fast ein unehrliches Lächeln.

Er sagte: »Stimmt gar nicht, Engelchen. Ich kenne ihn überhaupt nicht. Gute Nacht.«

Er ging wieder durchs Zimmer zurück, durch den kleinen Flur, öffnete die Tür. Als die Tür aufging, packte das Mädchen den Vorhang und rieb sich damit langsam das Gesicht.

Malvern schloß die Tür nicht. Er stand ganz still, schon halb hindurch, und sah die beiden Männer an, die mit Pistolen vor ihm standen.

Sie standen dicht vor der Tür, als hätten sie gerade anklopfen wollen. Einer war dick, dunkel, verdrossen. Der andere war ein Albino mit scharfen roten Augen und einem schmalen Kopf, der glänzendes schneeweißes Haar zeigte unter einem regenbesprühten dunklen Hut. Er hatte die dünnen scharfen Zähne und das gefletschte Grinsen einer Ratte.

Malvern wollte die Tür hinter sich zuziehen. Der Albino sagte: »Nicht so eilig, Freundchen. Mit der Tür, meine ich. Wir wollen da nämlich rein.«

Der andere Mann glitt vor und tastete Malvern sorgfältig von oben bis unten ab. Er trat zurück, sagte:

»Keine Knarre, aber einen hübschen Flachmann unter dem Arm.«

Der Albino winkte mit der Pistole. »Kehrt marsch, hoher Herr. Wir brauchen auch das Püppchen.«

Malvern sagte tonlos: »Dazu bedarf es keiner Kanone, Critz. Ich kenne Sie, und ich kenne auch Ihren Boss. Wenn er mich sprechen will, werde ich mich gern bemühen.«

Er drehte sich um und ging ins Zimmer zurück, die beiden Revolvermänner hinter sich.

Jean Adrian hatte sich nicht vom Fleck gerührt. Sie stand immer noch am Fenster, den Vorhang an der Wange, die Augen geschlossen, als hätte sie die Stimmen an der Tür überhaupt nicht gehört.

Dann hörte sie die drei Männer kommen, und ihre Augen sprangen weit auf. Sie wandte sich langsam um, starrte an Malvern vorbei die beiden andern an. Der Albino ging in die Mitte des Zimmers, sah sich wortlos um, ging weiter ins Schlafzimmer und ins Bad. Türen sprangen auf und zu. Er kam zurück, auf lautlosen katzenhaften Füßen, knöpfte sich den Mantel auf und schob den Hut auf dem Kopf nach hinten.

»Zieh dir was an, Schwester. Wir müssen ein bißchen durch den Regen kutschieren. Okay?«

Das Mädchen starrte jetzt Malvern an. Er zuckte die Achseln, lächelte leicht, breitete die Hände.

»Das ist nun mal nicht anders, Engelchen. Man muß sich nach der Decke strecken.«

Die Linien ihres Gesichts wurden dünn und zeigten Verachtung. Sie sagte langsam: »Sie – Sie – –« Ihre Stimme verschwamm in einem zischenden Flüstern ohne Sinn. Sie ging steif durch den Raum und hinaus ins Schlafzimmer.

Der Albino zog sich eine Zigarette zwischen die scharfen Lippen, gab ein feuchtes gurgelndes Kichern von sich, als hätte er den Mund voller Speichel.

»Die scheint Sie ja nicht sonderlich zu mögen, Freund.«

Malvern runzelte die Stirn. Er ging langsam zum Schreibtisch hinüber, lehnte die Hüften dagegen, starrte zu Boden.

»Sie glaubt, ich hab sie verkauft«, sagte er dumpf.

»Haben Sie vielleicht ja auch, Freund«, sagte der Albino mit gedehnter Stimme.

Malvern sagte: »Passen Sie lieber auf. Sie kann mit Kanonen umgehen, und zwar sauber.«

Seine Hände griffen ganz beiläufig hinter sich auf den Schreibtisch, trommelten leicht auf die Platte, klappten dann ohne jede merkliche Bewegungsänderung den ledernen Photorahmen um und schoben ihn unter die Schreibmappe.

VIII

Der Wagen hatte eine gepolsterte Armlehne in der Mitte des Rücksitzes, und Malvern lehnte sich mit dem Ellbogen darauf, stützte das Kinn in die Hand, starrte durch die halb-beschlagenen Scheiben hinaus in den Regen. Im Lichtkegel der Scheinwerfer sprühte er wie dichter weißer Gischt, und das Geräusch, mit dem er auf das Wagendach schlug, klang wie sehr fernes Trommelfeuer.

Jean Adrian saß auf der andern Seite der Armlehne, in der Ecke. Sie trug einen schwarzen Hut und einen grauen Mantel mit seidenhaarigem Besatz, dessen Zotteln länger als Breitschwanz waren und nicht so lockig. Sie mied Malverns Blick und sprach auch kein Wort mit ihm.

Der Albino saß zur Rechten des dicken dunklen Mannes, der fuhr. Sie glitten durch die stillen Straßen, vorüber an verschwommenen Häusern, verschwommenen Bäumen, dem verschwommenen Schein von Straßenlaternen. Hinter dikken Nebelvorhängen schimmerten Neon-Zeichen. Einen Himmel gab es nicht mehr.

Dann ging es bergan, und eine schwache Bogenlampe über einer Kreuzung warf Licht auf ein Hinweisschild, und Malvern las den Namen ›Court Street‹.

Er sagte leise:» Was denn, ins Italienerviertel, Critz? Der große Mann hat wohl doch keine so dicke Brieftasche mehr wie früher.«

Ein funkelnder Blick traf ihn aus den Augen des Albinos, der sich kurz umgedreht hatte. »Sie müssen's ja wissen, Freund.«

Der Wagen verlangsamte sein Tempo vor einem großen

Haus mit Spalier-Veranda, schindel-verkleideten Mauern, lichtlosen Fenstern. Gegenüber, auf der anderen Seite der Straße, trug ein hart an den Gehsteig gesetzter Backsteinbau ein Firmenschild mit der Matrizenaufschrift: ›Paolo Perrugini – Bestattungsinstitut‹.

Der Wagen holte weit aus, um in eine Kies-Zufahrt einzubiegen. Die Scheinwerfer stachen in eine offene Garage. Sie fuhren hinein, hielten neben einem großen glänzenden Leichenwagen.

Der Albino schnappte: »Alle raus!«

Malvern sagte: »Wie ich sehe, steht unser nächstes Beförderungsmittel schon bereit.«

»Witzbold«, knurrte der Albino. »Hat die Weisheit mit Löffeln gefressen.«

»Nicht doch. Ich hab nur gelernt, mich unter dem Galgen zu benehmen«, sagte Malvern gedehnt.

Der dunkle Mann stellte den Motor ab und ließ eine große Taschenlampe aufflammen, schaltete dann die Scheinwerfer aus, stieg aus dem Wagen. Er richtete den Lampenstrahl auf eine schmale Holztreppe in der Ecke. Der Albino sagte:

»Auf geht's, Freundchen. Schieben Sie das Mädel vor sich her. Und keine Sorge – ich bin mit der Knarre gleich hinter Ihnen.«

Jean Adrian stieg an Malvern vorbei aus dem Wagen, ohne ihn anzusehen. Sie ging mit steifen Schritten die Stufen hinauf, und die drei Männer bildeten eine Prozession hinter ihr.

Am Ende der Treppe war eine Tür. Das Mädchen öffnete, und hartes weißes Licht drang zu ihnen heraus. Sie traten in ein kahles Dachgeschoß mit nacktem Balkenwerk und je einem quadratischen Fenster vorn und hinten, dicht geschlossen, die Scheiben schwarz lackiert. Eine grelle Birne hing über einem Küchentisch an einer Schnur, und an dem Tisch saß ein großer Mann, eine Untertasse mit Zigarettenkippen an seinem Ellbogen. Zwei der Stummel qualmten noch.

Ein dünner, schlafflippiger Mann saß auf einem Bett, eine Luger neben der linken Hand.

Auf dem Boden lag ein abgetretener Teppich. Sonst gab es nur noch ein paar Möbelstücke und eine halboffene Brettertür, durch die man eine Klosettbrille und das Ende einer großen altmodischen Badewanne mit gußeisernen Füßen sah.

Der Mann am Küchentisch war groß, aber keine sonderlich angenehme Erscheinung. Er hatte möhrenrotes Haar und Brauen, die um eine Schattierung dunkler waren, ein quadratisches aggressives Gesicht, ein brutales Kinn. Brutal wirkten auch die dicken Lippen, die seine Zigarette hielten. Sein Anzug sah aus, als hätte er einmal eine Menge Geld gekostet, diente aber schon länger als Schlafanzug.

Er musterte Jean Adrian gleichgültig, sagte um die Zigarette herum:

»Suchen Sie sich einen Parkplatz, Schwester. Hallo, Malvern. Gib mir die Knarre rüber, Lefty, und dann verzieht ihr Jungs euch wieder nach unten.«

Das Mädchen ging ruhig durch den Raum und setzte sich auf einen harten Holzstuhl. Der Mann auf dem Bett stand auf, legte die Luger dem Mann am Küchentisch neben den Ellbogen. Die drei Revolvermänner gingen die Treppe hinunter, ließen die Tür offen.

Der große Mann berührte die Luger, starrte Malvern an, sagte sarkastisch: »Ich bin Doll Conant. Vielleicht erinnern Sie sich noch.«

Malvern stand locker am Küchentisch, die Beine breit gespreizt, die Hände in den Manteltaschen, den Kopf schräg zurückgeworfen. Seine halbgeschlossenen Augen waren schläfrig, sehr kalt.

Er sagte: »Tja. Ich hab meinem alten Herrn geholfen, Ihnen den einzigen Prozeß anzuhängen, der geklappt hat.«

»Von wegen geklappt, Sie Idiot! In der Berufung wurde alles wieder zu Wasser.«

»Vielleicht klappt's dafür diesmal«, sagte Malvern gleichgültig. »Für Kidnapping wird in diesem Staat hier allerlei garantiert.«

Conant grinste, ohne die Lippen zu öffnen. Sein Gesichtsausdruck zeigte eine grimmige gute Laune. Er sagte:

»Lassen wir mal das Süßholzraspeln. Wir haben was Geschäftliches zu erledigen, und was den Quatsch betrifft, den Sie da zuletzt verzapft haben, so wissen Sie selber ganz gut, daß da nichts dran ist. Setzen Sie sich hin – oder werfen Sie am besten gleich mal einen Blick auf Beweisstück Nummer eins. In der Badewanne hinter Ihnen. Ja, ja, sehen Sie sich das ruhig erst mal an. Dann flutscht die Unterhaltung gleich viel besser.«

Malvern drehte sich um, ging zu der Brettertür hinüber, schob sich hindurch. In einer Fassung an der Wand steckte eine Birne, mit einem Druckschalter. Er machte Licht, beugte sich über die Wanne.

Einen Moment lang war sein Körper wie erstarrt, und er hielt den Atem an. Dann ließ er ihn sehr langsam ausströmen und griff mit der linken Hand hinter sich und schob die Tür fast zu. Er beugte sich tiefer über die große eiserne Wanne.

Sie war lang genug, daß ein Mann ausgestreckt darin liegen konnte, und ein Mann lag jetzt auch ausgestreckt darin, auf dem Rücken. Er war voll angekleidet und hatte sogar einen Hut auf, wenn auch der Hut nicht so aussah, als hätte er ihn sich selber aufgesetzt. Er hatte dichtes graubraunes krauses Haar. Auf seinem Gesicht war Blut, und im Innenwinkel seines linken Auges hatte er ein tiefes, rotgerändertes Loch.

Es war Shenvair, und er war schon lange tot.

Malvern sog den Atem ein und richtete sich langsam wieder auf, dann beugte er sich plötzlich noch weiter vor, bis er in den Raum zwischen der Wanne und der Wand blicken konnte. Etwas Blaues und Metallisches schimmerte dort unten im Staub. Eine blaustählerne Pistole. Eine Pistole wie Shenvairs Pistole.

Malvern warf einen raschen Blick zurück. Die nicht ganz geschlossene Tür zeigte ihm einen Teil des Bodenraums, den Rand der Treppe, einen von Doll Conants Füßen, breit und gelassen auf dem Teppich, unter dem Küchentisch. Er streckte langsam den Arm aus, griff hinter die Wanne, hob die Waffe auf. In den vier freiliegenden Kammern steckten Stahlmantelgeschosse.

Malvern machte seinen Mantel auf, schob die Pistole in den Gürtel seiner Hose, zog diesen stramm und knöpfte den Mantel wieder zu. Er trat aus dem Badezimmer, schloß die Brettertür sorgsam.

Doll Conant wies auf einen Stuhl am Tisch, sich selber gegenüber. »Setzen Sie sich.«

Malvern sah zu Jean Adrian hinüber. Sie starrte ihn mit einer Art von steifer Neugier an, die Augen dunkel und farblos in einem steinweißen Gesicht unter dem schwarzen Hut.

Er winkte ihr, lächelte schwach. »Es ist Mr. Shenvair, Engelchen. Er hat einen Unfall erlitten. Er ist – tot.«

Das Mädchen starrte ihn ohne jeden Ausdruck an. Dann schauerte sie zusammen, einmal, heftig. Sie starrte ihn wieder an, gab keinen Laut von sich.

Malvern setzte sich Conant gegenüber an den Tisch.

Conant beäugte ihn, fügte der Kollektion auf der weißen Untertasse einen qualmenden Stummel hinzu, zündete sich eine frische Zigarette an, wobei er das Streichholz über die volle Länge des Küchentisches strich.

Er paffte, sagte beiläufig: »Tja, er ist tot. Und Sie haben ihn erschossen.«

Malvern schüttelte ganz leicht den Kopf, lächelte. »Nein.«

»Lassen Sie mal den unschuldigen Babyblick, Freundchen. Sie haben ihn erschossen. Perrugini, der Makkaroni-Leichenonkel gegenüber, dem die Bude hier gehört, vermietet dann und wann mal für ein paar schnelle Scheine an einen Mann, der ihm empfohlen wird. Zufällig ist er ein Freund von mir, nützt mir eine Menge hier bei den andern Makkaronis. Diesmal hatte er an Shenvair vermietet. Kannte ihn zwar nicht, aber Shenvair hatte die richtige Empfehlung. Letzte Nacht hat er schießen gehört hier drüben, aus dem Fenster geschaut und gesehn, wie ein Bursche zu einem Wagen lief. Er hat die Zulassungsnummer erkannt an dem Wagen. Ihr Wagen war's.«

Malvern schüttelte wieder den Kopf. »Aber ich habe ihn nicht erschossen, Conant.«

»Probieren Sie's mal und beweisen Sie das ... Der Makkaroni ist dann rübergerannt und hat Shenvair auf halber Treppe gefunden, tot. Hat ihn dann nach oben geschleift und in die Badewanne gesteckt. Hat wohl gemeint, wegen dem Blut, nehme ich an. Dann hat er ihm die Taschen durchsucht, einen Polizeiausweis gefunden, eine Lizenz als Privatdetektiv, und da hat er's mit der Angst gekriegt. Ist gleich ans Telephon, und wie ich den Namen hörte, bin ich sofort losgedampft.«

Conant hörte auf zu reden, musterte Malvern mit festem Blick. Malvern sagte sehr leise:

»Haben Sie von der Schießerei bei Cyrano gehört heute abend?«

Conant nickte.

Malvern fuhr fort:

»Ich war dort, mit einem Jungen aus dem Hotel, einem Freund von mir. Kurz vor der Schießerei ging dieser Shenvair auf mich los, fing einen handfesten Streit an. Der Junge ist Shenvair dann hierher gefolgt, und da haben sie aufeinander geschossen. Shenvair war betrunken und hatte Angst, und ich gehe jede Wette ein, daß er als erster geschossen hat. Daß der Junge eine Kanone hatte, wußte ich nicht einmal. Shenvair hat ihn in den Bauch geschossen. Er kam grad noch bis nach Hause, ist dort gestorben. Er hat mir noch eine Notiz hinterlassen. Ich habe die Notiz.«

Nach einem Augenblick sagte Conant:

»Sie haben Shenvair getötet beziehungsweise den Jungen dazu bestellt, daß er's macht. Und zwar aus folgendem Grund. Shenvair hat bei Ihrer Erpressungsgeschichte quergeschossen. Er hat bei Courtway ausgepackt.«

Malvern machte ein verdutztes Gesicht. Er warf den Kopf herum, um Jean Adrian anzusehen. Sie hatte sich vorgebeugt, starrt ihn mit geröteten Wangen an, Glanz in den Augen. Sie sagte sehr leise:

»Tut mir leid – Engelchen. Ich hatte mich getäuscht in Ihnen.«

Malvern lächelte ein wenig, drehte sich wieder Conant zu. Er sagte:

»Sie hat gedacht, ich wäre derjenige gewesen, der ausgepackt hat. Wer ist Courtway? Ihr Zutreiber, der Senator?«

Conants Gesicht wurde ein wenig weiß. Er legte sehr sorgfältig seine Zigarette auf der Untertasse ab, beugte sich über den Tisch und schlug Malvern mit der Faust ins Gesicht. Malvern kippte auf dem wackligen Stuhl nach hinten. Sein Kopf schlug auf den Boden.

Jean Adrian stand jäh auf, und ihre Zähne klickten scharf aufeinander. Dann blieb sie reglos stehen.

Malvern rollte sich auf die Seite und stand auf und stellte den Stuhl wieder hin. Er zog ein Taschentuch, betupfte sich den Mund, sah auf das Taschentuch nieder.

Schritte klapperten auf der Treppe, und der Albino streckte seinen schmalen Kopf ins Zimmer, schob eine Pistole noch weiter hinein.

»Brauchen Sie Hilfe, Boss?«

Ohne ihm einen Blick zu gönnen, sagte Conant: »Verschwinde – und mach die Tür hinter dir zu – und bleib draußen!«

Die Tür wurde geschlossen. Die Schritte des Albinos erstarben unten auf der Treppe. Malvern legte seine linke Hand auf die Stuhllehne und bewegte sie langsam vor und zurück. Seine rechte Hand hielt immer noch das Taschentuch. Seine Lippen schwollen langsam und liefen dunkel an. Sein Blick ruhte auf der Luger an Conants Ellbogen.

Conant griff wieder nach seiner Zigarette und steckte sie in den Mund. Er sagte:

»Vielleicht bilden Sie sich ein, ich schaue bei dieser Erpresserei einfach seelenruhig zu. Fehlanzeige, Bruderherz. Ich mache Schluß damit – und zwar ein für allemal. Und jetzt werden Sie auspacken. Ich hab drei Jungens unten, die nur darauf warten, sich ein bißchen Bewegung zu schaffen. Also machen Sie schon und reden Sie.«

Malvern sagte: »Schon recht – nur daß Ihre drei Jungs eben unten sind.« Er steckte das Taschentuch in die innere Brusttasche. Seine Hand kam mit der blauschimmernden Pistole wieder hervor. Er sagte: »Fassen Sie die Luger am Lauf und schieben Sie sie über den Tisch, so daß ich dran kann.«

Conant rührte sich nicht. Seine Augen verengten sich zu Schlitzen. Die Zigarette in seinem harten Mund zuckte nur einmal kurz. Er rührte die Luger nicht an. Nach einer kleinen Weile sagte er:

»Sie können sich doch wohl denken, was jetzt mit Ihnen passiert.«

Malvern schüttelte leicht den Kopf. Er sagte: »Vielleicht ist mir das schnurzegal. Wenn es passiert, verspreche ich Ihnen jedenfalls, daß Sie's nicht mehr mit ansehn werden.«

Conant starrte ihn an, rührte sich nicht. Er starrte ihn eine ziemlich lange Zeit so an, starrte auf die blaue Pistole. »Wo haben Sie die her? Sind Sie nicht gefilzt worden von den Jungens?«

Malvern sagte: »Bin ich. Das ist Shenvairs Pistole. Ihr Freund, der Makkaroni, muß sie hinter die Badewanne geworfen haben. Sehr leichtsinnig so was.«

Conant spreizte zwei dicke Finger und drehte die Luger herum und schob sie bis an die äußerste Tischkante. Er nickte und sagte tonlos:

»Diese Runde geht an Sie. Ich hätte dran denken sollen. Damit wäre das Reden wohl an mir.«

Jean Adrian kam mit raschen Schritten durch den Raum und trat ans Ende des Tisches. Malvern griff über die Stuhllehne und nahm die Luger in die linke Hand und ließ sie in seine Manteltasche gleiten, behielt die Hand darauf. Die andere Hand, die den blauen Revolver hielt, ließ er auf der Stuhllehne ruhen.

Jean Adrian sagte: »Wer ist dieser Mann?«

»Doll Conant, einer der großen Schieber bei uns. Senator John Myerson Courtway ist sein Draht zum Senat. Und Senator Courtway, Engelchen, ist der Mann in dem Photorahmen auf Ihrem Schreibtisch. Der Mann, von dem Sie gesagt haben, er wäre Ihr Vater, von dem Sie gesagt haben, er wäre tot.«

Das Mädchen sagte sehr ruhig: »Er *ist* mein Vater. Ich wußte, daß er nicht tot war. Wir haben ihn erpreßt – um hundert Riesen. Shenvair, Targo und ich. Er hat meine Mutter nie geheiratet, also bin ich unehelich. Ich habe Rechte, und die wollte er nicht anerkennen. Er hat meine Mutter abscheulich behandelt, hat sie ohne einen Nickel sitzenlassen. Mich hat er jahrelang durch Detektive beobachten lassen. Shenvair war einer von denen. Er erkannte meine Photos, als ich hier anfing und Targo begegnete. Er erinnerte sich. Er fuhr nach San Francisco und besorgte sich eine Kopie meiner Geburtsurkunde. Ich habe sie hier.«

Sie fummelte in ihrer Handtasche, tastete darin herum, öffnete eine kleine Reißverschlußtasche im Futter. Ihre

Hand kam mit einem zusammengefalteten Papier wieder heraus. Sie stieß es auf den Tisch.

Conant starrte sie an, streckte eine Hand aus nach dem Papier, breitete es auseinander und studierte es. Er sagte langsam:

»Das beweist nicht das geringste.«

Malvern nahm die linke Hand aus der Tasche und streckte sie nach dem Papier aus. Conant schob es ihm hin.

Es war die beglaubigte Abschrift einer Geburtsurkunde aus dem Jahre 1912. Sie bestätigte die Geburt eines Kindes namens Adriana Gianni Myerson, Tochter von John und Antonia Giani Myerson. Malvern ließ das Papier wieder auf den Tisch fallen.

Er sagte: »Adriana Gianni – Jean Adrian. War das der Wink mit dem Zaunpfahl, Conant?«

Conant schüttelte den Kopf. »Shenvair bekam kalte Füße. Er legte vor Courtway seine Karten auf den Tisch. Er hatte Angst. Deswegen suchte er sich auch das Versteck hier. Ich dachte eigentlich auch, deswegen wäre er umgebracht worden. Targo kann's nicht gewesen sein, weil Targo immer noch im Knast sitzt. Vielleicht hab ich Sie falsch in Verdacht gehabt, Malvern.«

Malvern starrte ihn hölzern an, sagte nichts. Jean Adrian sagte:

»Es ist meine Schuld. Alles ist durch mich so gekommen. Es war eine ziemliche Schweinerei. Das sehe ich jetzt. Ich möchte ihn gern sehen und ihm sagen, daß es mir leid tut und daß er nie wieder etwas von mir hören wird. Ich möchte auch, daß er mir verspricht, Duke Targo in Ruhe zu lassen. Kann ich das?«

Malvern sagte: »Sie können tun und lassen, was Sie wollen, Engelchen. Ich hab hier zwei Kanonen, die das garantieren. Aber warum haben Sie so lange gewartet? Und warum sind Sie nicht gerichtlich gegen ihn vorgegangen? Sie sind im Show-Geschäft. Mit *der* Publicity wären Sie ganz groß rausgekommen – selbst wenn Sie im Prozeß den kürzeren gezogen hätten.«

Das Mädchen biß sich auf die Lippe, sagte mit leiser Stimme: »Meine Mutter hat eigentlich nie genau gewußt, wer er war, sie hat nicht einmal seinen Nachnamen gekannt. Für sie war er John Myerson. Auch ich hab's nicht anders gewußt, bis ich nach hier kam und zufällig ein Bild in der Lokalzeitung sah. Er hatte sich verändert, aber ich kannte das Gesicht. Und natürlich den ersten Teil seines Namens – – –«

Conant sagte höhnisch: »Sie sind nicht offen gegen ihn vorgegangen, weil Sie verdammt gut gewußt haben, daß Sie gar nicht seine Tochter sind. Daß Ihre Mutter sich das bloß aus den Fingern gesogen hat, wie jedes billige kleine Flittchen, das plötzlich Morgenluft wittert. Courtway sagt, er kann's beweisen und wird's auch beweisen und Sie dahin bringen, wo Sie hingehören. Und glauben Sie mir, Schwester, so ein steifnackiger Idiot, wie er ist, der bringt es fertig, ohne weiteres einen zwanzig Jahre alten Skandal aufzurühren und sich selber in der Öffentlichkeit zu ruinieren, bloß um dieser albernen Bagatelle ein Ende zu machen.«

Der große Mann spuckte tückisch und ingrimmig seinen Zigarettenstummel aus, fügte hinzu: »Es hat mich Geld gekostet, um ihn dahin zu bringen, wo er ist, und ich gedenke ihn dort zu halten. Deswegen habe ich mich eingemischt. Nichts mehr drin, Schwester. Jetzt nehme ich den Hebel in die Hand. Sie werden in der Versenkung verschwinden, und zwar für eine ganze Weile. Und was Ihren Freund mit den beiden Ballermännern betrifft – vielleicht hat er ja keine Ahnung gehabt, aber jetzt weiß er jedenfalls Bescheid, und damit sitzt er im selben Boot wie Sie.«

Conant schlug mit der Faust auf die Tischplatte, lehnte sich zurück, blickte gelassen in die Mündung der blauen Waffe in Malverns Hand.

Malvern starrte dem großen Mann in die Augen, sagte

sehr leise: »Dieser Ganeff bei Cyrano heute abend – das war doch nicht etwa Ihr Einfall, um den Hebel in die Hand zu kriegen, Conant, oder?«

Conant grinste ruppig, schüttelte den Kopf. Die Tür am Ende der Treppe ging einen Spalt auf, ganz still. Malvern sah es nicht. Er starrte Conant an. Jean Adrian sah es.

Ihre Augen weiteten sich, und sie trat mit einem erschrockenen Ruf zurück, der Malverns Blick zu ihr hinüberzog.

Der Albino trat lautlos durch die Tür, eine Pistole im Anschlag.

Seine roten Augen funkelten, sein Mund war zu einem fauchenden Grinsen breitgezogen. Er sagte:

»Die Tür ist ziemlich dünn, Boss. Ich hab gelauscht. Okay? . . . Lassen Sie die Knarre fallen, Freund, oder Sie kriegen beide einen Riß in die Figur.«

Malvern drehte sich leicht und machte die rechte Hand auf und ließ die blaue Pistole auf den dünnen Teppich plumpsen. Er zuckte die Achseln, spreizte breit die Hände, sah mit keinem Blick zu Jean Adrian hinüber.

Der Albino löste sich von der Tür, kam langsam näher und stieß Malvern seine Pistole in den Rücken.

Conant stand auf, kam um den Tisch, zog Malvern die Luger aus der Manteltasche und wog sie in der Hand. Ohne ein Wort oder einen Wechsel seines Ausdrucks schmetterte er sie Malvern dann seitlich gegen den Kiefer.

Malvern sackte wie betrunken in sich zusammen und ging zu Boden, fiel auf die Seite.

Jean Adrian schrie, fuhr mit den Krallen auf Conant los. Er schleuderte sie von sich, nahm die Pistole in die linke Hand und schlug ihr mit einer harten Handfläche ins Gesicht.

»Nicht so hitzig, Schwester. Für Sie ist der Spaß jetzt vorbei.«

Der Albino ging zur Treppe und rief hinunter. Die

beiden anderen Revolvermänner kamen ins Zimmer herauf, standen grinsend da.

Malvern, auf dem Boden, regte sich nicht. Nach einer kleinen Weile zündete Conant sich eine weitere Zigarette an und trommelte mit dem Knöchel neben der Geburtsurkunde auf die Tischplatte. Er sagte barsch:

»Sie will den Alten sehen. Okay, kann sie haben. Wir werden ihm alle zusammen einen Besuch machen. Da steckt noch immer was in der Geschichte drin, das stinkt.« Er hob die Augen, richtete sie auf den untersetzten Mann. »Du und Lefty, ihr fahrt in die Stadt und holt Targo aus dem Bau, bringt ihn, so schnell ihr könnt, zum Senator raus. Gebt gefälligst Gas.«

Die beiden Ganoven gingen wieder die Treppe hinunter.

Conant sah auf Malvern nieder, trat ihm leicht in die Rippen und weiter immer leicht in die Rippen, bis Malvern die Augen aufschlug und sich regte.

IX

Der Wagen wartete auf der Höhe eines Berges, vor einem hohen schmiedeisernen Tor, hinter dem ein Pförtnerhaus lag. Eine Tür des kleinen Häuschens stand offen, und gelbes Licht rahmte einen großen Mann in Mantel und niedergezogenem Hut. Er trat langsam in den Regen hinaus, kam ans Tor, die Hände in den Taschen.

Der Regen schlitterte um seine Füße, und der Albino lehnte mit klappernden Zähnen am Torpfosten. Der große Mann sagte:

»Was wollen Sie? Ich kann Sie sehen.«

»Dann bewegen Sie mal die Beine, Freundchen. Mr. Conant will Ihrem Boss einen Besuch machen.«

Der Mann drinnen spuckte in die nasse Dunkelheit. »Na und? Wissen Sie vielleicht, wie spät es ist?«

Conant öffnete plötzlich die Wagentür und ging zum Tor hinüber. Der Regen schob sein Rauschen zwischen den Wagen und die Stimmen.

Malvern wandte langsam den Kopf und tätschelte Jean Adrians Hand. Sie schob seine Hand rasch von sich.

Ihre Stimme sagte leise: »Sie Narr – ach, Sie Narr!«

Malvern seufzte. »Ich amüsiere mich prächtig, Engelchen. Einfach phantastisch.«

Der Mann hinter dem Tor zog Schlüssel heraus an einer langen Kette, schloß das Tor auf und schob die Flügel zurück, bis sie auf den Keilblöcken einrasteten. Conant und der Albino kamen zum Wagen zurück.

Conant blieb im Regen stehen, einen Schuhabsatz auf das Trittbrett gehakt. Malvern zog seine große Flasche aus der Tasche, betastete sie, um zu sehen, ob sie eine Beule abbekommen hatte, schraubte sie dann auf. Er hielt sie dem Mädchen hin, sagte:

»Nehmen Sie mal einen kleinen Schluck Mut zu sich.«

Sie gab keine Antwort, rührte sich nicht. Er trank aus der Flasche, steckte sie weg, sah an Conants breitem Rücken vorbei zu den tropfenden Bäumen hinüber, zu der Traube von erleuchteten Fenstern, die im Himmel zu hängen schien.

Ein Wagen kam den Berg hinauf, mit ins feuchte Dunkel stechenden Scheinwerfern, fuhr neben dem Sedan auf und hielt. Conant ging hinüber, steckte den Kopf hinein und sagte etwas. Der Wagen stieß zurück, bog in die Zufahrt ein, und seine Lichter huschten über Stützmauern, verschwanden, tauchten wieder auf, hoch oben am Ende der Zufahrt, als hartes weißes Oval an einem steinernen Eingangsvorbau.

Conant stieg in den Sedan, und der Albino bog ebenfalls in die Zufahrt ein, dem anderen Wagen nach. Am Ende, auf einem kreisrunden zementierten, von Zypressen umstandenen Parkplatz, stiegen sie alle aus.

Oberhalb einer kurzen Treppe stand eine große Tür offen, und darin wartete ein Mann, der einen Bademantel trug. Targo, zwischen zwei Männern, die ihn hart gepackt hielten, hatte schon die Hälfte der Stufen zurückgelegt. Er war ohne Kopfbedeckung und ohne Mantel. Mit seinem massigen Körper in der weißen Jacke wirkte er zwischen den beiden Revolvermännern wie ein Riese.

Die restliche Gesellschaft ging die Treppe hinauf und ins Haus und folgte dem Butler im Bademantel durch eine Halle, an deren Wänden die Porträts von irgend jemandes Vorfahren hingen, durch ein steif ovales Foyer in eine weitere Halle und von dort in ein getäfeltes Arbeitszimmer mit weicher Beleuchtung und schweren Vorhängen und tiefen Ledersesseln.

Ein Mann stand hinter einem großen dunklen Schreibtisch, in einer aus niedrigen, vorgezogenen Bücherregalen gebildeten Nische. Er war riesig groß und dünn. Sein weißes Haar war so dicht und fein, daß man einzelne Haare darin nicht unterscheiden konnte. Er hatte einen schmalen, strichgeraden, bitteren Mund und schwarze Augen ohne Tiefe in einem weißgefurchten Gesicht. Er stand ein wenig gebeugt, und ein blauer Bademantel aus Kordsamt mit Satinaufschlägen umhüllte seine fast groteske Dünne.

Der Butler schloß die Tür, und Conant öffnete sie wieder und gab mit dem Kinn den beiden Männern, die mit Targo gekommen waren, einen Wink. Sie gingen hinaus. Der Albino trat hinter Targo und schubste ihn in einen Sessel. Targo wirkte benommen, leicht stupide. Die eine Seite seines Gesichts war schmutzverschmiert, und aus seinen Augen sprach die Wirkung einer Droge.

Das Mädchen ging rasch zu ihm hinüber, sagte: »Ach Duke – bist du auch ganz in Ordnung, Duke?«

Targo blinzelte sie an, halb grinsend. »Hast du also auch kapitulieren müssen, he? Na, Schwamm drüber. Mir geht's blendend.« Seine Stimme hatte einen unnatürlichen Klang.

Jean Adrian trat von ihm weg und setzte sich und kauerte sich zusammen, als sei ihr plötzlich kalt.

Der große Mann starrte alle Anwesenden im Zimmer der Reihe nach kalt an, sagte dann leblos: »Sind das die Erpresser – und war es nötig, sie hier mitten in der Nacht herzubringen?«

Conant schüttelte sich aus dem Mantel, warf ihn hinter einer Lampe auf den Boden. Er zündete sich eine frische Zigarette an und stand dann breitbeinig mitten im Zimmer, ein großer, ruppiger, rabiater Mann, der seiner sehr sicher ist. Er sagte:

»Das Mädel wollte Sie sehen und Ihnen sagen, daß es ihr leid tut und daß sie jetzt vernünftig sein will. Der Bursche mit der Eisverkäuferjacke ist Targo, der Boxer. Er hat sich in einem Nachtlokal heute in eine Schießerei eingelassen und ist dann auf der Polizei so wild geworden, daß sie ihn mit Schlaftabletten füttern mußten, um ihn zur Ruhe zu bringen. Der andere da ist Ted Malvern, der Junge vom alten Marcus Malvern. Aus ihm bin ich noch nicht ganz schlau geworden.«

Malvern sagte trocken: »Ich bin Privatdetektiv, Senator. Ich bin hier in Wahrung der Interessen meiner Klientin Miss Adrian.« Er lachte.

Das Mädchen sah jäh zu ihm hinüber, sah dann zu Boden.

Conant sagte mufflig: »Shenvair – der Kerl, den Sie kennen – ist weggepustet worden. Nicht von uns. Das muß noch geklärt werden.«

Der große Mann nickte kalt. Er setzte sich an seinen Schreibtisch und griff nach einem weißen Federkiel, kitzelte sich ein Ohr damit.

»Und wie gedenken Sie diese Angelegenheit nun zu behandeln, Conant?« fragte er dünn.

Conant zuckte die Achseln. »Ich bin nicht zimperlich, aber diesmal gehen wir ganz legal vor. Reden Sie mit dem

Oberstaatsanwalt, lassen Sie die Leute einsperren. Erpressungsverdacht. Kochen Sie sich für die Zeitungen eine Story zusammen und nehmen Sie den Topf dann vom Feuer, daß alles schön abkühlt. Schließlich lassen Sie die Vögel über die Staatsgrenze abschieben und geben ihnen den guten Rat mit, sich nicht mehr blicken zu lassen hier, wenn ihnen ihre Gesundheit lieb ist.«

Senator Courtway bewegte den Federkiel zu seinem anderen Ohr hinüber. »Sie könnten mich auch aus der Ferne wieder attackieren«, sagte er eisig. »Ich neige mehr dazu, reinen Tisch zu machen und sie ein für allemal dahin zu schicken, wohin sie gehören.«

»Vor Gericht können Sie den Fall nicht bringen, Courtway. Das würde Sie politisch erledigen.«

»Ich habe das öffentliche Leben satt, Conant. Ich werde mich liebend gern in den Ruhestand zurückziehen.« Der große dünne Mann krümmte den Mund zu einem schwachen Lächeln.

»Den Teufel werden Sie«, knurrte Conant. Er warf den Kopf herum, schnappte: »Kommen Sie her, Schwester.«

Jean Adrian stand auf, kam langsam durch das Zimmer, trat vor den Schreibtisch.

»Erkennen Sie das Mädchen wieder?« knurrte Conant.

Courtway starrte lange in das beherrschte Gesicht vor ihm, ohne eine Spur von Ausdruck. Er legte den Federkiel auf den Schreibtisch, öffnete eine Schublade und holte eine Photographie heraus. Er betrachtete das Photo, dann das Mädchen, dann wieder das Photo, sagte tonlos:

»Das Bild ist vor einer ganzen Reihe von Jahren aufgenommen worden, aber es ist doch eine sehr starke Ähnlichkeit vorhanden. Ich glaube, ich kann ohne Zögern sagen, es ist dasselbe Gesicht.«

Er legte das Photo auf den Tisch und zog mit derselben uneiligen Bewegung eine Automatik aus der Schublade und legte sie ebenfalls auf den Tisch, neben das Photo.

Conant starrte die Pistole an. Sein Mund zuckte. Er sagte mit belegter Stimme: »Die haben Sie nicht nötig, Senator. Jetzt hören Sie mal zu. Ihr Einfall mit dem reinen Tisch ist ganz falsch. Ich werde aus diesen Leuten hier präzise Geständnisse herausholen, und die heben wir uns auf. Das reicht. Sollten sie sich dann trotzdem irgendwann noch mal mausig machen, so ist's immer noch früh genug, um den großen Hammer zu nehmen.«

Malvern lächelte ein wenig und ging über den Teppich, bis er dicht neben dem Schreibtischende stand. Er sagte: »Ich würde mir diese Photographie da ganz gern mal ansehen«, und beugte sich jäh hinüber und nahm sie.

Courtways dünne Hand fiel auf die Pistole nieder, entspannte sich dann. Er lehnte sich in seinen Sessel zurück und starrte Malvern an.

Malvern betrachtete das Photo, ließ es sinken und sagte sanft zu Jean Adrian: »Setzen Sie sich wieder hin.«

Sie drehte sich um und ging zu ihrem Sessel zurück, ließ sich müde hineinfallen.

Malvern sagte: »Mir gefällt Ihre Idee vom reinen Tisch eigentlich gar nicht so schlecht, Senator. Als Methode wär's sauber und direkt und für Mr. Conant und seine Politik eine lehrreiche Abwechslung. Aber es käme nichts dabei heraus.« Er schnippte mit einem Fingernagel gegen das Photo. »Das Ding hier zeigt bloß eine oberflächliche Ähnlichkeit, mehr nicht. Ich persönlich glaube nicht, daß es sich um dasselbe Mädchen handelt. Die Ohren zum Beispiel sind ganz unterschiedlich geformt und sitzen tiefer am Kopf. Und die Augen stehen dichter zusammen als bei Miss Adrian, die Kieferlinie ist länger. Das sind Dinge, die sich nicht verändern. Was haben Sie also schon groß in der Hand? Einen Erpressungsbrief. Mag sein, aber den können Sie keinem anhängen, sonst hätten Sie's schon längst getan. Dann den Namen des Mädchens. Bloß eine zufällige Übereinstimmung. Was sonst noch?«

Conants Gesicht war hart wie Granit, sein Mund bitter. Seine Stimme schwankte ein wenig, als er sagte: »Und wie steht's mit der Geburtsurkunde, die das Mädel aus der Tasche geholt hat, Sie Schlauberger?«

Malvern lächelte schwach, rieb sich mit den Fingerspitzen das Kinn. »Ich dachte, die hätten Sie von Shenvair – oder etwa nicht?« sagte er scheu. »Und Shenvair ist ja leider tot.«

Conants Gesicht war eine Maske der Wut. Er ballte die Faust, trat einen jähen Schritt vor. »Also das ist doch – Sie – Sie verdammte Laus – – –«

Jean Adrian beugte sich vor, starrte Malvern mit runden Augen an. Auch Targo starrte ihn an, mit lockerem Grinsen, blassen harten Augen. Courtway starrte ebenfalls zu ihm auf. Auf Courtways Gesicht lag nicht der mindeste Ausdruck. Er saß völlig kalt da, entspannt, distanziert.

Conant fing plötzlich an zu lachen, schnippte mit den Fingern. »Okay, dann drücken Sie mal selber auf die Hupe«, grunzte er.

Malvern sagte langsam: »Ich will Ihnen noch einen weiteren Grund sagen, weshalb aus dem reinen Tisch nichts wird. Die Schüsse bei Cyrano. Die Drohungen, die Targo veranlassen sollten, einen unwichtigen Kampf freiwillig zu verlieren. Der Ganeff, der zu Miss Adrian ins Hotelzimmer ging und sie mit dem Totschläger niederschlug, hat sie unter der Tür liegen lassen. Funkt's in Ihrem Dickschädel denn überhaupt nie? Geht Ihnen da nicht wenigstens ein kleines Lichtchen auf, Conant? Mir schon.«

Courtway beugte sich plötzlich vor und legte die Hand auf seine Pistole, schloß sie um den Kolben. Seine schwarzen Augen waren Löcher in einem weißen, gefrorenen Gesicht.

Conant rührte sich nicht, gab keinen Laut von sich.

Malvern fuhr fort: »Warum hat Targo diese Drohungen bekommen – und nachdem er den Kampf nicht freiwillig aufgegeben hatte, warum machte sich der Killer ausgerechnet bei Cyrano an ihn heran, in einem Nachtklub, einem denkbar ungeeigneten Ort für so ein Spiel? Ich will's Ihnen sagen. Weil er bei Cyrano mit dem Mädchen saß und weil Cyrano sein Förderer und Mentor war. Wenn dort was passierte, mußten die Bullen mit Sicherheit auf die Drohungsgeschichte stoßen, ehe sie noch Zeit fanden, auf irgendwelche anderen Gedanken zu kommen. Das ist der ganze Grund. Die Drohungen waren die Fassade für einen Mord. Wenn die Schießerei losging, sollte Targo mit dem Mädchen zusammen sein, so daß der Killer das Mädchen mit erwischen konnte und trotzdem alles so aussah, als sei Targo derjenige gewesen, auf den er's abgesehen hatte. Er hätte sicher versucht, auch Targo zu erwischen, natürlich, aber das eigentliche Opfer sollte das Mädchen sein. Denn sie war das Dynamit hinter der ganzen Erpressung, ohne sie bestand keinerlei Gefahr, und nur durch sie konnte jederzeit eine Vaterschaftsklage daraus werden, ganz im Rahmen des Gesetzes, wenn die andere Tour nicht klappte. Was Targo und sie betraf, so waren Sie genau im Bilde, denn Shenvair hatte kalte Füße gekriegt und ausgepackt. Und Shenvair wußte von dem Plan mit dem Killer, denn als der auf der Bildfläche erschien und ich ihn sah – und Shenvair wußte genau, daß ich ihn kannte, weil er dabeigewesen war, als ich Targo von der Sache im Hotel erzählte –, da versuchte Shenvair, mit mir eine Schlägerei anzufangen, um zu verhindern, daß ich mich einmischte.«

Malvern hielt inne, rieb sich wieder die eine Kopfseite, sehr langsam, sehr sanft. Er beobachtete Conant mit einem verstohlenen Blick.

Conant sagte langsam, sehr rauh: »Solche Spiele sind nicht meine Art, Freundchen. Ob Sie's glauben oder nicht – sie sind nicht meine Art.«

Malvern sagte: »Hören Sie nur weiter zu. Der Killer hätte das Mädchen im Hotel leicht umbringen können mit seinem Totschläger. Er hat's aber nicht gemacht, und zwar einfach weil Targo nicht da war und der Kampf noch nicht stattgefunden hatte und somit die ganze Fassade für die Katz gewesen wäre. Er war nur hingegangen, um sich das Mädchen einmal aus der Nähe anzusehen, ohne Kostüm und Make-up. Aber sie hatte Angst vor irgendwas, und sie hatte eine Pistole bei sich. Deshalb schlug er sie nieder und lief weg. Der ganze Besuch im Hotel war bloß so etwas wie eine Vorprobe.«

Conant sagte noch einmal: »Solche Spiele sind nicht meine Art, Freundchen.« Dann zog er die Luger aus der Tasche und hielt sie abwärts gerichtet an der Seite.

Malvern zuckte die Achseln, wandte den Kopf, um Senator Courtway anzustarren.

»Nein, aber *seine*«, sagte er sanft. »Er hatte das Motiv, und gerade er war über den Verdacht erhaben, solche Sachen zu machen. Er hat das Ganze mit Shenvair zusammen ausgeheckt – und wenn's schiefging, wie es dann ja auch passierte, wäre Shenvair einfach untergetaucht und verschwunden, und falls schließlich gar die Polizei sich damit befaßte, dann war eben der große, gar nicht zimperliche Doll Conant der Mann, der mit der Nase im Dreck steckte.«

Courtway lächelte ein wenig und sagte mit völlig toter Stimme:

»Der junge Mann hat eine blühende Phantasie, aber natürlich – – –«

Targo stand auf. Sein Gesicht war eine starre Maske. Seine Lippen bewegten sich langsam, und er sagte:

»Für mich klingt das alles ziemlich einleuchtend. Ich glaube, ich drehe Ihnen Ihren – – – verdammten Hals um, Mr. Courtway.«

Der Albino knurrte: »Hinsetzen, Kerl«, und hob seine Pistole.

Targo machte eine leichte Wendung und schmetterte dem Albino die Faust gegen das Kinn. Der Albino kippte hintenüber, prallte mit dem Kopf gegen die Wand. Die Pistole segelte aus seiner schlaffen Hand über den Boden.

Targo ging durch das Zimmer.

Conant sah ihn von der Seite an und rührte sich nicht. Targo ging an ihm vorbei, streifte ihn fast. Conant bewegte keinen Muskel. Sein großes Gesicht war leer, seine Augen hatten sich zu einem schwachen Glitzern verengt zwischen den schweren Lidern.

Niemand außer Targo bewegte sich. Dann hob Courtway seine Pistole, und sein Finger wurde weiß auf dem Abzug, und der Schuß krachte.

Malvern bewegte sich sehr rasch durch den Raum und stellte sich vor Jean Adrian, zwischen sie und die andern im Zimmer.

Targo sah auf seine Hände nieder. Sein Gesicht verzog sich zu einem albernen Lächeln. Er setzte sich auf den Boden und preßte beide Hände gegen die Brust.

Courtway hob die Pistole zum zweitenmal, und da kam Bewegung in Conant. Die Luger zuckte hoch, flammte zweimal auf. Blut floß über Courtways Hand. Seine Pistole fiel hinter den Schreibtisch. Sein langer Leib schien sich niederzubücken nach der Pistole. Er knickte zusammen, bis nur noch seine Schultern krumm über der Schreibtischkante zu sehen waren.

Conant sagte: »Steh auf und stell dich – – – du betrügerisches Schwein!«

Hinter dem Schreibtisch fiel ein Schuß. Courtways Schultern sackten außer Sicht.

Nach einem Augenblick ging Conant um den Schreibtisch herum, bückte sich, richtete sich wieder auf.

»Er hat sich selber eine verpaßt«, sagte er ruhig. »In den Mund . . . Und ich habe meinen netten sauberen Senator verloren.«

Targo nahm die Hände von der Brust und sank nach der Seite zu Boden und lag still.

Die Tür zum Zimmer wurde weit aufgerissen. Der Butler stand darin, mit zerzaustem Haar, mit klaffendem Mund. Er versuchte etwas zu sagen, sah die Pistole in Conants Hand, sah Targo zusammengekrümmt auf dem Boden. Er sagte kein Wort.

Der Albino kam langsam wieder auf die Füße, rieb sich das Kinn, betastete seine Zähne, schüttelte den Kopf. Er ging langsam an der Wand entlang und hob seine Pistole auf.

Conant knurrte ihn an: »Das war eine reife Leistung, du Idiot! Mach, daß du ans Telephon kommst. Hol Captain Malloy her – und zwar dalli!«

Malvern drehte sich um, streckte die Hand nieder und hob Jean Adrians kaltes Kinn.

»Es wird langsam hell, Engelchen. Und ich glaube, der Regen hat auch aufgehört«, sagte er langsam. Er zog seine unvermeidliche Flasche heraus. »Trinken wir einen Schluck – auf Mr. Targo.«

Das Mädchen schüttelte den Kopf, bedeckte das Gesicht mit den Händen.

Nach langer Zeit erklangen Sirenen.

X

Der schlanke, müde aussehende Junge in der blaßblau-silbernen Uniform des Charondelet hielt seine weiße Handschuhhand vor die sich schließenden Fahrstuhltüren und sagte:

»Corkys Furunkel ist besser, aber zur Arbeit ist er noch nicht gekommen, Mr. Malvern. Tony, der Erste Page, ist auch noch nicht aufgetaucht heute morgen. Manche haben's wirklich gut.«

Malvern stand dicht neben Jean Adrian in der Ecke des Fahrstuhls. Sie waren die einzigen, die damit fuhren. Er sagte:

»Ach, das glaubst du nur.«

Der Junge wurde rot. Malvern trat zu ihm und klopfte ihm auf die Schulter, sagte: »Laß gut sein, mein Sohn. Ich bin die ganze Nacht aufgewesen, bei einem kranken Freund. Hier, leiste dir ein zweites Frühstück.«

»Herrgott, Mr. Malvern, ich wollte bestimmt nicht – – –«

Die Türen öffneten sich im achten Stock, und sie gingen den Flur hinunter zur 914. Malvern zog den Schlüssel heraus und öffnete die Tür, steckte den Schlüssel nach innen, hielt die Tür auf, sagte:

»Schlafen Sie sich erst mal richtig aus, und wenn Sie aufwachen, reiben Sie sich alles aus den Augen. Nehmen Sie meine Flasche und säuseln Sie sich einen an. Das tut Ihnen gut.«

Das Mädchen ging durch die Tür hinein, sagte über die Schulter: »Ich will keinen Alkohol. Kommen Sie noch eine Minute mit rein. Ich muß Ihnen etwas sagen.«

Er schloß die Tür und folgte ihr ins Zimmer. Ein heller Streifen Sonnenlicht fiel quer über den Teppich bis hinüber zur Couch. Er zündete sich eine Zigarette an und starrte darauf nieder.

Jean Adrian setzte sich und riß sich den Hut vom Kopf und zerwuschelte sich das Haar. Sie war einen Moment lang ganz still, dann sagte sie langsam, mit Bedacht:

»Es war großartig von Ihnen, daß Sie das alles meinetwegen auf sich genommen haben. Ich weiß nicht, warum eigentlich.«

Malvern sagte: »Ich könnte mir eine ganze Reihe von Gründen dafür denken, aber sie alle haben Targo nicht davor bewahrt, getötet zu werden, und in gewisser Weise war das meine Schuld. Andererseits freilich auch wieder nicht. Ich hatte ihn nicht gebeten, Senator Courtway den Hals umzudrehen.«

Das Mädchen sagte: »Sie glauben, Sie sind ein ausgekochter Mann, aber Sie sind bloß ein sentimentaler Spinner, der sich wegen des erstbesten Flittchens, das in Schwierigkeiten geraten ist, selber in alle möglichen Schwierigkeiten einläßt. Vergessen Sie das Ganze. Vergessen Sie Targo, und vergessen Sie mich. Keiner von uns beiden war es wert, daß Sie auch nur einen Bruchteil Ihrer Zeit dafür opferten. Das wollte ich Ihnen noch sagen, denn ich verschwinde von hier, sobald man mich läßt, und werde Sie wohl nicht mehr wiedersehen. Das wäre also der Abschied.«

Malvern nickte, starrte die Sonne an auf dem Teppich. Das Mädchen fuhr fort:

»Es fällt mir nicht leicht, das zu sagen. Ich spekuliere nicht etwa auf Mitgefühl, wenn ich sage, daß ich ein Flittchen bin. Ich bin in zu vielen miesen Schlafzimmern erstickt, hab mich in zu vielen dreckigen Garderoben ausgezogen, hab zu viele Mahlzeiten übersprungen und zu viele Lügen über mich erzählt, als daß ich was anderes sein könnte. Und deshalb will ich mit Ihnen auch nicht das geringste mehr zu tun haben, ein für allemal.«

Malvern sagte: »Mir gefällt, wie Sie reden. Machen Sie nur weiter.«

Sie sah ihn rasch an, sah wieder weg. »Ich bin nicht das Gianni-Mädchen. Das haben Sie schon erraten. Aber ich hab sie gekannt. Wir machten eine billige Sister-Nummer zusammen, als so was noch gefragt war. Ada und Jean Adrian. Die Namen hatten wir uns aus ihren zurechtgemacht. Wir gingen baden damit, und dann schlossen wir uns einem Zirkus an, und auch damit gingen wir baden. In New Orleans. Das Ganze ging ein bißchen über ihre Kräfte. Sie schluckte Bichlorid. Ich bewahrte ihre Photos auf, weil ich ihre Geschichte kannte. Und je mehr ich mir diesen dürren kalten Burschen ansah und daran dachte, was er alles für sie hätte tun können, desto mehr fing ich an, einen richtigen Haß auf ihn zu kriegen. Sie war seine Tochter, daran bestand kein Zweifel. Sie können mir das ruhig glauben. Ich hab sogar Briefe an ihn geschrieben, hab um Hilfe gebeten für sie, bloß ein ganz kleines bißchen Hilfe, und mit ihrem Namen unterschrieben. Aber es kam nie eine Antwort. Mein Haß auf ihn wurde schließlich so groß, daß ich das Verlangen bekam, ihm irgendwas anzutun. Das war, als sie das Bichlorid genommen hatte. Deshalb bin ich hierhergefahren, sobald ich mir ein bißchen was zusammengespart hatte.«

Sie hörte auf zu reden und krampfte die Finger fest ineinander, riß sie dann heftig wieder auseinander, als wollte sie sich selber wehtun. Sie fuhr fort:

»Ich lernte Targo durch Cyrano kennen und Shenvair durch Targo. Shenvair kannte die Photos. Er hatte mal für eine Agentur in Frisco gearbeitet, die engagiert worden war, Ada zu beobachten. Den ganzen Rest kennen Sie.«

Malvern sagte:

»Klingt alles ganz gut. Ich habe mich nur gewundert, warum Sie sich nicht schon früher an ihn herangemacht haben. Wollen Sie mich etwa glauben lassen, Sie hätten sein Geld nicht haben wollen?«

»Nein. Sein Geld hätte ich genommen, ohne mit der Wimper zu zucken. Aber das war's gar nicht, was ich am meisten wollte. Ich hab Ihnen doch gesagt, ich war ein Flittchen.«

Malvern lächelte ganz schwach und sagte: »Wenn Sie wüßten, wozu ein wirkliches Flittchen imstande ist, Engelchen! Sie haben mal ein bißchen mit falschen Karten gespielt und sind dabei erwischt worden. Das ist alles. Aber das Geld hätte Ihnen sowieso keinen Segen gebracht. Es wäre schmutziges Geld gewesen. Darin kenne ich mich aus.«

Sie sah zu ihm auf, starrte ihn an. Er berührte die wunde Seite seines Gesichts und zuckte und sagte: »Ich kenne mich darin aus, weil mein Geld von derselben Sorte ist. Mein alter Herr hat's mit betrügerischen Verträgen gemacht, Kanalisations- und Straßenbau, mit Spielbank-Konzessionen, Ämterverkauf, sogar mit Bordellen, möchte ich behaupten. Er hat's auf jede nur mögliche dreckige Tour gemacht, auf die man als Lokalpolitiker Geld machen kann. Und als er's hatte und bloß noch dazusitzen brauchte und sich's anzusehen, da starb er und hinterließ es alles mir. Aber auch ich hab nicht viel Freude dran gehabt. Ich hab immer gehofft, es kommt noch mal, aber es kommt nie. Denn ich bin von seinem Schlag, sein Blut, in derselben Gosse großgeworden. Ich bin noch weit schlimmer als ein Flittchen, Engelchen. Ich bin ein Mensch, der von ergaunertem Geld lebt und es sich nicht einmal selber zusammengegaunert hat.«

Er hielt inne, schnippte Asche auf den Teppich, rückte sich den Hut auf dem Kopf zurecht.

»Denken Sie darüber nach und laufen Sie nicht zu weit weg, denn ich hab massenhaft Zeit, und nützen würd's Ihnen sowieso nicht. Es macht auch viel mehr Spaß, zusammen wegzulaufen.«

Er ging ein Stückchen zur Tür, blieb stehen und sah auf den Sonnenstrich nieder auf dem Teppich, sah dann rasch noch einmal zu ihr hinüber und ging hinaus.

Als die Tür sich geschlossen hatte, stand sie auf und ging ins Schlafzimmer und legte sich, so wie sie war, im Mantel, auf das Bett. Sie starrte gegen die Decke. Nach langer Zeit lächelte sie. Mitten in ihrem Lächeln schlief sie ein.

Blutiger Wind

I

Es blies ein Wüstenwind an diesem Abend. Einer jener heißen, trockenen Santa Anas, die von den Gebirgspässen herunterkommen und einem das Haar krüllen und an den Nerven zerren und auf der Haut jucken. An Abenden wie diesem endet jede Saufrunde mit einer Keilerei. Sanftmütige Hausfrauen tasten prüfend über die Schneide des Tranchiermessers und studieren die Hälse ihrer Männer. Schlechthin alles ist möglich. Es kann einem sogar passieren, daß man in einer Kneipe ein volles Glas Bier bekommt.

Ich bekam eins in einem aufgedonnerten neuen Lokal gegenüber von dem Apartmenthaus, in dem ich wohnte. Es war erst vor einer Woche eröffnet worden und machte noch keine großen Geschäfte. Der Junge hinter der Theke war Anfang zwanzig und sah aus, als hätte er noch nie im Leben einen Schluck getrunken.

Es war nur noch ein anderer Gast da, ein Trunkenbold, der mit dem Rücken zur Tür auf einem Barhocker saß. Er hatte einen Stoß sauber gestapelter Zehn-Cent-Stücke vor sich, im Wert von ungefähr zwei Dollar. Er trank Roggenwhisky pur aus kleinen Gläsern, und er war ganz in seine eigene Welt versunken.

Ich setzte mich ein Stückchen weiter und bekam mein Glas Bier und sagte: »Sie streichen aber wirklich den Schaum runter, Freund. Das muß man Ihnen lassen.«

»Wir haben kürzlich erst eröffnet«, sagte der Junge.

»Wir müssen uns unsere Kundschaft erst aufbauen. Sie waren schon mal da, Mister, stimmt's?«

»Hm.«

»Wohnen Sie hier in der Gegend?«

»In den Berglund Apartments gegenüber«, sagte ich. »Und ich heiße John Dalmas.«

»Danke, Mister. Ich heiße Lew Petrolle.« Er beugte sich dicht zu mir über die polierte dunkle Theke. »Kennen Sie den Burschen da?«

»Nein.«

»Er müßte nach Hause, finde ich. Eigentlich sollte ich ihm ein Taxi rufen und ihn nach Hause schicken. Er hat schon fast die Ration für nächste Woche hinter sich.«

»An so einem Abend«, sagte ich. »Lassen Sie ihn in Frieden.«

»Ist aber nicht gut für ihn«, sagte der Junge und sah mich finster an.

»Whisky!« krächzte der Betrunkene, ohne aufzublicken. Er schnippte mit den Fingern, um seinen Zehner-Stapel nicht durch einen Schlag auf die Theke ins Wanken zu bringen.

Der Junge sah mich an und zuckte die Achseln. »Soll ich?«

»Wem sein Magen ist es denn? Meiner nicht.«

Der Junge goß ihm einen weiteren Whisky pur ein, und ich glaube, er panschte ihn ein bißchen mit Wasser hinter der Theke, denn als er damit hochkam, machte er ein so schuldbewußtes Gesicht, als hätte er seiner Großmutter einen Tritt versetzt. Der Betrunkene achtete nicht darauf. Er hob zwei Zehner von seinem Stapel, langsam, mit der präzisen Sorgfalt, mit der ein Meisterchirurg einen Gehirntumor operiert.

Der Junge kam zurück und goß mir Bier nach in mein Glas. Draußen heulte der Wind. Von Zeit zu Zeit drückte er die buntverglaste Schwingtür ein paar Zoll auf. Es war eine schwere Tür.

Der Junge sagte: »Erstens mag ich Betrunkene nicht, und zweitens mag ich nicht, wenn sie sich hier bei mir betrinken, und drittens mag ich sie wie erstens nicht.«

»Das könnte man glatt bei Warner Brothers bringen«, sagte ich.

»Hat man schon.«

In diesem Moment genau bekamen wir einen weiteren Gast. Ein Wagen hielt quietschend vor dem Eingang, und die Schwingtür flog auf. Ein Bursche kam hereingeplatzt, der es offenbar eilig hatte. Er hielt die Tür fest und musterte das Lokal mit einem raschen Blick aus flachen, glänzenden, dunklen Augen. Er war gut gebaut, hatte dunkles Haar, und mit seinem schmalen Gesicht und den schmalen Lippen sah er recht gut aus. Er war dunkel gekleidet, und ein weißes Taschentuch lugte ihm scheu aus der Tasche, und er wirkte zugleich kühl und irgendwie innerlich gespannt. Das lag wahrscheinlich an dem heißen Wind. Ich fühlte mich selber ein bißchen so, nur nicht so kühl.

Er warf einen Blick auf den Rücken des Betrunkenen. Der Betrunkene spielte Dame mit seinen leeren Gläsern. Der neue Kunde gönnte auch mir einen Blick, dann schaute er zu den Nischen auf der anderen Seite des Lokals hinüber. Sie waren alle leer. Er kam ganz herein – an dem Betrunkenen vorbei, der schwankend und vor sich hin murmelnd dasaß – und sprach den Thekenjüngling an.

»Haben Sie vielleicht eine Dame hier gesehen, Kamerad? Hochgewachsen, hübsch, braunes Haar, in einem bedruckten Bolero-Jäckchen über einem blauen Kreppseidenkleid. Hatte einen breitrandigen Strohhut auf, mit einem Samtband.« Seine Stimme klang verkniffen und gepreßt und war mir gar nicht sympathisch.

»Nein, Sir. War niemand hier, auf den das paßt«, sagte der Junge.

»Danke. Einen Scotch pur. Aber machen Sie schnell, ja?«

Der Junge schenkte ihm ein, und der Mann bezahlte und

kippte den Drink auf einen Sitz hinter die Binde und wollte wieder gehen. Er tat drei oder vier Schritte, dann sah er das Gesicht des Betrunkenen und blieb jäh stehen. Der Betrunkene grinste. Er hatte plötzlich eine Pistole in der Hand, und die Bewegung, mit der er sie gezogen hatte, irgendwoher, war so schnell gewesen, daß ich sie gleichsam nur verwischt mitbekam. Er hielt die Waffe ganz ruhig und sah dabei nicht betrunkener aus, als ich es war. Der hochgewachsene dunkle Bursche stand völlig still, und dann zuckte sein Kopf ein wenig nach hinten, und dann war er wieder still.

Draußen brauste ein Wagen vorbei. Die Pistole des Betrunkenen war eine 22er Automatik, wie man sie zum Scheibenschießen benutzt, mit einem großen Visier vorn. Sie machte zweimal schnapp, kurz und hart, und ein wenig Rauch kräuselte sich in der Luft – sehr wenig.

»Mach's gut, Waldo«, sagte der Betrunkene.

Dann richtete er die Pistole auf den Jungen und mich.

Der dunkle Bursche brauchte eine Woche, bis er fiel. Er taumelte, fing sich, fuchtelte mit einem Arm, taumelte weiter. Der Hut sank ihm vom Kopf, dann schlug er selbst mit dem Gesicht auf den Boden. Als er dort lag, hätte man meinen können, er wäre aus Beton gegossen, so hektisch bewegte er sich.

Der Betrunkene glitt von seinem Hocker und schaufelte seine Zehner in eine Tasche und glitt auf die Tür zu. Er bewegte sich seitlich dabei, hielt die Pistole quer vor der Brust. Meine Pistole lag zu Hause. Ich hatte gedacht, ich würde keine brauchen, um zu einem Glas Bier zu kommen. Der Junge hinter der Theke rührte sich nicht und gab nicht den leisesten Laut von sich.

Der Betrunkene ertastete mit der Schulter die Tür, die Augen unentwegt auf uns gerichtet, und schob sich dann rückwärts hindurch. Als sie weit offen war, fuhr ein starker Luftstoß herein und wehte das Haar des Mannes am Boden hoch. Der Betrunkene sagte: »Der arme Waldo. Ich wette, er hat Nasenbluten gekriegt.«

Die Tür schwang zu. Ich stürzte darauf los – aus langjähriger Gewohnheit, immer das Falsche zu tun. In diesem Fall spielte es keine Rolle. Der Wagen draußen brüllte auf, und als ich auf dem Gehsteig anlangte, konnte ich eben noch sein rotes Rücklicht um die nächste Ecke wischen sehen. Die Zulassungsnummer bekam ich so mühelos mit, wie ich meine erste Million bekommen habe.

Es wimmelte auf der Straße wie üblich von Menschen und Autos. Niemandem war anzusehen, daß er Pistolenschüsse gehört hatte. Der Wind führte sich laut genug auf, um den harten kurzen Knall von 22er-Munition wie ein Türzuschlagen klingen zu lassen, selbst wenn jemand ihn wahrgenommen hatte. Ich ging ins Lokal zurück.

Der Junge hatte sich nicht vom Fleck gerührt, selbst jetzt noch nicht. Er stand einfach da, die Hände flach auf der Theke, ein wenig vornübergebeugt, und blickte auf den Rücken des dunklen Burschen hinunter. Der dunkle Bursche hatte sich ebenfalls nicht mehr gerührt. Ich beugte mich nieder und tastete nach seiner Halsschlagader. Er würde sich nicht mehr rühren – nie mehr.

Das Gesicht des Jungen hatte so viel Ausdruck wie ein Lendensteak und auch ungefähr dieselbe Farbe. Seine Augen zeigten mehr Zorn als Schreck.

Ich zündete mir eine Zigarette an und blies Rauch gegen die Decke und sagte kurz: »Hängen Sie sich ans Telephon.«

»Vielleicht ist er gar nicht tot«, sagte der Junge.

»Wenn einer eine 22er benutzt, dann heißt das, er ist aus den Fehlern raus. Wo steht das Telephon?«

»Ich habe keins. Ich hab schon so genug Ausgaben. Mann, jetzt kann ich achthundert Eier in den Rauchfang schreiben!«

»Das Lokal gehört Ihnen?«

»Gehörte – bis das passiert ist jetzt.«

Er legte seine weiße Jacke ab und seine Schürze und kam um die Theke herum. »Ich schließe ab«, sagte er und zog Schlüssel heraus.

Er ging hinaus, schwang die Tür zu und ruckte am Schloß herum draußen, bis der Riegel einschnappte. Ich bückte mich und wälzte Waldo auf den Rücken. Zuerst konnte ich überhaupt nicht feststellen, wo die Schüsse ihn getroffen hatten. Dann sah ich es. Zwei winzig kleine Löcher in seiner Jacke, über dem Herzen. Auf seinem Hemd war nur ganz wenig Blut.

Der Betrunkene war ein As in seiner Art – als Killer.

Der Streifenwagen kam nach etwa acht Minuten. Der Junge, Lew Petrolle, stand um diese Zeit schon wieder hinter der Theke. Er hatte seine weiße Jacke wieder an und zählte eben das Geld in seiner Registrierkasse und steckte es in die Tasche und machte sich Notizen in einem kleinen Buch.

Ich setzte mich an den Rand einer der Halbnischen und rauchte Zigaretten und sah zu, wie Waldos Gesicht toter und immer toter wurde. Ich überlegte, wer wohl das Mädchen in dem bedruckten Jäckchen sein mochte, warum Waldo den Motor seines Wagens draußen hatte laufen lassen, warum er so in Eile war und ob der Betrunkene wohl auf ihn gewartet oder bloß zufällig hier gewesen war.

Die Streifenpolizisten kamen schwitzend herein. Sie waren von der üblichen Größe, und einer von ihnen hatte eine Blume unter der Mütze stecken und die Mütze ein bißchen schiefgerückt. Als er den Toten sah, tat er die Blume weg und beugte sich nieder, um nach Waldos Puls zu tasten.

»Scheint tot zu sein«, sagte er und wälzte ihn noch ein bißchen weiter herum. »Ah ja, seh schon, wo's ihn erwischt hat. Nette saubere Arbeit. Sie beide haben gesehen, wie er's abkriegte?«

Ich sagte ja. Der Junge hinter der Theke sagte nichts. Ich

sagte noch, daß der Killer allem Anschein nach in Waldos Wagen geflohen sei.

Der Polizist riß Waldos Brieftasche heraus, durchsuchte sie blitzschnell und pfiff. »Massenhaft Pinke, aber kein Führerschein.« Er steckte die Brieftasche weg. »Okay, wir haben ihn nicht angerührt, verstanden? Bloß rasch die Möglichkeit überprüft, daß er seine Wagenpapiere bei sich hatte. Hätten die Nummer dann über Funk rausgeben können.«

»Verdammt, und *ob* Sie ihn angerührt haben«, sagte Lew Petrolle.

Der Polizist sah ihn ganz eigentümlich an. »Okay, Freundchen«, sagte er sanft. »Dann haben wir's eben getan.«

Der Junge griff nach einem sauberen Highball-Glas und begann es zu polieren. Er polierte es unablässig während der ganzen restlichen Zeit, die wir noch dort waren.

Nach einer weiteren Minute heulte ein Wagen der Mordkommission heran und hielt kreischend vor der Tür draußen, und vier Männer stürzten herein, zwei Beamte, ein Photograph und ein Mann vom Labor. Die Beamten kannte ich beide nicht. Man kann schon lange im Detektei-Geschäft sein und trotzdem nicht die ganze Polizei einer Großstadt kennen.

Einer von ihnen war ein gedrungener, glatter, dunkler, ruhiger, lächelnder Mann, mit krausem Haar und sanften intelligenten Augen. Der andere war groß, hatte grobe Knochen und ein langes Kinn, eine geäderte Nase und glasige Augen. Er sah wie ein starker Trinker aus. Er sah auch hart aus, aber er sah so aus, als hielte er sich für eine Spur härter, als er in Wirklichkeit war. Er bugsierte mich in die letzte Nische an der Wand, und sein Kollege nahm sich vorne den Jungen vor, und die Blauröcke gingen hinaus. Der Fingerabdruck-Experte und der Photograph machten sich an die Arbeit.

Ein Polizeiarzt kam, blieb grad lange genug, um sich darüber aufzuregen, daß kein Telephon da war, mit dem er den Leichenwagen rufen konnte.

Der gedrungene Beamte leerte Waldos Taschen und leerte dann auch die Brieftasche und packte auf einem Nischentisch alles in ein großes Taschentuch. Ich sah eine Menge Geldscheine, Schlüssel, Zigaretten, ein weiteres Taschentuch, aber sonst kaum etwas.

Der große Beamte schob mich tief in die Halbnische zurück. »Also los«, sagte er. »Ich bin Detective-Lieutenant Copernik.«

Ich legte ihm meine Brieftasche vor. Er sah sie sich an, ging alles durch, stieß sie mir wieder herüber, machte sich eine Notiz in einem Buch.

»John Dalmas, äh? Ein Schnüffler. Geschäftlich hier?«

»Im Auftrag meines Durstes«, sagte ich. »Ich wohne gegenüber im Berglund.«

»Kennen Sie den Knilch da vorn?«

»Ich war schon einmal hier, seit er neu aufgemacht hat.«

»Irgendwas aufgefallen an ihm heute?«

»Nein.«

»Nimmt's ein bißchen zu leicht für einen jungen Burschen, finden Sie nicht? Sparen Sie sich die Antwort. Erzählen Sie einfach, was passiert ist.«

Ich erzählte – dreimal. Einmal, damit er's ungefähr überblickte, einmal, damit er die Einzelheiten kapierte, und einmal, damit er feststellen konnte, ob ich's nicht vielleicht zu geläufig am Schnürchen hatte. Als ich fertig war, sagte er: »Diese Dame interessiert mich. Und der Killer hat den Burschen Waldo genannt, schien aber nicht unbedingt damit gerechnet zu haben, daß er hier auftauchen würde. Ich meine, wenn Waldo nicht sicher wußte, ob die besagte Dame hier war, dann konnte auch keiner sicher wissen, daß Waldo hier erscheinen würde.«

»Tief gedacht«, sagte ich.

Er studierte mich. Ich zeigte kein Lächeln. »Sieht nach einem Racheakt aus, oder? Dürfte kaum geplant gewesen sein. Die Flucht hat bloß zufällig geklappt. Man läßt in dieser Stadt seinen Wagen in der Regel nicht unverschlossen stehen. Und der Killer zieht das Ganze auch noch vor zwei guten Zeugen ab. Gefällt mir alles nicht.«

»Mir gefällt nicht, daß ich Zeuge bin«, sagte ich. »Das Honorar ist zu mickrig.«

Er grinste. Seine Zähne hatten Flecken. »War der Killer echt betrunken?«

»Und dann solche Schüsse? Nein.«

»Meine ich auch. Hm, ist ein simpler Job. Der Kerl dürfte bei uns in der Kartei stehen, und Fingerabdrücke hat er ja massenhaft hinterlassen. Selbst wenn kein Photo von ihm vorliegt, kann sich's nur um Stunden handeln. Er hat was gegen Waldo gehabt, aber verabredet war er nicht mit ihm heute abend. Waldo kam bloß zufällig reingeschneit, um nach der Dame zu fragen, mit der er verabredet war und die er wohl verpaßt hatte. Ist ein heißer Abend, und so ein Wind macht jedes Mädchengesicht kaputt. Sie war vermutlich irgendwo eingekehrt, um da zu warten. Also verpaßt der Killer Waldo genau an der richtigen Stelle zwei Löcher und kratzt die Kurve, und ihr beiden Jungs hier kümmert ihn einen Dreck. So simpel ist das.«

»Tja«, sagte ich.

»Ist so simpel, daß es stinkt«, sagte Copernik.

Er nahm seinen Filzhut ab und wühlte in seinem schäbigen blonden Haar und stützte den Kopf auf die Hände. Er hatte ein langes, gemeines Pferdegesicht. Er zog ein Taschentuch heraus und wischte es damit ab, fuhr sich auch über Nacken und Hände. Dann angelte er sich einen Kamm und kämmte sich das Haar – gekämmt sah er noch schlimmer aus – und setzte den Hut wieder auf.

»Ich hab grad überlegt«, sagte ich.

»Ja? Was?«

»Dieser Waldo wußte genau, wie das Mädchen angezogen war. Er muß also schon mit ihr zusammengewesen sein heute abend.«

»Na, und? Vielleicht mußte er mal kurz auf den Topf. Und als er wiederkam, war sie weg. Vielleicht hatte sie sich's inzwischen anders überlegt.«

»Stimmt«, sagte ich.

Aber was ich mir dabei dachte, sah etwas anders aus. Ich dachte daran, daß Waldo die Kleidung des Mädchens in einer Weise beschrieben hatte, in der man das normalerweise nicht tut. Bedrucktes Bolero-Jäckchen über einem blauen Kreppseidenkleid. Ich wußte nicht einmal, was ein Bolero-Jäckchen war. Und ich hätte vielleicht blaues Kleid gesagt oder sogar blaues Seidenkleid, aber nie im Leben blaues Kreppseidenkleid.

Nach einer Weile kamen zwei Männer mit einem Tragekorb. Lew Petrolle polierte immer noch sein Glas und redete mit dem gedrungenen, dunklen Beamten.

Wir fuhren alle ins Präsidium.

Lew Petrolle war in Ordnung, als sie ihn überprüften. Sein Vater hatte ein Weingut bei Antioch im Contra Costa County. Er hatte Lew als Starthilfe tausend Dollar geschenkt, und Lew hatte damit die Kneipe aufgemacht, mit Neon-Reklame und allem, für achthundert bar auf den Tisch.

Sie ließen ihn gehen und wiesen ihn nur an, sein Lokal geschlossen zu halten, bis sie mit Sicherheit sagen konnten, daß sie keine Fingerabdrücke mehr brauchten. Er schüttelte allen ringsum die Hand und grinste und sagte, am Ende wäre der Mord womöglich noch gut fürs Geschäft, weil ja doch kein Mensch glaubte, was in der Zeitung stünde, und die Leute zu ihm kommen würden, um sich die Geschichte erzählen zu lassen, und während er sie ihnen erzählte, würden sie ganz schön was bechern.

»Das ist ein Bursche, der an sich selbst zuletzt denkt«, sagte Copernik, als er gegangen war. »Aber zuletzt todsicher.«

»Der arme Waldo«, sagte ich. »Taugen die Abdrücke was?«

»Bißchen verschmiert«, sagte Copernik sauer. »Aber wir werden sie klassifizieren lassen und irgendwann heute abend über Fernschreiber nach Washington geben. Wenn's nicht klick macht, haben Sie das Vergnügen, einen ganzen Tag lang bei uns Bildchen betrachten zu dürfen.«

Ich schüttelte ihm und seinem Kollegen, der Ybarra hieß, die Hand und ging. Sie wußten ebenfalls nicht, wer Waldo war. Nichts in seinen Taschen bot einen Hinweis.

II

Ich kam gegen neun in meine Straße zurück. Ich sah kurz den Block hinauf und hinunter, bevor ich das Berglund betrat. Die Kneipe lag ein Stück weiter unterhalb auf der anderen Seite, und ein oder zwei Nasen drückten sich an der Scheibe platt, aber einen Menschenauflauf hatte es nicht gegeben. Die Leute hatten die Polizei gesehen und den Leichenwagen, aber was passiert war, wußten sie nicht. Außer den Jungens, die im Drugstore an der Ecke die Spielautomaten malträtierten. Die wissen alles, nur nicht wie man sich in einem Job hält.

Der Wind blies immer noch, ofenheiß, und wirbelte Staub und Papierfetzen an den Wänden hoch.

Ich ging in die Halle des Apartmenthauses und fuhr mit dem automatischen Fahrstuhl in den dritten Stock. Ich schob die Türen auf und trat hinaus, und da stand vor mir ein hochgewachsenes Mädchen und wartete, daß der Fahrstuhl kam.

Sie hatte braunes welliges Haar unter einem breitrandigen Strohhut mit einem Samtband. Sie hatte große blaue Augen und Wimpern, die nicht ganz das Kinn erreichten. Sie trug ein blaues Kleid, das aus Kreppseide sein konnte, einfach im Schnitt war, aber kein Stichwort verpaßte. Was sie darüber trug, hätte man ohne weiteres als bedrucktes Bolero-Jäckchen ansehen können.

Ich sagte: »Ist das ein Bolero-Jäckchen?«

Sie bedachte mich mit einem reservierten Blick und machte eine Bewegung, als wollte sie ein Spinngewebe aus dem Weg wischen.

»Ja. Würde es Ihnen was ausmachen – ich bin ziemlich in Eile. Ich würde gern – – –«

Ich rührte mich nicht. Ich blockierte ihr den Weg in den Fahrstuhl. Wir starrten uns an, und ganz langsam errötete sie.

»In diesen Sachen sollten Sie lieber nicht auf die Straße gehen«, sagte ich.

»Wieso – was erlauben Sie sich!«

Der Fahrstuhl ratterte und sank wieder in die Tiefe. Ich wußte nicht, was sie als nächstes sagen würde. Ihrer Stimme fehlte ganz das scharfe Näseln einer Kneipen-Hulda. Sie hatte einen sanften, leichten Klang, wie ein Frühlingsregen.

»Dies ist kein Überfall«, sagte ich. »Sie sind in Schwierigkeiten. Wenn die Kerls hier gleich im Fahrstuhl hochkommen, haben Sie kaum noch Zeit, vom Flur zu verschwinden. Nehmen Sie erst mal den Hut ab und ziehn Sie das Jäckchen aus – und zwar ein bißchen dalli!«

Sie rührte sich nicht. Ihr Gesicht schien ein wenig weiß zu werden hinter dem leichten Make-up.

»Die Bullen«, sagte ich, »suchen Sie. In dieser Kleidung. Geben Sie mir die Chance, dann erzähle ich Ihnen, warum.«

Sie wandte rasch den Kopf und blickte den Flur hinunter. Bei ihrem Aussehen konnte ich's ihr nicht verübeln, daß sie's noch einmal mit einem Bluff versuchte.

»Sie sind unverschämt, egal wer Sie sind. Ich bin Mrs.

Leroy und wohne hier in Nummer 21. Ich kann Ihnen versichern – – –«

»Dann sind Sie im falschen Stock«, sagte ich. »Das hier ist der dritte.« Der Fahrstuhl war unten zum Stehen gekommen. Das Geräusch von Türen, die heftig aufgerissen wurden, drang den Schacht herauf.

»Runter mit den Sachen!« drängte ich. »Machen Sie schon!«

Sie schlug sich den Hut vom Kopf und schlüpfte aus dem Bolero-Jäckchen, blitzschnell. Ich grapschte mir beides und knüllte es zusammen, schob es mir unter den Arm. Ich nahm ihren Ellbogen und drehte sie um, und wir gingen den Flur hinunter.

»Ich wohne in der Nummer 32. Das Apartment nach vorn raus, gegenüber von Ihrem, nur einen Stock höher. Treffen Sie Ihre Wahl. Und nochmals – ich habe keine unlauteren Absichten.«

Sie glättete sich mit einer raschen Bewegung das Haar, wie ein Vogel, der sich putzt. Zehntausend Jahre Praxis standen dahinter.

»Gehn wir in meins«, sagte sie und klemmte sich die Handtasche unter den Arm und schritt schnell den Flur hinunter. Der Aufzug hielt im Stock unter uns. Sie blieb stehen, als er hielt. Sie wandte sich um und sah mir ins Gesicht.

»Die Treppe ist vorn beim Fahrstuhlschacht«, sagte ich freundlich.

»Ich hab gar kein Apartment hier«, sagte sie.

»Hatte ich mir nicht anders gedacht.«

»Suchen sie schon nach mir?«

»Ja, aber sie werden nicht vor morgen damit anfangen, im Block hier Stein für Stein umzudrehen. Und dann auch nur, wenn sie Waldo nicht identifizieren.«

Sie starrte mich an. »Waldo?«

»Ach, Sie kennen ja Waldo gar nicht«, sagte ich.

Sie schüttelte langsam den Kopf. Der Fahrstuhl fuhr wieder nach unten im Schacht. Panik kam über ihre blauen Augen wie ein Wellenschlag über Wasser.

»Nein«, sagte sie atemlos, »aber bringen Sie mich bloß aus diesem Flur weg.«

Wir waren auch schon fast an meiner Tür. Ich stieß den Schlüssel ein und drehte herum und hievte die Tür nach innen. Ich langte nur grad weit genug hinein, um die Lichter anzuknipsen. Sie glitt an mir vorbei wie eine Welle. Sandelholzduft umschwebte sie, ganz schwach.

Ich schloß die Tür, warf meinen Hut in einen Sessel und sah zu, wie sie zu einem Tischchen hinüberschlenderte, auf dem ich ein Schachproblem aufgebaut hatte, das ich nicht lösen konnte. Einmal hier drinnen, hinter geschlossener Tür, hatte die Panik sie wieder verlassen.

»Sie sind also Schachspieler«, sagte sie, in einem so befangen vorsichtigen Ton, als sei sie gekommen, um meine Briefmarkensammlung zu besichtigen. Ich wünschte fast, es wäre so gewesen.

Dann standen wir beide still und lauschten dem fernen Rattern der Fahrstuhltüren. Schritte kamen näher – und gingen vorbei.

Ich grinste, aber vor Anspannung, nicht vor Vergnügen, ging in die Kochnische hinaus und fing an, mit zwei Gläsern zu hantieren, und dann wurde mir erst bewußt, daß ich noch immer ihren Hut und das Bolero-Jäckchen unter dem Arm hatte. Ich ging ins Ankleidezimmer hinter dem Wandbett und stopfte beides in eine Schublade, ging wieder in meine Patentküche, grub noch etwas extra-feinen Scotch aus und machte uns zwei Highballs.

Als ich mit den Gläsern hereinkam, hatte sie eine Pistole in der Hand. Es war eine kleine Automatik mit einem Perlmuttgriff. Das Ding sprang mich förmlich an, und ihre Augen waren voller Entsetzen.

Ich blieb stehen, ein Glas in jeder Hand, und sagte:

»Vielleicht hat dieser heiße Wind Sie auch verrückt gemacht. Ich bin Privatdetektiv. Ich werd's Ihnen beweisen, wenn Sie mich lassen.«

Sie nickte leicht, und ihr Gesicht war weiß. Ich ging langsam hinüber und stellte ein Glas neben ihr hin und ging zurück und setzte meins ab und holte eine Geschäftskarte heraus, die noch keine Eselsohren hatte. Sie setzte sich, glättete mit ihrer linken Hand ein blaues Knie und hielt in der anderen die Waffe. Ich legte ihr die Karte neben das Glas und setzte mich dann mit meinem.

»Lassen Sie nie jemanden so nah an sich rankommen«, sagte ich. »Nicht jedenfalls, wenn Sie's ernst meinen. Im übrigen haben Sie das Ding noch gar nicht entsichert.«

Ihre Augen blitzten nieder. Dann erschauerte sie und steckte die Pistole in ihre Handtasche zurück. Sie trank ihr halbes Glas leer, ohne abzusetzen, stellte es dann hart auf den Tisch und griff nach der Karte.

»Nicht viele Leute kriegen diesen Schnaps bei mir«, sagte ich. »Das kann ich mir nicht leisten.«

Ihre Lippen kräuselten sich. »Ich nehme an, Sie wollen Geld.«

»Was?«

Sie sagte nichts. Ihre Finger waren wieder nah an ihrer Handtasche.

»Vergessen Sie den Sicherungsbügel nicht«, sagte ich. Ihre Hand hielt inne. Ich fuhr fort: »Dieser Bursche, den ich Waldo nannte, ist ziemlich groß, sagen wir fast eins-achtzig, schlank, dunkel, und hat braune Augen, die ziemlich stark glitzern. Nase und Mund zu dünn. Dunkler Anzug, weißes Taschentuch vorn. Hatte's sehr eilig, Sie zu finden. Na, klingelt's bei Ihnen?«

Sie griff wieder nach ihrem Glas. »So, das ist Waldo«, sagte sie. »Nun gut, und was ist mit ihm?« Ihre Stimme schien bereits einen leichten Whisky-Drall zu haben.

»Hm, was ganz Komisches. Da drüben auf der anderen

Straßenseite gibt's eine Kneipe ... Sagen Sie mal, wo sind Sie eigentlich den ganzen Abend gewesen?«

»In meinem Wagen«, sagte sie kalt, »die meiste Zeit.«

»Ist Ihnen gar nichts aufgefallen drüben?«

Ihre Augen versuchten, nein zu sagen, und schafften es nicht. Ihre Lippen sagten: »Nur daß offenbar etwas passiert war dort. Ich sah Polizisten und Wagen mit Blaulicht. Ich nahm an, daß jemand einen Unfall gehabt hatte.«

»Kann man wohl sagen. Und vor dem Unfall suchte dieser Waldo nach Ihnen. In der Kneipe dort. Er hat Sie und Ihre Kleider genau beschrieben.«

Ihre Augen sahen jetzt aus wie Nietenköpfe und zeigten genausoviel Ausdruck. Ihr Mund fing an zu zittern und zitterte fort.

»Ich war drüben«, sagte ich, »hab mich mit dem Jungen unterhalten, dem der Laden gehört. Außer uns beiden war nur noch ein Betrunkener da, auf einem Hocker an der Theke. Der Betrunkene war nur mit sich selbst beschäftigt. Da kam Waldo herein und fragte nach Ihnen, und wir sagten nein, wir hätten Sie nicht gesehen, und daraufhin wollte er wieder gehen.«

Ich schlürfte meinen Drink. Ich hab genausoviel für Effekte übrig wie jeder andere auch. Ihre Augen verschlangen mich.

»Er *wollte* gehen. Aber es klappte nicht. Der Betrunkene, der nur mit sich selbst beschäftigt war, nannte ihn Waldo und zog eine Pistole heraus. Er schoß zweimal auf ihn« – ich schnippte zweimal mit den Fingern – »einfach so. Und schon war er tot.«

Sie hielt mich zum Narren. Sie lachte mir ins Gesicht. »Hat Sie mein Mann also tatsächlich engagiert, um mir nachzuspionieren«, sagte sie. »Ich hätte gleich wissen sollen, daß die ganze Sache bloß Theater war. Sie und Ihr Waldo.«

Ich glotzte sie an wie nicht gescheit.

»Ich hätte nie gedacht, daß er so eifersüchtig sein

könnte«, schnappte sie. »Nicht auf einen Mann jedenfalls, der einmal unser Chauffeur gewesen war. Ein bißchen auf Stan, natürlich – das kann man verstehen. Aber Joseph Choate – – –«

Ich fuchtelte mit den Händen in der Luft. »Meine werte Dame, einer von uns beiden hat die falsche Seite des Drehbuchs erwischt«, grunzte ich. »Ich kenne niemanden namens Stan oder Joseph Choate. Und helf mir Gott, ich wußte auch nicht einmal, daß Sie einen Chauffeur hatten. Die Leute hier in der Gegend bringen's nicht so weit. Und was Ehemänner angeht – ja-ah, von Zeit zu Zeit gibt's hier mal einen. Nicht oft genug.«

Sie schüttelte langsam den Kopf, und ihre Hand blieb in der Nähe der Tasche, und ihre blauen Augen hatten ein Glitzern bekommen.

»Nicht gut genug, Mr. Dalmas. Nein, nicht annähernd gut genug. Ich kenne euch Privatdetektive. Ihr seid alle das Hinterletzte. Sie haben mich mit einem Trick in Ihr Apartment gelockt, wenn das hier Ihr Apartment ist. Viel wahrscheinlicher ist, daß es irgendeinem gräßlichen Menschen gehört, der für ein paar Dollar alles beschwört, was man will. Jetzt versuchen Sie mir Angst einzujagen. Damit Sie mich erpressen können – und zugleich bei meinem Mann kassieren. Also gut«, sagte sie atemlos, »was muß ich Ihnen zahlen?«

Ich stellte mein leeres Glas beiseite und lehnte mich zurück. »Entschuldigen Sie, wenn ich mir eine Zigarette anstecke«, sagte ich. »Meine Nerven sind total am Ende.«

Ich zündete mir eine an, während sie mich grimmig beobachtete, ganz ohne Furcht – oder jedenfalls soviel Furcht, wie sie bei echtem Schuldbewußtsein hätte haben müssen. »Er heißt also Joseph Choate«, sagte ich. »Der Bursche, der ihn erschossen hat in der Kneipe, nannte ihn Waldo.«

Sie lächelte ein bißchen angewidert, aber fast tolerant. »Machen Sie's nicht so spannend. Wieviel?«

»Warum wollten Sie sich mit diesem Joseph Choate treffen?«

»Ich gedachte etwas zu kaufen, was er mir gestohlen hat natürlich. Einen Gegenstand, der auch im gewöhnlichen Sinne wertvoll ist. Fast fünfzehntausend Dollar. Geschenk eines Mannes, den ich einmal geliebt habe. Er ist tot. Jawohl! Er ist tot! Ist in einem brennenden Flugzeug umgekommen. Na los, jetzt gehen Sie schon und erzählen Sie's meinem Mann, Sie schleimige kleine Ratte!«

»He, ich wiege fünfundneunzig Kilo ohne Kleidung«, fuhr ich sie an.

»Sie sind trotzdem ein Schleimer«, keifte sie zurück. »Und Sie brauchen sich gar nicht die Mühe zu machen, meinem Mann zu berichten. Ich werd's ihm selber erzählen. Vermutlich weiß er's sowieso schon.«

Ich grinste. »Schlau von Ihnen. Aber was sollte ich Ihrer Meinung nach eigentlich rauskriegen?«

Sie grapschte nach ihrem Glas und stürzte hinunter, was noch darin übrig war. »Er glaubt also, ich treffe mich heimlich mit Joseph«, höhnte sie. »Nun ja, ich hab's auch getan. Aber nicht, um mit ihm ins Bett zu gehen. Nicht mit einem Chauffeur. Nicht mit einem Rumtreiber, den ich vorm Haus aufgelesen habe, um ihm einen Job zu geben. So weit mußte ich ja nun doch nicht nach unten, wenn ich mich amüsieren will.«

»Meine werte Dame«, sagte ich, »das müssen Sie in der Tat nicht.«

»Ich gehe jetzt«, sagte sie. »Versuchen Sie's nur, mich zu halten.« Sie riß die Pistole mit dem Perlmuttgriff wieder aus ihrer Handtasche.

Ich grinste nur, grinste sie weiter an. Ich rührte mich nicht.

»Also, Sie widerliche kleine Null«, stürmte sie. »Woher soll ich eigentlich wissen, ob Sie überhaupt Privatdetektiv sind? Sie können ebensogut ein Gauner sein. Die Karte hier, die Sie mir gegeben haben, besagt noch gar nichts. Jeder kann sich sowas drucken lassen.«

»Sicher«, sagte ich. »Und soviel Schläue trauen Sie mir ja bestimmt doch zu, daß ich hier zwei Jahre wohne und darauf warte, daß Sie heute endlich aufkreuzen, damit ich Sie erpressen kann, weil Sie sich mit einem Mann getroffen haben, der Joseph Choate heißt und auf der anderen Straßenseite unter dem Namen Waldo umgelegt worden ist. Haben Sie überhaupt das Geld, um den bewußten Gegenstand, der fünfzehn Riesen wert ist, zurückzukaufen?«

»Ah! Sie glauben wohl, Sie können mich ausrauben!«

»Ah!« äffte ich sie nach. »Jetzt avanciere ich sogar noch zum Straßenräuber, was? Meine werte Dame, wollen Sie jetzt bitte entweder die Knarre da wegstecken oder das Ding endlich entsichern? Es verletzt mein Berufsethos, wenn mit einer so hübschen Waffe derart Schindluder getrieben wird.«

»Sie sind der Inbegriff dessen, was ich nicht ausstehen kann«, sagte sie. »Gehn Sie mir aus dem Weg.«

Ich rührte mich nicht. Sie rührte sich nicht. Wir setzten uns beide wieder – und nicht einmal nebeneinander.

»Weihen Sie mich noch in ein Geheimnis ein, bevor Sie gehen«, flehte ich. »Was zum Teufel war das vorhin mit dem Apartment unten? Haben Sie das extra gemietet, um sich mit einem Kerl auf der Straße hier zu treffen?«

»Seien Sie nicht albern«, fuhr sie mich an. »Ich hab's doch gar nicht gemietet. Das sagte ich schon. Es gehört ihm.«

»Joseph Choate?«

Sie nickte scharf.

»Paßt meine Beschreibung dieses Waldo auf Joseph Choate?«

Sie nickte wieder scharf.

»Na gut. Dann wäre wenigstens das geklärt. Können Sie sich jetzt mal vor Augen halten, daß dieser Waldo Ihre

Kleidung beschrieben hat, bevor er erschossen wurde – als er nämlich nach Ihnen suchte –, daß die Beschreibung an die Polizei weitergegeben wurde – daß die Polizei nicht weiß, wer Waldo ist – und daß sie folglich nach jemandem sucht, der die beschriebene Kleidung trägt, um es sich von ihm sagen zu lassen? Können Sie das vielleicht begreifen?«

Die Pistole begann plötzlich zu zittern in ihrer Hand. Sie sah darauf nieder, mit irgendwie ganz leerem Blick auf einmal, schob sie langsam wieder in die Tasche zurück.

»Ich bin von allen guten Geistern verlassen«, flüsterte sie, »daß ich überhaupt mit Ihnen spreche.« Sie starrte mich lange an, tat dann einen tiefen Atemzug. »Er hat mir gesagt, daß er hier wohnte. Er schien keine Angst zu haben. Erpresser sind wahrscheinlich so. Wir wollten uns auf der Straße treffen, aber ich hatte mich verspätet. Als ich kam, wimmelte alles von Polizei. Also setzte ich mich ein Weilchen in meinen Wagen. Dann ging ich rauf zu seiner Wohnung, aber er war nicht da. Ging ich also wieder zu meinem Wagen zurück und wartete. Ich war insgesamt dreimal im Haus. Beim letztenmal ging ich zu Fuß eine Treppe höher, um von da den Fahrstuhl zu nehmen. Weil ich im zweiten Stock schon zweimal gesehen worden war. Da traf ich dann Sie. Das ist alles.«

»Sie sagten vorhin was von Ihrem Mann«, grunzte ich. »Wo steckt er jetzt?«

»Er ist auf einer Tagung.«

»Ach, auf einer Tagung«, sagte ich garstig.

»Er ist ein sehr prominenter Mann. Er muß dauernd zu Tagungen fahren. Er ist Ingenieur, Spezialist für Hydroelektrik. Ist schon in der ganzen Welt gewesen. Sie müssen wissen – – –«

»Lassen Sie man«, sagte ich. »Eines Tages nehme ich ihn mal zum Essen mit, dann kann er's mir alles selber erzählen. Was Joseph gegen Sie in der Hand hatte, ist jetzt totes Inventar. Wie Joseph selber.«

Endlich glaubte sie es. Ich hatte schon nicht mehr damit gerechnet. »Er ist wirklich tot?« flüsterte sie. »Wirklich?«

»Er ist tot«, sagte ich. »Tot, tot, tot. Mausetot, meine werte Dame.«

Ihr Gesicht fiel in sich zusammen wie ein mißlungener Hochzeitskuchen. Ihr Mund war nicht groß, aber in diesem Moment hätte ich glatt meine Faust darin unterbringen können. Mitten in der Stille hörten wir auf unserm Stock den Fahrstuhl halten.

»Schreien Sie«, fuhr ich sie an, »und Sie kriegen eins mit der Faust aufs Auge!«

Das klang nicht nett, aber es wirkte. Es riß sie wieder heraus. Ihr Mund schloß sich wie eine Klappe.

Ich hörte Schritte über den Flur kommen. Wir haben alle mal Ahnungen. Ich legte den Finger an die Lippen. Sie rührte sich nicht mehr jetzt. Ihr Gesicht sah wie gefroren aus. Ihre großen blauen Augen waren so schwarz geworden wie die Schatten darunter. Der heiße Wind schlug heftig gegen die geschlossenen Fenster. Fenster müssen zu sein, wenn ein Santa Ana bläst, ob heiß oder nicht.

Die Schritte, die über den Flur kamen, waren die ganz gewöhnlichen, beiläufigen Schritte eines einzelnen Mannes. Aber sie verstummten vor meiner Tür, und jemand klopfte.

Ich zeigte auf das Ankleidezimmer hinter dem Wandbett. Sie stand lautlos auf, die Handtasche an sich gepreßt. Ich zeigte nochmals, auf ihr Glas. Sie griff rasch danach, glitt über den Teppich, durch die Tür, und zog die Tür still hinter sich zu.

Ich wußte selber nicht, warum ich soviel Umstände machte.

Wieder erklang das Klopfen. Meine Hände waren feucht. Ich ließ meinen Sessel knarren und stand auf und gab ein lautes Gähnen von mir. Dann ging ich hinüber und öffnete die Tür – ohne Pistole. Das war ein Fehler.

III

Zuerst erkannte ich ihn gar nicht. Vielleicht aus dem entgegengesetzten Grund, aus dem Waldo ihn offenbar nicht erkannt hatte. Er hatte die ganze Zeit an der Theke einen Hut aufgehabt, und jetzt hatte er keinen auf. Sein Haar endete exakt und vollständig dort, wo der Hut begonnen hätte. Oberhalb dieser Linie hatte er nichts als harte, weiße, schweißlose Haut, die fast so leuchtete wie Narbengewebe. Er wirkte nicht bloß zwanzig Jahre älter. Er war ein ganz anderer Mann.

Aber ich erkannte die Pistole, die er in der Hand hielt, die 22er Automatik zum Scheibenschießen, mit dem großen Visier vorn. Und ich erkannte seine Augen. Helle, spröde, seichte Augen, wie die Augen einer Eidechse.

Er war allein. Er setzte mir die Pistole ganz leicht aufs Gesicht und sagte zwischen den Zähnen: »Ja-ah, ich. Gehn wir rein.«

Ich wich grad weit genug zurück und blieb dann stehen. Ganz so, wie er's wahrscheinlich von mir wünschte, damit er, ohne viel manövrieren zu müssen, die Tür schließen konnte. Ich sah seinen Augen an, daß er genau das von mir wünschte.

Ich hatte keine Angst. Ich war nur wie gelähmt.

Als er die Tür zuhatte, ließ er mich noch ein Stückchen weiter zurückweichen, ganz langsam, bis ich mit den Beinen an etwas stieß. Sein Blick senkte sich in den meinen.

»Ein Spieltisch«, sagte er. »Irgendein Hornochse hier spielt Schach. Sie?«

Ich schluckte. »Spielen kann man das nicht nennen. Ich mache nur so ein bißchen damit rum.«

»Dazu gehören zweie«, sagte er, und es klang so leise heiser, als hätte ihm einmal ein Bulle mit einem Gummiknüppel auf die Luftröhre geschlagen, bei einer Sitzung im dritten Grad.

»Es ist ein Problem«, sagte ich. »Kein Spiel. Sehn Sie sich die Stellung an.«

»Versteh ich nichts von.«

»Nun, jedenfalls bin ich allein«, sagte ich, und das Zittern meiner Stimme ließ nichts zu wünschen übrig.

»Ist sowieso egal«, sagte er. »Ich bin in jedem Fall erledigt. Morgen setzt mir doch irgendeine Spürnase die Knarre auf die Rippen, morgen oder nächste Woche, was soll's? Mir hat bloß Ihre Fassade nicht gefallen, Freundchen. Und die von dem blasierten Schwulen in der Barjacke nicht, der mal für Fordham oder was den linken Halbstürmer gespielt hat. Zum Teufel mit Kerlen wie euch.«

Ich sagte kein Wort und rührte mich nicht. Das große Visier schrammte mir leicht über die Backe, fast streichelnd. Der Mann lächelte.

»Gehört auch mit zum ordentlichen Geschäft«, sagte er. »Bloß für alle Fälle. Ein alter Knastbruder wie ich hinterläßt keine guten Fingerabdrücke – selbst wenn er besoffen ist. Und wenn ich keine guten Fingerabdrücke hinterlassen habe, dann hab ich nichts weiter gegen mich als zwei Zeugen. Zum Teufel damit. Sie schrammen ab, Freundchen. Ist Ihnen doch wohl klar.«

»Was hatte Waldo Ihnen getan?« Ich versuchte die Frage so klingen zu lassen, als wollte ich's wirklich wissen und mich nicht nur vom Zittern ablenken.

»Hat mich bei einer Banksache in Michigan verpfiffen und mir vier Jahre eingebracht. Kriegte selbst Straffreiheit dafür. Vier Jahre in Michigan sind kein Kuraufenthalt. Die machen einen da fertig, in diesen Lebenslänglich-Staaten.«

»Woher wußten Sie, daß er da reinkommen würde?« krächzte ich.

»Wußt ich gar nicht. O ja, gesucht hab ich schon nach ihm. Wollte ihn doch gerne wiedersehen. Ganz kurz hab ich ihn mal auf der Straße entdeckt, vorgestern abend, aber da ist er mir wieder durch die Lappen gegangen. Seitdem hab ich dann nach ihm gesucht. Aber seitdem erst. Ein reizender Bursche, der Waldo. Wie geht's ihm?«

»Er ist tot«, sagte ich.

»Ich kann's doch immer noch«, kicherte er. »Besoffen oder nüchtern. Na ja, kaufen kann ich mir dafür jetzt auch nichts mehr. Ist die Polente schon auf den Trichter gekommen, wer ich bin?«

Meine Antwort kam ihm nicht schnell genug. Er stieß mir die Kanone gegen die Kehle, und ich würgte und hätte fast unwillkürlich danach gegriffen.

»Na, na«, warnte er mich sanft. »So dumm sind Sie doch nicht.«

Ich nahm die Hände wieder herunter, ließ sie an den Seiten hängen, offen, die Handflächen ihm zugewandt. So würde er's haben wollen. Er hatte mich nicht berührt, nur mit der Pistole. Ob ich selber eine hatte, schien ihm ganz gleichgültig zu sein. Das konnte es ihm auch sein – wenn er bloß das eine vorhatte.

Es schien ihm überhaupt alles ziemlich gleichgültig zu sein, wenn er sich hier so einfach wieder blicken ließ in der Gegend. Vielleicht hatte der heiße Wind ihn auch ein bißchen mitgenommen. Er schäumte gegen meine geschlossenen Fenster wie die Brandung gegen einen Pier.

»Abdrücke haben sie«, sagte ich. »Aber ich weiß nicht, wie gut die sind.«

»Werden schon ganz brauchbar sein – aber nicht für den Fernschreiber. Also braucht's Luftpostzeit nach Washington und zurück, bis sie richtig überprüft sind. Jetzt sagen Sie mir mal, warum ich hergekommen bin, Freundchen.«

»Sie haben zugehört, wie ich mich mit dem Jungen in der Kneipe unterhalten habe. Ich hab ihm gesagt, wie ich heiße und wo ich wohne.«

»Das ist das Wie, Freundchen. Ich hab aber Warum gefragt.« Er lächelte mich an. Es war ein lausiges Lächeln, wenn man bedachte, daß es das letzte im Leben war, das man sah.

»Geschenkt«, sagte ich. »Der Henker wird Sie auch nicht raten lassen, warum er zu Ihnen kommt.«

»Sieh mal an, hart im Nehmen. Nach Ihnen besuche ich den Jungen. Ich war ihm schon vom Präsidium aus nach Hause gefolgt, aber dann hab ich mir gedacht, ich müßte doch zuerst mal Ihnen auf die Nerven gehen. Bin ihm bis ganz nach Hause gefolgt vom Rathaus, in dem Mietwagen, den Waldo hatte. Vom Präsidium, Freundchen. Diese komischen Polypen. Da kann man ihnen direkt vor der Nase sitzen, und sie erkennen einen nicht. Aber lauf mal einer ein bißchen schnell hinter der Straßenbahn her, dann eröffnen sie sofort das Feuer mit Maschinenpistolen und knallen zwei Fußgänger ab, einen Taxifahrer, der in seinem Schlitten döst, und eine alte Scheuerfrau, die im ersten Stock mit dem Aufnehmer fuchtelt. Und verfehlen den Burschen, hinter dem sie her sind. Diese komischen, lausigen Polypen.«

Er bohrte mir die Pistolenmündung in den Hals. Seine Augen sahen jetzt noch irrer aus als vorher.

»Ich hab Zeit«, sagte er. »Waldos Mietwagen-Verein kriegt nicht sofort gleich eine Meldung. Und Waldo selber werden sie auch nicht so bald identifizieren. Ich kenne Waldo. Schlau war er. Ein aalglatter Bursche, der Waldo.«

»Ich werd mich gleich übergeben«, sagte ich, »wenn Sie mir mit der Kanone noch weiter den Hals kitzeln.«

Er lächelte und bewegte die Pistole zu meinem Herzen nieder. »So besser? Sagen Sie Halt.«

Ich muß wohl lauter gesprochen haben, als ich's beabsichtigte. Die Tür zum Ankleidezimmer neben dem Wandbett zeigte einen Spalt Dunkelheit. Er verbreiterte sich zu einem Zoll. Dann zu vier Zoll. Ich sah Augen, aber ich blickte nicht hin. Ich starrte angestrengt in das Gesicht des kahlköpfigen Mannes. Sehr angestrengt. Er sollte um keinen Preis die Augen von mir abwenden.

»Angst?« fragte er sanft.

Ich lehnte mich gegen seine Pistole und begann zu zittern. Ich dachte mir, es würde ihm Freude machen, mich zittern zu sehen. Das Mädchen trat aus der Tür. Sie hatte ihre Pistole wieder in der Hand. Sie tat mir verdammt leid. Sie würde versuchen, zur Tür zu kommen – oder schreien. So oder so hieß das Feierabend – für uns beide.

»Ja, sicher – aber ziehn Sie's nicht über die ganze Nacht hin«, blökte ich. Meine Stimme drang mir selber wie von weitem ans Ohr, wie eine Stimme aus dem Radio auf der anderen Straßenseite.

»Mir gefällt das so, Freundchen«, lächelte er. »So bin ich nun mal.«

Das Mädchen schwebte durch die Luft, irgendwo hinter ihm. Nichts kann je lautloser gewesen sein als die Art, wie sie sich bewegte. Trotzdem, es würde nichts nützen. Er würde nicht lange fackeln bei ihr. Ich hatte ihn zwar nicht von Kindesbeinen an gekannt, aber fünf Minuten in seine Augen gesehen.

»Und wenn ich nun schreie?« sagte ich.

»Ja-ah. Wenn Sie nun schreien. Versuchen Sie's doch mal – schreien Sie«, sagte er, mit seinem Killer-Lächeln.

Sie ging nicht weiter zur Tür. Sie war hinter ihm stehen geblieben.

»Gut – dann schreie ich jetzt«, sagte ich.

Als hätte ich ihr damit das Stichwort gegeben, stieß sie ihm die kleine Pistole hart in die kurzen Rippen, ohne einen einzigen Laut.

Er mußte reagieren. Es war wie ein Kniereflex. Sein Mund schnappte auf, und seine beiden Arme sprangen von den Seiten hoch, und er krümmte ein wenig den Rükken, nur ganz wenig. Die Pistole zeigte auf mein rechtes Auge.

Ich ließ mich wegsacken und rammte ihm das Knie mit aller Kraft in die Leistengegend.

Sein Kinn kam nieder, und ich hieb ihm drauf. Ich hieb ihm drauf, als wäre es der letzte Schienennagel in der ersten transkontinentalen Bahnstrecke. Ich kann's heute noch spüren, wenn ich die Knöchel bewege.

Seine Pistole ratschte mir seitlich übers Gesicht, aber sie ging nicht los. Er war schon schlapp. Er sackte stöhnend zu Boden, fiel auf die linke Seite. Ich trat ihm gegen die rechte Schulter – hart. Die Pistole sprang ihm aus der Hand, schlitterte über den Teppich, unter einen Stuhl. Irgendwo hinter mir hörte ich meine Schachfiguren zu Boden rasseln.

Das Mädchen stand über ihm, sah auf ihn nieder. Dann kamen ihre dunklen, von Entsetzen geweiteten Augen hoch und hefteten sich auf die meinen.

»Damit gehöre ich Ihnen«, sagte ich. »Mit allem, was ich habe – jetzt und auf ewig.«

Sie hörte mich gar nicht. Ihre Augen waren so weit aufgerissen, daß sich das Weiße zeigte unter der leuchtend blauen Iris. Sie wich blitzschnell zur Tür zurück, die kleine Pistole erhoben, tastete nach dem Knauf hinter sich und drehte ihn. Sie zog die Tür auf und glitt hinaus. Die Tür fiel zu.

Sie war ohne Hut und ohne ihr Bolero-Jäckchen.

Sie hatte nur die Pistole, und die Pistole war immer noch nicht entsichert, so daß sie gar nicht hätte schießen können.

Es war jetzt totenstill im Zimmer, trotz des Windes. Dann hörte ich ihn auf dem Boden stöhnen. Sein Gesicht hatte eine grünliche Blässe. Ich trat hinter ihn und tastete ihn nach weiteren Waffen ab, fand aber keine. Ich holte ein Paar Handschellen aus meinem Schreibtisch und zog seine Arme vorn zusammen und ließ die Handschellen über seinen Gelenken zuschnappen. Sie würden halten, wenn er nicht zu stark daran zerrte.

Seine Augen nahmen an mir Maß für einen Sarg, trotz der Schmerzen, die in ihnen waren. Er lag mitten auf dem Boden, immer noch auf der linken Seite, ein zusammengekrümmter, verwelkter, kahlköpfiger kleiner Bursche mit zurückgezogenen Lippen und Zähnen, die mit billigen Silberplomben übersät waren. Sein Mund sah aus wie ein schwarzes Loch, und sein Atem kam in kleinen Wellen, erstickt fast, stockte, kam dann wieder, schlaff.

»Tut mir leid, alter Bursche«, grunzte ich. »Aber was blieb mir schon übrig?«

Das – zu so einem Killer.

Ich ging ins Ankleidezimmer und öffnete die Kommodenschublade. Ihr Hut und ihr Jäckchen lagen noch dort, auf meinen Hemden. Ich schob sie ganz nach hinten, nach unten, und strich die Hemden darüber glatt. Dann ging ich in meine kleine Küche und goß mir einen steifen Schuß Whisky ein und stürzte ihn hinunter und stand dann einen Moment lang da und lauschte dem heißen Wind, der gegen die Fensterscheiben heulte. Eine Garagentür schlug, und eine Stromleitung, die zuviel Spiel hatte zwischen den Isolatoren, peitschte mit einem Geräusch gegen die Hausmauer, als wäre draußen jemand beim Teppichklopfen.

Der Drink tat seine Wirkung. Ich ging ins Wohnzimmer zurück und machte ein Fenster auf. Der Bursche am Boden hatte ihr Sandelholz zwar sicher nicht mitgekriegt, aber jemand anderem konnte es vielleicht auffallen.

Ich schloß das Fenster wieder, wischte mir die Handflächen ab und griff nach dem Telephon, um das Präsidium zu wählen.

Copernik war noch da. Seine Schlauberger-Stimme sagte: »Ja-ah? Dalmas? Sagen Sie nichts. Ich wette, Sie haben einen Einfall.«

»Den Killer schon identifiziert?«

»Wir geben keine Auskünfte, Dalmas. Tut mir schrecklich leid und so weiter. Sie wissen ja, wie das ist.«

»Okay. Ist mir auch egal, wer er ist. Aber kommen Sie mal vorbei und kratzen Sie ihn bei mir vom Fußboden.«

»Heilger – – –!« Dann dämpfte sich seine Stimme und fuhr leise fort: »Warten Sie mal einen Moment. Warten Sie.« Weit weg im Hintergrund schien eine Tür geschlossen zu werden. Dann war seine Stimme wieder da. »Schießen Sie los«, sagte er sanft.

»In Handschellen«, sagte ich. »Er gehört Ihnen. Ich mußte ihn mit dem Knie behandeln, aber er wird's überleben. Er war hergekommen, um einen Zeugen zu beseitigen.«

Eine zweite Pause. Die Stimme war voller Honig. »Hören Sie mal, mein Junge, wer ist denn sonst noch bei Ihnen?«

»Sonst noch? Niemand. Ich bin allein.«

»Das bleiben Sie mal auch, mein Junge. Ganz ruhig. Okay?«

»Glauben Sie, ich hole mir das ganze Gesindel aus der Nachbarschaft hier rein und gebe eine Vorstellung?«

»Keine Aufregung, mein Junge. Immer mit der Ruhe. Setzen Sie sich still auf Ihre vier Buchstaben und bleiben Sie still sitzen. Ich bin praktisch schon da. Rühren Sie nichts an. Verstanden?«

»Ja-ah.« Ich gab ihm noch wieder die Adresse und Apartment-Nummer, um ihm Zeit zu sparen.

Ich konnte sein großes knochiges Gesicht direkt funkeln sehen. Ich holte die 22er Automatik unter dem Stuhl hervor und saß dann da, das Ding in der Hand, bis auf dem Flur draußen vor meiner Tür Schritte erklangen und Knöchel einen gedämpften Wirbel gegen die Täfelung klopften.

Copernik war allein. Er drängte rasch herein, schob mich mit einem gespannten Grinsen ins Zimmer zurück und schloß die Tür. Er lehnte sich mit dem Rücken dagegen, die Hand unter der linken Jackenseite. Ein großer, harter, knochiger Mann mit flachen grausamen Augen.

Er senkte sie langsam und betrachtete den Mann am Boden. Der Hals des Burschen verrenkte sich ein wenig. Seine Augen bewegten sich in kurzen, stechenden Rucken – kranke Augen.

»Ganz sicher, daß er's ist?« Coperniks Stimme war heiser.

»Absolut. Wo ist Ybarra?«

»Och, der hatte zu tun.« Er sah mich nicht an, als er das sagte. »Sind das Ihre Handschellen?«

»Ja-ah.«

»Den Schlüssel.«

Ich warf ihn ihm zu. Er ließ sich rasch auf ein Knie nieder neben dem Killer und nahm ihm die Handschellen von den Gelenken, warf sie zur Seite. Er holte seine eigenen aus der Hüfttasche, drehte dem kahlen Mann die Hände auf den Rücken und ließ die Handschellen zuschnappen.

»Geschafft, Sie – – –!« sagte der Killer tonlos.

Copernik grinste und ballte die Faust und versetzte dem gefesselten Mann einen fürchterlichen Schlag auf den Mund. Der Schlag riß ihm den Mund fast weit genug nach hinten, daß er das Genick hätte brechen können. Blut tröpfelte ihm aus dem unteren Mundwinkel.

»Holen Sie ein Handtuch«, befahl Copernik.

Ich holte ein Handtuch und gab es ihm. Er stopfte es dem gefesselten Mann zwischen die Zähne, hart und bösartig, stand auf und fuhr sich mit den knochigen Fingern durch sein schäbiges blondes Haar.

»So. Dann erzählen Sie mal.«

Ich erzählte – ließ das Mädchen vollkommen aus. Es klang ein bißchen komisch. Copernik beobachtete mich, sagte nichts. Er rieb sich die Seite seiner geäderten Nase. Dann holte er seinen Kamm heraus und bearbeitete sich das Haar, ganz wie er's schon früher am Abend getan hatte, in der Kneipe.

Ich ging hinüber und gab ihm die Pistole. Er sah sie

flüchtig an, ließ sie dann in seine Seitentasche gleiten. Seine Augen hatten etwas in sich, und sein Gesicht bewegte sich in einem harten, hellen Grinsen.

Ich bückte mich und begann meine Schachfiguren aufzusammeln und in den Kasten zu tun. Ich stellte den Kasten auf den Kamin, drückte ein Bein des Spieltisches wieder gerade, machte eine Weile so rum. Die ganze Zeit wurde ich dabei von Copernik beobachtet. Ich wollte, daß er Zeit hatte, sich etwas auszudenken.

Schließlich rückte er damit raus. »Dieser Bursche benutzt eine 22er«, sagte er. »Das tut er, weil er gut genug ist, um mit so einem bißchen Kaliber auszukommen. Das bedeutet, er ist wirklich gut. Er klopft bei Ihnen an die Tür, rammt Ihnen das Schießeisen in den Bauch, drängt Sie ins Zimmer zurück, sagt, daß er gekommen ist, um Ihnen für immer den Mund zu stopfen – und trotzdem werden Sie mit ihm fertig. Sie haben nicht einmal eine Pistole dabei. Sie machen ihn ganz alleine fertig. Sie sind selber gar nicht schlecht, Freundchen.«

»Hören Sie«, sagte ich und sah zu Boden. Ich hob eine weitere Schachfigur auf und drehte sie zwischen den Fingern. »Ich saß über einem Schachproblem«, sagte ich. »Versuchte mich abzulenken.«

»Sie führen doch was im Schilde, Freundchen«, sagte Copernik sanft. »Sie wollen doch nicht etwa versuchen, einen alten Bullen auf den Arm zu nehmen, mein Junge?«

»Sie machen einen fetten Fang und kriegen ihn von mir frei Haus geliefert«, sagte ich. »Was zum Teufel wollen Sie denn noch mehr?«

Der Mann am Boden gab ein undeutliches Geräusch von sich hinter dem Handtuch. Sein Kahlkopf glänzte vor Schweiß.

»Was soll das heißen, Freundchen? Worauf wollen Sie hinaus?« sagte Copernik, und er flüsterte fast.

Ich sah ihn rasch an, sah wieder weg. »Also gut«, sagte

ich. »Sie wissen verdammt genau, daß ich in der Situation nicht allein mit ihm hätte fertigwerden können. Er hatte mich vor der Kanone, und er trifft, was er anpeilt.«

Copernik kniff ein Auge zu und blinzelte mich mit dem anderen freundlich an. »Reden Sie nur weiter, mein Bester. So was Ähnliches hatte ich mir schon gedacht.«

Ich druckste noch ein bißchen herum, damit auch alles echt aussah. Ich sagte langsam: »Ich hatte einen Jungen hier, der drüben in Boyle Heights ein Ding gedreht hat, Diebstahl, und damit baden ging. Wollte einer billigen kleinen Tankstelle die Kasse ausräumen. Ich kenne seine Familie. Er ist nicht wirklich schlecht. Er war hier, um mich um Fahrgeld anzubetteln. Als es klopfte, hat er sich zurückgezogen – dahin.«

Ich zeigte auf das Wandbett und die Tür daneben. Coperniks Kopf wandte sich langsam zu mir zurück. Seine Augen blinzelten abermals. »Und dieser Junge hatte eine Pistole«, sagte er.

Ich nickte. »Und schlich sich hinter ihn. Dazu gehört Mumm, Copernik. Sie müssen ihm eine Chance geben. Sie müssen ihn aus der Sache raushalten.«

»Schon ein Steckbrief raus?« fragte Copernik sanft.

»Noch nicht, sagt er. Er hat aber Angst, es kommt noch.«

Copernik lächelte. »Ich bin bei der Mordkommission«, sagte er. »Und was haben Sie dann gemacht, Freundchen?«

Ich wies auf den geknebelten und gefesselten Mann am Boden. »Sie haben ihn geschnappt – oder nicht?« sagte ich freundlich.

Copernik lächelte weiter. Eine große weißliche Zunge kam aus seinem Mund und massierte seine dicke Unterlippe. »Und wie habe ich das gemacht?« flüsterte er.

»Haben Sie schon die Kugeln aus Waldo rausgeholt?«

»Sicher. Lange 22er. Eine plattgedrückt an einer Rippe, die andere gut.«

»Sie sind ein bedachtsamer Mann. Sie lassen keinen Gesichtspunkt außer acht. Ich bin ein unbeschriebenes Blatt für Sie. Da sind Sie mal bei mir vorbeigegangen, um nachzuschauen, was für Waffen ich habe.«

Copernik stand auf und ließ sich neben dem Killer nochmals aufs Knie nieder. »Hörst du mich, Kerl?« fragte er, das Gesicht dicht am Gesicht des Mannes am Boden.

Der Mann gab nur ein undeutliches Geräusch von sich. Copernik stand auf und gähnte. »Wen zum Teufel schert das schon, was der sagt? Reden Sie weiter, Freundchen.«

»Sie hatten zwar nicht damit gerechnet, groß was zu finden bei mir, aber Sie wollten sich doch immerhin mal umsehen. Und während Sie da drinnen« – ich zeigte zum Ankleidezimmer hinüber – »am Stöbern waren und ich keinen Mucks sagte, weil ich ein bißchen sauer war vielleicht, klopfte es an die Tür. Und er kam rein. Und dann sind Sie nach einer Weile rausgeschlichen und haben ihn sich geschnappt.«

»Aha.« Copernik grinste breit, mit so vielen Zähnen wie ein Pferd. »Sie liegen richtig, Freundchen. Ich hab ihm einen Schlag verpaßt und ihn mit dem Knie behandelt, und damit war die Sache praktisch geritzt. Sie hatten keine Waffe, und der Bursche ist scharf zu mir rumgefahren, und da hab ich ihn mit einem linken Haken die Hintertreppe runtergeschickt. Okay.«

»Okay«, sagte ich.

»Sie werden das so auf dem Präsidium erzählen?«

»Werde ich.«

»Sie haben was bei mir gut, Freundchen. Behandeln Sie mich richtig, und ich spiele immer mit. Wegen dem Jungen lassen Sie sich keine grauen Haare wachsen. Sagen Sie mir Bescheid, wenn er Hilfe braucht.«

Er kam herüber und streckte die Hand aus. Ich schüttelte sie. Sie war so klamm wie ein toter Fisch. Klamme Hände und die Leute, denen sie gehören, machen mich krank.

»Da wäre bloß noch eins«, sagte ich. »Dieser Kollege von Ihnen – Ybarra. Wird er nicht ein bißchen sauer sein, wenn Sie ihn nicht beteiligen?«

Copernik fuhr sich durchs Haar und wischte sein Hutband mit einem großen gelblichen Seidentaschentuch ab.

»Der Ithaker?« grinste er höhnisch. »Der soll sich zum Teufel scheren!« Er trat dicht an mich heran und blies mir seinen Atem ins Gesicht. »Machen Sie ja keinen Fehler, Freundchen – bei unserer Geschichte.«

Er hatte einen üblen Mundgeruch. Mußte er ja haben.

IV

Wir waren nur zu fünft im Büro des Chief of Detectives, als Copernik seinen Bericht zu Protokoll gab. Ein Stenograph, der Chief, Copernik, ich selber, Ybarra. Ybarra saß auf einem Stuhl, den er gegen die Wand gekippt hatte. Er hatte den Hut tief über die Augen gezogen, aber ihre Sanftheit war darunter noch zu sehen, und ein kleines stilles Lächeln hing an den Winkeln seiner sauber geschnittenen lateinischen Lippen. Er sah Copernik nicht direkt an. Copernik sah ihn überhaupt nicht an.

Draußen auf dem Flur waren Photos gemacht worden, Copernik händeschüttelnd mit mir, Copernik mit dem Hut auf dem Kopf und der Pistole in der Hand und einem strengen, entschlossenen Blick auf dem Gesicht.

Sie sagten, sie wüßten, wer Waldo sei, wollten es mir aber nicht verraten. Ich glaubte nicht recht, daß sie's wußten, weil der Chief ein Photo von Waldo aus der Leichenhalle auf dem Schreibtisch liegen hatte. Ein gut gemachtes Bild, das Haar gekämmt, die Krawatte schön gerade, das Licht so auf die Augen gerichtet, daß sie glitzerten. Kein Mensch hätte gemerkt, daß es das Photo eines Toten war, der zwei Kugeln im Herzen hatte. Er sah aus wie ein Tanzbodenscheich, der sich gerade überlegt, ob er nun die Blonde da nehmen soll oder die Rothaarige.

Es war etwa Mitternacht, als ich heimkam. Die Eingangstür war verschlossen, und während ich nach meinen Schlüsseln fummelte, sprach mich eine leise Stimme aus der Dunkelheit an.

Sie sagte nichts als »Bitte!«, aber ich erkannte sie sofort. Ich wandte mich um und sah ein dunkles Cadillac-Coupé, das grad außerhalb der Ladezone parkte. Es hatte kein Licht. Licht von der Straße schimmerte im Spiegel von Frauenaugen.

Ich ging hinüber. »Sie sind total verrückt«, sagte ich.

Sie sagte: »Steigen Sie ein.«

Ich kletterte hinein, und sie ließ den Wagen an und fuhr etwa anderthalb Blocks weit in die Franklin hinunter und bog auf den Kingsley Drive ab. Der heiße Wind brannte noch immer und tobte. Ein Radio plärrte aus dem offenen, nur mit einem Laden verschlossenen Seitenfenster eines Apartmenthauses. Es parkten eine Menge Autos davor, aber sie fand eine Parklücke hinter einem nagelneuen Packard-Kabriolett, das noch den Aufkleber des Händlers auf der Windschutzscheibe hatte. Nachdem sie uns an den Bordstein manövriert hatte, lehnte sie sich in die Ecke zurück, die behandschuhten Hände auf dem Steuer.

Sie war ganz in Schwarz jetzt oder Dunkelbraun und trug einen kleinen närrischen Hut. Ich roch den Sandelholzduft ihres Parfüms.

»Ich war nicht sehr nett zu Ihnen, nicht wahr?« sagte sie.

»Sie haben mir nur das Leben gerettet.«

»Was ist noch passiert?«

»Ich habe die Polizei angerufen und einen Bullen, den ich nicht leiden kann, mit Lügen gefüttert. Ich habe ihm das ganze Verdienst an der Festnahme überlassen, und damit hatte sich's. Der Bursche, den Sie mir vom Hals geschafft haben, war der Mann, der Waldo getötet hat.«

»Sie meinen – Sie meinen, Sie haben von mir gar nichts erzählt?«

»Meine werte Dame«, sagte ich, »Sie haben mir doch nur das Leben gerettet. Was wollen Sie denn noch? Ich bin ja willig und bereit und will gern alles nur Menschenmögliche versuchen.«

Sie sagte kein Wort und rührte sich nicht.

»Niemand hat von mir erfahren, wer Sie sind«, sagte ich. »Im übrigen weiß ich das ja selber nicht.«

»Ich bin Mrs. Frank C. Barsaly, zwo-zwölf Fremont Place. Olympia. Zwo-vier-fünf-neun-sechs. Ist es das, was Sie wissen wollten?«

»Danke«, murmelte ich und rollte eine trockene, unangezündete Zigarette zwischen den Fingern. »Warum sind Sie noch einmal hierher gekommen?« Dann schnippte ich mit den Fingern meiner linken Hand. »Der Hut und das Jäckchen«, sagte ich. »Ich gehe rauf und hole die Sachen.«

»Ich will noch mehr«, sagte sie. »Ich will meine Perlen.«

Es kann sein, daß ich einen kleinen Sprung getan habe. Ich fand, daß es auch ohne Perlen allmählich langte.

Ein Wagen kam die Straße heruntergerast, doppelt so schnell, wie er eigentlich sollte. Eine dünne, bittere Staubwolke hob sich im Straßenlicht und wirbelte und schwand. Das Mädchen drehte rasch das Fenster dagegen hoch.

»Na schön«, sagte ich. »Erzählen Sie mir von den Perlen. Bisher hatten wir glücklich einen Mord und eine geheimnisvolle Frau und einen wahnsinnigen Killer und eine heldenhafte Rettung und einen zu einem falschen Bericht verleiteten Polizeibeamten. Nun kommen noch Perlen dazu. Na schön – packen Sie aus.«

»Ich sollte sie für fünftausend Dollar kaufen. Von dem Mann, den Sie Waldo genannt haben und den ich als Joseph Choate kannte. Er hätte sie bei sich haben müssen.«

»Keine Perlen«, sagte ich. »Was aus seinen Taschen kam,

habe ich genau gesehen. Ein Haufen Geld, aber keine Perlen.«

»Könnten sie vielleicht in seinem Apartment versteckt sein?«

»Ganz gewiß«, sagte ich. »Nach allem, was ich weiß, könnte er sie überall in Kalifornien versteckt haben außer in seinen Taschen. Wie geht's denn Mr. Barsaly in dieser heißen Nacht?«

»Er ist immer noch bei der Tagung in der Stadt. Sonst hätte ich gar nicht kommen können.«

»Nun, Sie hätten ihn ja mitbringen können«, sagte ich. »Vielleicht wäre er mit dem Notsitz zufrieden gewesen.«

»Ach, ich weiß nicht«, sagte sie. »Frank wiegt zwei Zentner und ist ein ziemlicher Brocken. Ich glaube nicht, daß er gerne auf dem Notsitz Platz genommen hätte, Mr. Dalmas.«

»Was zum Teufel reden wir hier eigentlich für einen Quatsch?«

Sie gab keine Antwort. Ihre behandschuhten Hände klopften leicht und provozierend auf den Rand des schlanken Steuerrads. Ich warf die unangezündete Zigarette aus dem Fenster, drehte mich ein bißchen und packte sie.

Ich zitterte, als ich sie losließ. Sie rückte so weit von mir fort, wie sie konnte, nach der Seite des Wagens, und rieb sich mit dem Handschuhrücken den Mund. Ich saß ganz still.

Eine Zeitlang sprachen wir nicht. Dann sagte sie sehr langsam: »Ich wollte, daß Sie das tun. Aber ich bin nicht immer so gewesen. Das ist erst, seit Stan Phillips in seinem Flugzeug umkam. Wäre das nicht gekommen, dann wäre ich Mrs. Phillips jetzt. Stan hat mir auch die Perlen geschenkt. Sie sind fünfzehntausend Dollar wert, hat er mal gesagt. Weiße Perlen, einundvierzig Stück, die größte etwa einen Drittelzoll Durchmesser. Wieviel Karat, weiß ich nicht. Ich hab sie nie schätzen lassen und auch nie einem Juwelier gezeigt, also kann ich darüber nichts weiter sagen. Aber ich habe sie geliebt, um Stans willen. Ich habe Stan geliebt. So wie man's nur einmal tut. Können Sie das verstehen?«

»Wie heißen Sie mit Vornamen?« fragte ich.

»Lola.«

»Reden Sie weiter, Lola.« Ich holte mir eine neue trockene Zigarette aus der Tasche und fummelte daran herum, bloß um meinen Fingern etwas zu tun zu geben.

»Sie hatten eine einfache Silberschließe in der Form eines zweiflügligen Propellers. Den Druckknopf bildete ein kleiner Diamant. Deswegen habe ich auch Frank erzählt, es wären Kaufhausperlen, die ich mir selber gekauft hätte. Er kannte den Unterschied nicht. Ist auch gar nicht so leicht festzustellen, möchte ich sagen. Sie müssen verstehen – Frank ist ziemlich eifersüchtig.«

In der Dunkelheit kam sie wieder näher zu mir, und ihre Seite berührte die meine. Aber diesmal rührte ich mich nicht. Der Wind heulte, und die Bäume bogen sich. Ich rollte weiter meine Zigarette zwischen den Fingern.

»Wahrscheinlich haben Sie die Geschichte schon gelesen«, sagte sie. »Von der Ehefrau und den echten Perlen, und wie sie ihrem Mann erzählt – – –«

»Hab ich gelesen«, sagte ich.

»Ich hatte Joseph angestellt. Mein Mann war in Argentinien um die Zeit. Ich fühlte mich ziemlich einsam.«

»Sie und einsam!« sagte ich.

»Joseph und ich sind viel herumgefahren. Manchmal haben wir auch ein oder zwei Glas getrunken zusammen. Aber das war alles. Ich bin keine – – –«

»Da haben Sie ihm dann von den Perlen erzählt«, knurrte ich. »Und als Ihr Zwei-Zentner-Ochse von Argentinien zurückkam und ihn rausschmiß – da nahm er die Perlen mit, weil er wußte, daß sie echt waren. Und bot sie Ihnen für fünf Riesen zum Rückkauf an.«

»Ja«, sagte sie einfach. »Natürlich hatte ich keine Lust,

zur Polizei zu gehen. Und natürlich brauchte sich Joseph unter den Umständen auch keine Sorgen zu machen, daß ich wußte, wo er wohnte.«

»Der arme Waldo«, sagte ich. »Er kann einem richtig leid tun. So ein Pech, ausgerechnet in dem Moment einem alten Freund über den Weg zu laufen, der noch eine Rechnung mit ihm hatte.«

Ich riß mit einem Streichholz über meine Schuhsohle und zündete mir die Zigarette an. Der Tabak war vom heißen Wind so trocken, daß er brannte wie Gras. Das Mädchen saß still neben mir, die Hände wieder auf dem Steuerrad.

»Bei Frauen haben sie was los – diese Flieger«, sagte ich. »Und Sie sind immer noch in ihn verliebt oder bilden es sich jedenfalls ein. Wo hatten Sie die Perlen aufbewahrt?«

»In einem Schmuckkasten aus russischem Malachit auf meinem Toilettentisch. Mit einigem anderen Modeschmuck. Das mußte ich, wenn ich sie überhaupt je tragen wollte.«

»Und sie waren fünfzehn Riesen wert. Und Sie meinen, Joseph könnte sie in seinem Apartment versteckt haben. Nummer 21 war das, nicht wahr?«

»Ja«, sagte sie. »Es ist wahrscheinlich sehr viel verlangt.«

Ich machte die Tür auf und stieg aus dem Wagen. »Mein Honorar hab ich schon«, sagte ich. »Ich werde nachsehen. Die Türen im Haus bei uns sind nicht sehr widerspenstig. Die Bullen werden rauskriegen, wo Waldo wohnte, sobald sie sein Photo veröffentlicht haben, aber nicht heute nacht mehr, nehme ich an.«

»Es ist ganz furchtbar lieb von Ihnen«, sagte sie. »Soll ich hier warten?«

Ich blieb mit einem Fuß auf dem Trittbrett stehen, beugte mich hinein, sah sie an. Ich gab ihr keine Antwort auf ihre Frage. Ich stand nur einfach da und blickte in ihre leuchtenden Augen. Dann schloß ich die Wagentür und ging die Straße hinauf auf die Franklin zu.

Selbst jetzt, wo der Wind mir das Gesicht schmirgelte,

konnte ich noch den Sandelholzduft in ihrem Haar spüren. Und ihre Lippen fühlen.

Ich schloß die Haustür im Berglund auf, ging durch die stille Halle zum Fahrstuhl und fuhr in den zweiten Stock hinauf. Dann schlich ich auf leisen Sohlen den stillen Flur entlang und spähte nach der Schwelle von Apartment 21. Kein Licht. Ich klopfte – das alte, leichte, vertrauliche Signal des Schnapsschmugglers mit dem breiten Lächeln und den extratiefen Hüfttaschen. Keine Antwort. Ich zog die dicke harte Zelluloidscheibe heraus, die in meiner Brieftasche meinen Führerschein zu schützen vorgab, und zwängte sie zwischen Türfüllung und Schloß, stemmte mich kräftig gegen den Klinkenknauf der Tür, drückte sie in Richtung der Angeln. Die Kante des Zelluloids griff auf der Schrägung des Schloßbolzens und ließ ihn zurückschnappen, mit einem kleinen spröden Laut, wie wenn ein Eiszapfen bricht. Die Tür gab nach, und ich trat in eine fast völlige Finsternis. Nur wenig Licht sickerte von der Straße herein und berührte hier und da eine vorspringende Stelle.

Ich schloß die Tür und knipste das Licht an und blieb erst einmal stehen. Es lag ein sonderbarer Geruch in der Luft. Ich hatte im Augenblick heraus, was es war – der Duft stark gebeizten Tabaks. Ich schlich hinüber zu einem Rauchtischchen am Fenster und blickte auf vier braune Stummel nieder – mexikanische oder südamerikanische Zigaretten.

Oben, auf meinem Stockwerk, wurden Füße auf den Teppich gesetzt, und jemand ging in ein Badezimmer. Ich hörte die Toilette rauschen. Ich ging ins Bad von Apartment 21. Ein bißchen Plunder, nichts, kein geeigneter Ort, irgendwas zu verstecken. Die kleine Küche nahm etwas mehr Zeit in Anspruch, aber ich durchsuchte sie nur halb. Ich wußte, daß Waldo auf dem Sprung gewesen war, zu verschwinden, daß er es eilig gehabt hatte und daß ihm etwas im Nacken saß, als er sich umdrehte und unversehens zwei Kugeln von einem alten Freund empfing.

Ich ging zurück ins Wohnzimmer und zog das Wandbett ein bißchen herunter und warf an der Spiegelseite vorbei einen Blick in das Ankleidezimmer, um zu sehen, ob es hier vielleicht Anzeichen dafür gab, daß die Räume bewohnt waren. Als ich das Bett tiefer zog, hielt ich nicht länger nach Perlen Ausschau. Ich erblickte einen Mann.

Er war klein, mittelältlich, eisengrau an den Schläfen, hatte eine sehr dunkle Haut und trug einen rehbraunen Anzug mit einer weinroten Krawatte. Seine kleinen braunen Hände hingen schlaff an den Seiten nieder. Seine kleinen Füße, in spitzen polierten Schuhen, erreichten fast den Boden.

Er hing mit einem Gürtel um den Hals am Hochrahmen des Betts. Die Zunge hing ihm weiter heraus, als ich's bei einer Zunge überhaupt für möglich gehalten hatte.

Er pendelte ein bißchen, und das fand ich gar nicht schön, also zog ich das Bett ganz nieder, und da kam er mit und legte sich still zwischen die beiden festgezurrten Kissen. Ich berührte ihn noch nicht. Ich brauchte ihn nicht zu berühren, um zu wissen, daß er kalt war wie Eis.

Ich ging um ihn herum ins Ankleidezimmer und benutzte an den Schubladengriffen mein Taschentuch. Es war alles ratzekahl leer, bis auf das bißchen Krempel, das ein alleinlebender Mann so zurückläßt.

Ich trat wieder heraus und nahm mir den Mann selber vor. Keine Brieftasche. Die hatte ihm Waldo wahrscheinlich abgenommen, um sie verschwinden zu lassen. Eine flache Zigarettenschachtel, halbvoll, mit dem Aufdruck in Gold: ›Louis Tapia y Cia, Calle de Paysand, 19, Montevideo.‹ Streichhölzer vom Spezzia Club. Ein Schulterhalfter aus dunklem, genarbtem Leder und eine Neun-Millimeter-Mauser darin.

Die Mauser ließ ihn als Professionellen erkennen, und so

beruhigte ich mich ein bißchen. Aber ein besonders guter Professioneller war er nicht gewesen, sonst hätten ihn keine bloßen Hände erledigen können, ohne daß er die Mauser – eine Kanone, mit der man eine Wand in Trümmer legen kann – auch nur aus dem Halfter bekommen hatte.

Ich reimte mir ein bißchen was zusammen, aber nicht viel. Vier von den braunen Zigaretten waren geraucht worden, also hatte entweder jemand hier gewartet, oder es hatte eine Unterhaltung stattgefunden. Irgendwann dann hatte Waldo den kleinen Mann bei der Kehle genommen und ihn genau in der richtigen Art so gehalten, daß er innerhalb von Sekunden hinüber gewesen war. Die Mauser hatte ihm dabei noch weniger genützt als ein Zahnstocher. Dann hatte Waldo ihn am Riemen aufgehängt, wahrscheinlich schon tot. Das hätte die ganze Hast erklärt, das Ausräumen des Apartments, Waldos drängendes Fragen nach dem Mädchen. Es hätte auch erklärt, warum er den Wagen unabgeschlossen vor der Kneipe hatte stehen lassen.

Das heißt, es erklärte dies alles, wenn Waldo ihn getötet hatte, wenn dies wirklich Waldos Apartment gewesen war – wenn ich nicht einfach nur an der Nase herumgeführt wurde.

Ich durchsuchte noch ein paar Taschen. Links in der Hose fand ich ein goldenes Federmesser, etwas Silbergeld. In der linken Hüfttasche ein Taschentuch, gefaltet, parfümiert. In der rechten ein weiteres, zusammengeknüllt, aber sauber. In der rechten Beintasche vier oder fünf Papiertaschentücher. Ein sauberer kleiner Bursche. Zum Naseputzen nahm er nicht gern sein Taschentuch. Unter ihnen fand sich ein kleines, neues Schlüsseltäschchen mit vier neuen Schlüsseln – Wagenschlüsseln. Das Täschchen trug in Gold den Aufdruck: Mit den besten Empfehlungen R. K. Vogelsang, Inc. ›Das Packard-Haus‹.

Ich richtete alles wieder so her, wie ich's vorgefunden hatte, klappte das Bett zurück, machte mich mit dem Taschentuch über Klinken, vorspringende Stellen und glatte Oberflächen her, löschte das Licht und steckte die Nase aus der Tür. Der Flur war leer. Ich ging wieder auf die Straße hinunter und um die Ecke zum Kingsley Drive. Der Cadillac hatte sich nicht vom Fleck gerührt.

Ich machte die Wagentür auf und stützte mich darauf. Auch das Mädchen schien sich nicht gerührt zu haben. Es war schwer, irgendeinen Ausdruck auf ihrem Gesicht zu erkennen. Schwer, irgend etwas zu erkennen außer Augen und Kinn, aber nicht schwer, den Sandelholzduft zu riechen.

»Dieses Parfüm da«, sagte ich, »könnte glatt einen Pfarrer um den Verstand bringen ... keine Perlen.«

»Nun – danke, daß Sie's versucht haben«, sagte sie mit leiser, sanfter, vibrierender Stimme. »Ich werd wohl drüber wegkommen. Soll ich ... Wollen wir ... Oder ...?«

»Sie fahren jetzt nach Hause«, sagte ich. »Und was auch passiert – mich haben Sie nie gesehen. Was auch passiert. Wie Sie mich auch vielleicht nie wiedersehen werden.«

»Das fände ich gar nicht – – –«

»Viel Glück, Lola.« Ich schloß die Wagentür und trat zurück.

Die Scheinwerfer flammten auf, der Motor erdröhnte. An der Ecke machte das große Coupé eine langsame, verächtliche Wendung gegen den Wind und verschwand. Ich stand da, an der leeren Stelle, wo es eben noch gewesen war.

Es war jetzt ganz dunkel dort geworden. In dem Apartment, in dem das Radio lief, waren die Fenster zu leeren Lücken geworden. Ich stand da und betrachtete die Rückseite eines Packard-Kabrioletts, das funkelnagelneu zu sein schien. Ich hatte es vorhin schon gesehen – bevor ich nach oben ging, an derselben Stelle, vor Lolas Wagen. Abgestellt, dunkel, still, mit einem blauen Aufkleber rechts auf der glänzenden Windschutzscheibe.

Und im Geiste betrachtete ich etwas anderes, einen Satz nagelneuer Wagenschlüssel, in einem Täschchen mit dem

Aufdruck ›Das Packard-Haus‹, oben, in der Tasche eines Toten.

Ich ging um das Kabriolett herum und richtete eine kleine Taschenlampe auf das blaue Schildchen. Es war tatsächlich derselbe Händler. Unter seinem Namen mit Werbespruch stand in Tintenschrift ein anderer Name mit Adresse – Eugenie Kolchenko, 5315 Arvieda Street, West Los Angeles.

Es war verrückt. Ich ging ein zweitesmal zum Apartment 21 hinauf, hebelte die Tür auf wie beim erstenmal, trat hinter das Wandbett und zog der sauberen, braunen, baumelnden Leiche den Schlüsselhalter aus der Hosentasche. Nach fünf Minuten stand ich wieder auf der Straße neben dem Kabriolett. Die Schlüssel paßten.

V

Es war ein kleines Haus, nahe am Rand eines Canyons hinter Sawtelle, und es hatte eine kreisrunde Gruppe von Eukalyptus-Bäumen vor der Tür, die sich im Wind krümmten. Ein Stückchen weiter, auf der anderen Straßenseite, war eine jener Partys im Gange, bei denen die Leute schließlich im Freien landen, Flaschen auf dem Gehsteig zerschmettern und ein Gebrüll dazu anstimmen, als hätte Yale gegen Princeton ein Tor geschossen.

Es gab einen Drahtzaun bei meiner Nummer und ein paar Rosenstöcke und einen mit Platten belegten Weg und eine Garage, die weit offen stand und leer war. Auch vor dem Haus vorn stand kein Wagen. Ich schellte. Ich mußte ziemlich lange warten, dann ging die Tür ganz plötzlich auf.

Ich war nicht der Mann, den sie erwartet hatte. Das konnte ich ihren glitzernden, schwarzgeränderten Augen ansehen. Dann konnte ich nichts mehr in ihnen sehen. Sie stand nur da und schaute mich an, eine lange, schlanke, hungrige Brünette, mit rot geschminkten Backenknochen, dichtem schwarzem Haar, das in der Mitte gescheitelt war, einem Mund, wie geschaffen für dreistöckige Sandwiches, einem korallenrot-goldenen Pyjama, Sandalen – und vergoldeten Zehennägeln. Unter ihren Ohrläppchen bimmelten ein paar Miniatur-Tempelglöckchen leicht im Wind. Sie machte eine langsame, geringschätzige Bewegung mit ihrer Zigarette, die in einer Spitze steckte, so lang wie ein Baseballschläger.

»Na, was iist, kleiner Maann? Sie wüünschen? Haben sich veriirrt von schöne Paarty drüben, eh?«

»Ha, ha«, sagte ich. »Das ist eine Party, was? Nein. Ich habe nur Ihren Wagen gebracht. Den haben Sie doch verloren, oder?«

Auf dem Grundstück gegenüber hatte jemand im Vorgarten einen Anfall von Delirium tremens, und ein gemischtes Quartett riß, was von der Nacht noch übrig war, in kleine Fetzen und gab sich redliche Mühe, diese Fetzen so abstoßend wie möglich zu machen. Während sich das zutrug, bewegte die exotische Brünette höchstens einmal eine Wimper.

Sie war nicht schön, sie war sogar nicht einmal hübsch, aber sie sah aus, als wäre immer ganz schön was los, wo sie war.

»Waas haben gesagt?« brachte sie schließlich heraus, mit einer Stimme, so seidenweich wie ein verbrannter Toast.

»Ihr Wagen.« Ich wies über die Schulter und behielt sie im Auge. Sie war der Typ, der ein Messer benutzt.

Die lange Zigarettenspitze senkte sich ganz langsam an ihrer Seite nieder, und die Zigarette fiel heraus. Ich stampfte sie aus, und das brachte mich in die Halle. Sie wich vor mir zurück, und ich schloß die Tür.

Die Halle sah aus wie der lange Gang eines Eisenbahnwagens. Lampen glommen rosa in eisernen Fassungen. Am Ende gab es einen Perlenvorhang, am Boden ein Tigerfell. Die Wohnung paßte zu ihr.

»Sie sind Miss Kolchenko?« fragte ich, da sie ihrerseits nichts mehr unternahm.

»Jaa. Ich bin Miiss Kolchenko. Was zum Teufel Sie wüünschen?«

Sie betrachtete mich jetzt mit einem Blick, als wäre ich gekommen, um die Fenster zu putzen, aber zu ungelegener Zeit.

Ich holte mit der linken Hand eine Karte heraus, hielt sie ihr hin. Sie las sie in meiner Hand, bewegte grad weit genug den Kopf dazu. »Ein Detektiiv?« hauchte sie.

»Ja-ah.«

Sie sagte etwas in einer sehr feuchten Sprache. Dann wieder normal: »Kommen Sie herein! Diies verdammte Wind macht mein Haut trocken wie Papiier.«

»Wir sind schon drin«, sagte ich. »Ich hab grad die Tür zugemacht. Jetzt kommen Sie mal wieder auf den Teppich, Nazimova. Wer war er? Der kleine Bursche?«

Hinter dem Perlenvorhang hustete ein Mann. Sie fuhr zusammen, als hätte sie jemand mit einer Austerngabel angestochen. Dann versuchte sie zu lächeln. Es war kein sehr erfolgreicher Versuch.

»Eine Belohnung«, sagte sie sanft. »Wollen hiier warten? Zehn Dollar ist guut bezahlt, nein?«

»Nein«, sagte ich.

Ich streckte langsam einen Finger gegen sie aus und fügte hinzu: »Er ist tot.«

Sie sprang etwa drei Fuß zurück und stieß einen Schrei aus.

Ein Sessel knarrte scharf. Schritte erklangen hinter dem Perlenvorhang, eine große Hand tauchte in Sicht und zerrte ihn zur Seite, und ein großer, hart aussehender Mann stand bei uns. Er hatte einen purpurnen Morgenmantel über dem Pyjama. Seine rechte Hand hielt etwas in der Manteltasche. Er stand, sobald er durch den Vorhang getreten war, ganz still, die Füße fest auf den Boden gepflanzt, das Kinn gereckt, die farblosen Augen wie graues Eis. Er sah aus wie ein Mittelstürmer, der sich so leicht keinen Ball abnehmen ließ.

»Was ist denn los, Schätzchen?« Er hatte eine feste, gutturale Stimme, die genau das richtige Maß Dämlichkeit enthielt, um einem Burschen zu gehören, der auf eine Frau mit vergoldeten Zehennägeln flog.

»Ich komme wegen Miss Kolchenkos Wagen«, sagte ich.

»Schön, deswegen könnten Sie aber trotzdem den Hut abnehmen«, sagte er. »Nur als kleinen Rat in Benehmensfragen.«

Ich nahm ihn ab und entschuldigte mich.

»Okay«, sagte er und behielt die rechte Hand fest unten in der purpurnen Tasche. »Sie sind also wegen Miss Kolchenkos Wagen gekommen. Erzählen Sie doch mal.«

Ich schob mich an der Frau vorbei und näher auf ihn zu. Sie schrak zurück gegen die Wand und preßte flach die Hände dagegen. Camille in einer Oberschul-Aufführung. Die lange Zigarettenspitze lag leer vor ihren Zehen.

Als ich nur noch sechs Schritt von dem großen Mann entfernt war, sagte er gelassen: »Ich kann Sie auch so gut hören. Nur immer mit der Ruhe. Ich habe hier eine Pistole in der Tasche und lernen müssen, damit umzugehen. Also, was ist mit dem Wagen?«

»Der Mann, der ihn sich ausgeborgt hatte, konnte ihn nicht mehr zurückbringen«, sagte ich und hielt ihm die Karte, die ich immer noch in der Hand hatte, vor die Nase. Er warf kaum einen Blick darauf. Er sah mich aufmerksam an.

»Und?« sagte er nur.

»Sind Sie immer so ein harter Bursche?« fragte ich, »oder nur, wenn Sie Ihren Pyjama anhaben?«

»Warum konnte er ihn nicht mehr zurückbringen?« fragte er. »Und lassen Sie doch die albernen Witze.«

Die dunkle Frau neben mir gab einen unartikulierten Laut von sich.

»Schon gut, Schätzchen«, sagte der Mann. »Damit werde ich schon fertig. Geh mal hinein.«

Sie glitt an uns beiden vorbei und flatterte durch den Perlenvorhang.

Ich wartete ein Weilchen. Der große Mann regte keinen Muskel. Er wirkte nicht stärker beunruhigt als eine Kröte im Sonnenschein.

»Er konnte ihn nicht zurückbringen, weil jemand ihm das Lebenslicht ausgeblasen hat«, sagte ich. »Wolln mal sehn, wie Sie damit fertig werden.«

»Ach ja?« sagte er. »Haben Sie ihn als Beweisstück mitgebracht?«

»Nein«, sagte ich. »Aber wenn Sie sich Ihre Krawatte umbinden und einen Zylinder aufsetzen, bringe ich Sie hin und zeige Ihnen die Bescherung.«

»Wer, zum Teufel, haben Sie gesagt, sind Sie nun eigentlich?«

»Ich hab's nicht gesagt. Ich dachte, Sie könnten vielleicht lesen.« Ich hielt ihm zum zweitenmal die Karte vor die Nase.

»Ah, ja«, sagte er. »John Dalmas, Private Ermittlungen. Nun, ja, schön. Also, ich soll mit Ihnen kommen und mir jemanden ansehen – warum?«

»Vielleicht hat er den Wagen gestohlen«, sagte ich.

Der große Mann nickte. »Ist ein Gedanke. Vielleicht hat er. Aber wer?«

»Der kleine braune Bursche, der die Schlüssel in der Tasche hatte und der die Karre bei den Berglund Apartments um die Ecke abgestellt hatte.«

Er dachte darüber nach, ohne jede sichtbare Verwirrung. »Könnte schon irgendwas dran sein«, sagte er. »Nicht viel. Aber ein bißchen. Die Polizei muß wohl Karneval feiern heute nacht. Deshalb nehmen Sie ihr die ganze Arbeit ab.«

»Äh?«

»Der Karte nach sind Sie Privatdetektiv«, sagte er.

»Haben Sie ein paar Bullen draußen stehen, die bloß zu schüchtern sind, reinzukommen?«

»Nein, ich bin allein.«

Er grinste. Das Grinsen zeigte weiße Falten in seiner gebräunten Haut. »Sie finden also irgendwo einen Toten und nehmen ihm ein paar Schlüssel ab und finden einen Wagen und kommen damit angefahren – ganz allein. Keine Bullen. Ist das so?« Er seufzte. »Gehn wir rein«, sagte er. Er riß den Perlenvorhang zur Seite und ließ mich durch die Öffnung gehen. »Könnte sein, daß Sie einen Einfall haben, den ich mir anhören sollte.«

Ich trat an ihm vorbei, und er drehte sich und hielt seine schwere Tasche so, daß sie mir zugewandt blieb. Ich hatte erst jetzt, als ich ihm ganz nahe war, bemerkt, daß Schweißperlen auf seinem Gesicht standen. Es konnte auch der heiße Wind sein, aber das glaubte ich nicht.

Wir standen im Wohnzimmer des Hauses.

Wir nahmen Platz und sahen uns über einen dunklen Boden hinweg an, auf dem ein paar Navajo- und ein paar dunkle türkische Teppiche mit einer vielbenutzten, überpolsterten Sitzgarnitur eine nicht üble Kombination bildeten. Es gab einen Kamin, einen kleinen Flügel, einen chinesischen Wandschirm, eine große chinesische Laterne auf einem Piedestal aus Teak und goldene Netzvorhänge über den kleingekästelten Fenstern. Die Fenster nach Süden standen offen. Ein Obstbaum mit gekalktem Stamm bog sich draußen vor der Jalousie im Wind und leistete seinen bescheidenen Beitrag zu dem Krach, der von der anderen Straßenseite herüberdrang.

Der große Mann streckte sich bequem in einem Brokatsessel aus und legte die Füße, die in Pantoffeln steckten, auf einen Schemel. Er behielt die rechte Hand nach wie vor dort, wo er sie gehabt hatte, seit ich aufgetreten war – an seiner Pistole.

Die Brünette lungerte in den Schatten des Hintergrunds

herum, und eine Flasche gluckste, und die Tempelglöckchen bimmelten an ihren Ohren.

»Schon gut, Schätzchen«, sagte der Mann. »Alles bestens unter Kontrolle. Irgendwer hat irgendwen umgelegt, und dieser Bursche denkt nun, das könnte uns interessieren. Setz dich hin und sei schön friedlich.«

Das Mädchen warf den Kopf zurück und kippte sich ein halbes Wasserglas Whisky hinter die Binde. Sie seufzte, sagte beiläufig »Gottverdammtnochmal« und krüllte sich auf einem Sofa zusammen. Sie brauchte das ganze Sofa dazu. Sie hatte jede Menge Beine. Ihre vergoldeten Zehennägel blinzelten mich aus der schattigen Ecke an, wo sie sich von da an ruhig verhielt.

Ich holte meine Zigaretten heraus, ohne daß auf mich geschossen wurde, zündete mir eine an und servierte meine Geschichte. Es war nicht alles wahr daran, aber einiges schon. Ich erzählte ihnen von den Berglund Apartments und daß ich da wohnte, und daß Waldo da ebenfalls gewohnt hätte, im Stock unter mir, Apartment 21, und daß ich ihn aus geschäftlichen Gründen ein bißchen im Auge behalten hätte.

»Was für ein Waldo?« kam mir der blonde Mann dazwischen. »Und was für geschäftliche Gründe?«

»Mein werter Herr«, sagte ich, »haben Sie keine Geheimnisse?« Er wurde ein bißchen rot.

Ich erzählte ihm von der Kneipe gegenüber vom Berglund und was da passiert war. Von dem bedruckten Bolero-Jäckchen und von dem Mädchen, das es angehabt hatte, erzählte ich ihm nichts. Ich ließ sie ganz aus der Geschichte heraus.

»Es war ein Geheimauftrag – von meiner Warte aus gesehen«, sagte ich. »Wenn Sie verstehen, was ich meine.« Er wurde wieder ein bißchen rot, biß die Zähne zusammen. Ich fuhr fort: »Ich bin vom Präsidium zurückgekommen, ohne jemandem erzählt zu haben, daß ich Waldo kannte.

In einem geeigneten Moment, als ich zu der Überzeugung gelangt war, daß die Polizei an dem Abend wohl kaum noch herausbekommen würde, wo er wohnte, nahm ich mir dann die Freiheit, sein Apartment zu inspizieren.«

»Und dabei suchten Sie was?« fragte der große Mann mit belegter Stimme.

»Ein paar Briefe. Ich darf vielleicht nebenbei gleich erwähnen, daß nichts mehr dort war – außer einem Toten. Erdrosselt und mit einem Gürtel am Bettrahmen aufgehängt – schön aus dem Blickfeld geschafft. Ein kleiner Mann, etwa fünfundvierzig, Mexikaner oder Südamerikaner, gut gekleidet, in einem rehbraunen – – –«

»Das genügt«, sagte der große Mann. »Ich beiße an, Dalmas. War das eine Erpressungssache, der Sie nachgingen?«

»Hm, ja. Das Komische an dem Ganzen ist, daß der kleine braune Mann schwere Artillerie unter dem Arm hatte.«

»Er hatte nicht zufällig fünfhundert Eier in Zwanzigern in der Tasche?«

»Durchaus nicht. Aber Waldo hatte über siebenhundert bei sich, als er in der Kneipe getötet wurde.«

»Sieht so aus, als hätte ich diesen Waldo unterschätzt«, sagte der große Mann ruhig. »Er hat meinen Mann erledigt und ihm auch noch das Kaufgeld abgenommen, trotz der Kanone und allem. Hatte Waldo selber eine Kanone?«

»Nicht bei sich.«

»Mach uns was zu trinken, Schätzchen«, sagte der große Mann. »Ja, ich hab mich getäuscht, ich hab diesem Waldo nicht mehr zugetraut als einem Hemd im Sommerschlußramsch.«

Die Brünette entknotete ihre Beine und machte uns zwei Drinks mit Soda und Eis. Sie selber genehmigte sich eine neuerliche Portion, aber ohne Beilagen, und verknotete sich dann wieder auf dem Sofa. Ihre großen, glitzernden, schwarze Augen beobachteten mich feierlich.

»Also, folgendermaßen«, sagte der große Mann und hob sein Glas zum Wohl. »Ich habe niemanden ermordet, aber zurzeit einen Scheidungsprozeß am Hals. Auch Sie haben niemanden ermordet, so wie Sie die Sache darstellen, haben aber im Präsidium ein ziemlich dickes Ei gelegt. Was soll's. Das Leben ist kein Zuckerlecken, wo man auch hinsieht. Ich hab wenigstens noch das Schätzchen hier. Sie ist Weißrussin und mir in Shanghai über den Weg gelaufen. Sie ist so sicher wie ein Banktresor und sieht dabei aus, als würde sie einem für einen Nickel die Kehle durchschneiden. Das mag ich so besonders an ihr. Schönheit ohne Risiko.«

»Du reden verdammt dumme Zeug«, spuckte das Mädchen ihn an.

»Sie sehn mir aus, wie wenn Sie in Ordnung wären«, sagte der große Mann, ohne auf sie zu achten. »Das heißt, für einen Schlüssellochschnüffler. Gibt's einen Ausweg?«

»Ja-ah. Wird aber ein bißchen was kosten.«

»Hab ich erwartet. Wieviel?«

»Sagen wir nochmals fünfhundert.«

»Gottverdammtnochmal, diese heiße Wiind mach mich trocken wie Asche von Liiebe«, sagte das Russenmädchen bitter.

»Fünfhundert ließen sich machen«, sagte der blonde Mann. »Was krieg ich dafür?«

»Wenn ich's deichseln kann – bleiben Sie aus der Geschichte raus. Wenn nicht – brauchen Sie nicht zu zahlen.«

Er dachte darüber nach. Sein Gesicht sah zerfurcht aus und müde jetzt. Die kleinen Schweißperlen funkelten in seinem kurzen blonden Haar.

»Dieser Mord wird Sie nötigen, den Mund aufzumachen«, grummelte er. »Der zweite, meine ich. Und ich habe nicht, was ich kaufen wollte. Wenn's zum Schmieren gedacht ist, das Geld, würde ich lieber direkt kaufen.«

»Wer war der kleine braune Mann?« fragte ich.

»Hieß Leon Valesanos, aus Uruguay. Ein weiterer Import von mir. Ich habe einen Job, bei dem man viel herumkommt. Er arbeitete im Spezzia Club in Chiseltown – Sie wissen vielleicht, Sunset Strip, kurz vor Beverly Hills. Am Roulette, glaube ich. Die fünfhundert habe ich ihm gegeben, damit er zu diesem – diesem Waldo geht und ein paar Rechnungen kauft, Rechnungen für Waren, die Miss Kolchenko auf meinen Namen gekauft und hierher hatte liefern lassen. Das war nicht sehr helle von ihr, stimmt's? Ich hatte sie in meiner Aktentasche, und dieser Waldo fand Gelegenheit, sie mir zu stehlen. Was vermuten Sie, was passiert ist?«

Ich schlürfte meinen Drink und sah ihn an meiner Nase entlang an. »Ihr Freund aus Uruguay hat wahrscheinlich ein bißchen den Preis drücken wollen, und da hat Waldo sich taub gestellt. Dann dachte der kleine Bursche vielleicht, daß eine Mauser seinen Argumenten Nachdruck verleihen könnte – und da war Waldo zu schnell für ihn. Ich würde nicht sagen, daß Waldo ein Killer war – jedenfalls nicht aus Vorsatz. Das sind Erpresser selten. Vielleicht hat er bloß die Nerven verloren, und vielleicht auch hat er dem kleinen Burschen einfach eine Idee zu lange den Hals gedrückt. Dann mußte er sich wohl oder übel dünnmachen. Aber er hatte noch eine andere Verabredung, bei der ein bißchen mehr Geld auf ihn zukam. Und da hat er dann die Gegend abgesucht nach der betreffenden Person. Und zufällig ist er dabei einem alten Freund über den Weg gelaufen, der unfreundlich genug war und betrunken genug, um ihm das Licht auszupusten.«

»Verdammt viele Zufälle, die da zusammenkommen in diesem Spiel«, sagte der große Mann.

»Das macht der heiße Wind«, grinste ich. »Heute nacht drehn praktisch alle durch.«

»Für die fünfhundert garantieren Sie nichts? Wenn ich nicht rausbleibe aus der Sache, kriegen Sie kein Geld. Meinen Sie's so?«

»So meine ich's«, sagte ich und lächelte ihn an.

»Das mit dem Durchdrehen, das stimmt«, sagte er und leerte sein Glas. »Ich gehe auf Ihren Vorschlag ein.«

»Da wären nur noch zwei Sachen«, sagte ich sanft und beugte mich in meinem Sessel vor. »Waldo hatte seinen Wagen, in dem er türmen wollte, vor der Kneipe stehen lassen, unabgeschlossen, mit laufendem Motor. Der Killer ist dann darin weg. Es besteht also immer die Möglichkeit, daß aus der Richtung ein Rückschlag kommt. Sie verstehen doch – Waldos ganzes Zeug muß in dem Wagen gewesen sein.«

»Einschließlich meiner Rechnungen und Ihrer Briefe.«

»Ja-ah. Aber die Polizei ist in solchen Sachen vernünftig – es sei denn, Ihr Name verschafft ihr eine Menge Publicity. Wenn nicht, dürfte's auf dem Präsidium wohl glattgehen, denke ich. Wenn aber doch – tja, das wäre das zweite. Was sagten Sie, wie war doch gleich Ihr Name?«

Seine Antwort brauchte lange Zeit. Als sie endlich kam, warf sie mich längst nicht so vom Stuhl, wie ich gedacht hatte. Auf einmal war alles nur zu logisch.

»Frank C. Barsaly«, sagte er.

Nach einer Weile rief das Russenmädchen mir ein Taxi. Als ich abfuhr, leistete die Party auf der anderen Straßenseite immer noch, was eine Party nur leisten kann. Mir fiel auf, daß die Wände des Hauses immer noch standen. Das fand ich schade.

VI

Als ich die gläserne Eingangstür zum Berglund aufschloß, roch ich Polizei. Ich sah auf meine Armbanduhr. Es war fast drei Uhr früh. In der dunklen Ecke der Halle döste auf einem Stuhl ein Mann mit einer Zeitung vorm Gesicht. Er hatte große Füße von sich gestreckt. Eine Ecke der Zeitung hob sich einen Zoll, senkte sich dann wieder. Eine andere Bewegung machte der Mann nicht.

Ich ging durch die Halle zum Fahrstuhl und fuhr in meinen Stock hinauf. Ich ging auf leisen Sohlen den Flur entlang, schloß meine Tür auf, öffnete sie weit und griff nach dem Lichtschalter.

Ein Zugschalter schnappte, und Licht flammte in der Stehlampe neben dem Sessel auf, hinter dem Schachtischchen, auf dem immer noch ein paar von meinen Figuren verstreut lagen.

Copernik saß da, mit einem steifen, unfreundlichen Grinsen auf dem Gesicht. Der gedrungene dunkle Mann, Ybarra, saß auf der anderen Zimmerseite, mir zur Linken, ganz still, mit halbem Lächeln wie gewöhnlich.

Copernik zeigte noch mehr von seinen großen gelben Pferdezähnen und sagte: »Hallo. Lange nicht gesehen. Mit ein paar Mädels ausgewesen?«

Ich schloß die Tür und nahm meinen Hut ab und wischte mir den Nacken, langsam, wieder und immer wieder. Copernik behielt sein Grinsen bei. Ybarra blickte mit seinen sanften dunklen Augen ins Nichts.

»Nehmen Sie doch Platz, Freundchen«, sagte Copernik gedehnt. »Fühlen Sie sich wie zu Hause. Wir müssen ein kleines Palaver halten. Jungejunge, wie ich dies Spurenjagen hasse! Wußten Sie schon, daß Ihr ganzer Schnaps alle war?«

»Hätt ich mir denken können«, sagte ich. Ich lehnte mich gegen die Wand.

Copernik grinste immer weiter. »Ich hab Privatdetektive immer gehaßt«, sagte er, »aber ich hab noch nie die Chance gehabt, einem den Hals umzudrehen, wie heute nacht.«

Er griff lässig neben seinen Sessel und hob ein bedrucktes Bolero-Jäckchen hoch, warf es auf den Schachtisch. Er griff nochmals nieder und legte einen breitrandigen Hut daneben.

»Ich wette, Sie sehen entzückend aus, wenn Sie das tragen«, sagte er.

Ich griff nach einem Stuhl, drehte ihn herum und setzte mich rittlings darauf, legte die verschränkten Arme auf die Lehne und sah Copernik an.

Er stand ganz langsam auf – mit künstlicher Langsamkeit, kam durch den Raum herüber und blieb vor mir stehen, strich sich die Jacke glatt. Dann hob er die offene rechte Hand und schlug mir damit quer übers Gesicht – hart. Es brannte, aber ich rührte mich nicht.

Ybarra sah gegen die Wand, sah auf den Boden, sah ins Nichts.

»Sie sollten sich was schämen, Freundchen«, sagte Copernik lässig. »Wie kann man derart exquisite Sachen nur so nachlässig aufbewahren! Einfach bloß so unter die alten Hemden gestopft. Ihr dreckigen Schnüffler habt mich schon immer krank gemacht.«

Er blieb einen Moment lang vor mir, über mir stehen. Ich rührte mich nicht und sagte kein Wort. Ich blickte in seine verglasten Trinkeraugen. Er ballte die Faust an der Seite, dann zuckte er die Achseln und drehte sich um und ging zu seinem Sessel zurück.

»Okay«, sagte er. »Die Fortsetzung kann noch warten. Wo haben Sie diese Sachen her?«

»Sie gehören einer Dame.«

»Was Sie nicht sagen. Sie gehören einer Dame. Hat man sowas von Frohsinn schon mal – – –! Ich will Ihnen sagen, welcher Dame sie gehören. Sie gehören der Dame, nach der ein Bursche namens Waldo sich in einer Kneipe gegenüber von hier erkundigt hat – etwa zwei Minuten bevor er ein bißchen totgeschossen wurde. Oder sollte Ihnen das ganz entfallen sein?«

Ich sagte nichts.

»Sie waren scharf auf die Kleine«, höhnte Copernik. »Und Sie sind ein gerissener Bursche, Freundchen, das muß man Ihnen lassen. Sie haben mich glatt hinters Licht geführt.«

»Deswegen muß ich noch lange nicht gerissen sein«, sagte ich.

Sein Gesicht verzerrte sich jäh, und er wollte aufstehen. Ybarra lachte, plötzlich und sanft, fast verhalten. Coperniks Augen fuhren zu ihm herum, bohrten sich in sein Gesicht. Dann sah er wieder mich an, mit leerem Blick.

»Der Ithaker mag Sie«, sagte er. »Er findet Sie gut.«

Das Lächeln verließ Ybarras Gesicht, aber kein anderer Ausdruck nahm seine Stelle ein. Es lag überhaupt kein Ausdruck darauf.

Copernik sagte: »Sie haben die ganze Zeit schon gewußt, wer die Dame war. Sie wußten auch, wer Waldo war und wo er wohnte. Gleich gegenüber von Ihnen, nur einen Stock tiefer. Sie wußten, daß dieser Waldo einen Burschen umgelegt hatte und im Begriff stand zu türmen, bloß daß ihm dieses Flittchen da irgendwie zwischen die Pläne geriet und er scharf darauf war, sich noch mal mit ihr zu treffen, bevor er sich verdünnisierte. Dazu ist er dann nie mehr gekommen. Ein alter Kumpan von ihm aus dem Osten, Al Tessilore mit Namen, hat ihm da einen Strich durch gemacht, indem er durch Waldo selber einen Strich machte. Dann haben Sie das Mädchen getroffen und ihre Sachen bei sich versteckt und sie wieder auf den Weg geschickt und über alles dichtgehalten. So verdienen sich Kerls wie Sie eben ihre Brötchen. Hab ich recht?«

»Ja-ah«, sagte ich. »Bloß daß ich diese ganzen Sachen erst vor kurzem erfahren habe. Wer war denn Waldo?«

Copernik sah mich mit gebleckten Zähnen an. Rote Flecken brannten hoch auf seinen bleichen Backen. Ybarra sagte, ohne vom Boden aufzublicken, sehr sanft: »Waldo Ratigan. Wir haben ihn über Fernschreiber von Washington gekriegt. Er war ein billiger Fensterkletterer mit ein paar kleinen Vorstrafen. Bei einem Banküberfall in Detroit war er der Fahrer. Er hat dann später gegen die Bande ausgesagt und Straffreiheit gekriegt dafür. Einer von der Bande war dieser Al Tessilore. Er hat zwar noch keinen Mucks gesagt, aber wir meinen, daß die Begegnung in der Kneipe drüben reiner Zufall war.«

Ybarra sprach mit der sanften, ruhigen, fein abgestuften Stimme eines Mannes, für den Klänge eine Bedeutung haben. Ich sagte: »Danke, Ybarra. Kann ich rauchen – oder wird Copernik mir die Zigarette aus dem Mund treten?«

Ybarra lächelte plötzlich. »Aber sicher können Sie rauchen«, sagte er.

»Der Ithaker mag Sie tatsächlich«, spöttelte Copernik. »Man weiß doch nie, was ein Ithaker für Geschmacksneigungen entwickelt, stimmt's?«

Ich zündete mir eine Zigarette an. Ybarra betrachtete Copernik und sagte sehr sanft: »Dieses Wort Ithaker – du strapazierst es ein bißchen zu sehr, finde ich. Ich mag's nicht so gern, wenn's auf mich angewendet wird.«

»Ist mir schnurzegal, was du magst, Ithaker.«

Ybarra lächelte noch ein wenig stärker. »Du machst einen Fehler«, sagte er. Dann zog er eine kleine Nagelfeile heraus und begann sie zu benutzen, mit gesenktem Blick.

Copernik giftete: »Ich hab schon von Anfang an gerochen, daß an Ihnen was faul war, Dalmas. Als wir diese beiden Lumpen identifiziert hatten, haben wir uns, Ybarra und ich, deshalb gedacht, wir schwirren mal rüber und nehmen Sie noch mal ins Gebet. Ich greife mir eins von Waldos Leichenhallen-Photos – hübsche Arbeit, das Licht genau richtig in die Augen, die Krawatte schön grade, und ein weißes Tüchlein genau richtig vorn in der Tasche. Hübsche Arbeit. Und unterwegs hier, rein aus Routine, holen wir den Hausverwalter aus dem Bett und lassen ihn mal draufgucken. Und tatsächlich, er kennt den Burschen. Wohnt hier als A. B. Hummel, Apartment 21. Also gehn wir da rein und finden einen Toten. Dann machen wir mit dem die

Runde. Keiner kennt ihn bis jetzt, aber er hat ein paar prächtige Fingerabdrücke unter dem bewußten Gürtel, und ich höre, daß sie ganz allerliebst zu Waldos Fingern passen.«

»Na, das ist doch was«, sagte ich. »Ich dachte nämlich schon, *ich* hätte ihn vielleicht ermordet.«

Copernik starrte mich lange an. Sein Gesicht hatte aufgehört zu grinsen und war jetzt nur noch eine harte, brutale Visage. »Ja-ah. Wir haben sogar noch mehr«, sagte er. »Wir haben den Wagen, mit dem Waldo türmen wollte – und alles, was Waldo zum Mitnehmen eingepackt hatte.«

Ich blies Zigarettenrauch aus, in ruckenden Stößen. Der Wind schlug gegen die geschlossenen Fenster. Die Luft im Zimmer war dumpf.

»Ah ja, wir sind helle Burschen«, höhnte Copernik. »Mit soviel Mumm und Köpfchen hätten wir nie gerechnet. Sehen Sie sich das mal an.«

Er fuhr mit der knochigen Hand in seine Rocktasche und zog ganz langsam etwas über die Kante des Schachtischchens herauf, zog es lang über die grüne Plattenfläche und ließ es schimmernd ausgestreckt darauf liegen. Eine weiße Perlenschnur mit einer Schließe wie ein zweiflügliger Propeller. Sie glänzte sanft in der dicken, qualmigen Luft.

Lola Barsalys Perlen. Die Perlen, die der Flieger ihr geschenkt hatte. Der Bursche, der tot war, der Bursche, den sie immer noch liebte.

Ich starrte sie an, rührte mich aber nicht. Nach einer längeren Weile sagte Copernik fast ernst: »Hübsch, was? Ist Ihnen jetzt vielleicht danach, uns ein bißchen was zu erzählen, Mr. Dalmas?«

Ich stand auf und schob den Stuhl unter mir weg, ging langsam durch das Zimmer und schaute mir die Perlen an. Die größte hatte vielleicht einen Drittelzoll Durchmesser. Sie waren rein weiß, irisierend, hatten einen weichen, zarten Glanz. Ich nahm sie langsam vom Schachtischchen hoch, wo sie neben ihren anderen Sachen lagen. Sie fühlten sich schwer an, glatt, sehr schön.

»Hübsch«, sagte ich. »Die sind an den meisten Verwicklungen schuld. Ja-ah, jetzt werde ich reden. Müssen eine Menge Geld wert sein.«

Ybarra lachte hinter mir. Es war ein sehr freundliches Lachen. »Rund hundert Dollar«, sagte er. »Eine gute Imitation.«

Ich hob die Perlen erneut an die Augen. Coperniks glasiger Blick glotzte mich an. »Woran sehen Sie das?« fragte ich.

»Ich kenne mich aus mit Perlen«, sagte Ybarra. »Die hier sind gut gemacht, ganz die Art, wie Frauen sie sich oft selber anfertigen lassen, als Versicherung sozusagen. Aber sie sind glatt wie Glas. Echte Perlen sind kiesig zwischen den Zähnen. Probieren Sie mal.«

Ich nahm zwei oder drei von ihnen zwischen die Zähne und bewegte die Zähne vor und zurück und hin und her. Fest beißen wollte ich nicht gerade drauf. Die Perlen waren hart und glatt.

»Ja. Sind wirklich sehr gut gemacht«, sagte Ybarra. »Manche haben sogar kleine Unebenheiten und flache Stellen, wie echte Perlen sie haben können.«

»Würden sie fünfzehn Riesen kosten – wenn sie echt wären?« fragte ich.

»Si. Vermutlich schon. Das ist schwer zu sagen. Hängt von einer Menge Sachen ab.«

»Dieser Waldo war gar nicht so schlecht«, sagte ich.

Copernik stand blitzschnell auf, aber ich sah nicht, wie er ausholte. Ich sah noch immer auf die Perlen nieder. Seine Faust traf mir seitlich ins Gesicht, gegen die Backenzähne. Ich schmeckte sofort Blut. Ich taumelte zurück und tat so, als hätte er mich schlimmer erwischt, als es wirklich der Fall war.

»Setzen Sie sich hin und reden Sie, Sie – – –!« flüsterte er fast.

Ich setzte mich hin und benutzte ein Taschentuch, um mir die Backe zu tupfen. Ich leckte an dem Riß in meinem Mund. Dann stand ich wieder auf und ging hinüber und hob die Zigarette auf, die er mir aus dem Mund geschlagen hatte. Ich zerdrückte sie in einem Aschenbecher und setzte mich wieder hin.

Ybarra feilte an seinen Nägeln und hielt einen davon unter die Lampe. Auf Coperniks Brauen standen Schweißperlen, an den inneren Enden.

»Sie haben diese Perlen in Waldos Wagen gefunden«, sagte ich und sah nur Ybarra an dabei. »Auch irgendwelche Papiere?«

Er schüttelte, ohne aufzublicken, den Kopf.

»*Ihnen* würde ich glauben«, sagte ich. »Hier also meine Geschichte. Ich hatte Waldo noch nie gesehen, als er heute abend in die Kneipe drüben kam und nach dem Mädchen fragte. Ich wußte nichts mehr, als was ich erzählt habe. Als ich nach Hause kam und aus dem Fahrstuhl trat, wartete dieses Mädchen dort auf dem Flur, in dem bedruckten Bolero-Jäckchen und dem breiten Hut und dem blauen Seidenkreppkleid – ganz wie er's beschrieben hatte. Und sie sah aus wie ein echt nettes Mädchen.«

Copernik lachte spöttisch. Das konnte mir jetzt egal sein. Ich hatte ihn in der Hand. Er brauchte das nur noch zu kapieren. Und das stand ihm jetzt bevor, ganz kurz bevor.

»Ich wußte, daß sie als Zeugin von der Polizei gesucht wurde«, sagte ich. »Und ich hatte den Verdacht, daß noch was anderes hinter der Sache steckte. Aber daß mit ihr selber etwas nicht stimmen könnte, den Verdacht hatte ich keinen Augenblick. Sie war einfach ein nettes Mädchen, das in der Klemme steckte – und nicht einmal etwas von der Klemme ahnte. Ich nahm sie mit zu mir rein. Da zog sie eine Pistole. Aber sie meinte es nicht ernst, sie war nur durcheinander.«

Copernik setzte sich sehr plötzlich auf und begann sich

die Lippen zu lecken. Sein Gesicht hatte auf einmal einen wie versteinerten Ausdruck. Als sei es aus feuchtem grauem Stein. Er gab keinen Laut von sich.

»Waldo war ihr Chauffeur gewesen«, fuhr ich fort. »Er hatte sich Joseph Choate genannt. Sie selbst heißt Mrs. Frank C. Barsaly. Ihr Mann ist ein vielgefragter Ingenieur, für Hydroelektrik. Irgendein Bursche hatte ihr früher einmal die Perlen geschenkt, und sie erzählte ihrem Mann, es wären bloß Warenhausperlen. Waldo kam irgendwie dahinter, daß eine alte Romanze damit zusammenhing, und als Barsaly aus Südamerika nach Hause kam und ihn feuerte, weil er ein bißchen zu gut aussah, riß er sich die Perlen unter den Nagel.«

Ybarra hob ganz plötzlich den Kopf, und seine Zähne blitzten. »Sie meinen, er wußte gar nicht, daß es Imitationen waren?«

»Ich hab mir schon gedacht, daß er die echten vielleicht verscheuert hat und diese hier anfertigen lassen«, sagte ich.

Ybarra nickte. »Wäre möglich.«

»Er ließ auch noch was anderes mitgehen«, sagte ich. »Irgendwelches Zeug aus Barsalys Aktentasche, aus dem hervorging, daß er eine Frau aushielt – draußen in Brentwood. Er hat also Mann und Frau gleichzeitig erpreßt, ohne daß eins vom andern wußte. Alles mitgekriegt so weit?«

»Ich schon«, sagte Copernik heiser, zwischen zusammengepreßten Lippen. Sein Gesicht war immer noch aus feuchtem grauem Stein. »Machen Sie doch bloß weiter, verdammt.«

»Waldo hatte vor ihnen keine Angst«, sagte ich. »Er verheimlichte durchaus nicht, wo er wohnte. Das war ziemlich verrückt von ihm, ersparte ihm aber eine Menge Schwindeleien, wenn er's riskierte. Das Mädchen kam heute abend her, um sich mit fünf Riesen ihre Perlen zurückzukaufen. Sie kriegte Waldo aber nie mehr zu sehen. Sie ging zu seiner Wohnung rauf, um da nach ihm zu suchen, und stieg dann zu Fuß einen Stock höher, bevor sie wieder runterfuhr. Wie Frauen das machen, wenn sie besonders vorsichtig sein wollen. So bin ich ihr begegnet. So nahm ich sie hier mit rein. So stand sie dann dort drüben im Ankleidezimmer, als Al Tessilore mich besuchte, um einen Zeugen auszuradieren.« Ich zeigte zur Tür des Ankleidezimmers hinüber. »Und so ist sie dann mit ihrer kleinen Pistole da rausgekommen und hat sie ihm in den Rücken gebohrt und mir das Leben gerettet«, sagte ich.

Copernik rührte sich nicht. Es war etwas Grauenhaftes jetzt in seinem Gesicht. Ybarra ließ seine Nagelfeile in eine kleine Lederhülle gleiten und verstaute sie langsam in der Tasche.

»Ist das alles?« fragte er freundlich.

Ich nickte. »Außer daß sie mir noch gesagt hat, welches Apartment Waldo hatte, und da bin ich dann hingegangen, um nach den Perlen zu suchen. Ich fand statt dessen den Toten. In seiner Tasche steckten neue Wagenschlüssel von einer Packard-Vertretung. Und unten auf der Straße fand ich dann den Packard selber und brachte ihn dahin zurück, wo er her war. Nämlich zu der Frau, die Barsaly aushält. Barsaly hatte einen Freund aus dem Spezzia Club hergeschickt, um etwas zu kaufen, und der hatte versucht, es mit der Kanone zu kaufen statt mit dem Geld, das Barsaly ihm gegeben hatte. Daraufhin hat Waldo ihn dann fertiggemacht.«

»Ist das alles?« fragte Ybarra sanft.

»Alles«, sagte ich und leckte mir die geplatzte Stelle innen an meiner Backe.

Ybarra sagte langsam: »Was verlangen Sie?«

Coperniks Gesicht verzerrte sich, und er schlug sich auf den langen, harten Schenkel. »Der Bursche ist gut«, spottete er. »Fällt auf eine Rumtreiberin rein und verstößt so ungefähr gegen das ganze Gesetzbuch, und da fragst du ihn noch, was er verlangt? Ich werde ihm geben, was er braucht, Ithaker!«

Ybarra wandte langsam den Kopf und sah ihn an. »Ich glaube, das wirst du nicht tun«, sagte er. »Ich glaube, du wirst ihm ein sauberes Unbedenklichkeitszeugnis ausstellen und alles zugestehen, was er sonst noch verlangt. Er hat dir nämlich eine Lektion in Polizeiarbeit erteilt.«

Eine lange Minute lang regte Copernik sich nicht und gab auch keinen Laut von sich. Keiner von uns regte sich. Dann beugte Copernik sich vor, und seine Jacke ging auf. Der Kolben seiner Dienstpistole schaute unter seinem Arm aus dem Halfter hervor.

»Also, was verlangen Sie?« fragte er mich.

»Was auf dem Schachtischchen da liegt. Das Jäckchen und den Hut und die nachgemachten Perlen. Und daß ein paar Namen nicht in die Zeitungen kommen. Ist das zuviel?«

»Ja-ah – das ist zuviel«, sagte Copernik fast liebenswürdig. Er machte eine Seitenwendung, und die Pistole sprang ihm sauber in die Hand. Er stützte den Unterarm auf den Schenkel und richtete die Waffe auf meinen Bauch.

»Mir gefällt viel besser, daß Sie eine Portion Blei in die Kutteln kriegen, weil Sie sich der Verhaftung widersetzt haben«, sagte er. »Mir gefällt das besser, weil ich schon einen Bericht vorgelegt habe, über Al Tessilores Verhaftung und meine Beteiligung daran. Weil grad in diesem Moment schon die ersten Morgenblätter mit Photos von mir auf die Straße kommen. Mir gefällt's besser, wenn Sie nicht mehr lange genug leben, um sich darüber schieflachen zu können, Freundchen.«

Mein Mund fühlte sich plötzlich heiß an und trocken. In der Ferne hörte ich den Wind toben. Es kam mir vor wie ferner Kanonendonner.

Ybarra bewegte die Füße auf dem Boden und sagte kalt: »Du hast hier zwei Fälle, die vollständig gelöst sind, Polizist. Dafür tust du nichts weiter, als daß du einigen wertlosen Krempel hierläßt und ein paar Namen aus den Zeitungen raushältst. Das heißt – auch aus den Akten der

Staatsanwaltschaft. Wenn die sie trotzdem kriegt, sieht's ziemlich schlecht für dich aus.«

Copernik sagte: »Mir gefällt's auf die andere Art besser.« Die blaue Pistole in seiner Hand war wie ein Felsbrocken. »Und gnade dir Gott, wenn du mich nicht deckst!«

Ybarra sagte: »Wenn die Öffentlichkeit von der Frau Wind bekommt, stehst du als Lügner da, der ein falsches Protokoll abgegeben hat, und als Betrüger an deinem eigenen Kollegen. In einer Woche wird man im Präsidium nicht mal mehr deinen Namen nennen. Schon beim Gedanken daran wird allen schlecht werden.«

Der Hahn an Coperniks Pistole klickte zurück, und ich sah, wie sich sein großer knochiger Finger weiter um den Abzug krümmte. Mein Nacken war so naß wie eine Hundeschnauze.

Ybarra stand auf. Die Pistole fuhr zu ihm herum. Er sagte: »Dann wollen wir mal sehen, wie feige ein Ithaker ist. Ich sage dir, steck die Knarre weg, Sam.«

Er setzte sich in Bewegung. Er tat vier ruhige Schritte. Copernik war ein Mann ohne einen Hauch von Bewegung, ein Mann aus Stein.

Ybarra tat einen weiteren Schritt, und ganz plötzlich begann die Pistole zu zittern.

Ybarra sagte gelassen: »Steck sie weg, Sam. Wenn du den Kopf behältst, geht alles glatt. Wenn nicht – bist du erledigt.«

Er tat einen weiteren Schritt. Coperniks Mund öffnete sich weit und gab ein keuchendes, luftschnappendes Geräusch von sich. Dann sackte er im Sessel zusammen, als hätte er einen Schlag auf den Kopf bekommen. Seine Lider erschlafften.

Ybarra riß ihm die Pistole mit einer Bewegung aus der Hand, so blitzschnell, daß es überhaupt keine Bewegung mehr war. Er trat rasch zurück, hielt die Pistole an der Seite nach unten.

»Es ist der heiße Wind, Sam. Wir wollen's vergessen«, sagte er mit derselben, gelassenen, fast empfindsamen Stimme.

Coperniks Schultern sackten noch tiefer, und er barg das Gesicht in den Händen. »Okay«, sagte er zwischen den Fingern.

Ybarra ging sanft durch das Zimmer und öffnete die Tür. Er sah mich mit trägen, halbgeschlossenen Augen an. »Ich würde ebenfalls eine Menge tun für eine Frau, die mir das Leben gerettet hat«, sagte er. »Ich schlucke das Menü, das Sie uns angerichtet haben, aber daß es mir schmeckt, können Sie von mir als Polizisten nicht erwarten.«

Ich sagte: »Der kleine Mann in dem Bett heißt Leon Valesanos. Er war Croupier im Spezzia Club.«

»Danke«, sagte Ybarra. »Gehn wir, Sam.«

Copernik stand schwerfällig auf und ging durchs Zimmer und durch die offene Tür hinaus und außer Sicht. Ybarra folgte ihm durch dic Tür und wollte sie schließen.

Ich sagte: »Einen Moment noch.«

Er wandte langsam den Kopf, die linke Hand an der Tür, die blaue Pistole dicht unten an der rechten Seite.

»Mir ist es nicht um Geld gegangen in dieser Sache«, sagte ich. »Die Barsalys wohnen zwo-zwölf Fremont Place. Sie können ihr die Perlen bringen. Wenn Barsalys Name aus der Zeitung herausbleibt, kriege ich fünf Hunderter. Die gehn an den Polizei-Fonds. Ich bin gar nicht so gewieft, wie Sie denken. Es ist einfach alles so gekommen – und Ihr Kollege ist ein Lump.«

Ybarra sah durch das Zimmer zu den Perlen auf dem Schachtischchen hinüber. Seine Augen leuchteten. »Bringen Sie die ihr selbst«, sagte er. »Das mit den fünfhundert ist okay. Ich denke, der Fonds hat sie verdient.«

Er schloß still die Tür, und einen Augenblick später hörte ich den Fahrstuhl gehen.

Ich öffnete mein Fenster und steckte den Kopf hinaus in den Wind und sah dem davonfahrenden Streifenwagen nach. Der Wind blies scharf herein, und ich ließ ihn blasen. Ein Bild fiel von der Wand, und zwei Schachfiguren rollten vom Tisch. Der Stoff von Lola Barsalys Jäckchen hob sich und zitterte.

Ich ging in meine kleine Küche und trank ein bißchen Scotch und ging ins Wohnzimmer zurück und rief sie an – so spät es war.

Sie kam selber an den Apparat, sehr schnell, ohne jeden Schlaf in der Stimme.

»Dalmas«, sagte ich. »Alles okay bei Ihnen?«

»Ja ... ja«, sagte sie. »Ich bin allein.«

»Ich habe etwas gefunden«, sagte ich. »Oder vielmehr die Polizei. Aber ihr dunkler Junge hat Sie betrogen. Ich habe hier eine Schnur mit Perlen. Aber echte sind es nicht. Die echten hat er vermutlich verkauft und für Sie dann eine Imitation anfertigen lassen, mit der echten Schließe.«

Sie war lange still. Dann, ein bißchen schwach: »Die Polizei hat sie gefunden?«

»In Waldos Wagen. Aber es kommt nicht ins Protokoll. Wir haben ein Abkommen getroffen. Sehn Sie morgen früh in die Zeitungen, dann können Sie sich ausrechnen, warum.«

»Dann gibt es wohl weiter nichts mehr zu sagen«, sagte sie. »Kann ich die Schließe haben?«

»Ja. Wollen wir uns morgen um vier in der Bar des Esquire Club treffen?«

»Sie sind wirklich lieb«, sagte sie mit erschöpfter Stimme. »Ja. Frank ist immer noch auf seiner Tagung.«

»Diese Tagungen – die nehmen einen ganz schön in Anspruch«, sagte ich. Wir sagten uns Auf Wiedersehen.

Ich rief eine Nummer in West Los Angeles an. Er war noch da, bei seinem Russenmädchen.

»Sie können mir morgen früh einen Scheck über fünfhundert Dollar schicken«, erklärte ich ihm. »Ausgestellt auf den Polizei-Fonds, wenn Sie wollen. Da geht er nämlich hin.«

Copernik bestritt die dritte Seite der Morgenblätter mit zwei Photos und einem hübschen Halbspalter. Der kleine braune Mann in Apartment 21 tauchte überhaupt nicht in den Zeitungen auf. Der Verband der Apartmenthausbesitzer hat schließlich keine schlechten Beziehungen.

Ich ging nach dem Frühstück aus dem Haus, und der Wind hatte sich völlig gelegt. Der Himmel war bewölkt und ruhig und grau. Ich fuhr zum Boulevard hinunter und suchte mir das beste Juweliergeschäft und legte eine Perlenkette auf eine schwarze Samtunterlage unter einer tageslichtblauen Lampe. Ein Mann mit Eckenkragen und gestreifter Hose schaute sie sich gelangweilt an.

»Wie gut?« fragte ich.

»Tut mir leid, Sir. Wir geben keine Schätzungen ab. Ich kann Ihnen den Namen eines Taxators nennen.«

»Machen Sie keine Faxen«, sagte ich. »Das sind holländische.«

Er richtete die Lampe ein wenig und beugte sich nieder und spielte mit ein paar Zoll der Kette herum.

»Ich brauche eine Kette, genau wie diese, mit dieser Schließe dran, und zwar schnell«, fügte ich hinzu.

»Was denn, genau wie diese?« Er schaute nicht auf. »Und holländische sind es nicht. Es sind böhmische.«

»Okay, können Sie ein Duplikat davon herstellen?«

Er schüttelte den Kopf und schob die Samtunterlage von sich, als könnte sie ihn beschmutzen. »In drei Monaten vielleicht. Hier im Lande werden solche Glasarbeiten nicht hergestellt. Wenn es wirklich ein genaues Duplikat sein soll – drei Monate mindestens. Und unser Haus übernimmt solche Sachen überhaupt nicht.«

»Es muß herrlich sein, wenn man die Nase so hoch tragen kann«, sagte ich. Dann schob ich ihm eine Karte unter den schwarzen Ärmel. »Geben Sie mir eine Adresse, die's macht – und nicht erst in drei Monaten – und vielleicht nicht als haargenaue Kopie.«

Er zuckte die Achseln, ging mit der Karte weg, kam nach fünf Minuten zurück und händigte sie mir wieder aus. Auf der Rückseite stand etwas geschrieben.

Der alte Levantiner hatte einen Laden am Melrose, einen Kramladen mit allem möglichen Zeug im Fenster, vom zusammenklappbaren Kinderwagen bis zum Waldhorn, vom Perlmutt-Lorgnon in verschossenem Plüschetui bis zum sechsschüssigen 44er Single Action Special, wie sie ihn immer noch für Schutzpolizisten im Westen herstellen, deren Großväter einmal knallharte Sheriffs waren.

Der alte Levantiner trug ein Käppchen auf dem Schädel und zwei Brillen und einen Vollbart. Er studierte meine Perlen, schüttelte traurig den Kopf und sagte: »Für zwanzig Dollar, fast so gut. Nicht ganz so gut, verstehen Sie. Nicht so gutes Glas.«

»Wie ähnlich werden sie denn ausfallen?«

Er breitete die festen, starken Hände. »Ich sage Ihnen die Wahrheit«, sagte er. »Kein neugeborenes Kind würde drauf reinfallen.«

»Machen Sie's trotzdem«, sagte ich. »Und die Schließe dran. Und natürlich will ich die anderen auch wiederhaben.«

»Natürlich. Zwei Uhr«, sagte er.

Leon Valesanos, der kleine Mann aus Uruguay, bestritt die Nachmittagsblätter. Er war erhängt aufgefunden worden, in einem ungenannten Apartment. Die Polizei ermittelte noch.

Um vier Uhr betrat ich die lange kühle Bar des Club Esquire und schlenderte die Reihe der Nischen entlang, bis ich eine fand, in der, allein für sich, eine Frau saß. Sie trug einen Hut, der wie ein flacher Suppenteller aussah mit sehr breitem Rand, und ein braunes maßgearbeitetes Kostüm mit einem strengen männlichen Hemd und einer Krawatte.

Ich setzte mich neben sie und schob ihr ein Paket über den Sitz. »Machen Sie's gar nicht erst auf«, sagte ich. »Am besten geben Sie's gleich zum Einäschern, so wie es ist – wenn Sie wollen.«

Sie blickte mich mit dunklen, müden Augen an. Ihre Finger drehten ein dünnes Glas, das nach Pfefferminz roch. »Danke.« Ihr Gesicht war sehr blaß.

Ich bestellte einen Highball, und der Kellner ging weg. »Schon die Zeitungen gelesen?«

»Ja.«

»Jetzt verstehen Sie doch, wie das kommt, daß dieser Bursche Copernik Ihnen da den ganzen Auftritt gestohlen hat, ja? Dadurch können die Kerls nun nichts mehr ändern an der Geschichte und Sie nicht mehr hineinziehen.«

»Das spielt jetzt keine Rolle mehr«, sagte sie. »Aber trotzdem – vielen Dank. Und bitte – bitte zeigen Sie sie mir.«

Ich zog eine Perlenkette aus dem lose herumgewickelten Seidenpapier in meiner Tasche und schob sie ihr hinüber. Die silberne Propeller-Schließe blinkte im Licht der Wandkandelaber. Auch der kleine Diamant blinkte. Die Perlen waren so stumpf wie weiße Seife. Sie stimmten nicht einmal in der Größe.

»Sie hatten recht«, sagte sie tonlos. »Das sind nicht meine Perlen.«

Der Kellner kam mit meinem Drink, und sie stellte geschickt ihre Handtasche drauf. Als er wieder gegangen war, fingerte sie langsam noch ein wenig daran herum, ließ sie dann in ihre Handtasche gleiten und schenkte mir ein trockenes, freudloses Lächeln.

»Wie Sie gesagt haben – ich werde die Schließe behalten.«

Ich sagte langsam: »Sie wissen gar nichts von mir. Sie haben mir gestern abend das Leben gerettet, und wir hatten einen kurzen Augenblick der Gemeinsamkeit, aber es war nur ein Augenblick. Sie wissen immer noch nicht das geringste von mir. Im Präsidium arbeitet ein Beamter namens Ybarra, ein Mexikaner der guten Sorte, der in dem Fall zu ermitteln hatte und auch die Perlen in Waldos Koffer mit gefunden hat. Das nur, falls Sie sich vergewissern wollen, daß ich – – –«

Sie sagte: »Seien Sie nicht albern. Es ist alles vorbei. Es war eine Erinnerung. Ich bin noch zu jung, um Erinnerungen nachzuhängen. Vielleicht ist alles so am besten. Ich habe Stan Phillips geliebt – aber er ist fort – schon lange fort.«

Ich starrte sie an, sagte kein Wort.

Sie fügte ruhig hinzu: »Heute morgen hat mein Mann mir eine Mitteilung gemacht, die mir sehr überraschend kam. Wir sollen uns trennen. So ist mir sehr wenig nach Lachen zumute heute.«

»Das tut mir leid«, sagte ich lahm. »Weiter kann man dazu nichts sagen. Vielleicht sehen wir uns mal wieder. Vielleicht auch nicht. Ich bewege mich nicht oft in Ihren Kreisen. Viel Glück.«

Ich stand auf. Wir sahen uns einen Moment lang an. »Sie haben ja Ihr Glas nicht einmal angerührt«, sagte sie.

»Trinken Sie's. Dieses Pfefferminzzeug verdirbt Ihnen nur den Magen.«

Ich stand einen Moment noch da, eine Hand hart auf dem Tisch.

»Wenn Sie mal jemand belästigt«, sagte ich, »lassen Sie's mich wissen.«

Ich verließ die Bar, ohne mich nach ihr umzusehen, stieg in meinen Wagen und fuhr auf dem Sunset nach Westen und das ganze Stück zum Coast Highway hinunter. Überall unterwegs waren die Gärten voll verwelkter und verdorrter Blätter und Blumen, die der heiße Wind verbrannt hatte.

Aber das Meer sah kühl aus und träge und ganz so wie

immer. Ich fuhr weiter, fast bis nach Malibu, und parkte dann und ging und setzte mich auf einen großen Felsen, der innerhalb einer Drahtumzäunung lag. Es war Gezeitenmitte, und die Flut kam. Die Luft roch nach Tang. Ich schaute ein Weilchen aufs Wasser hinaus, dann zog ich eine Schnur mit böhmischen Talmiperlen aus der Tasche und löste den Knoten am einen Ende und ließ die Perlen eine nach der andern vom Faden schlüpfen.

Als ich sie alle lose in der linken Hand hielt, blieb ich eine Weile reglos sitzen und überlegte. In Wirklichkeit gab es gar nichts zu überlegen. Ich war ganz sicher.

»Dem Andenken an Mr. Stan Phillips«, sagte ich laut. »Er war auch bloß ein Angeber.«

Ich ließ ihre Perlen eine nach der andern ins Wasser schnellen, hinüber zu den auf den Wellen treibenden Möwen.

Es gab viele kleine Platscher, und die Möwen stiegen vom Wasser auf und stießen nieder auf die Platscher.

Der König in Gelb

I

George Millar, Nachtempfangschef im Carlton Hotel, war ein gewandter, drahtiger kleiner Mann, der eine sanfte, tiefe Stimme hatte wie ein Schnulzensänger. Er sprach nur gedämpft, aber seine Augen waren scharf und wütend, als er in die Sprechmuschel der Nebenstellenzentrale sagte: »Tut mir leid. Es wird nicht wieder vorkommen. Ich schicke sofort nach oben.«

Er riß den Kopfhörer herunter, warf ihn auf die Schalter und Hebel der Anlage und marschierte mit raschem Schritt hinter der Trennwand aus Riffelglas hervor und in die Eingangshalle. Es war schon nach eins, und das Carlton hatte zu zwei Dritteln Dauergäste. In der Haupthalle, die drei flache Stufen tiefer lag, war das Licht gedämpft worden, und der Nachtportier hatte seine Aufräumarbeit beendet. Der Raum lag verlassen da – ein weiter Raum, mit schweren Teppichen ausgelegt, auf denen halbdunkles Sitzmobiliar stand. In der Ferne klang schwach ein Radio. Millar ging die Stufen hinunter und mit schnellem Schritt auf die Klänge zu, durchquerte einen kurzen Bogengang und blieb vor einem Mann stehen, der ausgestreckt auf einem blaßgrünen Sofa lag, von einem Haufen Kissen umgeben, der so groß war, daß man hätte meinen können, er stellte den gesamten Kissenbestand des Hotels dar. Er lag mit verträumten Augen auf der Seite und lauschte dem Radio, das zwei Schritte entfernt von ihm stand.

Millar bellte: »He, du! Bist du hier der Hausdetektiv oder der Hauskater?«

Steve Grayce wandte langsam den Kopf und sah Millar an. Er war ein langer schwarzhaariger Mann, etwa achtundzwanzig, mit tiefliegenden stillen Augen und einem fast zarten Mund. Er wies mit einem Daumenruck zum Radio hinüber und lächelte. »King Leopardi, George. Hör doch mal diesen Trompetenansatz. Weich wie ein Engelsflügel, mein Junge.«

»Umwerfend! Geh nach oben und schaff ihn aus dem Flur!«

Steve Grayce machte ein erschrockenes Gesicht. »Was – schon wieder? Ich dachte, ich hätte die Vögel endgültig zu Bett gebracht.« Er schwang die Füße auf den Boden und stand auf. Er war noch mindestens einen Kopf größer als Millar.

»Nun, 816 sagt nein. 816 sagt, er ist wieder auf dem Flur draußen, mit zwei von seinen Handlangern. Er hat nichts als gelbe Seiden-Shorts an und eine Posaune und veranstaltet mit seinen Kumpanen eine Jam-Session. Und eine von den Amseln, die Quillan in 811 einquartiert hat, ist ebenfalls mit von der Partie. Also, mach schon, Steve – und diesmal nicht lange gefackelt.«

Steve Grayce lächelte schief. Er sagte: »Leopardi gehört sowieso nicht hierher. Soll ich Chloroform nehmen oder bloß den Totschläger?«

Er ging mit langen Beinen über den blaßgrünen Teppich, durch den Bogengang und durch die Haupthalle zu dem einzigen Fahrstuhl, der noch offen war und erleuchtet. Er ließ die Türen zugleiten und fuhr in den achten Stock hinauf, brachte den Fahrstuhl abrupt zum Halten und trat hinaus auf den Flur.

Der Lärm schlug ihm entgegen wie ein Windstoß. Die Wände hallten davon wider. Ein halbes Dutzend Türen standen offen, und wütende Gäste im Nachtgewand standen da und spähten hinaus.

»Schon gut, Leute, keine Aufregung«, sagte Steve Grayce rasch. »Das ist jetzt endgültig der letzte Akt. Beruhigen Sie sich bitte.«

Er umrundete die Ecke, und die heiße Musik riß ihn fast von den Füßen. Drei Männer standen in einer Reihe an der Wand, neben einer offenen Tür, aus der Licht strömte. Der mittlere, der mit der Posaune, war einsachtzig groß, ein Kraftbulle und sehr geschmeidig, mit einem Menjoubärtchen. Sein Gesicht war gerötet, und seine Augen hatten einen alkoholischen Glanz. Er trug gelbe Seiden-Shorts mit großen, schwarz aufgestickten Initialen auf dem linken Bein – nichts weiter. Sein Körper war braungebrannt und nackt.

Die beiden anderen waren in Pyjamas, die üblichen, halbwegs gutaussehenden Band-Musiker, beide betrunken, aber beide nicht zum Umfallen betrunken. Der eine jitterte wie verrückt auf einer Klarinette, der andere auf einem Tenorsaxophon.

Vor ihnen wiegte sich, affektiert und selbstgefällig wie eine Elster, die ihr Gefieder putzt, die Arme gewölbt und die Brauen, die Finger zurückgebogen, bis die karminroten Nägel fast die Arme berührten, ein metallblondes Mädchen, und sie blieb der Musik nichts schuldig. Ihre Stimme war ein kehliges Kreischen, ohne Melodie, so falsch wie ihre Brauen und so scharf wie ihre Nägel. Sie trug hochhackige Pantoffel und einen schwarzen Pyjama mit einer langen purpurnen Schärpe.

Steve Grayce blieb wie angewurzelt stehen und machte eine scharfe Bewegung mit der Hand. »Schluß jetzt!« schnappte er. »Stellt den Quatsch ab. Legt ihn auf Eis. Packt ein und zieht Leine. Die Vorstellung ist aus. Haut ab – verschwindet!«

King Leopardi nahm die Posaune von den Lippen und brüllte: »Tusch für den Hausdetektiv!«

Die drei Betrunkenen bliesen eine grelle Tonfolge, daß

die Wände wackelten. Das Mädchen lachte albern und warf ein Bein hoch. Ihr Pantoffel flog Steve vor die Brust. Er fing ihn in der Luft auf, sprang auf das Mädchen zu und packte ihr Handgelenk.

»Ganz schön aufgekratzt, was?« grinste er. »Du kommst zuerst dran.«

»Packt ihn!« gellte Leopardi. »Haut ihn in die Kutteln! Pflanzt dem Philister die Hacken ins Gesicht!«

Steve riß das Mädchen von den Füßen, klemmte sie sich unter den Arm und lief los. Er trug sie so leicht wie ein Paket. Sie versuchte nach seinen Beinen zu treten. Er lachte nur und warf einen Seitenblick durch eine erleuchtete Tür. Unter einer Kommode schauten die derben braunen Schuhe eines Mannes hervor. Er lief weiter zur nächsten erleuchteten Tür, warf sich hindurch und stieß die Tür mit dem Fuß hinter sich zu, drehte sich blitzschnell herum und drehte den Anhängerschlüssel im Schloß. Fast im selben Moment schlug eine Faust von draußen dagegen. Er achtete nicht darauf.

Er schob das Mädchen durch die kurze Passage neben dem Bad und ließ sie dann los. Sie wirbelte von ihm fort und lehnte sich mit dem Rücken an die Kommode, keuchend, die Augen wild. Eine feuchte, golden gefärbte Haarlocke fiel ihr über das eine Auge. Sie schüttelte heftig den Kopf und bleckte die Zähne.

»Was würden Sie davon halten, als Landstreicherin festgesetzt zu werden, Schwester?«

»Gehn Sie zum Teufel!« spuckte sie. »Der King ist ein Freund von mir, verstehn Sie? Sie sollten lieber die Pfoten von mir lassen, Schnüffler.«

»Wolln Sie auf Tournee gehn mit den Jungs?«

Sie spuckte wieder nach ihm.

»Woher wußten Sie, daß sie hier wohnen?«

Ein zweites Mädchen lag ausgestreckt auf dem Bett, den Kopf zur Wand, zerwühltes schwarzes Haar über einem weißen Gesicht. Im einen Bein ihres Pyjamas war ein Riß. Sie lag schlaff da und stöhnte.

Steve sagte grob: »Ach nein, die alte Nummer mit dem zerrissenen Pyjama. Zieht bei uns hier nicht, Schwester, Fehlanzeige. Nun hört mir mal zu, ihr Kleinen. Ihr könnt euch schlafen legen und bis morgen bleiben – oder ihr fliegt gleich raus. Entscheidet euch.«

Das schwarzhaarige Mädchen stöhnte. Die Blondine sagte: »Machen Sie, daß Sie aus dem Zimmer kommen, Sie verdammter Schleicher!«

Sie griff hinter sich und warf einen Handspiegel nach ihm. Steve duckte sich. Der Spiegel knallte gegen die Wand und fiel, ohne zu zerbrechen. Das schwarzhaarige Mädchen wälzte sich auf dem Bett herum und sagte müde: »Ach, hauen Sie doch ab. Ich bin krank.«

Dann lag sie da, mit geschlossenen Augen und flatternden Lidern.

Die Blondine schwenkte ihre Hüften durchs Zimmer, zu einem Schreibtisch am Fenster hinüber, goß sich ein halbes Wasserglas Scotch ein und gurgelte es hinunter, bevor Steve sie erreichen konnte. Sie würgte heftig, ließ das Glas fallen und ging auf Hände und Knie nieder.

Steve sagte grimmig: »Das gibt Ihnen jetzt den Rest, Schwester.«

Das Mädchen krümmte sich zusammen, schüttelte den Kopf. Sie würgte nochmals, hob die karminroten Nägel, um sie vor den Mund zu schlagen. Sie versuchte aufzustehen, aber die Beine knickten unter ihr weg, und sie fiel auf die Seite und schlief sofort ein.

Steve seufzte, ging hinüber und schloß das Fenster und verriegelte es. Er wälzte das schwarzhaarige Mädchen herum und streckte sie gerade auf dem Bett aus und zog die Bettdecke unter ihr vor, stopfte ihr ein Kissen unter den Kopf. Er hob die Blondine vom Boden auf und ließ sie aufs Bett plumpsen und deckte beide Mädchen bis zum

Kinn zu. Er öffnete das Oberlicht, knipste die Deckenbeleuchtung aus und entriegelte die Tür. Er schloß sie von außen wieder, mit einem Hauptschlüssel, den er an einem Kettchen trug.

»Hotelarbeit«, sagte er vor sich hin. »Pfui Teufel.«

Der Flur war jetzt leer. Nur eine erleuchtete Tür stand noch offen. Es war die Nummer 815, das übernächste Zimmer nach dem der Mädchen. Posaunenklänge drangen leise heraus – aber nicht leise genug für ein Uhr fünfundzwanzig in der Nacht.

Steve Grayce betrat das Zimmer, drängte die Tür mit der Schulter zu und ging am Bad vorbei nach vorn. King Leopardi war allein im Zimmer.

Der Bandleader hatte sich in einem Sessel ausgestreckt, ein großes beschlagenes Glas neben dem Ellbogen. Er schwang die Posaune in einem engen Kreis, während er spielte, und das Lampenlicht tanzte auf dem Schalltrichter.

Steve zündete sich eine Zigarette an, blies eine Rauchfeder und starrte Leopardi durch sie hindurch mit einem merkwürdigen, halb bewundernden, halb verächtlichen Ausdruck an.

Er sagte sanft: »Licht aus, Gelbhose. Sie spielen blendend Trompete, und Ihre Posaune ist auch nicht schlecht. Aber hier ist dafür keine Verwendung. Das habe ich Ihnen schon einmal gesagt. Also Schluß damit. Legen Sie das Ding weg.«

Leopardi lächelte garstig und blies ein verächtliches Glissando, das wie Teufelsgelächter klang.

»Sagen *Sie*«, höhnte er. »Leopardi macht, was er will, wo er's will und wann er's will. Daran hat ihn noch nie ein Mensch hindern können, Schleicher. Packen Sie sich.«

Steve krümmte die Schultern und trat dicht an den hochgewachsenen dunklen Mann heran. Er sagte geduldig: »Tun Sie Ihr Ofenrohr weg, Sie großer Puster. Die Leute wollen schlafen. Sind darin etwas komisch. Sie sind ein großartiger Bursche auf dem Podium. Überall sonst aber sind Sie bloß ein Kerl mit einer Menge Moos und einem persönlichen Ruf, der von hier bis Miami stinkt und zurück. Ich hab hier meine Arbeit zu machen, und die mache ich. Tuten Sie noch mal in das Ding, und ich wickle es Ihnen um den Hals.«

Leopardi senkte die Posaune und nahm einen großen Schluck aus dem Glas neben seinem Ellbogen. Seine Augen funkelten garstig. Er hob die Posaune wieder an die Lippen, sog die Lungen voll Luft und gab einen Ton von sich, daß die Wände wackelten. Dann stand er auf, ganz jäh und geschmeidig, und schmetterte Steve das Instrument auf den Kopf.

»Ich hab euch Hausschnüffler nie leiden können«, höhnte er. »Ihr riecht alle wie öffentliche Pinkelbuden.«

Steve trat einen kurzen Schritt zurück und schüttelte den Kopf. Er lächelte schief, glitt dann auf einem Fuß vor und schlug Leopardi mit der offenen Hand ins Gesicht. Der Schlag sah leicht aus, aber Leopardi wirbelte quer durchs Zimmer und ging am Fußende des Bettes zu Boden, wo er ganz verdutzt sitzen blieb, den rechten Arm sehr dekorativ in einem offenen Koffer.

Einen Moment lang rührte sich keiner der beiden Männer. Dann gab Steve der Posaune einen Tritt, daß sie beiseite flog, und drückte seine Zigarette in einem Glasaschenbecher aus. Seine schwarzen Augen waren leer, aber sein Mund grinste weißlich.

»Wenn Sie Ärger wollen«, sagte er, »wenden Sie sich nur immer an mich.«

Leopardi lächelte, dünn, verkrampft, und seine rechte Hand kam plötzlich mit einer Pistole aus dem Koffer hoch. Sein Daumen klickte den Sicherungsflügel um. Er hielt die Pistole ruhig, zielte.

»Machen Sie dagegen mal was«, sagte er und feuerte.

Der bittere Knall der Pistole wirkte in dem geschlossenen Raum wie eine riesige Detonation. Der Kommodenspiegel splitterte, und Glas flog herum. Eine Scherbe riß Steve wie eine Rasierklinge die Backe auf. Blut sickerte ihm in einer dünnen Linie aufs Kinn hinunter.

Er fuhr in einem Hechtsprung von den Füßen. Seine rechte Schulter krachte gegen Leopardis nackte Brust, und seine linke Hand wischte ihm die Waffe weg, unter das Bett. Er rollte sich blitzschnell nach rechts herum und landete wirbelnd auf den Knien.

Er sagte mit belegter Stimme, heiser: »Da sind Sie an den Falschen geraten, Bruder.«

Er drang auf Leopardi ein und zerrte ihn am Haar auf die Füße, mit aller Kraft. Leopardi heulte auf und versetzte ihm zwei Hiebe gegen das Kinn, und Steve lächelte und behielt das lange, glatte schwarze Haar des Bandleaders mit der linken Hand im Griff. Er drehte die Hand, und das Haar drehte sich mit, und Leopardis dritter Schlag landete auf Steves Schulter. Steve packte sein Handgelenk und drehte es ebenfalls, und der Bandleader ging jaulend in die Knie. Steve zog ihn an den Haaren wieder hoch, ließ sein Handgelenk los und versetzte ihm drei Schläge in die Magengrube, kurze, furchtbare Schläge. Dann ließ er das Haar los und trieb ihm dabei die Faust zum viertenmal fast bis ans Handgelenk in den Bauch.

Leopardi sackte blind in die Knie und übergab sich.

Steve trat von ihm zurück und ging ins Bad und nahm ein Handtuch vom Ständer. Er warf es Leopardi zu, stieß den offenen Koffer ans Bett und fing an, Sachen hineinzupacken.

Leopardi wischte sich das Gesicht ab und brachte sich, immer noch würgend, wieder auf die Füße. Er schwankte, hielt sich an der Kommode fest. Er war weiß wie ein Laken.

Steve Grayce sagte: »Ziehen Sie sich an, Leopardi. Oder gehn Sie so, wie Sie sind. Mir ist das einerlei.«

Leopardi taumelte ins Bad, klaubte sich an der Wand entlang wie ein Blinder.

II

Millar stand sehr still hinter dem Empfangstisch, als der Fahrstuhl aufging. Sein Gesicht war weiß und voll Angst, und sein gestutzter schwarzer Schnurrbart sah wie ein Schmutzfleck aus auf seiner Oberlippe. Leopardi trat als erster aus dem Fahrstuhl, einen Schal um den Hals, einen leichten Mantel über dem Arm, einen Hut schief auf dem Kopf. Er ging mit steifen Schritten, ein wenig vorgebeugt, die Augen leer. Sein Gesicht zeigte eine grünliche Blässe.

Steve Grayce trat hinter ihm heraus, einen Koffer in der Hand, und Carl, der Nachtportier, kam als letzter mit zwei weiteren Koffern und zwei Instrumentenkästen aus schwarzem Leder. Steve marschierte zum Tisch hinüber und sagte rauh: »Mr. Leopardi zieht aus. Seine Rechnung bitte – wenn er eine kriegt.«

Millar glotzte ihn über die Marmorplatte hinweg an. »Ich – ich glaube nicht, Steve ...«

»Okay. Dacht es mir schon.«

Leopardi lächelte sehr dünn und unangenehm und ging durch die messinggefaßte Schwingtür hinaus, die der Portier ihm aufhielt. Vor dem Hotel standen zwei Nachttaxis. Eins von ihnen erwachte zum Leben und fuhr vor dem Baldachin vor, und der Portier lud Leopardis Zeug hinein. Leopardi stieg in das Taxi und beugte sich vor, um den Kopf aus dem Fenster zu stecken. Er sagte langsam und mit belegter Stimme: »Sie können mir leid tun, Schleicher. Sie werden schon sehen.«

Steve Grayce trat zurück und sah ihn hölzern an. Das Taxi bog auf die Straße, fuhr um eine Ecke und war verschwunden. Steve wandte sich auf dem Absatz um, zog einen Vierteldollar aus der Tasche und warf ihn in die Luft. Er klatschte ihn dem Nachtportier auf die flache Hand.

»Vom King«, sagte er. »Behalt ihn und zeig ihn mal deinen Enkeln.«

Er ging zurück ins Hotel, stieg in den Fahrstuhl, ohne sich nach Millar umzusehen, schoß wieder in den Achten hinauf und ging den Flur entlang, öffnete mit dem Hauptschlüssel die Tür von Leopardis Zimmer. Er schloß sie von innen ab, zog das Bett von der Wand und bückte sich dahinter. Er hob eine 32er Automatik vom Teppich auf, steckte sie in die Tasche und suchte den Boden mit den Augen nach der ausgeworfenen Patronenhülse ab. Er fand sie neben dem Papierkorb, bückte sich, um sie aufzuheben, und verharrte in der gebückten Haltung und starrte in den Korb. Sein Mund preßte sich zusammen. Er hob die Hülse auf und ließ sie abwesend in die Tasche gleiten, dann langte er mit einem suchenden Finger in den Papierkorb und holte einen abgerissenen Papierfetzen heraus, auf den ein Stück Zeitung geklebt war. Dann nahm er den ganzen Papierkorb, schob das Bett wieder gegen die Wand und leerte den Korb darauf aus.

Von dem allgemeinen Krempel aus zerrissenem Papier und Streichhölzern trennte er eine Anzahl von Stückchen, die alle mit Zeitung beklebt waren. Er ging damit zum Schreibtisch hinüber und setzte sich hin. Ein paar Minuten später hatte er die Schnipsel zusammengesetzt wie ein Laubsägepuzzle und konnte die Nachricht lesen, die mit Hilfe von aus Zeitschriften ausgeschnittenen und dann aufgeklebten Wörtern und Buchstaben darauf übermittelt worden war:

ZEHN RIESEN BIS DONNERSTAG ABEND LEOPARDI
TAG NACH ERSTEM AUFTRITT CLUB SHALOTTE
SONST SENSE. EIN BRUDER VON IHR.

Steve Grayce sagte: »Hm, soso.« Er schaufelte die Schnipsel in einen Hotelumschlag, steckte den in die innere Brusttasche und zündete sich eine Zigarette an. »Der Bursche hat aber Mumm gehabt«, sagte er. »Das will ich ihm zugute halten – und seine Trompete auch.«

Er schloß das Zimmer ab, lauschte einen Moment in dem jetzt stillen Flur, ging dann zu dem Zimmer vor, das die beiden Mädchen belegt hatten. Er klopfte sanft und legte das Ohr an die Türfüllung. Ein Sessel quietschte, und Schritte kamen zur Tür.

»Was ist?« Die Stimme des Mädchens war kühl und hellwach. Es war nicht die Stimme der Blondine.

»Der Hausdetektiv. Kann ich Sie eine Minute sprechen?«

»Das tun Sie ja.«

»Ohne die Tür dazwischen, meine Dame.«

»Sie haben doch den Hauptschlüssel. Bedienen Sie sich.« Die Schritte gingen weg. Er schloß die Tür mit seinem Hauptschlüssel auf, trat ruhig ein und schloß sie hinter sich. Eine Lampe auf dem Schreibtisch, mit gefälteltem Schirm, gab ein trübes Licht. Auf dem Bett schnarchte die Blondine, eine Hand in ihr metallisch leuchtendes Haar gewühlt. Das schwarzhaarige Mädchen saß in dem Sessel am Fenster, die Beine scharf übereinandergeschlagen, und starrte Steve mit leerem Gesicht entgegen.

Er trat dicht an sie heran und deutete auf den langen Riß in ihrem Pyjamabein. Er sagte sanft: »Sie sind nicht krank. Sie waren auch nicht betrunken. Der Riß da ist schon ziemlich alt. Was soll das Ganze? Wollt ihr den King ausnehmen?«

Das Mädchen sah ihn nur kühl an, paffte mit einer Zigarette und sagte nichts.

»Er ist ausgezogen«, sagte Steve. »Nichts mehr zu machen in der Richtung, Schwester.« Er beobachtete sie wie ein Falke, die schwarzen Augen hart und ruhig auf ihr Gesicht gerichtet.

»Ach, ihr Hausdetektive macht mich immer regelrecht krank«, sagte das Mädchen in plötzlicher Wut. Sie wogte auf die Füße und ging an ihm vorbei ins Bad, schloß die Tür und verriegelte sie.

Steve zuckte die Achseln und fühlte dem schlafenden

Mädchen auf dem Bett den Puls – einen dumpfen, schleppenden Puls, einen Alkoholikerpuls.

»Arme schäbige Amseln«, sagte er vor sich hin.

Er bemerkte eine große purpurne Handtasche, die auf der Kommode lag, hob sie beiläufig an und ließ sie fallen. Sein Gesicht versteifte sich erneut. Die Tasche hatte ein schweres, dumpfes Geräusch gemacht auf der Glasplatte, als steckte ein Klumpen Blei darin. Er ließ sie rasch aufschnappen und tauchte mit der Hand hinein. Seine Finger berührten das kalte Metall einer Pistole. Er machte die Tasche weit auf und erblickte eine kleine 25er Automatik. Ein Streifen weißes Papier fesselte sein Auge. Er fischte es heraus und hielt es ans Licht – eine Mietquittung mit Name und Adresse. Er stopfte sie in seine Tasche, schloß die andere Tasche wieder und stand am Fenster, als das Mädchen aus dem Badezimmer kam.

»Hölle noch mal, sind Sie immer noch hinter mir her?« schnappte sie. »Sie wissen doch, was Hoteldetektiven passiert, die mit ihrem Hauptschlüssel bei Nacht in die Schlafzimmer von Damen eindringen, oder?«

Steve sagte locker: »Ja-ah. Sie kriegen Schwierigkeiten. Unter Umständen wird sogar auf sie geschossen.«

Das Gesicht des Mädchens spannte sich, aber ihre Augen krochen nach der Seite, blickten nach der purpurnen Handtasche. Steve sah sie an. »Kennen Sie Leopardi von Frisco?« fragte er. »Hier hat er seit zwei Jahren nicht mehr gespielt. Damals war er Trompeter in der Band von Vane Utigore – eine billige Truppe.«

Das Mädchen kräuselte die Lippen, ging an ihm vorbei und setzte sich wieder ans Fenster. Ihr Gesicht war weiß, steif. Sie sagte dumpf: »Blossom hat ihn da gekannt. Das auf dem Bett da ist Blossom.«

»Wußten Sie, daß er heute nacht in diesem Hotel absteigen würde?«

»Was geht denn Sie das an?«

»Mir ist rätselhaft, wieso er überhaupt hier abgestiegen ist«, sagte Steve. »Wir sind ein stilles Haus. Darum ist mir rätselhaft, wieso jemand ausgerechnet hier aufkreuzt, um ihn in die Mangel zu nehmen.«

»Lösen Sie Ihre Rätsel woanders. Ich brauche Schlaf.«

Steve sagte: »Gute Nacht, Herzchen – und passen Sie auf, daß Ihre Tür immer gut abgeschlossen ist.«

Ein dünner Mann mit dünnem blondem Haar und dünnem Gesicht stand am Empfangstisch und klopfte mit dünnen Fingern auf den Marmor. Millar stand hinter dem Tisch, und er sah immer noch weiß aus und geängstigt. Der dünne Mann trug einen dunkelgrauen Anzug mit einem Halstuch unter dem Jackenkragen. Er wandte Steve, als dieser aus dem Fahrstuhl trat, langsam die seegrünen Augen zu und wartete, bis er an den Tisch gekommen war und einen Anhängerschlüssel daraufgeworfen hatte.

Steve sagte: »Leopardis Schlüssel, George. Ein Spiegel ist zu Bruch gegangen in seinem Zimmer, und auf dem Teppich liegt sein Abendessen - in der Hauptsache Scotch.« Er wandte sich dem dünnen Mann zu. »Sie wollen mich sprechen, Mr. Peters?«

»Was ist passiert, Grayce?« Der dünne Mann hatte eine verkniffene Stimme, die immerfort damit rechnete, angelogen zu werden.

»Leopardi und zwei seiner Jungs waren im Achten, der Rest der Bande im Fünften. Die im Fünften waren ordentlich schlafen gegangen. Ein Pärchen offensichtlicher Amseln hatte es fertiggebracht, ein Zimmer fast direkt neben Leopardi zu bekommen. Sie fanden Anschluß bei ihm, und dann haben sie sich alle Mann hoch auf dem Flur amüsiert, mit viel Laune und Lärm. Ich konnte dem nur ein Ende machen, indem ich ein bißchen energisch wurde.«

»Sie haben da Blut auf der Backe«, sagte Peters kalt. »Wischen Sie's ab.«

Steve kratzte sich die Backe mit einem Taschentuch. Der dünne Blutfaden war angetrocknet. »Ich hab dann die Mädchen in ihrem Zimmer verstaut«, sagte er. »Die beiden anderen Jazzer begriffen den Wink und verdrückten sich, aber Leopardi dachte noch immer, die Gäste wollten Posaunenmusik hören. Ich drohte, ihm das Ding um den Hals zu wickeln, und er hieb es mir über den Kopf. Ich gab ihm eine Ohrfeige, und da zog er eine Pistole und gab einen Schuß auf mich ab. Hier ist die Waffe.«

Er zog die 32er Automatik aus der Tasche und legte sie auf den Tisch. Er legte die leere Patronenhülse daneben. »Also hab ich ihm ein bißchen Vernunft eingebleut und ihn dannn rausgesetzt«, fügte er hinzu.

Peters klopfte auf den Marmor. »Da scheinen Sie ja wieder einmal glänzend Ihren üblichen Takt unter Beweis gestellt zu haben.«

Steve starrte ihn an. »Er hat auf mich geschossen«, wiederholte er ruhig. »Mit einer Pistole. Dieser Pistole. Ich bin gegen blaue Bohnen empfindlich. Er hat mich verfehlt, aber was wäre, wenn nicht? Ich mag meinen Bauch so, wie er ist, mit bloß *einem* Eingang und *einem* Ausgang.«

Peters verengte seine lohbraunen Brauen. Er sagte sehr höflich: »Wir führen Sie als Nachtportier auf unserer Lohnliste, weil wir die Bezeichnung Hausdetektiv nicht mögen. Aber weder Nachtportiers noch Hausdetektive setzen Gäste auf die Straße, ohne mich vorher zu fragen. Ein für allemal nicht, Mr. Grayce.«

Steve sagte: »Der Bursche hat auf mich geschossen, Freundchen. Mit einer Pistole. Geht Ihnen das in den Kopf? So etwas brauche ich doch wohl nicht so ohne weiteres hinzunehmen, oder?« Sein Gesicht war ein bißchen weiß geworden.

Peters sagte: »Noch einen Punkt zu Ihrer Beachtung. Die Hauptanteile an diesem Hotel gehören Mr. Halsey

G. Walters. Mr. Walters ist auch Besitzer des Club Shalotte, wo King Leopardi am Mittwoch abend seinen ersten Auftritt hat. Und das, Mr. Grayce, ist der Grund, warum Leopardi die Freundlichkeit hatte, bei uns abzusteigen. Wüßten Sie sonst noch etwas, was ich Ihnen zu sagen hätte?«

»Ja-ah. Ich bin gefeuert«, sagte Steve ohne große Freude.

»Sehr richtig, Mr. Grayce. Gute Nacht, Mr. Grayce.«

Der dünne blonde Mann begab sich zum Fahrstuhl, und der Nachtportier fuhr ihn hinauf.

Steve sah Millar an.

»Jumbo Walters, äh?« sagte er sanft. »Ein harter, gerissener Bursche. Viel zu gerissen, um sich einzubilden, daß dieser Laden hier und der Club Shalotte dieselbe Kundenklasse hätten. Hat Peters Leopardi geschrieben, daß er hier absteigen soll?«

»Könnt ich mir schon denken, Steve.« Millars Stimme war leise und düster.

»Warum ist er dann nicht in einer der Turm-Suiten einquartiert worden, wo er einen Privatbalkon zum Tanzen gehabt hätte, für achtundzwanzig Eier pro Tag? Warum kam er in den Stock für kurzfristige Gäste, in ein Zimmer der mittleren Preislage? Und warum hat Quillan diese Mädchen so nah bei ihm untergebracht?«

Millar zupfte an seinem schwarzen Schnurrbart. »Wahrscheinlich knausert er mit dem Geld, weil er's in Scotch anlegen muß. Was die Mädchen betrifft – ich hab keine Ahnung.«

Steve schlug mit der flachen Hand auf den Tisch. »Tja, da werde ich also gefeuert, weil ich einem besoffenen Lumpen nicht erlaubt habe, den achten Stock zur Tanzdiele und Schießbude umzufunktionieren. So ein Wahnsinn! Hm, irgendwie wird mir der Laden hier fehlen.«

»Du wirst mir auch fehlen, Steve«, sagte Millar freundlich. »Aber erst in einer Woche. Ich nehme eine Woche frei, fahre schon morgen. Mein Bruder hat eine Hütte bei Crestline.«

»Wußte gar nicht, daß du einen Bruder hast«, sagte Steve abwesend. Er öffnete und schloß auf der marmornen Tischplatte die Faust.

»Er kommt nicht viel in die Stadt runter. Ein großartiger Bursche. Ist früher mal Boxer gewesen.«

Steve nickte und richtete sich vom Empfangstisch auf. »Nun, dann kann ich ja jetzt meinen Nachtdienst zu Ende bringen«, sagte er. »Auf meinem Rücken. Bring diese Pistole irgendwo unter, George.«

Er grinste kalt und ging weg, die Stufen hinunter in die dämmrig erleuchtete Haupthalle und hinüber in den Raum, in dem das Radio stand. Er knuffte die Kissen zurecht auf dem blaßgrünen Sofa, dann griff er plötzlich in die Tasche und zog den weißen Papierstreifen heraus, den er dem schwarzhaarigen Mädchen aus der purpurnen Handtasche genommen hatte. Es war die Quittung für eine Wochenmiete, ausgestellt auf eine Miss Marilyn Delorme, Apt. 211, Ridgeland Apartments, 118 Court Street.

Er stopfte sie wieder in die Tasche und stand da und starrte das stumme Radio an. »Ich glaube, Steve, du hast einen neuen Job«, sagte er verhalten. »Irgendwas stinkt doch an dieser Geschichte.«

Er schlüpfte in eine schrankähnliche Telephonzelle in der Ecke des Raums, warf einen Nickel ein und wählte die Nummer eines Rundfunksenders. Er mußte viermal wählen, ehe er eine offene Leitung zum Ansager des durchlaufenden Nachtprogramms bekam.

»Wie wär's, wenn Sie King Leopardis ›Solitude‹-Platte noch mal auflegten?« fragte er ihn.

»Ich hab hier schon einen ganzen Stapel von Wünschen liegen. Und wir haben sie auch schon zweimal gespielt. Wer ist denn dort?«

»Steve Grayce, Nachtmann im Carlton Hotel.«

»Ah, ein nüchterner Zeitgenosse auf seinem Posten. Für Sie, mein Bester, tun wir alles.«

Steve ging zum Sofa zurück, drehte das Radio an und legte sich auf den Rücken, die Hände hinter dem Kopf verschränkt.

Zehn Minuten später kamen die hohen, durchdringend lieblichen Klänge von King Leopardis Trompete weich aus dem Apparat, gedämpft fast zu einem Flüstern – und mit einem Verweilen auf dem E über dem hohen C, das fast unglaublich war.

»Das kann einfach nicht wahr sein«, brummte Steve, als die Platte zu Ende war. »Ein Bursche, der so spielen kann – vielleicht bin ich doch ein bißchen zu rabiat mit ihm umgesprungen.«

III

Die Court Street war Altstadt, Ithakerstadt, Gaunerstadt, Talmistadt. Sie lag gleich hinter der Höhe von Bunker Hill, und man konnte dort schlechthin alles finden, von heruntergekommenen ehemaligen Bewohnern von Greenwich Village bis zu untergetauchten Gaunern aller Schattierungen, von Damen, die auf allen Hochzeiten tanzten, bis zu den Klienten der staatlichen Fürsorge, alle im dauernden Zank und Streit mit hageren Wirtinnen in hochherrschaftlichen alten Häusern mit verschnörkelten Veranden, Parkettfußböden und ausladenden Treppengeländern aus weißer Eiche, Mahagoni oder tscherkessischem Nußbaum.

Es war einmal eine wunderschöne Gegend gewesen, dieses Bunker Hill, und aus den Tagen seiner Wunderschönheit war immer noch die komische kleine Seilbahn geblieben, die als Die Engelstreppe bezeichnet wurde und von der Hill Street aus auf einem gelben Lehmdamm hinaufkroch und hinunter. Es war Nachmittag, als Steve Grayce oben aus einem ihrer Wagen stieg, ihr einziger Fahrgast. Er schritt im Sonnenschein dahin, ein hochgewachsener, breitschultriger, geschmeidig wirkender Mann in einem gutgeschnittenen blauen Anzug.

Er wandte sich in der Court nach Westen und fing an, die Hausnummern zu lesen. Die Nummer, die er brauchte, lag kurz vor der Ecke, gegenüber von einem roten Backsteingebäude mit goldenem Firmenschild: PAOLO PERRUGINI, BESTATTUNGSINSTITUT. Ein dunkelhäutiger eisengrauer Italiener in einem Cutaway stand vor der verhängten Tür des roten Backsteingebäudes, rauchte eine Zigarre und wartete darauf, daß irgend jemand starb.

Die 118 war ein zweistöckiges Fachwerkhaus. Es hatte eine Glastür, gut verdeckt von einem schmutzigen Netzvorhang, einen achtzehn Zoll breiten Flurläufer, dunkel angelaufene Türen, auf denen in verblaßter Farbe Nummern standen, ein Treppenhaus im halben Hintergrund. Messingne Läuferstangen schimmerten im Dämmerlicht des Ganges.

Steve Grayce ging die Treppe hinauf und schlenderte wieder nach vorn. Apartment 211, Miss Marilyn Delorme, lag auf der rechten Seite und nach vorn hinaus. Er pochte leise an das Holz, wartete, pochte nochmals. Nichts regte sich hinter der stillen Tür oder auf dem Gang. Hinter einer anderen Tür gegenüber hustete jemand und hörte nicht auf zu husten.

Steve Grayce stand im Halblicht da und überlegte, warum er eigentlich gekommen war. Miss Delorme hatte eine Pistole gehabt. Leopardi hatte eine Art Drohbrief bekommen und ihn zerrissen und weggeworfen. Miss Delorme war etwa eine Stunde, nachdem ihr Steve gesagt hatte, Leopardi sei fort, aus dem Carlton ausgezogen. Aber selbst das – – –

Er zog ein ledernes Schlüsseltäschchen heraus und studierte das Türschloß. Es sah aus, als würde es sich zur Vernunft bringen lassen. Er probierte es mit einem kleinen Haken, der Bolzen glitt zurück, und er trat leise in den Raum. Er schloß die Tür, aber von drinnen wollte der Haken nicht fassen.

Das Zimmer hatte nur Dämmerlicht, weil die Jalousien der beiden Frontfenster heruntergezogen waren. Die Luft roch nach Gesichtspuder. Es gab hell gestrichenes Mobiliar, dazu ein Doppelklappbett, das heruntergelassen, aber säuberlich gemacht war. Es lag eine Zeitschrift darauf, und auf einem Stuhl neben dem Bett stand ein Glasaschenbecher voller Zigarettenstummel, eine halbvolle Pintflasche Whisky und ein Glas. Zwei Kissen waren als Rückenstütze benutzt worden und lagen immer noch zusammengedrückt in der Mitte.

Auf dem Toilettentisch befanden sich verschiedene Utensilien, weder billig noch teuer, ein Kamm mit schwarzem Haar darin, eine Schale mit Manikürkram, jede Menge verschütteter Puder; im Bad war nichts. In einem Schrankkabinett hinter dem Bett eine Menge Kleider und zwei Koffer. Die Schuhe waren alle von derselben Größe.

Steve blieb neben dem Bett stehen und kniff sich ins Kinn. »Blossom, die spuckende Blondine, wohnt hier jedenfalls nicht«, sagte er vor sich hin. »Bloß Marilyn, die Brünette mit der zerrissenen Hose.«

Er ging zum Toilettentisch zurück und zog Schubladen heraus. In der untersten Schublade fand er unter dem Tapetenstück, mit dem sie ausgelegt war, eine Schachtel mit Kupfer-Nickel-Munition für eine 25er Automatik. Er stocherte im Aschenbecher zwischen den Stummeln herum. An allen war Lippenstift. Er kniff sich wieder ins Kinn, fächelte sich dann Luft zu mit der flachen Hand, und er sah dabei aus wie ein Ruderer mit Skullriemen.

»Alles großer Quatsch«, sagte er sanft. »Du vergeudest deine Zeit, Stevie.«

Er ging zur Tür hinüber und griff nach der Klinke,

dann kehrte er zum Bett zurück und hob es am Fußende an.

Miss Marilyn Delorme war zu Hause.

Sie lag auf der Seite am Boden unter dem Bett, die langen Beine ausgeschert, als liefe sie. Ein Schlappen steckte noch an ihrem Fuß, der andere war weggerutscht. Am Rand ihrer Strümpfe zeigten sich Strumpfhalter und Haut und eine blaue Rose auf rosa Grund. Sie trug ein hochgeschlossenes, kurzärmeliges Kleid, das nicht allzu sauber war. Ihr Hals über dem Kleid zeigte purpurne Druckflecken.

Ihr Gesicht hatte eine dunkelpflaumenblaue Färbung, in ihren Augen lag der schale, blasse Schimmer des Todes, und ihr Mund stand so weit offen, daß er ihr Gesicht verkürzte. Sie war kälter als Eis und doch noch ganz schlaff. Sie mochte wenigstens zwei oder drei Stunden tot sein, sechs Stunden höchstens.

Die purpurne Handtasche lag neben ihr, klaffend wie ihr Mund. Steve rührte nichts an von den Sachen, die auf den Boden ausgeleert worden waren. Es war keine Waffe dabei und auch keine Spur von Papieren.

Er ließ das Bett wieder über ihr nieder, machte dann die Runde durch das Apartment, wischte alles ab, was er angefaßt hatte, und noch eine Menge Sachen, von denen er nicht mehr genau wußte, ob er sie angefaßt hatte oder nicht.

Er lauschte an der Tür und trat hinaus. Der Flur war immer noch leer. Auch der Mann hinter der Tür gegenüber hustete noch immer. Steve ging die Treppe hinunter, sah sich die Briefkästen an und ging durch den unteren Flur nach hinten zu einer Tür.

Hinter dieser Tür quietschte monoton ein Stuhl. Er klopfte, und eine Frauenstimme antwortete scharf. Steve drückte die Tür mit dem Taschentuch auf und trat ein.

Mitten im Zimmer schaukelte eine Frau in einem alten Boston-Stuhl, in der schlaffen, knochenlosen Haltung der Erschöpfung. Sie hatte ein lehmgraues Gesicht, strähniges

Haar, graue Baumwollstrümpfe – jeder Zoll das, was eine Hauswirtin in Bunker Hill haben mußte. Sie blickte Steve mit Augen an, so interessiert wie die eines toten Goldfischs.

»Sind Sie die Hausverwalterin?«

Die Frau hörte auf zu schaukeln, schrie: »He, Jake! Besuch!«, so laut sie nur konnte, und legte wieder mit dem Schaukeln los.

Eine Eisschrankklappe schlug zu hinter einer halboffenen Innentür, und ein sehr großer Mann kam ins Zimmer, in der Hand eine Dose Bier. Er hatte ein teigiges Mondkalbsgesicht, ein Büschel struppiger Haare auf einem sonst kahlen Kopf, einen dicken brutalen Hals mit entsprechendem Kinn und braune Schweinsaugen, die ähnlich ausdrucksvoll waren wie die der Frau. Er mußte sich dringend mal rasieren – hatte das gestern schon nötig gehabt –, und sein kragenloses Hemd klaffte über einer breiten, harten, haarigen Brust. Er trug scharlachfarbene Hosenträger mit großen goldenen Schnallen daran.

Er hielt die Bierdose der Frau hin. Sie klaubte sie ihm aus der Hand und sagte bitter: »Ich bin so müde, daß ich schon gar nicht mehr weiß, wo mir der Kopf steht.«

Der Mann sagte: »Ja. Deswegen hast du wohl auch die Flure wieder so schlecht gefegt.«

Die Frau knurrte: »Die hab ich so schlecht gemacht, wie's mir paßte.« Sie suckelte gierig das Bier.

Steve sah den Mann an und sagte: »Hausverwalter hier?«

»Ja. Bin ich. Jake Stoyanoff. Zweihundertsechsundachtzig ohne Kleidung und immer noch gut in Form.«

Steve sagte: »Wer wohnt in zwo-elf?«

Der große Mann beugte sich ein wenig aus der Hüfte vor und ließ seine Hosenträger klatschen. In seinen Augen veränderte sich nichts. Nur die Haut an seinen starken Kinnbacken mochte sich ein wenig gespannt haben. »Eine Dame«, sagte er.

»Allein?«

»Nur zu – fragen Sie weiter«, sagte der große Mann. Er streckte die Hand aus und hob eine Zigarre von der Kante eines fleckigen Holztisches. Die Zigarre brannte ungleichmäßig, und sie roch, als hätte jemand den Fußabstreifer in Brand gesetzt. Er schob sie sich mit einer harten, stoßenden Bewegung in den Mund, als rechnete er damit, daß sein Mund ihm Widerstand leisten würde.

»Ich frage Sie ja«, sagte Steve.

»Fragen Sie mich draußen in der Küche«, sagte der große Mann gedehnt.

Er drehte sich um und hielt ihm die Tür auf. Steve ging an ihm vorbei.

Der große Mann knallte die Tür zu gegen das Quietschen des Schaukelstuhls, machte den Eisschrank auf und holte zwei Dosen Bier heraus. Er öffnete sie und händigte Steve eine aus.

»Polente?«

Steve trank einen Schluck, stellte die Dose auf den Spülstein, zog eine nagelneue Karte aus seiner Brieftasche – eine Geschäftskarte, die er sich am Morgen hatte drucken lassen. Er reichte sie dem Mann.

Der Mann las sie, legte sie ebenfalls auf den Spülstein, griff dann wieder danach und las sie noch einmal. »Einer von denen also«, knurrte er über seinem Bier. »Was hat sie denn diesmal angestellt?«

Steve zuckte die Achseln und sagte: »Ich nehme an, das übliche. Die alte Nummer mit dem zerrissenen Pyjama. Nur daß es diesmal einen kleinen Rückschlag gibt.«

»Wieso das denn? Und Sie wollen die Sache in die Hand nehmen, was? Na ja, muß ein ganz lustiger Job sein.«

Steve nickte. Der Mann blies Rauch aus dem Mund. »Na dann man los, machen Sie sich an die Arbeit«, sagte er.

»Sie haben nichts dagegen, wenn ich sie hier in die Mangel nehme?«

Der große Mann lachte herzlich. »Reden Sie doch keinen

Quatsch, Bruder«, sagte er aufgeräumt. »Sie sind Privatdetektiv. Also geht's alles schön stickum. Okay. Gehn Sie rauf und machen Sie – schön stickum. Und wenn sie tatsächlich jemanden ausgenommen hat – das läßt mich so kalt wie ein Liter Milch. Also machen Sie schon. Nehmen Sie sich Zeit, soviel Sie wollen. Bullen können Jake Stoyanoff nicht aus der Ruhe bringen.«

Steve starrte den Mann an. Er sagte nichts. Der große Mann redete weiter um die Sache herum, schien sich immer mehr dafür zu interessieren. »Außerdem«, fuhr er fort und fuchtelte mit der Zigarre, »habe ich ein weiches Herz. Ich verpfeife keine Damen. Ich hab noch nie einem Frauenzimmer ein Bein gestellt, haha.« Er trank sein Bier aus und warf die Dose in einen Korb unter dem Spülstein, und dann streckte er die Hand aus und machte langsam eine reibende Bewegung zwischen dem großen Daumen und den nächsten beiden Fingern. »Es sei denn, es ist sowas mit drin«, fügte er hinzu.

Steve sagte sanft. »Sie haben große Hände. Sie könnten es getan haben.«

»Äh?« Seine kleinen braunen ledrigen Augen wurden still und starrten.

Steve sagte: »Ja-ah. Möglich, daß Sie sauber sind. Aber bei den Händen, die Sie haben, dürften die Bullen Sie trotzdem beim Kragen nehmen.«

Der große Mann bewegte sich ein wenig nach links, vom Spülstein weg. Er ließ die rechte Hand locker an der Seite niederhängen. Sein Mund preßte sich so fest zusammen, daß die Zigarre fast seine Nase berührte.

»He, was soll der Quatsch?« bellte er. »Was wollen Sie mir da in die Schuhe schieben, Kerl? Was – – –«

»Geschenkt«, sagte Steve. »Sie ist umgebracht worden. Erdrosselt. Liegt oben, unter ihrem Bett. Etwa Mitte Vormittag, würde ich sagen. Von großen Händen – Händen wie Ihren.«

Der große Mann machte das gar nicht schlecht – wie er die Pistole von der Hüfte zog. Sie erschien so plötzlich in seiner Hand, als wäre sie darin gewachsen und die ganze Zeit schon drin gewesen.

Steve runzelte die Stirn und rührte sich nicht. Der große Mann musterte ihn von oben bis unten. »Sie sind ein zäher Brocken«, sagte er. »Ich bin lange genug im Ring gewesen, um einschätzen zu können, ob jemand was in den Knochen hat. Sie sind jede Menge hart, mein Junge. Aber Sie sind nicht so hart wie Blei. Jetzt packen Sie mal ganz schnell aus.«

»Ich hab an die Tür geklopft. Keine Antwort. Das Schloß war ein Kinderspiel. Bin ich also rein. Ich hätte sie fast übersehen, weil das Bett runtergezogen war. Sie hatte draufgesessen und eine Zeitschrift gelesen. Nirgends Anzeichen eines Kampfes. Ich hab nur noch kurz noch das Bett angehoben, als ich gehen wollte – und da lag sie denn. Sehr tot, Mr. Stoyanoff. Stecken Sie die Knarre weg. Bullen können Sie nicht aus der Ruhe bringen, haben Sie doch eben noch gesagt.«

Der große Mann flüsterte: »Ja und auch nein. Glücklich machen sie mich aber auch nicht. Ich leg mich von Zeit zu Zeit mal mit ihnen an. Meist wenn ich gesoffen habe. Aber Sie haben da was von meinen Händen gesagt, Mister.«

Steve schüttelte den Kopf. »War bloß ein Knalleffekt«, sagte er. »An ihrem Hals sind Nägelspuren. Bei Ihnen sind die Fingernägel ganz abgekaut. Damit sind Sie aus dem Schneider.«

Der große Mann sah nicht auf seine Finger nieder. Er war sehr blaß. Schweiß stand auf seiner Unterlippe, in den schwarzen Bartstoppeln. Er stand immer noch leicht vorgebeugt da, und reglos immer noch, als drüben, jenseits der Küchentür, an der Tür vom Flur zum Wohnzimmer, ein Klopfen ertönte. Das Quietschen des Stuhls hörte auf, und die scharfe Stimme der Frau schrie: »He, Jake! Besuch!«

Der große Mann legte ein wenig den Kopf auf die Seite. »Die alte Schlampe würde nicht mal aus den Kissen klettern, wenn das Haus in Flammen stünde«, sagte er belegt.

Er ging zur Tür und hindurch, schloß sie hinter sich.

Steve untersuchte rasch die Küche mit den Augen. Über dem Spülstein befand sich ein schmales hohes Fenster, darunter eine Klappe für einen Mülleimer und Pakete, aber eine zweite Tür gab es nicht. Er griff nach seiner Karte, die Stoyanoff auf dem Spülstein liegengelassen hatte, und steckte sie wieder in die Tasche. Dann zog er eine kurzläufige Detective Special aus der linken Brusttasche, wo er sie mit der Mündung nach unten in einem Halfter trug.

So weit war er gekommen, als draußen die Schüsse krachten – gedämpft ein wenig, aber doch noch laut – vier insgesamt, doch so rasch hintereinander, daß sie sich zu einem einzigen Krachen verbanden.

Steve trat zurück und rammte das ausgestreckte Bein gegen die Küchentür. Sie hielt stand, und er spürte den Anprall heftig im Hüftgelenk und bis in den Kopf. Er fluchte, nahm einen Anlauf durch die ganze Küche und warf sich mit der linken Schulter gegen die Tür. Diesmal gab sie nach. Er stürzte taumelnd ins Wohnzimmer. Die Frau mit dem Lehmgesicht saß vorgebeugt in ihrem Schaukelstuhl, den Kopf auf die Seite gelegt und eine Strähne mausgrauen Haars wie einen Schmutzfleck über der knochigen Stirn.

»Fehlzündung, was?« sagte sie stupide. »Klang aber ganz nah. Muß in der Seitengasse gewesen sein.«

Steve sprang durch den Raum, stieß die Außentür auf und stürzte auf den Flur.

Der große Mann war noch auf den Beinen, ein Dutzend Schritte weiter unterhalb im Gang, in Richtung einer Gazetür, die zu ebener Erde auf die Gasse führte. Er klaubte nach Halt an der Wand. Seine Pistole lag zu seinen Füßen. Sein linkes Knie knickte durch, und er ging darauf nieder.

Eine Tür wurde aufgerissen, und eine Frau mit hartem

Gesicht spähte heraus und schlug die Tür sofort wieder zu. Ein Radio gewann jäh an Lautstärke hinter ihrer Tür.

Der große Mann kam wieder von seinem linken Knie hoch, und das Bein zitterte heftig in seiner Hose. Er ging auf beide Knie nieder und nahm die Pistole in die Hand und begann auf die Gazetür zuzukriechen. Dann fiel er, ganz plötzlich, flach aufs Gesicht und versuchte so weiterzukriechen, und sein Gesicht schrammte über den schmalen Läufer auf dem Flur.

Dann hörte sein Kriechen auf und überhaupt jede Bewegung. Sein Körper wurde schlaff, und die Hand, in der er die Pistole hielt, ging auf, und die Pistole rollte heraus.

Steve stieß die Gazetür auf und stand auf der Gasse. Ein grauer Sedan raste auf die Ecke am Ende zu. Er blieb stehen, nahm festen Stand und brachte seine Pistole in Zielrichtung, aber da wischte der Sedan schon um die Ecke und außer Sicht.

Ein Mann kam aus einem anderen Apartmenthaus gegenüber herausgeschossen. Steve lief weiter, gestikulierte zurück zu ihm, deutete nach vorn. Während er lief, steckte er die Pistole in die Tasche zurück. Als er das Ende der Gasse erreichte, war der graue Sedan schon nicht mehr zu sehen. Steve bremste an der Hausecke ab, verlangsamte seinen Schritt auf dem Gehsteig und blieb endlich ganz stehen.

Einen halben Block weiter stellte gerade ein Mann einen Wagen ab, stieg aus und trat über den Gehsteig in ein Restaurant. Steve wartete, bis er hineingegangen war, rückte sich dann den Hut gerade und ging an der Mauer entlang ebenfalls auf das Restaurant zu.

Er trat ein, setzte sich an die Theke und bestellte Kaffee. Nach einer Weile erklangen Sirenen.

Steve trank seinen Kaffee aus, bat um eine weitere Tasse und trank auch sie. Er zündete sich eine Zigarette an und ging den Berg hinunter zur Fünften, dann hinüber zur Hill und zurück zum Fuß der Engelstreppe und holte ein Kabrio aus einer Parklücke.

Er fuhr aus der Stadt, nach Westen, über Vermont hinaus, zu dem kleinen Hotel, in dem er sich am Morgen ein Zimmer genommen hatte.

IV

Bill Dockery, der Geschäftsführer des Club Shalotte, wippte auf den Hacken und gähnte im unbeleuchteten Eingang zum Speisesaal. Es war die späte Cocktail-Stunde, fürs Geschäft eine tote Zeit, zu früh noch zum Abendessen und viel zu früh fürs wirkliche Geschäft des Clubs, das in hochkarätigem Glücksspiel bestand.

Dockery war ein hübscher Kerl in mitternachtblauem Smoking mit kastanienbrauner Nelke. Er hatte eine zwei Zoll hohe Stirn unter schwarzgelacktem Haar, gute Züge, die etwas zur Schwere neigten, wache braune Augen und sehr lange gebogene Wimpern, die er gern über die Augen sinken ließ, um randalierende Trunkenbolde zu verleiten, sich mit einem Schlag an ihm zu versuchen.

Die Eingangstür des Foyers wurde von dem uniformierten Portier geöffnet, und Steve Grayce kam herein.

Dockery sagte: »Hm, ah ja«, setzte die Zähne aufeinander und verlagerte sein Gewicht nach vorn. Er ging langsam durch die Halle, um den Gast zu begrüßen. Steve blieb gleich hinter der Tür stehen und ließ die Augen durch das hohe Foyer schweifen, dessen Wände mit milchigem, von rückwärts weich beleuchtetem Glas verkleidet waren. In die Scheiben waren Segelschiffe eingeschliffen, wilde Tiere aus dem Dschungel, Pagoden aus Siam, Tempel aus Yukatan. Die Türen hatten Rahmen aus Chrom, wie Photorahmen. Der Club Shalotte bot allen Luxus, den es gab, und das Stimmengemurmel aus der Bar zur Linken war vornehm gedämpft. Die leise spanische Musik hinter den Stimmen war so delikat wie ein geschnitzter Fächer.

Dockery kam heran und neigte ganz leicht den schmalen Kopf. »Kann ich Ihnen behilflich sein?«

»King Leopardi da?«

Dockery nahm den Kopf wieder zurück. Sein Interesse hatte ersichtlich abgenommen. »Der Bandleader? Er hat morgen abend seinen ersten Auftritt.«

»Ich dachte, er könnte auch heute schon hier sein – zu Proben vielleicht oder so.«

»Freund von ihm?«

»Ich kenne ihn. Ich bin nicht auf Postenjagd, und ich bin auch kein Schnulzenhändler, wenn Ihnen das Sorgen macht.«

Dockery wippte auf seinen Hacken. Er war unmusikalisch, und Leopardi bedeutete ihm nicht mehr als ein Tütchen Erdnüsse. Er zeigte ein halbes Lächeln. »Er hat vor einer Weile in der Bar gesessen.« Er wies mit seinem eckigen, felsenfesten Kinn hinüber. Steve Grayce trat in die Bar.

Sie war nur etwa zu einem Drittel voll. Es war gemütlich darin und warm und weder zu dunkel noch zu hell. Die kleine spanische Kapelle saß unter einem Bogen und spielte mit Dämpfern auf den Saiten kleine verführerische Melodien, die mehr Erinnerungen an Klänge waren als Klänge selbst. Eine Tanzfläche gab es nicht. Es gab eine lange Bar mit bequemen Sitzen und kleine runde Tischchen mit Mosaikplatten, die nicht allzu eng beieinander standen. Eine Wandbank lief um drei Seiten des Raums. Kellner flitzten zwischen den Tischen wie Motten.

Grayce erblickte Leopardi hinten in einer Ecke, mit einem Mädchen. Die Tische zu beiden Seiten waren frei. Das Mädchen war eine Wucht.

Sie wirkte hochgewachsen und schlank, und ihr Haar hatte die Farbe eines Reisigfeuers, das man durch eine Staubwolke sieht. Darüber trug sie, im schrägsten nur denkbaren Winkel, eine schwarze zweispitzige Samtkappe mit zwei künstlichen Schmetterlingen aus bunt getüpfelten Federn, die mit großen Silbernadeln befestigt waren. Ihr Kleid war aus burgunderroter Wolle, und der Blaufuchs, den sie über der einen Schulter drapiert hatte, war mindestens zwei Fuß breit. Ihre Augen waren groß, rauchblau und blickten gelangweilt. Sie drehte langsam mit behandschuhter Hand ein kleines Glas auf der Tischplatte.

Leopardi saß ihr gegenüber, vorgebeugt, redete auf sie ein. Seine Schultern wirkten sehr breit in einer mit groben Noppen bedeckten, cremefarbenen Sportjacke. Über dem Kragen bildete sein Haar eine Spitze, wie um auf seinen braunen Nacken hinzuweisen. Er lachte über den Tisch, als Steve herantrat, und sein Lachen hatte einen selbstbewußten, höhnischen Klang.

Steve blieb stehen, trat dann hinter den Nachbartisch. Die Bewegung machte Leopardi auf ihn aufmerksam. Sein Kopf wandte sich herum, er machte ein belästigtes Gesicht, und dann weiteten sich seine Augen und fingen an zu funkeln, und sein ganzer Körper drehte sich langsam herum, wie ein mechanisches Spielzeug.

Leopardi legte seine beiden kleinen, wohlgeformten Hände auf den Tisch, zu beiden Seiten eines Highballglases. Er lächelte. Dann schob er den Stuhl zurück und stand auf. Er hob einen Finger und berührte damit sein Menjoubärtchen, mit theatralischer Eleganz. Dann sagte er gedehnt, aber deutlich: »Na, Sie Hurensohn?«

Ein Mann am Nebentisch wandte den Kopf und runzelte die Stirn. Ein Kellner, der gerade herüberkommen wollte, blieb wie angewurzelt stehen und verdrückte sich dann zwischen den Tischen. Das Mädchen betrachtete Steve Grayce und lehnte sich dann in die Kissen der Wandbank zurück und befeuchtete die Spitze eines ringlosen Fingers an ihrer rechten Hand und glättete sich damit eine kastanienfarbene Braue.

Steve stand ganz still. Eine hohe Röte war plötzlich auf seinen Backenknochen erschienen. Er sagte sanft: »Sie haben gestern nacht im Hotel etwas zurückgelassen. Ich finde, Sie sollten in der Sache etwas unternehmen. Hier.«

Er zog ein zusammengefaltetes Stück Papier aus der Tasche und hielt es ihm hin. Leopardi nahm es, immer noch lächelnd, faltete es auseinander und las. Es war ein Blatt gelbes Papier, auf das zerrissene Stücke weißes Papier geklebt waren. Leopardi knüllte das Blatt zusammen und ließ es zu Boden fallen.

Er tat einen geschmeidigen Schritt auf Steve zu und wiederholte noch lauter: »Sie Hurensohn!«

Der Mann, der sich zuerst umgedreht hatte, stand scharf auf und wandte sich um. Er sagte deutlich: »Ich wünsche in Gegenwart meiner Frau keine solche Sprache zu hören.«

Ohne den Mann auch nur anzusehen, sagte Leopardi: »Zum Teufel mit Ihnen und Ihrer Frau.«

Das Gesicht des Mannes lief graurot an. Die Frau, die bei ihm war, stand auf, griff nach einer Handtasche und einem Mantel und ging. Nach einem Moment der Unentschlossenheit folgte der Mann ihr. Das ganze Lokal starrte jetzt zu ihnen herüber. Der Kellner, der sich eben zwischen den Tischen verdrückt hatte, ging mit sehr schnellen Schritten ins Foyer hinaus.

Leopardi tat einen weiteren, längeren Schritt und schmetterte Steve Grayce die Faust aufs Kinn. Steve wurde zurückgeworfen von dem Schlag und stolperte und stützte sich mit der Hand auf einen anderen Tisch und warf ein Glas um. Er wandte sich, um sich bei dem Paar am Tisch zu entschuldigen. Leopardi tat einen schnellen Sprung auf ihn zu und traf ihn hinter dem Ohr.

Dockery kam zur Tür herein, riß zwei Kellner wie eine Bananenschale auseinander, schritt energisch durch den Raum und zeigte dabei sämtliche Zähne.

Steve würgte ein wenig und duckte sich weg. Er wandte

sich um und sagte mit belegter Stimme: »Warten Sie noch, Sie Narr – das ist noch gar nicht alles – es – – –«

Leopardi drang blitzschnell auf ihn ein und traf ihn mitten auf den Mund. Blut sickerte Steve von der Lippe und kroch in der Falte am Mundwinkel nieder und stand glitzernd auf seinem Kinn. Das Mädchen mit dem roten Haar griff nach der Handtasche neben sich, weiß im Gesicht vor Wut, und wollte hinter dem Tisch aufstehen.

Leopardi wandte sich abrupt auf dem Absatz um und ging weg. Dockery streckte eine Hand aus, um ihn aufzuhalten. Leopardi wischte sie beiseite und ging weiter, aus der Bar hinaus.

Das hochgewachsene rothaarige Mädchen stellte die Handtasche wieder auf den Tisch und ließ ihr Taschentuch zu Boden fallen. Sie sah Steve ruhig an, sprach auch ganz ruhig. »Wischen Sie sich das Blut vom Kinn, ehe es Ihnen aufs Hemd tropft.« Sie hatte eine sanfte, heisere Stimme mit leichtem Tremolo darin.

Dockery kam mit strenger Miene heran, packte Steve am Arm und setzte Druck dahinter. »Das genügt, Sie! Gehn wir!«

Steve stand ganz still, die Füße fest auf den Boden gepflanzt, und starrte das Mädchen an. Er tupfte sich mit einem Taschentuch den Mund. Er lächelte halb. Dockery konnte ihn keinen Zoll vom Fleck bringen. Dockery ließ die Hand sinken, gab zwei Kellnern einen Wink, und sie sprangen hinter Steve, rührten ihn aber nicht an.

Steve betastete vorsichtig seine Lippen und betrachtete das Blut an seinem Taschentuch. Er drehte sich zu den Leuten am Tisch hinter ihm um und sagte: »Tut mir ganz schrecklich leid. Ich hatte das Gleichgewicht verloren.«

Das Mädchen, deren Glas er umgestoßen hatte, rieb sich das Kleid mit einer kleinen Fransenserviette ab. Sie lächelte ihn an und sagte: »Das war doch nicht Ihre Schuld!«

Die beiden Kellner packten plötzlich von hinten Steves

Arme. Dockery schüttelte den Kopf, und sie ließen ihn wieder los. Dockery sagte verkniffen: »Sie haben ihn geschlagen?«

»Nein.«

»Irgendwas zu ihm gesagt, was ihn so reagieren ließ?«

»Nein.«

Das Mädchen am Ecktisch bückte sich, um ihr hingefallenes Taschentuch aufzuheben. Sie brauchte eine ziemliche Zeit dazu. Endlich bekam sie es und glitt in die Ecke hinter den Tisch zurück. Sie sprach mit kalter Stimme.

»Ganz recht, Bill. Es war bloß wieder eine Probe für die reizende Art des King, mit seinem Publikum umzuspringen.«

Dockery sagte: »Äh?« und drehte den Kopf auf seinem dicken harten Hals. Dann grinste er und blickte zu Steve zurück.

Steve sagte grimmig: »Er hat mir drei handfeste Schläge versetzt, davon einen von hinten, ohne daß ich entsprechend erwidert habe. Sie sehen mir nicht wie ein Schlappschwanz aus. Überlegen Sie mal, ob Sie sich das gefallen ließen.«

Dockery maß ihn mit den Augen. Er sagte gelassen: »Sie haben gewonnen. Ich könnte's nicht ... Verschwindet!« fügte er dann scharf für die Kellner hinzu. Sie gingen weg. Dockery schnüffelte an seiner Nelke und sagte ruhig: »Wir legen hier keinen Wert auf Krawalle.« Er lächelte dem Mädchen zu und entfernte sich, sagte hier und da ein Wort an den Tischen. Er ging durch die Foyer-Tür hinaus.

Steve tupfte sich die Lippen, steckte das Taschentuch wieder in die Tasche und ließ die Augen suchend über den Boden schweifen.

Das rothaarige Mädchen sagte ruhig: »Ich glaube, ich habe, was Sie suchen – in meinem Taschentuch. Wollen Sie sich nicht setzen?«

Ihre Stimme rief irgend etwas in seiner Erinnerung wach, als hätte er sie schon einmal gehört.

Er nahm ihr gegenüber Platz, auf dem Stuhl, auf dem Leopardi gesessen hatte.

Das rothaarige Mädchen sagte: »Der Drink geht auf meine Rechnung. Ich war mit ihm zusammen.«

Steve sagte: »Eine Coke mit einem Schuß Bitters«, zu dem Kellner.

Der Kellner sagte: »Madame?«

»Brandy mit Soda. Zünden Sie den Brandy kurz an, bitte.« Der Kellner verbeugte sich und entschwebte. Das Mädchen sagte amüsiert: »Coke mit einem Schuß Bitters. Das ist's, was ich an Hollywood so liebe. Man trifft so viele Neurotiker.«

Steve starrte ihr in die Augen und sagte sanft: »Ich bin Gelegenheitstrinker, einer von der Sorte Burschen, die auf ein Bier in eine Kneipe gehn und in Singapur mit einem Vollbart wieder aufwachen.«

»Ich glaube Ihnen kein Wort. Kennen Sie den King schon lange?«

»Bin ihm erst letzte Nacht begegnet. Wir haben uns nicht besonders vertragen.«

»Das hab ich irgendwie gemerkt.« Sie lachte. Auch ihr Lachen hatte einen reichen, tiefen Klang.

»Geben Sie mir das Papier, meine Dame.«

»Ah, einer von diesen ungeduldigen Männern. Wir haben doch massenhaft Zeit.« Das Taschentuch mit dem zerknüllten gelben Blatt drin wurde fest von ihrer behandschuhten Hand umschlossen. Ihr rechter Mittelfinger spielte mit einer Braue. »Sie sind nicht beim Film, oder?«

»Um Gott, nein.«

»Ich auch nicht. Ich bin zu groß. Die schönen Männer müssen auf Stelzen gehen, wenn sie mich an die Heldenbrust drücken wollen.«

Der Kellner setzte die Drinks vor sie hin, machte einen eleganten Schnörkel in der Luft mit seiner Serviette und ging davon. Steve sagte ruhig, störrisch: »Geben Sie mir das Papier, meine Dame.«

»Das ›meine Dame‹ mag ich nicht. Klingt so, wie wenn man von einem Bullen angehalten wird.«

»Ich kenne Ihren Namen ja nicht.«

»Ich Ihren auch nicht. Wo haben Sie Leopardi getroffen?«

Steve seufzte. Die Musik der kleinen spanischen Kapelle bewegte sich jetzt in melancholischem Moll und war vom gedämpften Klicken von Gurden beherrscht.

Steve lauschte hinüber, den Kopf auf die Seite geneigt. Er sagte: »Die E-Saite ist einen Halbton tiefer gestimmt. Hübscher Effekt.«

Das Mädchen starrte ihn mit neuem Interesse an. »Das habe ich noch nie bemerkt«, sagte sie. »Und ich gelte als ziemlich gute Sängerin. Aber Sie haben meine Frage noch nicht beantwortet.«

Er sagte langsam: »Gestern nacht war ich noch Hausdetektiv im Carlton Hotel. Ich galt zwar als Nachtportier, aber in Wirklichkeit war ich Hausdetektiv. Leopardi stieg dort ab und trieb es ein bißchen zu bunt. Ich schmiß ihn raus und wurde gefeuert.«

Das Mädchen sagte: »Aha. Allmählich komme ich mit. Er spielte den King, und Sie spielten den – wenn ich mal raten darf – ziemlich rabiaten Hausdetektiv.«

»So ungefähr. Wollen Sie mir jetzt bitte – – –«

»Sie haben mir immer noch nicht Ihren Namen genannt.«

Er griff nach seiner Brieftasche, nahm eine von seinen nagelneuen Karten heraus und schob sie ihr über den Tisch. Er süffelte seinen Drink, während sie las.

»Hübscher Name«, sagte sie langsam. »Aber keine sehr gute Adresse. Und ›Private Ermittlungen‹ ist schlecht. ›Ermittlungen‹ allein wäre viel besser, ganz winzig unten in der linken Ecke.«

»Sie werden auch winzig genug ausfallen«, grinste Steve. »Wollen Sie mir jetzt bitte – – –«

Sie streckte ganz plötzlich die Hand über den Tisch und schob ihm den zusammengeknüllten Papierball zwischen die Finger.

»Natürlich hab ich's nicht gelesen – und natürlich würde ich's gern. Soviel Vertrauen schenken Sie mir doch, hoffe ich – äh« – sie warf nochmals einen Blick auf die Karte und fügte hinzu – »Steve. Ja, und Ihr Büro sollte in einem georgianischen oder in einem sehr modernistischen Gebäude liegen, in den Achtzigern am Sunset etwa. Suite sowieso. Und Ihre Kleidung sollte ein bißchen jazzig sein. Sehr jazzig sogar, Steve. Unauffälligkeit ist in dieser Stadt so gut wie ein geplatzter Flush.«

Er grinste sie an. Seine tiefliegenden schwarzen Augen hatten Glanz bekommen. Sie steckte die Karte in ihre Handtasche, gab ihrer Pelzstola einen Ruck und trank etwa die Hälfte ihres Glases leer. »Ich muß gehen.« Sie winkte dem Kellner und bezahlte die Rechnung. Der Kellner ging weg, und sie stand auf.

Steve sagte scharf: »Setzen Sie sich hin.«

Sie starrte ihn verwundert an. Dann setzte sie sich wieder und lehnte sich gegen die Wand, die Augen immer noch starr auf ihn gerichtet. Steve beugte sich über den Tisch, fragte: »Wie gut kennen *Sie* Leopardi denn?«

»Oberflächlich, wenn auch seit Jahren. Falls Sie das was angeht. Kommen Sie mir bloß nicht auf die despotische Tour, um Gottes willen. Ich kann despotische Männer nicht ausstehn. Ich habe einmal für ihn gesungen, aber nicht lange. Man kann nicht bloß singen für Leopardi – wenn Sie verstehen, was ich meine.«

»Immerhin sind Sie mit ihm ausgegangen.«

Sie nickte leicht und zuckte die Achseln. »Er hat hier morgen seinen ersten Auftritt. Er wollte mich überreden, wieder für ihn zu singen. Ich habe nein gesagt, aber mir bleibt vielleicht nichts anderes übrig, wenigstens für eine Woche oder zwei. Dem Mann, dem der Club Shalotte gehört, gehört auch mein Vertrag – und der Rundfunksender, für den ich großenteils arbeite.«

»Jumbo Walters«, sagte Steve. »Es heißt, er wäre hart, aber ehrlich. Ich bin ihm noch nie begegnet, würde's aber ganz gerne mal. Schließlich muß ich mir jetzt eine Existenz aufbauen. Hier.«

Er streckte die Hand über den Tisch und ließ das zusammengeknüllte Papier vor sie hinfallen. »Und Ihr Name war – – –«

»Dolores Chiozza.«

Steve wiederholte ihn sinnend. »Er gefällt mir. Auch Ihr Singen gefällt mir. Ich hab's oft gehört. Sie quetschen Ihre Lieder nicht so skrupellos aus, wie die meisten Großverdiener unter den Sängern das machen.« Seine Augen glitzerten.

Das Mädchen breitete das Papier auf dem Tisch aus und las langsam, ohne Ausdruck. Dann sagte sie ruhig: »Wer hat es zerrissen?«

»Leopardi selber, nehme ich an. Die Fetzen lagen gestern nacht in seinem Papierkorb. Ich hab sie wieder zusammengesetzt, als er gegangen war. Der Bursche hat Mumm – oder er kriegt solche Briefe derart häufig, daß er gar nicht mehr drauf achtet.«

»Oder er hat's für einen Ulk gehalten.« Sie blickte gleichmütig über den Tisch herüber, dann faltete sie das Papier wieder zusammen und reichte es ihm zurück.

»Vielleicht. Aber wenn das alles stimmt, was man von ihm erzählt, dann wird's eines Tages doch einmal ernst gemeint sein, und der Bursche, der dann dahinter steckt, wird mehr tun, als ihm bloß Geld abknöpfen.«

Dolores Chiozza sagte: »Es stimmt alles, was man von ihm erzählt.«

»Dann wäre es für eine Frau nicht schwer, ihn zu erwischen – oder? – mit einer Pistole, meine ich.«

Sie starrte ihn weiter an. »Nein. Und alle Welt würde ihr nach Kräften dabei helfen, wenn Sie mich fragen. Wenn ich Sie wäre, würde ich die ganze Sache vergessen. Wenn er Schutz braucht – Walters kann ihm da mehr bieten als die Polizei. Wenn nicht – wen schert's dann schon? Mich jedenfalls nicht. Das weiß ich mit Sicherheit.«

»Sie sind selber ziemlich hart, Miss Chiozza – in manchen Dingen.«

Sie sagte nichts. Ihr Gesicht war ein wenig weiß geworden und hatte sich mehr als nur ein wenig verhärtet.

Steve trank sein Glas aus, schob seinen Stuhl zurück und griff nach seinem Hut. Er stand auf. »Ich danke Ihnen vielmals für den Drink, Miss Chiozza. Jetzt, wo ich Sie persönlich kennengelernt habe, freue ich mich um so mehr darauf, Sie wieder singen zu hören.«

»Sie sind ja auf einmal verdammt förmlich«, sagte sie.

Er grinste. »Machen Sie's gut, Dolores.«

»Ebenfalls, Steve. Und viel Glück – als Spürhund. Wenn ich mal was höre – – –«

Er wandte sich ab und ging zwischen den Tischen durch aus der Bar.

V

Im frischen Herbstabend blinkten ihm die Lichter von Hollywood und Los Angeles entgegen. Scheinwerferstrahlen drangen durch den wolkenlosen Himmel, als suchten sie ihn nach Bombern ab.

Steve holte sein Kabrio vom Parkplatz und fuhr auf dem Sunset nach Osten. An der Ecke Sunset-Fairfax kaufte er sich eine Abendzeitung und hielt eine Weile an der Bordsteinkante, um sie durchzusehen. Es stand nichts in der Zeitung über die Court Street 118.

Er fuhr weiter und aß zu Abend in dem kleinen Restaurant neben seinem Hotel und ging dann ins Kino. Als er dort wieder herauskam, kaufte er sich eine Regionalausgabe der *Tribune*, ein Morgenblatt. Da standen sie drin – alle beide.

Die Polizei war der Ansicht, Jake Stoyanoff könnte das Mädchen erdrosselt haben, aber es hatten sich keine Hinweise auf eine Vergewaltigung gefunden. Sie wurde als Stenotypistin bezeichnet, stellungslos im Moment. Ein Bild von ihr war nicht dabei. Nur ein Bild von Stoyanoff, das wie ein retuschiertes Polizei-Photo aussah. Die Polizei suchte nach einem Mann, der mit Stoyanoff gesprochen hatte, kurz bevor dieser erschossen wurde. Verschiedene Leute hatten ihn als hochgewachsenen Mann in dunklem Anzug beschrieben. Das war aber alles, was die Polizei wußte – oder mitteilen wollte.

Steve grinste säuerlich, hielt noch einmal vor dem Restaurant, um einen Gute-Nacht-Kaffee zu sich zu nehmen, und ging dann auf sein Zimmer. Es war ein paar Minuten vor elf. Als er die Tür aufschloß, fing das Telephon an zu klingeln.

Er schloß die Tür und blieb in der Dunkelheit stehen, um zu überlegen, wo der Apparat stand. Dann ging er schnurgerade darauf zu in dem dunklen Zimmer, wie eine Katze, setzte sich in einen Sessel und nahm das Telephon aus dem Unterfach eines kleinen Tischchens. Er hielt den Hörer ans Ohr und sagte: »Hallo.«

»Sind Sie das, Steve?« Es war eine sanfte, heisere Stimme, tief und vibrierend. Sie hatte einen Unterton von Anspannung.

»Ja-ah, bin ich. Ich kann Sie hören. Ich weiß auch, wer Sie sind.«

Ein schwaches, trockenes Lachen kam herüber. »Sehn Sie, aus Ihnen wird doch noch ein richtiger Detektiv. Und wie es aussieht, verschaffe ich Ihnen Ihren ersten Fall. Können Sie sofort zu mir in die Wohnung kommen? Vierundzwanzig-zwölf Renfrew – Nord, aber Süd gibt's gar nicht – bloß einen halben Block unterhalb der Fountain. Eine Art

Bungalow-Siedlung. Mein Haus ist das letzte in der Reihe, ganz hinten.«

Steve sagte: »Ja. Sicher. Was ist denn los?«

Eine Pause entstand. Auf der Straße vor dem Hotel hupte ein Auto. Eine Welle weißen Lichts wanderte über die Decke, von irgendeinem Wagen, der bergauf um die Kurve fuhr. Die tiefe Stimme sagte sehr langsam: »Leopardi. Ich werde ihn nicht los. Er – er liegt bewußtlos in meinem Schlafzimmer.« Dann ein blechernes Lachen, das überhaupt nicht zu der Stimme paßte.

Steve hielt den Hörer so fest gepackt, daß ihm die Hand wehtat. Seine Zähne klickten in der Dunkelheit. Er sagte flach, mit dumpfer, brüchiger Stimme: »Ja-ah. Es wird Sie aber zwanzig Eier kosten.«

»Natürlich. Beeilen Sie sich bitte.«

Er legte auf, saß dann da in dem dunklen Zimmer und atmete tief. Er schob sich den Hut auf den Kopf, riß ihn sich mit einem bösen Ruck in die Stirn und lachte laut auf. »Zum Teufel«, sagte er, »*die* Sorte ist sie also.«

Vierundzwanzig-zwölf Renfrew war eigentlich keine Bungalow-Siedlung. Es bestand aus einer Reihe von sechs Bungalows, die alle in die gleiche Richtung schauten, aber so gegeneinander versetzt waren, daß man von keinem Vordereingang aus den anderen sehen konnte. Im Hintergrund lief eine Backsteinmauer, und hinter der Backsteinmauer lag eine Kirche. Es gab auch einen langen glatten Rasen, mondversilbert.

Die Tür lag zwei Stufen hoch, hatte Laternen zu beiden Seiten und über dem Guckfenster ein schmiedeeisernes Gitter. Dahinter erschien auf sein Klopfen ein Mädchengesicht, ein schmales, ovales Gesicht mit einem Amorsbogenmund, gewölbten und ausgezupften Brauen, welligem braunem Haar. Die Augen waren wie zwei frische und glänzende Kastanien.

Steve ließ eine Zigarette fallen und setzte den Fuß

darauf. »Miss Chiozza. Sie erwartet mich. Steve Grayce.«

»Miss Chiozza hat sich bereits zur Ruhe begeben, Sir«, sagte das Mädchen und verzog leicht überheblich die Lippen.

»Sparen Sie sich das, Kindchen. Sie haben doch gehört, ich werde erwartet.«

Das Türchen wurde zugeschlagen. Er wartete, blickte finster über den schmalen mondbeschienenen Rasenstreifen zur Straße hinüber. Okay. So war das also – nun, zwanzig Eier waren immerhin eine Mondscheinfahrt wert.

Das Schloß klickte, und die Tür öffnete sich weit. Steve trat an dem Mädchen vorbei in einen warmen, freundlichen Raum mit altmodischem Chintz-Mobiliar. Die Lampen waren weder alt noch neu, und es gab jede Menge davon – an den richtigen Stellen. Hinter einem paneelierten Kupferschirm stand ein Ofen, dicht davor ein Sofa, in der Ecke eine Bar mit eingebautem Radio.

Das Mädchen sagte steif: »Es tut mir leid, Sir. Miss Chiozza hatte vergessen, mir Mitteilung zu machen. Bitte nehmen Sie Platz.« Die Stimme war sanft und vielleicht ein bißchen reserviert. Das Mädchen ging durch das Zimmer hinaus – kurzer Rock, reinseidene Strümpfe, vier Zoll hohe Pfennigabsätze.

Steve setzte sich und hielt den Hut auf dem Knie und blickte stirnrunzelnd gegen die Wand. Eine Schwingtür quietschte zu. Er holte eine Zigarette heraus und rollte sie zwischen den Fingern, und dann zerquetschte er sie absichtlich zu einer flachen Formlosigkeit aus weißem Papier und zerfetztem Tabak. Er warf sie weg, vor den Ofenschirm.

Dolores Chiozza kam auf ihn zu. Sie trug einen grünsamtenen Hausanzug mit langer, goldbefranster Schärpe. Das Ende der Schärpe wirbelte in ihrer Hand, als sollte es im nächsten Augenblick als Lassoschlinge dienen. Sie zeigte ein leicht künstliches Lächeln. Ihr Gesicht wirkte, als hätte es seine Nachtwäsche schon hinter sich, und ihre Lider waren bläulich und zuckten nervös.

Steve stand auf und beobachtete, wie ihre grünen Saffianpantoffeln bei jedem ihrer Schritte unter dem Hausanzug vorlugten. Als sie dicht vor ihm stand, hob er die Augen zu ihrem Gesicht und sagte dumpf: »Hallo.«

Sie sah ihn sehr ruhig an, sprach dann mit hoher, tragender Stimme. »Ich weiß, es ist schon spät, aber ich wußte auch, daß Sie's gewohnt sind, die ganze Nacht aufzubleiben. Darum dachte ich, wir könnten etwas besprechen – – – wollen Sie sich nicht setzen?«

Sie wandte ganz leicht den Kopf, schien zu horchen.

Steve sagte: »Ich gehe nie vor zwei zu Bett. Macht also nichts.«

Sie ging hinüber und drückte auf eine Klingel neben dem Ofen. Einen Moment später erschien das Mädchen unter dem Türbogen.

»Bringen Sie uns ein paar Eiswürfel, Agatha. Dann gehn Sie nach Hause. Es ist schon spät geworden.«

»Jawohl, Miss.« Das Mädchen verschwand.

Dann herrschte eine Stille, die fast gellend war, bis das hochgewachsene Mädchen abwesend eine Zigarette aus einem Kasten nahm, sie sich zwischen die Lippen steckte und Steve linkisch ein Streichholz an seiner Schuhsohle anriß. Sie beugte das Ende der Zigarette in die Flamme, und ihre rauchblauen Augen schauten sehr ruhig und stetig in seine schwarzen. Sie schüttelte ganz leicht den Kopf.

Das Mädchen kam mit einer Kupferschale Eis zurück. Sie rückte ein niedriges indianisches Tablett-Tischchen mit Messingplatten zwischen sie vor das Sofa, stellte die Eisschale darauf, dann einen Siphon, Gläser und Löffel und eine dreieckige Flasche, die nach gutem Scotch aussah, bloß daß sie eine Hülle aus Silberfiligran hatte und einen eingeschliffenen Stöpsel.

Dolores Chiozza sagte: »Wollen Sie uns einen Drink mixen?« mit förmlicher Stimme.

Er mixte zwei Drinks, rührte um, reichte ihr den einen. Sie nippte daran, schüttelte den Kopf. »Zu leicht«, sagte sie. Er goß ihr Whisky nach und reichte ihn ihr zurück. Sie sagte: »Schon besser« und lehnte sich in die Sofaecke zurück.

Das Mädchen kam wieder ins Zimmer. Sie hatte ein keckes rotes Hütchen auf dem welligen braunen Haar und trug einen grauen Mantel mit hübschem Pelzbesatz. In der Hand hielt sie eine schwarze Brokattasche, in der man den Inhalt eines mittleren Eisschranks hätte unterbringen können. Sie sagte: »Gute Nacht, Miss Dolores.«

»Gute Nacht, Agatha.«

Das Mädchen ging zur Haustür hinaus, schloß sie sanft. Ihre Absätze klapperten auf dem Gehsteig davon. Eine Wagentür öffnete und schloß sich in der Ferne, und ein Motor sprang an. Sein Surren war bald verklungen. Es war eine sehr ruhige Gegend.

Steve stellte sein Glas auf das Messingtablett und sah das hochgewachsene Mädchen mit kühlen Augen an, sagte rauh: »Damit wäre sie also aus der Quere, was?«

»Ja. Sie fährt im eigenen Wagen heim. Vom Studio holt sie mich in meinem ab – wenn ich ins Studio gehe, was heute abend der Fall war. Ich fahre nicht gern selber Auto.«

»Na schön, worauf warten Sie dann noch?«

Das rothaarige Mädchen blickte starr zu dem paneelierten Ofenschirm hinüber, hinter dem kein Feuer brannte. Ein Muskel zuckte in ihrer Wange.

Nach einem Moment sagte sie: »Komisch, daß ich Sie angerufen habe statt Walters. Er könnte mich besser schützen als Sie. Nur hätte er mir nicht geglaubt. Ich habe gedacht, Sie würden's vielleicht. Ich hatte Leopardi nicht eingeladen hierher. Soweit ich weiß, sind wir die einzigen Menschen auf der Welt, die wissen, daß er hier ist.«

Etwas in ihrer Stimme ließ Steve in die Höhe fahren.

Sie zog ein kleines frisches Taschentuch aus der Brusttasche des grünsamtenen Hausanzugs, ließ es zu Boden fallen, hob es rasch wieder auf und preßte es gegen den Mund. Und ganz plötzlich begann sie, ohne einen Laut von sich zu geben, wie ein Blatt zu zittern.

Steve sagte hastig: »Wozu die Aufregung – mit dem Kerl werde ich jederzeit mit der linken Hand fertig. Das habe ich gestern nacht geschafft – und gestern nacht hatte er eine Pistole und ballerte einen Schuß auf mich ab.«

Ihr Kopf wandte sich. Ihre Augen waren weit und starr. »Aber es kann nicht meine Pistole gewesen sein«, sagte sie mit toter Stimme.

»Äh? Natürlich nicht – was denn – – –?«

»Heute nacht *war* es meine Pistole«, sagte sie und starrte ihn an. »Sie haben gesagt, eine Frau könnte ihn sehr leicht mit einer Pistole erwischen.«

Er starrte sie nur an. Sein Gesicht war weiß geworden jetzt, und aus seiner Kehle kam ein undeutlicher Laut.

»Er ist nicht betrunken, Steve«, sagte sie sanft. »Er ist tot. Er liegt tot in meinem Bett – in einem gelben Pyjama. Mit meiner Pistole in der Hand. Sie haben auch nicht geglaubt, daß er nur betrunken wäre – nicht wahr, Steve?«

Er war mit einem raschen Satz auf den Beinen, blieb dann plötzlich vollkommen reglos stehen und starrte auf sie nieder. Er bewegte die Zunge auf den Lippen, und nach einer langen Pause erst konnte sein Mund Worte formen. »Gehn wir und sehn wir uns ihn an«, sagte er mit geduckter Stimme.

VI

Das Zimmer lag im Hinterhaus, zur Linken. Das Mädchen zog einen Schlüssel aus der Tasche und schloß die Tür auf. Auf einem Tisch brannte mattes Licht, und die Jalousien waren heruntergezogen. Steve ging schweigend an ihr vorbei, wie auf Katzenpfoten.

Leopardi lag massig mitten auf dem Bett, ein großer, glatter, stiller Mann, der wächsern und künstlich wirkte im Tode. Selbst sein Bärtchen sah aus, als wäre es nicht echt. Seine halboffenen Augen, blicklos wie Murmeln, machten den Eindruck, als hätten sie überhaupt nie etwas gesehen. Er lag auf dem Rücken, auf dem Laken, und die Decke war über das Fußende des Bettes geschlagen.

Der King trug einen gelben Seidenpyjama, vom Überzieh-Typ, mit hochgeschlagenem Kragen. Der Stoff war locker und dünn. Über der Brust war er dunkel von Blut, das sich in die Seide eingesogen hatte wie in Löschpapier. Ein bißchen Blut war auch an seinem nackten braunen Hals.

Steve starrte ihn an und sagte tonlos: »Der König in Gelb. Ich habe einmal ein Buch mit dem Titel gelesen. Er mochte Gelb, glaube ich. Gestern nacht habe ich sein Zeug eingepackt. Aber er selber war nicht das, was man gelb nennt – feige. Burschen von seiner Sorte sind das doch gewöhnlich – oder nicht?«

Das Mädchen ging in die Ecke hinüber und hockte sich in einen Sessel und blickte zu Boden. Es war ein hübsches Zimmer, so modernistisch, wie das Wohnzimmer zwanglos war. Es hatte einen Chenille-Teppich, milchkaffeefarben, streng gewinkeltes Mobiliar mit Einlegearbeit und einen raffinierten Toilettentisch mit einem Spiegel als Platte, einer Knieöffnung und Schubladen wie bei einem Schreibtisch. Darüber erhob sich ein dreiteiliger Spiegelaufbau, und über dem Spiegel hing eine halbzylindrische Wandleuchte aus Mattglas. In der Ecke stand ein Glastisch mit einem Windhund aus Kristall darauf und eine Lampe mit dem höchsten Zylinderschirm, den Steve je gesehen hatte.

Er brach seine Betrachtung all der Gegenstände ab und wandte sich wieder Leopardi zu. Er zog dem King behutsam die Pyjamajacke hoch und untersuchte die Wunde. Sie lag direkt über dem Herzen, und die Haut war versengt und verfleckt um die Stelle. Man sah gar nicht so sehr viel Blut. Er war im Bruchteil einer Sekunde tot gewesen.

Eine kleine Mauser-Automatik lag wie angeschmiegt in seiner rechten Hand, auf dem zweiten Kissen des Bettes.

»Künstlerarbeit«, sagte Steve und deutete hin. »Tja, ein schöner Zug. Die typische Kontaktwunde, würde ich sagen. Er hat sogar die Pyjamajacke hochgezogen dazu. Ich habe gehört, daß sie das tun. Eine Mauser 7.63. Ganz sicher, daß es Ihre Pistole ist?«

»Ja.« Sie blickte weiter zu Boden. »Sie lag in der Schublade im Wohnzimmer – nicht geladen. Aber es sind auch Patronen da. Ich weiß nicht, wieso. Jemand hat sie mir mal geschenkt. Ich hab nicht einmal eine Ahnung, wie man so ein Ding lädt.«

Steve lächelte. Ihre Augen hoben sich plötzlich, und sie sah sein Lächeln und erschauerte. »Ich erwarte nicht, daß mir jemand glaubt«, sagte sie. »Also können wir ebensogut auch die Polizei rufen, nehme ich an.«

Steve nickte abwesend, steckte sich eine Zigarette in den Mund und ließ sie auf und nieder wippen mit den Lippen, die immer noch geschwollen waren von Leopardis Schlag. Er riß an seinem Daumennagel ein Streichholz an, paffte eine dünne Rauchfeder in die Luft und sagte ruhig: »Keine Bullen. Noch nicht. Erst erzählen Sie mal.«

Das rothaarige Mädchen sagte: »Ich singe beim KFQC, wissen Sie. Drei Abende in der Woche – im Viertelstundenprogramm einer Autofirma. Heute war so ein Abend. Agatha und ich kamen nach Hause – ach, so kurz vor halb elf. An der Tür fiel mir ein, daß kein Sodawasser im Haus war, deshalb schickte ich sie zu dem Spirituosengeschäft drei Blocks weiter und ging allein hinein. Im Haus war ein ganz sonderbarer Geruch. Ich weiß nicht, was es war. Wie wenn mehrere Männer dagewesen wären, irgendwie. Als ich ins Schlafzimmer kam – er lag genau so da wie jetzt. Ich sah die Pistole und ging hin und sah sie mir an, und da wußte ich, daß ich geliefert war. Ich wußte nicht, was ich tun sollte. Selbst wenn die Polizei mich entlastete, war ich von jetzt an, wo ich auch hinging – – –«

Steve sagte scharf: »Er ist hier reingekommen – wie?«

»Ich weiß es nicht.«

»Reden Sie weiter«, sagte er.

»Ich schloß die Tür ab. Dann zog ich mich aus – mit dem auf dem Bett da. Ich lief ins Bad, um zu duschen und einen klaren Kopf zu bekommen, wenn's ginge. Als ich das Schlafzimmer verließ, schloß ich ab und nahm den Schlüssel an mich. Agatha war um diese Zeit bereits zurück, aber ich glaube nicht, daß sie mich gesehen hat. Also, ich ging unter die Dusche, und das brachte mich ein bißchen wieder zu Kräften. Ich trank einen Schluck und ging hier rein und rief Sie an.«

Sie brach ab und befeuchtete eine Fingerkuppe und glättete sich damit das Ende ihrer linken Augenbraue. »Das ist alles, Steve – absolut alles.«

»Hauspersonal kann ziemlich neugierig sein. Diese Agatha ist noch neugieriger – oder ich müßte mich sehr irren.« Er ging zur Tür hinüber und sah sich das Schloß an. »Ich wette, es gibt drei oder vier Schlüssel im Haus, die hier passen.« Er trat zu den Fenstern und betastete die Riegel, musterte die Jalousien draußen durch das Glas. Er sagte über die Schulter, ganz beiläufig: »War der King in Sie verliebt?«

Ihre Stimme war scharf, fast wütend. »Er war nie verliebt in eine Frau. Vor ein paar Jahren in San Francisco, als ich eine Weile bei seiner Band war, wurde allerlei Quatsch geredet über uns. Es war nichts dran. Das ist jetzt hier in der Presse wieder aufgewärmt worden, als Reklame für seinen Auftritt. Ich habe ihm heute nachmittag gesagt, daß ich da nicht mitmachen würde, daß ich in keiner Weise mehr mit ihm in Verbindung gebracht werden wollte. Sein Privatleben war dreckig. Es stank. Jeder in der Branche wußte das. Und unsere Branche ist kein Schrebergarten, in dem lauter Gänseblümchen wachsen.«

Steve sagte: »War Ihres das einzige Schlafzimmer, das er nicht schaffte?«

Das Mädchen errötete bis zu den Wurzeln ihres dunkelroten Haars.

»Das klingt lausig«, sagte er. »Aber ich muß alle Gesichtspunkte bedenken. Es stimmt doch etwa, oder?«

»Ja – ich denke schon. Das allereinzigste würde ich nicht sagen.«

»Gehn Sie rüber und holen Sie sich was zu trinken.«

Sie stand auf und sah ihm über das Bett weg offen in die Augen. »Ich habe ihn nicht getötet, Steve. Ich habe ihn auch nicht ins Haus gelassen heute abend. Ich wußte nicht einmal, daß er herkommen wollte oder auch nur einen Grund hatte, herzukommen. Glauben Sie's mir oder nicht. Aber irgend etwas an der Sache stimmt nicht. Leopardi wäre der letzte Mann auf Erden gewesen, der sich sein fideles Leben genommen hätte.«

Steve sagte: »Das hat er auch nicht, mein Engel. Gehn Sie, holen Sie sich was zu trinken. Er ist ermordet worden. Das Ganze ist eine abgekartete Sache – mit dem Ziel, daß Jumbo Walters sich veranlaßt sieht, für Vertuschung zu sorgen. Gehn Sie doch.«

Er stand still da, reglos, bis ihm Geräusche aus dem Wohnzimmer sagten, daß sie dort war. Dann zog er sein Taschentuch heraus und löste die Pistole aus Leopardis rechter Hand und wischte sie sorgfältig ab, nahm das Magazin heraus und wischte es ebenfalls ab, ließ alle Patronen herausgleiten und wischte sie ebenfalls einzeln ab, zuletzt auch die in der Kammer. Dann lud er die Waffe wieder und legte sie wieder in Leopardis tote Hand und schloß die Finger um den Griff und drückte den Zeigefinger gegen den

Abzug. Dann ließ er die Hand in natürlicher Weise aufs Bett zurückfallen.

Er tastete das Bettzeug ab und fand eine ausgeworfene Patronenhülse und wischte sie ab, legte sie wieder an die Stelle, wo er sie gefunden hatte. Er hielt das Taschentuch an die Nase, schnüffelte mit schiefem Gesicht daran, ging um das Bett herum zu einem Kleiderschrank und öffnete die Tür.

»Nachlässig mit den Sachen umgegangen, mein Junge«, sagte er sanft.

Die grobe, cremefarbene Jacke hing da, an einem Haken, über dunkelgrauen Hosen mit einem Gürtel aus Eidechsenleder. Ein gelbes Seidenhemd und eine weinrote Krawatte hingen daneben. Ein Taschentuch, das zur Krawatte paßte, guckte vier Zoll aus der Brusttasche der Jacke hervor. Am Boden stand ein Paar muskatbrauner Sportschuhe aus Gazellenleder, und darüber lagen Socken ohne Halter. Daneben schließlich gelbe Seiden-Shorts mit eingestickten schwarzen Initialen.

Steve tastete sorgfältig die graue Hose ab und zog ein ledernes Schlüsseltäschchen heraus. Er verließ das Zimmer, ging den Querflur entlang und in die Küche. Sie hatte eine solide Tür und ein gutes Schnappschloß, in dem der Schlüssel steckte. Er zog ihn heraus und probierte Schlüssel aus dem Täschchen, fand keinen, der paßte, steckte den anderen Schlüssel zurück und ging ins Wohnzimmer. Er machte die Haustür auf, ging nach draußen und schloß sie wieder, ohne das Mädchen anzusehen, das zusammengekauert in einer Sofaecke saß. Er probierte auch hier die Schlüssel, fand schließlich den richtigen. Er ließ sich damit wieder ins Haus, kehrte ins Schlafzimmer zurück und steckte das Schlüsseltäschchen wieder in die Tasche der grauen Hose. Dann ging er ins Wohnzimmer.

Das Mädchen kauerte immer noch reglos da, starrte ihn an.

Er lehnte sich mit dem Rücken an den Kamin und paffte

an einer Zigarette. »War Agatha die ganze Zeit bei Ihnen im Studio?«

Sie nickte. »Ich glaube schon. Er hat also einen Schlüssel gehabt. Das haben Sie eben nachprüfen wollen, ja?«

»Stimmt. Agatha schon lange bei Ihnen?«

»Ungefähr ein Jahr.«

»Mal irgendwas gestohlen? Kleinkram, meine ich.«

Dolores Chiozza zuckte müde die Achseln. »Was spielt das schon für eine Rolle? Das tun doch die meisten. Ein bißchen Gesichtscreme oder Puder, ein Taschentuch, ein paar Strümpfe dann und wann. Ja, ich denke schon, daß sie was gestohlen hat. Hausmädchen halten sowas mehr oder weniger einfach für ihr gutes Recht.«

»Nicht die ordentlichen, mein Engel.«

»Nun – die Arbeitsbedingungen waren ziemlich anstrengend für sie. Ich arbeite abends, nachts, komme oft sehr spät nach Hause. Und sie ist praktisch Mädchen für alles hier.«

»Sonst noch was Ungewöhnliches? Nimmt sie Kokain oder Hasch? Greift sie mal zur Flasche? Hat sie gelegentlich Lachkrämpfe gehabt?«

»Ich glaube nicht. Was hat denn das damit zu tun, Steve?«

»Meine werte Dame, sie hat jemandem den Schlüssel zu Ihrer Wohnung verkauft. Das liegt auf der Hand. Sie selber haben ihm keinen gegeben, der Hausbesitzer dürfte es auch nicht getan haben, aber sie hatte einen. Geht Ihnen ein Licht auf jetzt?«

Ihre Augen hatten einen entsetzten Ausdruck bekommen. Ihr Mund zitterte ein wenig, nicht viel. Ein Glas stand unangerührt an ihrem Ellbogen. Steve beugte sich vor und nahm einen Schluck daraus.

Sie sagte langsam: »Wir vergeuden nur unsere Zeit, Steve. Wir müssen die Polizei rufen. Niemand kann etwas machen. Als anständiger Mensch bin ich erledigt, wenn nicht als Frau überhaupt. Sie werden denken, es war ein Streit unter Liebesleuten, und ich habe ihn erschossen, punktum. Wenn ich sie davon überzeugen könnte, daß ich's nicht getan habe, bliebe nur übrig, daß er sich selbst in meinem Bett erschossen hat, und damit bin ich ebenfalls ruiniert. So läuft die Musik, und es ist absolut zwecklos, daß ich mir die Ohren zuhalte.«

Steve sagte sanft: »Passen Sie auf. Meine Mutter hat das immer so gemacht.«

Er legte einen Finger an den Mund, beugte sich nieder und berührte ihre Lippen an derselben Stelle mit demselben Finger. Er lächelte, sagte: »Wir werden zu Walters gehen – beziehungsweise Sie werden das tun. Er wird sich die richtigen Leute bei der Polizei aussuchen, und die werden kein großes Geschrei anstimmen und nicht sämtliche Reporter zusammentrommeln. Sie werden ganz heimlich geschlichen kommen, wie die Gerichtsvollzieher. Walters kann das bewerkstelligen. Damit hat man auch gerechnet. Was mich betrifft, so werde ich mir Agatha vorknöpfen. Weil ich nämlich eine Beschreibung des Burschen brauche, dem sie den Schlüssel verkauft hat – und zwar schnell brauche. Im übrigen schulden Sie mir zwanzig Dollar dafür, daß ich hergekommen bin. Behalten Sie das nur schön im Gedächtnis.« Das hochgewachsene Mädchen stand auf, lächelte. »Sie sind eine Wucht«, sagte sie. »Was macht Sie so sicher, daß er umgebracht worden ist?«

»Er trägt einen fremden Pyjama. Seiner hat Initialen. Ich hab sein Zeug gestern nacht eingepackt – bevor ich ihn aus dem Carlton rausschmiß. Ziehen Sie sich an, mein Engel – und holen Sie mir Agathas Adresse.«

Er ging ins Schlafzimmer und zog ein Laken über Leopardis Leiche, hielt es einen Moment lang über dem stillen, wächsernen Gesicht, ehe er es fallen ließ.

»Mach's gut, Junge«, sagte er freundlich. »Du warst eine Laus – aber du hast wahrhaftig Musik in den Knochen gehabt.«

Es war ein kleines Fachwerkhaus an der Brighton Avenue, nahe der Jefferson, in einem Block aus lauter kleinen Fachwerkhäusern, alle altmodisch und mit Veranden vor der Tür. Es hatte einen schmalen Zuweg aus Beton, den der Mond weißer machte, als er war.

Steve ging die Stufen hinauf und sah den Lichtrand um die Jalousie im Vorderfenster. Er klopfte. Schlurfende Schritte erklangen, und eine Frau öffnete die Tür einen Spalt. Sie hatte die Kette vorgelegt – eine plumpe ältliche Frau mit gekräuseltem grauem Haar. Sie steckte in einem Morgenrock, eine formlose Gestalt, und ihre Füße schlitterten in losen Pantoffeln. Ein Mann mit spiegelglattem Kahlkopf und milchigen Augen saß in einem Korbstuhl neben einem Tisch. Er hielt die Hände im Schoß und verrenkte ziellos die Knöchel. Er sah nicht herüber zur Tür.

Steve sagte: »Ich komme von Miss Chiozza. Sind Sie Agathas Mutter?«

Die Frau sagte dumpf: »Kann schon stimmen. Aber sie ist nicht zu Hause, Mister.« Der Mann im Stuhl zog irgendwo ein Taschentuch heraus und schneuzte sich die Nase. Er kicherte dunkel in sich hinein.

Steve sagte: »Miss Chiozza fühlt sich nicht besonders gut heute abend. Da hat sie gedacht, Agatha würde vielleicht wiederkommen und die Nacht über bei ihr bleiben.«

Der milchäugige Mann kicherte erneut und scharf. Die Frau sagte: »Wir wissen nicht, wo sie steckt. Sie ist noch nicht nach Hause gekommen. Pa und ich warten, daß sie endlich heimkommt. Wir werden uns noch krank warten, so lange bleibt sie immer weg.«

Der alte Mann schnappte mit schriller dünner Stimme: »Eines Tages wird die Polizei sie uns noch heimbringen.«

»Pa ist halb blind«, sagte die Frau. »Das macht ihn ein bißchen böse. Wollen Sie nicht eintreten?«

Steve schüttelte den Kopf und drehte den Hut in der Hand wie ein schüchterner Cowboy in einem Wildwest-

Musical. »Ich muß sie suchen gehen«, sagte er. »Wo geht sie denn normalerweise hin?«

»Schnaps saufen mit billigen Spendierern«, gackerte Pa. »Mit verzärtelten Bürschchen, die seidene Taschentücher um den Hals haben statt ordentlichen Krawatten. Wenn ich sehen könnte, würde ich ihr den Hintern aushauen, bis sie genug hätte.« Er grapschte nach den Armlehnen seines Korbsessels, und die Muskeln auf seinen Handrücken traten hervor. Dann fing er an zu weinen. Tränen quollen ihm aus den milchigen Augen und rannen ihm langsam über die weißen Backenstoppeln. Die Frau ging hinüber und nahm ihm das Taschentuch aus der Faust und wischte ihm das Gesicht damit ab. Dann putzte sie sich damit die Nase und kam zurück an die Tür.

»Kann überall sein«, sagte sie zu Steve. »Wir leben in einer großen Stadt, Mister. Ich kann Ihnen wirklich nicht sagen, wo sie sein könnte.«

Steve sagte dumpf: »Ich komme noch mal wieder. Wenn sie inzwischen auftaucht, sorgen Sie doch dafür, daß sie dableibt. Wie ist Ihre Telephonnummer?«

»Wie ist unsere Telephonnummer, Pa?« rief die Frau über die Schulter zurück.

»Sag ich nicht«, schnaubte Pa.

Die Frau sagte: »Jetzt fällt sie mir wieder ein. South zwo-vier-fünf-vier. Rufen Sie ruhig an, wann Sie wollen. Pa und ich haben nichts zu tun.«

Steve dankte ihr und ging auf dem weißen Weg zur Straße zurück und dort einen halben Block weiter zu der Stelle, wo er seinen Wagen gelassen hatte. Er warf noch einen müßigen Blick über die Straße und wollte schon in den Wagen steigen, da hielt er plötzlich mitten in der Bewegung inne, die Hand am Griff der Tür. Er ließ ihn los, tat drei Schritte zur Seite und blieb stehen und starrte mit zusammengepreßtem Mund hinüber auf die andere Straßenseite.

Alle Häuser des Blocks sahen sich ähnlich, aber das eine gegenüber hatte ein Schild ZU VERMIETEN! im Vorderfenster, und an einer Latte im kleinen Vorgarten hing eins mit der Adresse einer Maklerfirma. Das Haus selber sah vernachlässigt aus, ganz leer, aber in der winzigen Zufahrt stand ein kleines hübsches schwarzes Coupé.

Steve sagte vor sich hin: »Meine Ahnung. Allmählich kann ich mir die patentieren lassen.«

Er ging fast diskret über die breite staubige Straße, die Hand lose am harten Metall der Pistole in seiner Tasche, und trat neben den kleinen Wagen, blieb stehen und lauschte. Er bewegte sich leise die linke Seite entlang, warf einen Blick zurück über die Straße, schaute dann in das offene linke Wagenfenster hinein.

Das Mädchen saß fast wie beim Fahren am Steuer, nur daß sie den Kopf wohl ein wenig zu schief dabei hielt. Das rote Hütchen saß immer noch darauf, und sie trug auch noch den grauen Mantel mit dem Pelzbesatz. Im Widerschein des Mondlichts sah Steve den krampfhaft weit geöffneten Mund. Ihre Zunge hing heraus. Und ihre kastanienbraunen Augen starrten gegen das Wagendach.

Steve rührte sie nicht an. Er brauchte sie nicht zu berühren oder näher anzusehen, um zu wissen, daß sie tiefe Druckspuren am Hals haben mußte.

»Rabiat gegen Frauen, diese Burschen«, murmelte er.

Die große schwarze Brokathandtasche des Mädchens lag auf dem Nebensitz, klaffend offen wie ihr Mund – wie Miss Marilyn Delormes Mund und Miss Marilyn Delormes purpurne Handtasche.

»Ja-ah – rabiat gegen Frauen.«

Er zog sich langsam zurück, bis er unter einer kleinen Palme am Eingang der Zufahrt stand. Die Straße war so leer und verlassen wie ein geschlossenes Theater. Er ging still wieder zu seinem Wagen hinüber, stieg ein und fuhr weg.

Hier gab's nichts weiter zu sehen. Ein Mädchen war spät

in der Nacht allein nach Hause gekommen und von irgendeinem rabiaten Kerl überfallen und erdrosselt worden, nur ein paar Türen von ihrer Wohnung entfernt. Der erste Streifenwagen, der des Weges kam, würde – wenn die Burschen nur halbwegs wach waren – nach dem Rechten sehen, sobald ihm das Schild ZU VERMIETEN! auffiel. Steve trat hart aufs Gaspedal und machte, daß er wegkam.

An der Ecke Washington – Figueroa ging er in einen nachtoffenen Drugstore und zog die Tür der Telephonzelle hinter sich zu. Er warf seinen Nickel ein und wählte die Nummer des Polizeipräsidiums.

Er ließ sich mit dem Diensthabenden verbinden und sagte: »Schreiben Sie auf, Sergeant, ja? Brighton Avenue, Block zweiunddreißig-null-null, Westseite, Einfahrt zu einem leeren Haus. Haben Sie's?«

»Ja-ah. Und da wäre?«

»Eine tote Frau in einem Wagen«, sagte Steve und hängte ein.

VII

Quillan, Chefportier und stellvertretender Geschäftsführer des Carlton, hatte den Nachtdienst, weil Millar, der Nachtportier, für eine Woche auf Urlaub war. Es war halb zwei, alles lag totenstill, und Quillan langweilte sich. Er hatte schon lange alles erledigt, was zu erledigen war, denn er war seit zwanzig Jahren im Hotelfach und schaffte das mittlerweile im Halbschlaf.

Der Nachtportier war mit dem Aufräumen fertig geworden und befand sich in seinem Zimmer neben den Fahrstühlen. Einer der Fahrstühle war beleuchtet und offen, ganz wie gewöhnlich. Die Haupthalle war aufgeräumt und die Beleuchtung gedämpft worden. Alles war ganz so wie gewöhnlich.

Quillan war ein ziemlich gedrungener, ziemlich korpulenter Mann mit klaren hellen Krötenaugen, in denen ein freundlicher Ausdruck zu liegen schien, obwohl sie in Wirklichkeit gar keinen Ausdruck hatten. Er hatte blasses sandfarbenes Haar und nicht allzuviel davon. Seine blassen Hände lagen gefaltet vor ihm auf der Marmorplatte des Empfangstischs. Er war gerade groß genug, um sich gewichtig auf den Tisch stützen zu können, ohne daß es so aussah, als rekele er sich darauf. Sein Blick war auf die Wand gegenüber vom Eingang gerichtet, aber er sah sie nicht. Er war halb in Schlaf gesunken, obwohl seine Augen weit offen standen, und wenn der Nachtportier hinter seiner Tür ein Streichholz anriß, hörte Quillan es bestimmt und schlug auf seine Glocke.

Die messinggerahmte Schwingtür des Straßeneingangs wurde aufgeschoben, und Steve Grayce kam herein, den sommerleichten Mantel um den Hals hochgeschlagen, den Hut in die Stirn gezogen und eine Zigarette im Mundwinkel, von der dünner Rauch aufstieg. Er sah sehr gelassen, sehr energisch und vollkommen entspannt aus. Er kam an den Empfangstisch geschlendert und trommelte mit den Fingern darauf.

»Aufgewacht!« schnauzte er.

Quillan bewegte die Augen und sagte: »Alle Außenzimmer mit Bad. Aber im achten Stock garantiert keine Partys. Hallo, Steve. Hast du also doch den Laufpaß gekriegt. Und aus dem falschen Grund. So ist das Leben.«

Steve sagte: »Okay. Habt ihr schon einen neuen Nachtschnüffler?«

»Brauchen keinen, Steve. Haben nie einen gebraucht, meiner Meinung nach.«

»Ihr werdet einen brauchen, solange alte Hotelhasen wie du billige Amseln auf demselben Flur einquartieren wie Leute vom Typ Leopardi.«

Quillan schloß halb die Augen und öffnete sie dann in

die gleiche Richtung, in die sie vorher geblickt hatten. Er sagte gleichgültig: »Hab ich gar nicht, alter Freund. Aber jeder kann mal einen Fehler machen. Millar ist in Wirklichkeit Buchhalter – nicht Empfangsmensch.«

Steve lehnte sich zurück, und sein Gesicht wurde sehr still. Der Rauch hing fast an seiner Zigarette. Seine Augen waren wie schwarzes Glas jetzt. Er lächelte ein wenig unehrlich.

»Und warum kam Leopardi in ein Vier-Dollar-Zimmer im Achten statt in eine Turm-Suite zu achtundzwanzig pro?«

Quillan lächelte zurück. »Ich habe Leopardi nicht eingewiesen, mein Alter. Die Zimmer waren vorbestellt. Ich habe angenommen, daß er eben genau die haben wollte. Manche Leute sind sparsam. Sonst noch Fragen, Mr. Grayce?«

»Ja-ah. War acht-vierzehn letzte Nacht leer?«

»Ja, hatte einen Defekt. Irgendwas an der Installation. Mach nur weiter.«

»Wer hat das angegeben mit der Reparatur?«

Quillans helle unergründliche Augen wandten sich und zeigten Neugier. Er gab keine Antwort.

Steve sagte: »Hier der Grund. Leopardi war in acht-fünfzehn, und die beiden Amseln hatten acht-elf. Nur acht-dreizehn dazwischen. Jemand mit einem Hauptschlüssel hätte ohne weiteres acht-dreizehn betreten und die Riegel an den beiden Verbindungstüren öffnen können. Wenn die Leute in den beiden anderen Zimmern dann dasselbe auf ihrer Seite taten, hatten sie eine ganze Suite.«

»Na und?« fragte Quillan. »Wir sind um acht Eier begaunert worden, äh? Na schön, sowas kommt vor, sogar in besseren Hotels als unserem.« Seine Augen hatten wieder einen schläfrigen Ausdruck.

Steve sagte: »Millar könnte es gewesen sein. Aber zum Teufel, das gibt eigentlich keinen Sinn. Millar ist nicht der Typ dafür. Seine Stellung riskieren für einen Dollar Trinkgeld – pfui, nee. Millar ist kein billiger Kuppler.«

Quillan sagte: »Also gut, Polizist. Jetzt erzähl mir mal, was du in Wirklichkeit denkst.«

»Eins der Mädchen in acht-elf hatte eine Pistole. Leopardi bekam gestern einen Drohbrief – wo oder wie, weiß ich nicht. Das Ding hat ihn aber nicht weiter gestört. Er hat's zerrissen. Daher weiß ich davon. Ich hab die Stücke aus seinem Papierkorb geholt. Leopardis Jungs sind wohl alle ausgezogen, oder?«

»Natürlich. Sind ins Normandy.«

»Ruf im Normandy an und verlang Leopardi. Wenn er da ist, sitzt er vermutlich noch über der Flasche. Und das mit einer ganzen Bande.«

»Und warum soll ich das?« fragte Quillan freundlich.

»Weil du ein netter Mensch bist. Wenn Leopardi an den Apparat kommt – häng einfach ein.« Steve hielt inne und kniff sich derb ins Kinn. »Wenn er ausgegangen ist, versuch rauszukriegen, wohin.«

Quillan richtete sich auf, bedachte Steve mit einem weiteren langen ruhigen Blick und begab sich hinter die Trennwand aus Riffelglas. Steve stand sehr still, lauschte, die eine Hand zur Faust geballt an der Seite, die andere lautlos trommelnd auf dem Marmortisch.

Nach etwa drei Minuten kam Quillan zurück und lehnte sich wieder auf den Tisch und sagte: »Nicht da. In seiner Suite – sie haben ihm eine von den großen verkauft – läuft eine Party, und sie klingt laut. Ich hab mit einem Burschen gesprochen, der noch einigermaßen nüchtern war. Er sagte, Leopardi hätte gegen zehn einen Anruf gekriegt – von irgendeinem Mädchen. Er hätte sich dann geputzt, wie der Bursche sagte, und wäre weggegangen. Hätte noch angedeutet, daß er eine saftige Verabredung hätte. Der Bursche war grad genügend angesäuselt, um mir das alles haarklein zu servieren.«

Steve sagte: »Du bist wirklich ein guter Kumpel. Tut mir leid, daß ich dir den Rest nicht erzählen kann. Hm, ich hab gern hier gearbeitet. Viel Arbeit war's ja eigentlich nicht.«

Er setzte sich wieder zum Ausgang in Bewegung. Er hatte schon die Hand am Messinggriff der Tür, da rief Quillan ihn noch einmal an. Steve drehte sich um und kam langsam zurück.

Quillan sagte: »Ich hab gehört, daß Leopardi auf dich geschossen hat. Ich glaube nicht, daß es aufgefallen ist. Hier unten hat niemand was gemeldet. Und ich glaube auch nicht, daß Peters das voll erfaßt hat, bevor er den Spiegel in acht-fünfzehn sah. Wenn du Wert darauf legst, doch wiederzukommen, Steve – – –«

Steve schüttelte den Kopf. »Danke, daß du dran gedacht hast.«

»Und als ich von dem Schuß hörte«, fügte Quillan hinzu, »fiel mir etwas ein. Vor zwei Jahren hat sich in acht-fünfzehn ein Mädchen erschossen.«

Steve straffte so jäh den Rücken, daß er fast das Gleichgewicht verloren hätte. »Wer war das Mädchen?«

Quillan machte ein überraschtes Gesicht. »Weiß ich nicht. An den Namen kann ich mich nicht mehr erinnern. Irgendein Mädchen, das vom Leben mehr herumgestoßen worden war, als es ertragen konnte, und in einem sauberen Bett sterben wollte – allein.«

Steve streckte die Hand über den Tisch und packte Quillans Arm. »Das Hotel-Archiv«, krächzte er. »Was alles darüber in den Zeitungen stand – die Ausschnitte müssen da drin sein. Ich muß sie unbedingt sehen!«

Quillan starrte ihn einen Moment lang an. Dann sagte er: »Ich weiß nicht, was für ein Spiel du da spielst, mein Junge – aber du spielst es jedenfalls verdammt nah an der Weste. Das muß man dir wahrhaftig lassen. Und jemand wie ich kann sich dafür eine öde Nacht um die Ohren schlagen.«

Er langte über den Tisch und schlug auf die Glocke. Die Tür zum Zimmer des Nachtportiers ging auf, und der Portier kam durch die Eingangshalle. Er nickte und lächelte Steve an.

Quillan sagte: »Übernimm mal den Empfang, Carl. Ich muß für ein Weilchen in Mr. Peters' Büro.«

Er ging zum Safe und holte Schlüssel heraus.

VIII

Die Hütte lag hoch oben am Berghang, vor dichtem Wuchs von Nußkiefern, Eichen und Balsamzedern. Sie war solide gebaut, mit steinernem Kamin, ganz mit Schindeln gedeckt und fest im Hang verankert. Bei Tageslicht waren die Dachflächen grün und die Seiten dunkelrötlich braun und die Fensterrahmen und Ziehvorhänge rot. In der unheimlichen Helle, die ein Mitt-Oktober-Mond in den Bergen die ganze Nacht hindurch verbreitet, stand sie deutlich erkennbar in jeder Einzelheit da, nur nicht in den Farben.

Sie stand am Ende einer Straße, eine Viertelmeile von jeder anderen Hütte entfernt. Steve bog um die Kurve, ohne Licht jetzt um fünf Uhr früh. Er hielt sofort an, als er sicher war, die richtige Hütte vor sich zu haben, stieg aus und ging lautlos zu Fuß am Rand der Schotterstraße weiter, auf einem Teppich aus wilder Iris.

Auf Straßenhöhe stand eine aus rohen Kieferbrettern gezimmerte Garage, und von ihr führte ein Pfad zur Hüttenveranda hinauf. Die Garage war unverschlossen. Steve zog ganz vorsichtig die Tür auf, tappte hinein und an der dunklen Masse eines Wagens entlang und legte die Hand auf den Kühler. Er war noch warm. Steve holte eine kleine Taschenlampe heraus und ließ ihr Licht über den Wagen huschen. Ein grauer Sedan, staubig, der Tankanzeiger fast unten. Er knipste die Taschenlampe wieder aus, schloß die

Garage behutsam und schob das Stück Holz wieder vor, das als Riegel diente. Dann erklomm er den Pfad zum Haus.

Hinter den vorgezogenen roten Vorhängen war Licht. Die Veranda lag hoch, und Zedernholzblöcke waren darauf gestapelt, die noch ihre Rinde hatten. Die Haustür hatte eine Klinke und einen rustikalen Türgriff darüber.

Er ging hinauf, nicht zu leise und nicht zu geräuschvoll, hob die Hand, seufzte tief in der Kehle und klopfte. Seine Hand berührte ganz kurz einmal den Kolben der Pistole in seiner inneren Jackentasche, dann kam sie leer wieder heraus.

Ein Stuhl knarrte, und Schritte tappten über den Boden, und eine Stimme rief gedämpft: »Was gibt's?« Millars Stimme.

Steve legte die Lippen dicht an das Holz und sagte: »Hier ist Steve, George. Bist du schon auf?«

Der Schlüssel drehte sich, und die Tür ging auf. George Millar, der adrette Nachtportier des Carlton, sah gar nicht adrett aus jetzt. Er trug eine alte Hose und einen dicken blauen Sweater mit Rollkragen. Seine Füße steckten in gerippten Wollsocken und fellgefütterten Pantoffeln. Sein gestutztes schwarzes Bärtchen saß wie ein Schmutzfleck in seinem blassen Gesicht. Zwei elektrische Birnen brannten in ihren Fassungen an einem Balken, der sich quer über den Raum zog, tief unter dem First des Steildaches. Eine Tischlampe war angezündet und ihr Schirm so gestellt, daß ihr Licht auf einen großen Lehnstuhl mit ledernem Sitz- und Rückenkissen fiel. Ein Feuer brannte gemächlich in einem Haufen Asche auf dem großen offenen Kamin.

Millar sagte mit seiner leisen, heiseren Stimme: »Mensch, Steve, das ist aber eine Überraschung. Freut mich, dich zu sehen. Wie hast du uns überhaupt gefunden? Komm doch rein, Junge.«

Steve trat durch die Tür, und Millar schloß wieder ab. »Gewohnheit eines Städters«, sagte er grinsend. »Kein Mensch schließt seine Tür ab hier in den Bergen. Nimm dir einen Stuhl. Wärm dir die Zehen. Kalt draußen nachts um diese Zeit.«

Steve sagte: »Ja-ah. Jede Menge kalt.«

Er setzte sich in den Lehnstuhl und legte Hut und Mantel auf den festen Holztisch dahinter. Er beugte sich vor und hielt die Hände ans Feuer.

Millar sagte: »Also wirklich, wie hast du uns nur finden können, Steve?«

Steve sah ihn nicht an. Er sagte ruhig: »War gar nicht so leicht. Du sagtest mir gestern nacht, dein Bruder hätte eine Hütte hier oben – entsinnst du dich? Weil ich ja gar nichts zu tun hatte, dachte ich mir, ich fahre mal rauf und schnorre mir ein Frühstück. Der Bursche in der Kneipe am Crestline hatte keine Ahnung, wo hier wem seine Hütte stünde. Er hat nur mit Durchfahrern zu tun. Ich klingelte einen Tankstellenmann heraus, und der kannte ebenfalls keine Millar-Hütte. Dann sah ich vom Hof einer Kohlen- und Holzhandlung ein Licht zur Straße runterkommen. Ein kleiner Bursche, der hier Forstaufseher und Deputy-Sheriff und Holz- und Gashändler und noch ein halbes Dutzend anderer Sachen ist, wollte grad nach San Bernardino fahren, um ein paar Gasflaschen zu holen. Ein sehr gewitzter kleiner Kerl. Kaum hatte ich ihm gesagt, dein Bruder wäre mal Boxer gewesen, da fiel bei ihm auch schon der Groschen. Und deshalb bin ich nun glücklich hier angelangt.«

Millar klaubte an seinem Schnurrbart herum. Irgendwo im Hintergrund der Hütte quietschten Bettfedern. »Sicher, er lebt hier nämlich immer noch unter seinem Boxernamen – Gaff Talley. Ich gehe ihn mal wecken, und dann trinken wir einen Kaffee zusammen. Du und ich, wir haben offenbar beide den gleichen Ruderschlag. Sind's gewohnt, nachts zu arbeiten, und können nicht schlafen. Ich bin noch überhaupt nicht im Bett gewesen.«

Steve sah ihn langsam an und blickte wieder weg. Eine grobe Stimme hinter ihnen sagte: »Gaff ist schon auf. Wer ist dein Freund da, George?«

Steve stand gelassen auf und drehte sich um. Sein Blick fiel zuerst auf die Hände des Mannes. Er konnte gar nicht anders. Es waren große Hände, durchaus reinlich und gepflegt, aber rauh und häßlich. Einen Knöchel hatte er sich einmal schlimm gebrochen. Er war ein großer Mann mit rötlichem Haar. Er trug einen saloppen Bademantel über einem Pyjama aus Halbwollflanell. Er hatte ein ledriges, ausdrucksloses Gesicht, voller Narben über den Backenknochen. Feine weiße Narben waren auch über seinen Brauen und an den Mundwinkeln zu sehen. Seine Nase war platt und dick. Sein ganzes Gesicht machte den Eindruck, als hätte es eine Menge Schläge mit dem Handschuh abgekriegt. Seine Augen allein sahen denen Millars vage ähnlich.

Millar sagte: »Steve Grayce. Nachtportier im Hotel – bis gestern nacht.« Sein Grinsen war ein wenig unsicher.

Gaff Talley kam zu Steve herüber und schüttelte ihm die Hand. »Freut mich, Sie kennenzulernen«, sagte er. »Ich werd mir ein paar Klamotten überziehen und zusehn, daß ich uns ein Frühstück von den Regalen kratze. Ich hab genug geschlafen. George hat noch überhaupt nicht, der arme Tropf.«

Er ging zurück durch den Raum, auf die Tür zu, durch die er gekommen war. Dort blieb er stehen und lehnte sich an ein altes Grammophon, legte seine große Hand hinter einen Stapel Schallplatten in Papiertüten. So blieb er, einfach so, ohne sich zu bewegen.

Millar sagte: »Schon Glück gehabt mit einem Job, Steve? Oder hast du's noch gar nicht versucht?«

»Doch, ja-ah. Wie man's nimmt. Wahrscheinlich bin ich ein kompletter Idiot, aber ich will's mit einem Start als

Privatdetektiv versuchen. Ist allerdings nicht viel drin, es sei denn, ich lande einen Coup, der Publicity bringt.« Er zuckte die Achseln. Dann sagte er ganz ruhig: »King Leopardi ist umgelegt worden.«

Millars Mund schnappte weit auf. Er verharrte fast eine Minute lang in dieser Haltung – völlig still, mit offenem Mund. Gaff Talley lehnte sich gegen die Wand und starrte herüber, ohne daß sich in seinem Gesicht etwas regte. Millar sagte schließlich: »Umgelegt? Wo? Du willst mir doch nicht erzählen – – –«

»Nicht im Hotel, George. Sehr schade, nicht wahr? In der Wohnung eines Mädchens. Eines anständigen Mädchens auch noch. Sie hatte ihn nicht hergelockt. War als Selbstmord getarnt – nur hat's nicht geklappt mit dem alten Trick. Das Mädchen ist meine Klientin.«

Millar rührte sich nicht. Auch der große Mann blieb ganz still. Steve lehnte sich mit den Schultern gegen den steinernen Kamin. Er sagte sanft: »Ich war heute nachmittag in den Club Shalotte rausgefahren, um mich bei Leopardi zu entschuldigen. An sich ein verrückter Einfall, denn für eine Entschuldigung lag wahrhaftig kein Grund vor. Er saß dort in der Bar, mit einem Mädchen. Er versetzte mir drei saftige Hiebe und zog Leine. Dem Mädchen gefiel das nicht. Wir kamen uns ein bißchen näher. Tranken was zusammen. Heute nacht dann – gestern abend spät – rief sie mich an und sagte, Leopardi läge in ihrer Wohnung und wäre betrunken, und sie könnte ihn nicht loswerden. Ich fuhr hin. Er war nicht betrunken. Er lag tot in ihrem Bett, in einem gelben Pyjama.«

Der große Mann hob seine linke Hand und strich sich roh das Haar zurück. Millar lehnte sich langsam gegen die Tischkante, als hätte er Angst, die Tischkante wäre vielleicht so scharf, daß er sich daran schneiden könnte. Sein Mund verzerrte sich unter dem gestutzten schwarzen Schnurrbart.

Er sagte heiser: »Ist ja lausig, sowas.«

Der große Mann sagte: »Tja, daß man direkt in eine Milchflasche weinen könnte.«

Steve sagte: »Nur daß der Pyjama nicht Leopardi gehörte. Er hatte Initialen auf seinem – große schwarze Initialen. Und seine sind aus Satin, nicht aus Seide. Und obwohl er eine Pistole in der Hand hatte – die Pistole des Mädchens übrigens – hat *er* sich nicht ins Herz geschossen damit. Das werden die Bullen schnell festgestellt haben. Vielleicht habt ihr beiden Vögel noch nie was vom Lund-Test mit Paraffinwachs gehört, mit dem man ermitteln kann, ob jemand in letzter Zeit eine Waffe abgefeuert hat oder nicht. Der Mord hätte eigentlich gestern nacht im Hotel über die Bühne gehen sollen, im Zimmer acht-fünfzehn. Das habe ich vereitelt, indem ich ihn beim Kragen nahm und rausschmiß, bevor das schwarzhaarige Mädchen aus acht-elf an ihn rankam. Stimmt's, George?«

Millar sagte: »Kann schon sein – wenn du mir sagst, wovon du eigentlich redest.«

Steve sagte langsam: »Ich glaube, du weißt ganz genau, wovon ich rede, George. Es wäre eine Art poetischer Gerechtigkeit gewesen, wenn King Leopardi in Zimmer acht-fünfzehn umgelegt worden wäre. Denn in dem Zimmer hat sich vor zwei Jahren einmal ein Mädchen erschossen. Ein Mädchen, das sich als Mary Smith eingetragen hatte – das aber gewöhnlich Eve Talley genannt wurde. Und das mit richtigem Namen Eve Millar hieß.«

Der große Mann lehnte sich schwer auf das Victrola-Grammophon und sagte mit belegter Stimme: »Vielleicht bin ich ja noch nicht ganz wach. Das klingt alles so, als sollte es sich zu einer dreckigen Geschichte auswachsen. Wir haben eine Schwester gehabt, die Eve hieß und sich im Carlton erschoß. Na und?«

Steve lächelte ein wenig tückisch. Er sagte: »Hör zu, George. Du hast mir gegenüber behauptet, Quillan wäre es gewesen, der die beiden Amseln in acht-elf unterbrachte. In Wirklichkeit aber hast *du* das getan. Du hast auch behauptet, Leopardi hätte im Achten wohnen wollen, statt in einer guten Suite, weil er betrunken war. Er war nicht betrunken. Es war ihm nur egal, wo er untergebracht wurde, solange er nur Damengesellschaft bei der Hand hatte. Und dafür hast du gesorgt. Du hast das Ganze geplant, George. Du hast sogar Peters veranlaßt, an Leopardi im Raleigh in Frisco zu schreiben und ihn zu bitten, im Carlton abzusteigen, wenn er herkäme – weil es demselben Mann gehöre, dem auch der Club Shalotte gehört. Als ob ein Bursche wie Jumbo Walters sich darum kümmerte, wo ein Bandleader Quartier genommen hat!«

Millars Gesicht war totenbleich und ausdruckslos. Seine Stimme klang brüchig. »Steve – um Gottes willen, Steve, wovon redest du da? Wie um alles in der Welt könnte ich – – –«

»Tut mir leid, mein Junge. Ich hab gern mit dir gearbeitet. Ich hab dich selber auch sehr gern gemocht. Ich glaube, ich mag dich auch immer noch gern. Aber ich mag keine Leute, die Frauen erwürgen – oder Leute, die Frauen in den Dreck ziehen, um einen Rachemord zu tarnen.«

Seine Hand schoß hoch – und hielt inne. Der große Mann sagte: »Immer mit der Ruhe – und behalten Sie das hier im Auge.«

Gaffs Hand war hinter dem Plattenstapel hochgekommen. Ein 45er Colt befand sich darin. Er sagte zwischen den Zähnen: »Ich bin immer der Ansicht gewesen, daß Hausdetektive bloß eine Bande von billigen Schiebern wären. Ich glaube, bei Ihnen muß ich da eine Ausnahme machen. Sie scheinen ein helles Köpfchen zu haben. Zum Teufel, ich wette, Sie sind sogar in der Court Street 118 gewesen. Stimmt's?«

Steve ließ die Hand fallen, leer, und sah in die Mündung des großen Colts. »Stimmt. Ich habe das Mädchen entdeckt – tot – mit Ihren Fingerspuren am Hals. Sowas kann man messen, mein Junge. Daß Sie Dolores Chiozzas Hausmädchen auf dieselbe Art getötet haben, war ein Fehler. Die Bullen werden die beiden Abdrücke vergleichen, werden feststellen, daß Ihr schwarzhaariges Pistolenhäschen gestern nacht im Carlton war, und sich die ganze Geschichte zusammenreimen. Mit den Informationen, die sie im Hotel kriegen, können sie gar nicht danebentippen. Ich gebe Ihnen noch zwei Wochen, wenn Sie schnell verschwinden. Und mit schnell meine ich wirklich schnell.«

Millar leckte sich die trockenen Lippen und sagte sanft: »Wir haben keine Eile, Steve. Wir haben überhaupt keine Eile. Unsere Arbeit ist getan. Vielleicht nicht besonders gut, vielleicht nicht grade schön in der Art, aber es war auch keine schöne Arbeit. Und Leopardi war das größte Schwein, das man sich nur denken kann. Wir haben unsere Schwester liebgehabt, und er hat ein Flittchen aus ihr gemacht. Sie war ein naives Kind, das auf einen schleimigen Lackaffen reinfiel, und der Lackaffe machte Karriere und ließ sie einfach sitzen, als er eine rothaarige Schnulzensängerin fand, die mehr nach seinem Kaliber war. Er schmiß sie raus und brach ihr das Herz, und da hat sie sich umgebracht.«

Steve sagte rauh: »Ja-ah – und was habt ihr die ganze Zeit gemacht – euch die Fingernägel maniküren lassen?«

»Wir waren nicht da, als es passierte. Wir haben einige Zeit gebraucht, bis wir wußten, wie alles gekommen war.«

Steve sagte: »Und deswegen habt ihr dann vier Menschen ermordet, was? Das war's euch wert. Und was Dolores Chiozza betrifft, so hätte sie sich nicht mal die Füße an Leopardi abgewischt – weder damals noch irgendwann seither. Aber ihr mußtet sie auch mit reinziehen, in euren dreckigen Rachemord. Du machst mich krank, George. Sag deinem großen starken Bruder, er kann weitermachen mit seinem Mörderspiel.«

Der große Mann grinste und sagte: »Schluß mit dem Gequatsche, George. Sieh nach, ob er eine Knarre hat – und stell dich ja nicht vor oder hinter ihn. Diese Knallerbsenbüchse haut durch.«

Steve starrte die 45er des großen Mannes an. Sein Gesicht war hart wie weißer Knochen. Es lag ein dünner, kalter Hohn auf seinen Lippen, und seine Augen waren kalt und dunkel.

Millar bewegte sich sanft in seinen fellgefütterten Pantoffeln. Er kam um das Tischende herum und trat von der Seite dicht an Steve heran und streckte die Hand aus, um ihm die Taschen abzuklopfen. Er trat zurück und zeigte: »Hier.«

Steve sagte sanft: »Ich muß wahnsinnig sein. Ich hätte dich eben packen können, George.«

Gaff Talley bellte: »Bleib weg von ihm!«

Er kam mit schwerem Schritt durchs Zimmer und setzte Steve mit einem harten Ruck den großen Colt auf den Bauch. Er griff mit der linken Hand in die innere Brusttasche und zerrte die Detective Special heraus. Seine Augen waren scharf auf Steves Augen gerichtet. Er hielt Steves Waffe hinter sich. »Nimm du sie, George.«

Millar nahm die Pistole und trat wieder hinter den großen Tisch und blieb an der Ecke stehen. Gaff Talley zog sich rückwärts von Steve zurück.

»Sie sind erledigt, Schlaumeier«, sagte er. »Das wissen Sie ja wohl. Es gibt nur zwei Wege, um hier aus den Bergen rauszukommen, und wir brauchen Zeit. Und vielleicht haben Sie ja keinem erzählt, wo Sie hinfahren. Ist doch klar, oder?«

Steve stand wie ein Felsen, starr, mit weißem Gesicht, ein verzerrtes Halblächeln um die Lippenwinkel. Er starrte unentwegt auf die Waffe des großen Mannes, und sein Blick hatte etwas leicht Verwundertes.

Millar sagte: »Muß denn das sein, Gaff?« Seine Stimme

war ein Krächzen jetzt, ohne Ton, ohne die übliche angenehme Heiserkeit.

Steve wandte ein wenig den Kopf und sah Millar an. »Aber klar muß das sein, George. Ihr seid schließlich bloß zwei miese kleine Gauner. Zwei ekelhafte Sadisten, die die Rächer beleidigter Mädchenehre spielen wollen. Wie die letzten Hinterwäldler. Und in diesem Moment seid ihr praktisch schon totes Fleisch – kaltes, verfaultes Fleisch.«

Gaff Talley lachte und spannte den großen Revolver mit dem Daumen. »Sprich deine Gebete, Kerl«, höhnte er.

Steve sagte grimmig: »Wieso bilden Sie sich eigentlich ein, Sie könnten mich mit dem Ding da umlegen? Sind ja gar keine Patronen drin, Sie Würger. Machen Sie's bei mir lieber auch so, wie Sie's bei den Frauen gemacht haben – mit den Händen.«

Die Augen des großen Mannes blitzten nieder, umwölkten sich. Dann lachte er brüllend auf. »Herrje, da muß der Staub ja fingerdick draufliegen«, kicherte er. »Passen Sie auf!«

Er richtete die Pistole gegen den Boden und drückte ab. Der Bolzen klickte trocken – auf eine leere Kammer. Das Gesicht des großen Mannes verzerrte sich.

Einen kurzen Augenblick rührte sich niemand. Dann drehte sich Gaff langsam auf den Fußballen nach seinem Bruder um und sah ihn an. Er sagte fast zart: »Du, George?«

Millar leckte sich die Lippen und schluckte. Er mußte den Mund erst ein paarmal bewegen, bevor er sprechen konnte.

»Ja, Gaff. Ich stand am Fenster, als Steve unten an der Straße aus seinem Wagen stieg. Ich sah ihn in die Garage gehen. Ich wußte, daß der Wagen dort noch warm war. Es ist genug getötet worden, Gaff. Zuviel schon. Darum habe ich die Patronen aus deiner Pistole genommen.«

Millars Daumen spannte den Hahn an der Detective Special. Gaffs Augen quollen vor. Er starrte wie gebannt auf die kurzläufige Waffe. Dann warf er sich wie wild nach vorn, drosch danach mit dem leeren Colt. Millar stützte sich ab und stand sehr still und sagte trübe, wie ein alter Mann: »Leb wohl, Gaff.«

Die Pistole sprang dreimal hoch in seiner kleinen, gepflegten Hand. Rauch kräuselte sich lässig vor der Mündung. Ein Scheit verbranntes Holz fiel im Kamin auf die Seite.

Gaff Talley lächelte ganz sonderbar und krümmte sich vor und stand vollkommen still. Die Pistole fiel ihm vor die Füße. Er preßte die großen, schweren Hände gegen den Leib, sagte langsam, mit schleppender Stimme: »Ist ja gut, Kleiner. Ist alles gut, glaube ich ... ich glaube, ich ...«

Seine Stimme erstickte, und seine Beine begannen unter ihm zu wanken. Steve trat drei lange rasche stille Schritte und versetzte Millar einen Hieb gegen den Kinnbackenwinkel. Der große Mann fiel immer noch – so langsam wie ein Baum fällt.

Millar wirbelte durch den Raum und krachte gegen die Endwand, und ein blauweißer Teller fiel vom Sims und zerbrach. Die Pistole segelte ihm aus den Fingern. Steve tauchte danach nieder und kam mit ihr wieder hoch. Millar kauerte am Boden und beobachtete seinen Bruder.

Gaff Talley beugte den Kopf zu Boden und stützte die Hände auf, und dann streckte er sich ganz ruhig aus, auf dem Bauch, wie ein Mann, der sehr müde ist. Er gab keinen Laut mehr von sich.

Tageslicht dämmerte in den Fenstern, am Rand der roten Scheibenvorhänge. Von dem verkohlten Holzscheit stieg Rauch auf nach der Seite des Kamins, und das restliche Feuer war ein Haufen sanfter grauer Asche mit einem Glühen im Herzen.

Steve sagte dumpf: »Du hast mir das Leben gerettet, George – oder doch wenigstens eine große Schießerei verhindert. Ich hatte das Ganze riskiert, weil ich einen Beweis brauchte. Geh rüber an den Tisch und schreib alles auf und setz deinen Namen drunter.«

Millar sagte: »Ist er tot?«

»Er ist tot, George. Du hast ihn getötet. Schreib auch das.«

Millar sagte ruhig: »Es ist komisch. Ich wollte Leopardi selber erledigen, mit meinen eigenen Händen, als er ganz oben war, als er am tiefsten fallen mußte. Ihn einfach erledigen und dann alles hinnehmen, wie's kam. Aber Gaff wollte es raffinierter anfangen. Gaff, der zähe Simpel, der nie irgendwelche Bildung mitgekriegt hat und noch nie einem Schlag ausgewichen ist in seinem Leben, wollte den Schlauberger spielen und sich was ganz Gerissenes ausdenken. Hm, vielleicht hat er's deswegen auch zu was gebracht – zu dem Apartmenthaus an der Court Street etwa, das Jake Stroyanoff für ihn verwaltete. Wie er an Dolores Chiozzas Mädchen herangekommen ist, weiß ich nicht. Spielt auch keine große Rolle, oder?«

Steve sagte: »Geh und schreib's auf. Du bist es gewesen, der Leopardi angerufen hat – angeblich im Auftrag des Mädchens, ja?«

Millar sagte: »Stimmt. Ich werde alles aufschreiben, Steve. Ich werde meinen Namen druntersetzen, und dann wirst du mich fortlassen – für bloß eine Stunde. Das machst du doch, Steve? Bloß eine Stunde Vorsprung. Das ist doch nicht zuviel verlangt von einem alten Freund, nicht wahr, Steve?«

Millar lächelte. Es war ein winziges, brüchiges, geisterhaftes Lächeln. Steve bückte sich neben dem hingestreckten großen Mann nieder und fühlte ihm die Halsschlagader. Er blickte auf, sagte: »Tot ... Ja, du bekommst deine Stunde Vorsprung, George – wenn du alles aufschreibst.«

Millar ging sanft hinüber zu einem hochbeinigen Eichenschreibtisch, der mit angelaufenen Messingnägeln beschlagen war. Er öffnete die Schreibklappe und setzte sich hin und griff nach einem Federhalter. Er schraubte den Deckel einer Tintenflasche auf und begann in seiner sauberen, klaren Buchhalterhandschrift zu schreiben.

Steve Grayce setzte sich ans Fenster und zündete sich eine Zigarette an und starrte in die Asche. Er hielt die Pistole mit der linken Hand auf dem Knie. Draußen begannen Vögel zu singen. Drinnen in der Hütte gab es keinen Laut mehr außer dem Kratzen der Feder.

IX

Die Sonne stand schon hoch am Himmel, als Steve die Hütte verließ, sie abschloß, den steilen Pfad hinunter und die schmale Schotterstraße entlang zu seinem Wagen ging. Die Garage war leer jetzt. Der graue Sedan war fort. Rauch aus einer anderen Hütte trieb eine halbe Meile weit entfernt müßig über die Kiefern und Eichen. Er ließ seinen Wagen an, fuhr um eine Biegung, vorüber an zwei alten Kastenwagen, die in Hütten umgebaut worden waren, dann auf die Hauptstraße mit dem weißen Streifen in der Mitte und auf ihr den Berg hinauf nach Crestline.

Er parkte an der Hauptstraße vor der Rim-of-the-World Inn, trank an der Theke eine Tasse Kaffee, schloß sich dann in eine Telephonzelle im Hintergrund des leeren Lokals ein. Er ließ sich vom Fernamt Jumbo Walters' Nummer in Los Angeles geben, rief dann den Eigentümer des Club Shalotte an.

Eine Stimme sagte seidig: »Hier die Wohnung von Mr. Walters.«

»Steve Grayce. Holen Sie ihn mir mal an den Apparat, bitte.«

»Einen Moment.« Ein Klicken, eine andere Stimme, nicht so glatt und viel härter. »Ja-ah?«

»Steve Grayce. Ich möchte Mr. Walters sprechen.«

»Tut mir leid. Ich kenne Sie, glaube ich, nicht. Es ist ein bißchen früh, Amigo. Um was dreht sich's denn?«

»Ist er schon in Miss Chiozzas Wohnung gewesen?«

»Ah.« Eine Pause. »Der Schnüffler. Verstehe. Bleiben Sie am Apparat, mein Guter.«

Eine dritte Stimme jetzt – lässig, mit einem ganz leichten irischen Anklang. »Reden Sie, mein Sohn. Hier ist Walters.«

»Ich bin Steve Grayce. Der Mann, der – – –«

»Bin über alles im Bilde, mein Sohn. Der Dame geht's gut. Ich glaube, sie schläft sich aus. Fahren Sie fort.«

»Ich bin in Crestline – oben am Arrowhead. Zwei Männer haben Leopardi ermordet. Der eine war George Millar, Nachtportier im Carlton Hotel. Der andere sein Bruder, ein ehemaliger Boxer namens Gaff Talley. Talley ist tot – von seinem Bruder erschossen. Millar ist entkommen – hat mir aber ein volles Geständnis hinterlassen, mit allen Einzelheiten, komplett mit Unterschrift.«

Walters sagte langsam: »Sie arbeiten fix, mein Sohn – wenn Sie nicht einfach übergeschnappt sind. Am besten kommen Sie mal rasch her. Warum haben's die beiden getan?«

»Sie hatten mal eine Schwester.«

Walters wiederholte langsam: »Sie hatten mal eine Schwester ... Was wird mit dem Burschen, der entkommen ist? Wir wollen nicht, daß irgendein Stoffel von Sheriff oder ein publicity-hungriger Staatsanwalt auf dumme Gedanken kommt – – –«

Steve unterbrach ihn ruhig: »Ich glaube, da brauchen Sie sich keine Gedanken zu machen, Mr. Walters. Ich denke, ich weiß, wo er hin ist.«

Er nahm noch ein Frühstück zu sich im Gasthaus, nicht weil er Hunger hatte, sondern weil ihm schwach war. Er stieg wieder in seinen Wagen und fuhr die lange glatte Strecke von Crestline nach San Bernardino hinunter, einen breiten asphaltierten Boulevard, der sich am Rand eines steilen Absturzes ins tiefe Tal entlangzog. Es gab Stellen, wo die Straße bis nah an den Abgrund ging, wo sie durch einen weißen Schutzzaun gesichert war.

Zwei Minuten unterhalb von Crestline war die Stelle. Die Straße schlug hier einen scharfen Bogen um eine Bergschulter. Wagen parkten auf dem Schotter am Rand – verschiedene Privatwagen, ein Polizeiauto und ein Abschleppwagen. Der weiße Zaun war durchbrochen, und an der durchbrochenen Stelle standen Männer und blickten in die Tiefe.

Achthundert Fuß tief lag still und zusammengedrückt in der Morgensonne, was von einem grauen Sedan übriggeblieben war.

Raymond Chandler im Diogenes Verlag

Der große Schlaf
Aus dem Amerikanischen von Gunar Ortlepp. detebe 20132

Die kleine Schwester
Deutsch von Walter E. Richartz. detebe 20206

Das hohe Fenster
Deutsch von Urs Widmer. detebe 20208

Der lange Abschied
Deutsch von Hans Wollschläger. detebe 20207

Die simple Kunst des Mordes
Briefe, Essays, Notizen. Herausgegeben von Dorothy Gardiner und Kathrine Sorley Walker. Deutsch von Hans Wollschläger. detebe 20209

Die Tote im See
Deutsch von Hellmuth Karasek. detebe 20311

Lebwohl, mein Liebling
Deutsch von Wulf Teichmann. detebe 20312

Playback
Deutsch von Wulf Teichmann. detebe 20313

Mord im Regen
Frühe Stories. Vorwort von Philip Durham. Deutsch von Hans Wollschläger. detebe 20314

Erpresser schießen nicht
Gesammelte Detektivstories I. detebe 20751

Der König in Gelb
Gesammelte Detektivstories II. detebe 20752

Gefahr ist mein Geschäft
Gesammelte Detektivstories III. detebe 20753
Alle drei Bände deutsch von Hans Wollschläger

Englischer Sommer
Geschichten, Parodien, Sprüche, Essays. Mit einem Vorwort von Patricia Highsmith. Deutsch von Hans Wollschläger, Wulf Teichmann u.a. detebe 20754

Außerdem liegt vor:

Frank MacShane
Raymond Chandler – sein Leben und Werk
Mit vielen Fotos. Deutsch von Wulf Teichmann.

Für alle Chandler-Fans

Frank MacShane
Raymond Chandler
Sein Leben und Werk
Aus dem Amerikanischen von Wulf Teichmann
detebe 20960

Der unglaubliche Lebenslauf des brillantesten aller amerikanischen Kriminalschriftsteller.
Chandler – public-school-Absolvent, Beamter im Marineministerium, Gelegenheitsjournalist, Luftwaffenpilot, Buchhalter, Direktor im Ölbusiness, Arbeitsloser – begann 1933, noch unter dem Einfluß Dashiell Hammetts, für das Kriminal-Magazin ›Black Mask‹ zu schreiben. Honorar: 1 cent pro Wort. Mit Fünfzig, 1938, veröffentlichte er seinen ersten Roman, *Der große Schlaf*, und schuf mit dem Privatdetektiv Philip Marlowe eine Kultfigur für Krimileser und Cinéasten. Was folgte waren Filmangebote, Hollywood und sehr viel Whisky.

»Man wünschte, Chandler wäre ein glücklicher Mensch gewesen. Was hier zum Vorschein kommt, ist ein gequälter Mann, geplagt von Unschlüssigkeit, ein einsamer Mensch. Dieses Buch sagt Ihnen alles, was Sie über Raymond Chandler wissen wollen, und vielleicht noch einiges, was Sie lieber nicht wissen möchten.« *Patricia Highsmith*

Dashiell Hammett im Diogenes Verlag

Der Malteser Falke
Roman. Aus dem Amerikanischen von Peter Naujack. detebe 20131

Rote Ernte
Roman. Deutsch von Gunar Ortlepp. detebe 20292

Der Fluch des Hauses Dain
Roman. Deutsch von Wulf Teichmann. detebe 20293

Der gläserne Schlüssel
Roman. Deutsch von Hans Wollschläger. detebe 20294

Der dünne Mann
Roman. Deutsch von Tom Knoth. detebe 20295

Fliegenpapier
5 Stories. Deutsch von Harry Rowohlt, Helmut Kossodo, Helmut Degner, Peter Naujack und Elizabeth Gilbert. Vorwort von Lillian Hellman. detebe 20911

Fracht für China
3 Stories. Deutsch von Elizabeth Gilbert, Antje Friedrichs und Walter E. Richartz. detebe 20912

Das große Umlegen
3 Stories. Deutsch von Walter E. Richartz, Hellmuth Karasek und Wulf Teichmann. detebe 20913

Das Haus in der Turk Street
3 Stories. Deutsch von Wulf Teichmann. detebe 20914

Das Dingsbums Küken
3 Stories. Deutsch von Wulf Teichmann. Nachwort von Prof. Steven Marcus. detebe 20915

Klassische Polit-Thriller im Diogenes Verlag

● **Eric Ambler**

Mit der Zeit
Roman. Deutsch von Hans Hermann

Der Fall Deltschev
Roman. Deutsch von Mary Brand und Walter Hertenstein. detebe 20178

Der Levantiner
Roman. Deutsch von Tom Knoth. detebe 20223

Anlaß zur Unruhe
Roman. Deutsch von Franz Cavigelli. detebe 20604

● **John Buchan**

Die neununddreißig Stufen
Roman. Deutsch von Marta Hackel. Mit Zeichnungen von Edward Gorey. detebe 20210

Grünmantel
Roman. Deutsch von Marta Hackel. Mit Zeichnungen von Roland Topor. detebe 20771

Mr. Standfast oder im Westen was Neues
Roman. Deutsch von Marta Hackel. Mit Zeichnungen von Roland Topor. detebe 20772

Die drei Geiseln
Roman. Deutsch von Marta Hackel. Mit Zeichnungen von Tatjana Hauptmann. detebe 20773

● **Erskine Childers**

Das Rätsel der Sandbank
Ein Bericht des Geheimdienstes. Roman. Deutsch von Hubert Deymann. detebe 20211

● **Joseph Conrad**

Der Geheimagent
Roman. Deutsch von G. Danehl. detebe 20212

● **Somerset Maugham**

Ashenden oder Der britische Geheimagent
Geschichten. detebe 20337

● **Georges Simenon**

Der Schnee war schmutzig
Roman. Deutsch von Willi A. Koch. detebe 20372

Der Präsident
Roman. Deutsch von Renate Nickel. detebe 20675

● **Spionagegeschichten**

-fälle und -affären von Goethe bis Ambler. Herausgegeben von Graham Greene, Hugh Greene und Martin Beheim-Schwarzbach. Mit Zeichnungen von Paul Flora. Ein Diogenes Sonderband, auch als detebe 20699